集英社文庫

ダ・ヴィンチ・レガシー

ルイス・パーデュー
中村有希・訳

私のペンの先から飛び出す愛の言葉を与えてくれた父に

本書の内容の半分は事実である。その調査において私を助けてくれた多くの人々の一部に対してではあるが、ここに感謝の意を表する。

世界有数のレオナルド・ダ・ヴィンチ研究家、UCLAとボローニャ大学の講師であられるカルロ・ペドレッティ博士と、本書の参考にしたオキシデンタル石油会社会長故アーマンド・ハマー博士所有のハマー古写本を読むにあたってアーマンド・ハマー基金のレラ・スミスに、とりわけ尽力いただいた。

UCLAメディカルセンターのリッチ・モリソン博士とアンドリュー・カッサデンティ博士には、毒物の作用と解毒剤に関する調査に協力していただいた。

さらに、私を助けてくれたものの、立場と名誉を守るために名を明かすことのできない多くの人々に、心からの謝意を表する。

また、私と私の執筆によく辛抱してくれた妻ミーガンにも感謝している。（一九八三年の初版の原稿を書いてから二十年が過ぎたが、この件に関してはいっそう感謝することとなった）

冒頭に述べたとおり、本書の内容の半分は事実である。それがどちらの半分なのかは、読者の判断にゆだねたい。

ダ・ヴィンチ・レガシー

主な登場人物

ヴァンス・エリクソン……………地質調査学者、アマチュアのレオナルド・ダ・ヴィンチ研究者
ハリソン・キングズベリ…………ヴァンスの義父
ジョフリー・マティーニ…………ヴァンスの恩師で、レオナルド・ダ・ヴィンチ研究の権威
ウンベルト・トージ………………ルネサンス史の研究者、科学者
スーザン・ストーム………………〈オート・クルチュール〉誌の記者
エリオット・キンボール…………〈ブレーメン結社〉の一員
グレゴリウス修道院長……………〈聖ペテロに撰ばれし兄弟たちの修道会〉のリーダー
メリアム・ラーセン………………石油会社社長
グリエルモ・カイッツイ…………イタリアの名家の主

1

七月二日　日曜日

殺すのは男にとって快感だった。彼が慄《おのの》くのは殺すまで――殺すのを待つ間だけだ。そしていま、男は慄いていた。うだるような外の熱気から隔絶された岩の冷気の中で。

人の手が成したこの洞窟は寒いほどだが、男は鼻の下に細かく吹き出た汗の粒を手の甲でぬぐった。ミサに集中しているふりを怠らず、そっと見回す。そう、この洞窟は人によって作られたのだ――エルバ島からは大理石、アフリカ大陸からは黄金、そうして世界中から集めたもろもろの贅《ぜい》を尽くして。男は教会を――すべての教会を嫌悪したが、何千人もの労働者の命を要したこのような教会をことさら憎悪した。教会と洞窟。どちらも石器時代の頭にふさわしい、石器時代の家だ。

「〝万軍の主よ〟」会衆は声を揃《そろ》えた。「〝天も地も主の栄光に包まれます〟」男は眼をひかぬよう、旅行者らしいイタリア語で共に小声で唄った。

周囲の岩肌は、聖人や天使や熾天使《セラフイム》や智天使《ケルビム》の精巧な絵に覆われている。その壮麗さとまったく釣り合わない信徒たちは――下《げ》か中《ちゅう》の下《げ》の庶民たちは、ミサのほかに着ることのない一張羅《いっちょうら》で、しゃちほこばって坐っていた。男たちは皆、手はまめだらけで、髪は女房に切られていた。女房たちはでっぷり太り、ひどく威厳に満ちていた。その間で居心地悪そうな子供たちは、ここにいるくらいならどこでもいいから逃げたいという顔をしている。

このさえない会衆の中でやけに目立つのは旅行者だった。見たところほとんどがアメリカ人だ。いい服を着て、よく髪を整えて、いい物を食べている――その男と同じように。彼の身長は百九十センチで頭ひとつ高かったが、それでもアメリカ人旅行者の中にまぎれていた。しかし、その事実は少なからぬ人間にとって、生死に関わる勘違いとなる。

「〝主よ、救い給え〟」男は祈禱《きとう》書に視線を落とし、共に詠唱した。

「〝神の名のもとにあれる者は幸いなり〟」

前の席で九歳ほどの少年が右に左に身体をよじっている。ミサに飽きたのだろう。この大聖堂にも興味はないらしい――かの有名な斜塔のそばに建つ、ピサの大聖堂にも。

「〝主よ、救い給え〟」

会衆は沈黙し、司祭は――七月二日の聖血祭に合わせた深紅の絹の外衣に包まれて――イタリア語でミサを続けた。

男はくちびるの上にたまった新たな汗をぬぐうと、淡い金髪を落ち着きなく指ですきながら、祈禱の言葉が降りそそぐ中、身廊（教会堂の中央部分）を観察した。およその大聖堂と異なり、この身廊は、天井の大窓から射しこむ光のおかげでとても明るい。ガリレオのランプと呼ばれる巨大な青銅ランプが宙で、それとわからないほどかすかに揺れている。

大聖堂の天井近くに手摺《てす》りつきの通路があった。男は気がかりな眼でそれを見上げ、通路の先にあるただひとつの扉に眼をやる。視線はゆっくりと金箔《きんぱく》のキリスト像へ、さらに、その下の祭壇に向かう。祭壇に据えられた百八十センチもある青銅製の十字架は確か……男は記憶をたぐった……ジャンボローニャ（一五二九―一六〇八。フランドルの彫刻家）の作。そうだ、ジャンボローニャの作品だ。まったく、十字架の彫刻だの鋳物だの絵画だのを作るために、文明人が最良の才能をあたら無駄に費やさなければ、どれほどのことが成し遂げられただろう。

「〝けれどもまさにその夜〟」司祭は吟唱した。「〝主は大いなる愛を賜《たまわ》ります。主はパンを御手《みて》にとられました〟」司祭は聖餅《せいべい》を手に取り、天を見上げた。男もまた顔を上げ、いま一度、手摺りと、そして扉を盗み見た。

「〝主は感謝し、祝福を与え〟」――司祭は聖餅の上で十字を切った――「〝パンを分かち、弟子たちに与えました〟」男は氷の刃《やいば》を思わせる碧眼《へきがん》で食い入るように見つめつつ、フランス仕立ての上着の内側に手を入れ、セセピータの象牙《ぞうげ》の柄《つか》に指先で触れた。胸に心強さが戻り、腿《もも》に再び手をおろした。前の席であの九歳かそこらの子供が、安物の靴の爪先でひっきりなしに床を叩く軽い音が神経にさわる。

香の薫りがきつくなる。大聖堂の色彩がいっそう鮮やかになる。肌に張りつく衣服の一枚一枚が感じられる。こんな時はいつも男の五感はいっそう研ぎ澄まされた。殺すのは大好きだ。生きている実感が湧《わ》く。

「〝晩餐《ばんさん》が終わると〟」司祭は続けて、両手で聖杯を持ち上げた。「〝主は杯を御手に取り、感謝を捧げ、弟子たちと分かち飲みて言われました。これは私の血である――〟」

男の筋肉はロープのようにぴんと張りつめていた。

「〝新たな契約の血である〟」

男は祭壇の真上の扉を見上げた。

「〝この血はあなたがたのために流され、そして――〟」

引き裂くような恐怖の悲鳴が大聖堂を貫いた。痩《や》せた男が両手両足を縛られて、落ちてくる。首を丈夫なナイロンザイルにつながれて。

「やめろおおお！」落下する男はドイツ語で叫んだ。「助けてえぇっ！　いやだあ、やめろおおおお！」

犠牲者の絶叫が静かな日曜の朝の礼拝をずたずたにするや、金髪男は席を立って出口に向かった。少年は爪先の動きを止めた。司祭は宝石の埋めこまれた聖杯を取り落とした。聖杯は祭壇の階段を転げ落ち、聖なるワインを撒き散らした。

唐突にザイルのゆるみがなくなり、痩せた犠牲者の頸《くび》を締めあげ、悲鳴を封じた。が、弾性のあるザイルは伸びていき、犠牲者は落下し続けた。その身体は大理石の床に叩きつけられ、骨の砕ける鈍い音がした。

金髪男が出口まで半分ほど進んだ頃、伸びたザイルはゴムのように跳ね戻り、異様に折れ曲がった身体を引き上げ、今度は祭壇めがけて伸びていった。会衆は息を殺した。沈黙は時と重力を止めたかのようだった。その永遠の一瞬、犠牲者は祭壇の上に浮かんで見えた。次の瞬間、痩せた男の腹がジャンボローニャの十字架の頂点に届いた。

血潮がキリスト像の上に盛大にあふれ、祭壇に流れ落ち、ひっくり返った聖杯のワインをどろどろにしていく。司祭は十字を切り、ひざまずいて赦《ゆる》しを請い始めた。

戦慄の悲鳴が大聖堂を揺るがせ、数名の信徒が司祭を救いに駆け寄り、残りの会衆は金色の髪の男を追うように、出口に殺到した。

外に出ると、金髪男は素早く左手に折れ、大聖堂から足早に出てきた大柄な男のあとを尾《つ》け、塔の陰に建つ円《まる》い大理石の洗礼堂に向かった。人々の悲鳴が次第に大きくなった。大聖堂から逃げ出した恐慌状態の会衆たちがあたりを埋め、警察を求めて叫んでいる。

洗礼堂にいた人々は何事かと飛び出していき、堂内はあっという間に無人になった。

「すばらしい仕事だ」金髪男は、先に洗礼堂にはいった大柄な男とふたりきりになるとすぐに温かく声をかけた。「この俺さえ、きみが手摺り越しにあれを落としたところを見逃した。ずっと見ていたのに」

「ダンケ、マイン・ヘル」大男はうやうやしく答えた。ゲルマンのがっしりした顔、かつてブレーメンの鉄鋼労働者だった名残《なごり》の体格。身長は金色の髪の男と同じだが、体重はこのドイツ人のほうがゆうに二十キロも上だった。

「いや、参った」金髪の男は非の打ちどころのないドイツ語で続けた。「まさに見物《みもの》だった。見せしめとして完璧だ。特に頸に巻いたバンジージャンプの縄が最高だった」

ドイツ人は嬉しそうな笑顔になった。彼の通り名は〈校長〉だが、学があるからではなく、彼が他人に教えてきた授業《レッスン》ならぬ見せしめ《レッスン》がその由来だった。「恐れ入ります、マイン・ヘル。ですが、誉《ほ》めすぎです。私は自分の仕事をしているだけです」ドイツ人は期待のこもった微笑を浮かべた。

金髪男は、爪の先まで手入れされた片手を上着の内ポケットに入れた。取り出されたのは報酬ではなく、丸い象牙の柄が金銀宝石で飾られた長いナイフだった。中世の頃、このセセピータは異教の祭司が犠牲を捧げるために使われていた。値のつけられない宝だ。

〈校長〉は巨体に似合わず素早く動けたが、この時は間に合わなかった。最初のひと薙《な》ぎで、腸《はらわた》が洗礼堂の冷たい大理石の上にぶちまけられた。ふた薙ぎで、不気味に笑う真っ赤な口が顎《あご》の下に開いた。〈校長〉は床に崩れ落ち、洗礼盤にもたれかかった。

「そうだよ、〈校長〉」金髪男は、どんどん光を失っていく大男の眼に向かってドイツ語で囁《ささや》いた。「少々の知識は危険だ。豊富な知識はもっと危険だ」大男のまぶたが震えると、金髪男は言葉を切った。「では多すぎる知識は？　そう、多すぎる知識は命取りになることがあるというわけだ」眼に理解の光がかすかに揺らめいたが、それは大男の重たいまぶたの奥に永遠に隠された。

金髪男は素早く古代の武器をドイツ人のシャツでぬぐい、鞘《さや》に納めた。大股に洗礼堂を出ながら、ちらと思った――この俺も、いつ知りすぎたとみなされることだろう？

2

七月五日　水曜日

眩《まばゆ》い日だった。陽《ひ》の光は雲ひとつない空から降りそそぐばかりか、砂や水からも反射する。ヴァンス・エリクソンは整備した一九四八年製インディアンのハンドルにかぶさり、パシフィック・コースト・ハイウェイを南に飛ばしていた。車を追い越すごとに、エンジンが脚の間で力強く唸る。文明社会に戻るのは気持ちよかった。たとえそれが、石油会社の腰巾着《こしぎんちゃく》社員や蜥蜴面《とかげづら》会計士とつきあうことを意味していても。

小一時間前、エリクソンがヴェントゥーラ（石油採掘の中心地）のむさくるしい石油採掘探査キャンプにたどりつくと、現場責任者が――蜥蜴面連中の中でも、もっとも爬虫《はちゅう》類顔の男が――トレーラーから飛び出してきた。

「社長がお呼びだぞ」蜥蜴面は息を切らして言った。「どこに行っていた？　なぜ無線を持っていかない？　月例報告書は？」句読点もなく投げつけられた言葉は、隠そうともしない侮蔑《ぶべつ》の念に満ちていた。蜥蜴面はヴァンスを毛嫌いしており、馘《くび》にしたがっていた――ふたつの理由さえなければ。ひとつめは、ヴァンスが型破りな方法を用い、いまやコンチネン《コ》タ《ン》ル・パシ《パ》フィ《ッ》ック石油会《ク》社における歴代随一の採掘地質学者となったこと。ふたつめは、会社のオーナーであるハリソン・キングズベリがヴァンスを正式な養子として迎えたことである。

　時速百四十キロで、サンセット通りの交差点があっという間に迫り、ヴァンスはオートバイのスピードを落とした。ここからは車の流れがよくなる。とりあえず——彼は手首のダイバーズウォッチを見た——時間の余裕はたっぷりあった。

　自宅——コンパック本社から二ブロックしか離れていない、寝室がふたつの小さなスタッコ塗り（化粧漆喰）の海辺の家——の近くにおりる手前で躊躇《ちゅうちょ》した。立ち寄って、着替えたほうがいいかもしれない。格子縞《じま》のシャツとジーンズは、一週間も原野で暮らしていたせいで汚れ、よれよれになっている。彼はため息をついた。いや、まだだ。自分はまだ、過去の亡霊と顔を合わせる心の準備ができていない。

　コンパック社が近づくにつれ、建物の前の縁石に、ロサンゼルス中のテレビ局のロゴがはいったヴァンやセダンが見本市よろしく並んでいるのが見えてきた。キングズベリ社長がいつもの記者会見を開いているに違いない。ヴァンスは車椅子用の坂をふさいでいる二台のヴァンの間をバイクですりぬけると、歩道にあがってエンジンを切った。

　ドアを抜けたとたん、りゅうとした装いの男が声をかけてきた。三十代前半で、筋肉質の身体が自慢のネルソン・ベイリーは、コンパック社の副社長であり、採掘調査の全責任者であり、ハーヴァード大経営学部出身であり、男性ファッション誌『GQ』から抜け出たような男である。

「来ると聞いたのでね」ベイリーは淡々と言った。その顔には、あからさまな敵意はないものの、微笑もなかった。

「お出迎えは期待してなかったな」ヴァンスはからかうように答えた。「特にあんたほどのお偉方のは」彼は歩き続け、ベイリーの前を素通りした。ベイリーは方向を変え、最上階行きのエレベーターの前でヴァンスに追いついた。ヴァンスはエレベーターのボタンを押した。

「御大《おんたい》はお急ぎだそうだ」ヴァンスは笑顔で振り向いた。副社長の顔には憤慨の色が躍っていた。「我が社の創建者殿をお待たせするのは、お互い不本意だろ」

ベイリーの顔はいっそう険悪になった。「自分が賢いと思っているだろう、え？　いまに痛い目を見るぞ」

「今度は何が不満なんだ」ヴァンスは言い返した。「ぼくが月例報告書にふさわしくない活字を使ったのかい」

「何が問題かはきみがよくわかっているはずだ。今月、きみは先月のとまったく同じ報告書を私に送ってきたな」

「そのとおりだよ」ヴァンスは認めた。エレベーターが着いた。

「言語道断だ」エレベーターに乗りながら、ベイリーは言った。

「なぜ？　数字は全部同じだよ」

「我が社の組織体系にも規則的な仕事にも、すべて理由があ——」

「そう、お役人にごまをするための完全雇用って理由だ。しょうもない」

「いいかげんにしろ、エリクソン！」ベイリーは激昂《げっこう》した。「我々の組織だったやり方をいつまでも侮辱できると思うな。ご老体は永久に生きるわけじゃない。死んだあとまできみの型破りなやり口をかばってくれると思うな。その時になって吠《ほ》え面《づら》かくなよ！」

　エレベーターはゆっくり止まり、扉が音もなく開いた。

「我々は知っているぞ、きみとご老体がこのダ・ヴィンチの件で何を企《たくら》んでいるのか」ベイリーは静かに言った。が、声に氷のような憎しみが混じっているのを、ヴァンスは聞き逃さなかった。「すべてお見通しだ。気をつけなければ後悔するのはきみだぞ」

　ヴァンスはエレベーターの外に出ると、ベイリーを振り返った。閉まる扉の向こうで、ベイリーが口元で笑っているのが見えた。

　何を知っていると言うんだ？　ヴァンスは首をかしげた。本人さえ、自分の書いたレオナルド・ダ・ヴィンチに関する報告書がどれほど重要なものか知らない。そもそも、それは歴史家や美術品蒐集《しゅうしゅう》家ならともかく、一般人にはちんぷんかんぷんのはずだ。

　我々は知っているぞ、きみとご老体が……。

　知ったことか。ヴァンスはもやもやを一蹴《いっしゅう》し、会見場に向かった。部屋にはいると、しばらくうしろで呼吸を整えて心の準備をした。テレビ撮影用の照明が演台を照らしている。狭い会見場は記者とコンパック全職員でごった返していた。驚いたことに、〈キングズベリ財団〉のスタッフも文字通り全員集合していた――これは社の社会的還元の一端であり、芸術を庇護《ひご》するためにキングズベリが作った組織である。

褪《あ》せたジーンズ、泥だらけのワークブーツ、格子縞のシャツといういでたちのヴァンスは、暗褐色の髪を両手でこすり、なんとか格好をつけようとした。よれよれの服も、バイク用にしている空軍用革ジャケットも、野外生活で堅くしまった身体にかかっているおかげで、一応、服の形に見える。ヴァンスは照明に眼をすがめ、キングズベリを見つめた。

演台に立つキングズベリは、一同を静かにさせようとしていた。くっきりした富士額をあらわに、なでつけた白髪が照明を受けて後光のように輝いている。その顔は豊かな髪の下で貴族のように高貴に見えつつも、一流のやり方で数々の苦難を乗り越えてきた名誉の皺《しわ》を刻んでいた。

たいした人物だ。ヴァンスの胸に敬意の念が広がった。ウェールズの炭鉱労働者の息子として生まれたキングズベリは十代で合衆国に移民した。ニューヨークに根をおろして五年もたたないうちに、破産しかけていた石油会社を北東部の五州にまたがる大会社に育てた。投資に血道をあげていなかったおかげで、会社は不景気をりっぱに生き抜いた。社の利益を中国での営業権を確立するために使い、やがては原油の採掘、調査にまで手を広げた。歴史上、石油王ジャン・ポール・ゲティや大実業家アーマンド・ハマーと席を同じくするまでの地位を得たのだ。キングズベリの会社こそ、世界一の石油個人企業であり、衰えを知らない精力と常識にとらわれない発想により、さらに大きく成功し続ける企業だった。キングズベリの死後、経営学部でクローンよろしく製造されるアンドロイドどもが実権を握ったらと考えて、ヴァンスは身震いした——連中はおそらく多国籍企業に身売りするだろう。

「そろそろ始めるとしましょう」ハリソン・キングズベリが宣言すると、部屋はすぐに静まり返った。「じきにエリクソンが来たら、話をまかせるつもりです。なんといっても、これは実際、エリクソンが発見したので。しかしまず〈キングズベリ財団〉は、歴史上もっとも古い隠蔽《いんぺい》工作のひとつについて、調査報告させていただきましょう」

部屋のうしろの陰に隠れ、ヴァンスはキングズベリお得意の大げさな芝居気に、内心うめいた。しかしテレビの記者たちは喜び、いっそう老人に注目し、熱心に聞き入っている。ヴァンスが逃げ出そうかと真剣に考え始め、ついに出口に顔を向けた時、キングズベリに見つかった。

「ああ、来たね」

みごとに揃うラインダンサーのように、部屋の一同がいっせいにヴァンスを振り向いた。

「こっちに、エリクソン君。記者のかたがたにきみから話してくれ」ヴァンスは曖昧《あいまい》に微笑し、演台に向かって歩きだしたが、気取り屋たちは——髪を美しくセットし、上等な仕立ての服を着て、歯を矯正し、よく訓練された声で話すアナウンサーたちは——よれて埃《ほこり》まみれの服に眉をひそめた。

「採掘現場からまっすぐ来たな、見ればわかる」ヴァンスが横に立つと、キングズベリはそう評した。聴衆は寛大な笑い声で迎えた。

「皆さんもご承知のとおり」キングズベリの口調はすぐに事業家のものに切り替わった。「ヴァンス・エリクソンは二重生活を送っています。彼は世界一の採掘地質学者でもあり……」

ヴァンスは賛辞に顔をしかめた。

「……当代一のレオナルド・ダ・ヴィンチのアマチュア研究家でもあります。私が財団顧問のジョフリー・マティーニ博士と共に、最近、非常に希少な古写本を購入した際も、助言をくれました——レオナルド・ダ・ヴィンチ直筆のもっとも美しい手稿のひとつです。彼らのすばらしい手引きと助言により、そのたぐいまれな古写本を、非常に古く由緒正しいイタリアのある家から譲り受けました。門外不出の品だったと聞きます。古写本を調べていて、エリクソン君は驚くべき発見をしました。中の二ページが、レオナルドの没後まもなく作られた、非常に巧みな贋作《がんさく》だったのです。おそらく、欠損を隠すためと思われます。この調査のために、〈キングズベリ財団〉とコンチネンタル・パシフィック石油会社による資金援助を決定しました。調査はエリクソン君主導で行われます。なぜルネサンス期にこのような隠蔽工作が行なわれたのか、その理由を探り、さらに可能であれば、消えたオリジナルのページを発見することが調査の目的です。では、この先はエリクソン君に話してもらいましょう」

＊

「……いまこの瞬間に、爺《じじ》いは記者会見で発表している」ネルソン・ベイリーは革張りの重役椅子の中で身を乗り出し、細縞のベストを神経質に引っ張った。「あのエリクソンも一緒だ。爺いめ、本当にマスコミのショウにしている」

「そう興奮するな」地球の裏側から低い声が穏やかに届いた。「消えたオリジナルは歴史の中に埋もれている。いまさら連中に行方をつきとめられるはずがない――少なくとも、我々が手に入れるより先には」

「あなたはあのエリクソンという男を知らないからそんなことを」ベイリーは泣き言をもらした。

「心配するな。機は熟している、たとえ老人とその手伝いが、オリジナルに書かれていた内容をつきとめたとしても、我々の計画はつつがなく実行される」

「しかし、あなたはエリクソンを知らない」ベイリーはなおも言った。「とりあえず、あの男がこれ以上邪魔をしないように手を打ちます」

「だめだ、ネルソン。この話は終わりだ」その声は厳しかった。「きみはエリクソンに対する個人的な嫌悪で判断の眼を曇らせているようだな。〈ブレーメン結社〉はそんなことのためにきみに報酬を支払っているわけではない。我々が求めるものは監視と報告だ。これまできみはいい仕事をしてきた。この先も変わらず続けろ。いつ、何を実行するかということは、こちらが判断する。わかったか?」

「はい」ベイリーはおどおどと言った。「しかし――」

「しかし、という言葉は聞かない。取引は最後のもっとも微妙な段階にはいった。我々の神聖な友人たちを不安にさせては困る」

なぜ自分はベイリーのような愚か者と取引をしているのか？　ドイツにいる男は、非の打ちどころのない金髪をかきあげて自問した。取引が終了するまでダ・ヴィンチの古写本を見張らせるために雇った、取るに足らないまぬけと割りきるしかない。手稿がキングズベリのような男の手に渡ったのは不運だった。彼の型破りなやり口と、おかかえのダ・ヴィンチ研究者のせいだ。本職が地質調査であるわりに、エリクソンは驚くほど優秀だった。〈ブレーメン結社〉のヴァンス・エリクソンに関する調査書では、ジョフリー・マティーニ博士の次に優秀な、つまりは世界で二番目に優秀なダ・ヴィンチ研究者と評価されている。問題ない、と金髪男は判断した。世界一、二の専門家ふたりが、失われたオリジナルの行方を、たとえ不眠不休でつきとめようとしても、結社が取引を成立させることを、キングズベリに止めることはできない。そして、取引が成立してしまえば――男はひとり微笑した――何物も、誰も、結社のすることを止められはしない。どんなことであれ。

「心配するな、ベイリー」金髪男は再び声の調子を戻した。「エリクソンの様子をこの先も逐一、報告してくれ。そうすればこちらも安心していられる。必要があれば、我々の手できみの友達にひとつふたつ教えてやる。それで満足か？」

「ええ、まあ」ベイリーは口ごもった。「一応は」

「そうか。では」趣味のよい執務室を素早く出て、金髪男は短い廊下を大股に歩き、別室にはいった。手袋をはめると籠《かご》の中から大きなどぶ鼠《ねずみ》を、嚙《か》まれないように尾を持って取り出した。ぶらさげたまま執務室に戻り、部屋の角めがけて放り投げた。鼠が床に落ちる前に、一羽の隼《はやぶさ》が止まり木を離れ、鋭い鉤爪《かぎづめ》でつかんだ。かすかな音をたてて、鼠の首は鳥の力強い嘴《くちばし》の間で砕けた。

「ヘルマン」金髪男はドイツ語でインターコムに向かって言った。「メフィストフェレスが食事を終えたら、後片付けを頼む」

＊

眼をあげたヴァンス・エリクソンは真っ向から照明を浴びせられることになった。「こんな話になっているとは、全然知りませんでした」彼は記者の一団に正直に言った。「しばらく社に戻っていなかったので――」

「私もだ」キングズベリが口をはさみ、いかにも父親らしい仕草でヴァンスの肩を叩いた。「しかし、昨夜、社に戻った私を待っていた、手稿に関するエリクソン君の報告書を読んで、実に興奮しましてね。いつもはこのような報告書にはすぐに眼を通すのだが、悪意をもって喧伝《けんでん》された企業買収をめぐる戦いで、私自身が会社を守ることで手いっぱいだったもので。ともかく、これは芸術の世界における世紀の大事件となるはずです。ヴァンス」老人はヴァンスを振り返り、軽く肩をすくめ、詫びるように笑みを浮かべた。「報告書を書いてもらってから何週間もたつが、内容は覚えているだろう。皆さんにかいつまんで話してあげてくれ」

ヴァンスは降参して両手をあげ、にやりと笑った。「いいですよ」そして、聴衆に向き直った。「できるだけやってみましょう。以前、キングズベリ古写本の売買について取材したかたがたは、これがイタリア語以外に訳されたことのない、数少ない古写本であることも覚えておいでででしょう――一般公開されたこともなく――レオナルドの生前に本人か、または親友のフランチェスコ・メルツィの手によって表装された、古写本のひとつであることも。レオナルドは大きな羊皮紙を使いました」説明するうちに、喋りながら調子が出てきた。「そのそれぞれに、不思議な絵や、発明や、おかしな物語や、ポルノがかった落書きまで書き散らしている。一枚、一枚の手稿に関連性はなく、天才による奇妙な落書きに思えます。一五一九年にレオナルドが亡くなると、それらは親友メルツィに遺《のこ》され――」

「そんなこと、ここのみんなは知ってます」最前列の赤毛の女が立ち上がってさえぎった。「それは歴史でしょう。必要なら、自分たちで簡単に調べられることばかりだわ。核心におはいりになったら?」

ヴァンスはすぐに、女が誰であるかに気づいた。スーザン・ストーム。〈オート・クルチュール〉誌の社外編集者で、おそらく彼が出会ったうちでもっとも憎々しい女である。彼はこの女からどうしても逃れられない気がしていた。レオナルド・ダ・ヴィンチに関する論文を発表したり、どこかの博物館の初日にキングズベリに同行したりするたびに、彼女はいつもそこにいて、辛辣《しんらつ》な質問で攻撃してくる。スーザンはヴァンスを、理系の人間の分際で、芸術と文化の世界に――彼女の世界に――押し入る侵入者とみなして憎んでいるふしがあった。道楽でやっている素人芸術愛好家の門外漢、と彼をおとしめる機会を一度たりとも逃さない。苦い顔でヴァンスはキングズベリに素早く眼を向けた。演台の端で折り畳み椅子に坐っている老人は、慈しみに満ちた笑顔を返しただけだった。

「ええと、皆さんは背景の事情をすべてご承知なんでしょうか——」ヴァンスは記者たちの顔を見回して、反応を待った。しかし、仮に背景の事情を知りたいと願う人間がいたとしても、のちに自分で調べることにしただろう。スーザン・ストームを相手にしたい人間は、誰ひとりいないようだった。「そのようですね。それじゃ、ミズ・ストーム、何をお知りになりたいんですか？」

「まず、ミスター・エリクソン、どうやってあなたが偽造を見破ったのか教えていただきたいわ。優秀なレオナルド研究家たちが四百年も見逃したような偽造を。なくなったページに書かれていた内容も教えてくださいな」彼女は言葉を切った。「それと、ページがなくなったことを、いったい誰が隠したがるというのかも」スーザンは集まった同業者たちを見回してから、またヴァンスを見た。「わたしたちに信じてほしいとおっしゃるの？」挑発するように言った。「これがルネサンス時代のウォーターゲート事件だとでも？——マキアヴェリ本人が主役の？」

ヴァンスは挑発を黙殺した。「ひとつずつお答えしましょう」彼は穏やかに言った。「私は、この古写本を——当時の所有者、カイッツィ家にちなんで、カイッツィ古写本として知られていた物ですが——キングズベリ氏が購入してまもなく、偽造に気づきました。実はマドリッドの国立図書館でレオナルド関連の資料をあさっているうちに、私は一五〇〇年代初頭にアラゴン枢機《すうき》卿《けい》の秘書だったアントニオ・デ・ベアティスの日記を見つけたんですよ。

デ・ベアティスはレオナルドに、彼の書いた物をまとめて見せてくれるように説得したとあります」

「話がそれていてよ、ミスター・エリクソン」

「ご注意ありがとう、ミズ・ストーム」ヴァンスは正面から眼を見て言った。

「ともあれ、デ・ベアティスは数年がかりでそれらを読み、整理しました。日記にはレオナルドの書いた物がすべて記録されています。その中には当時、唯一まとめられていた古写本も――つまりカイッツィ家からキングズベリ氏が購入した古写本の記録もあります。私はデ・ベアティスの記録と照らし合わせていて、矛盾に気づきまし――」

「それで？　ミスター・エリクソン、さっさと本題にはいってください」ヴァンスがしぶしぶスーザン・ストームに向き直ろうとした時、ありがたいことに、〈LAタイムズ〉紙の芸術欄記者が彼女の方に身を乗り出し、「黙って聞きましょうよ」ときっぱりたしなめた。数人の聴衆も小声で口々に同意した。

「キングズベリ氏の購入した古写本は二ページ分が偽造されていました」ヴァンスは続けた。

「それらにはいっていた透かしは、レオナルドの時代のものではありません。レオナルドの没後に用いられたものです。内容は取るに足らないことばかりで、ただ失われたページを埋めるために書かれたと思われます。枢機卿の秘書の日記によれば、そのページには、気象について、嵐や雷の観察が書かれていたそうです」

「どうしてそんなページを盗んだことを隠そうとするの？」スーザンが質問した。「いったい誰が」

「その答えは知りません、ミズ・ストーム。これから調査するうちに、おいおいわかってくるでしょう」

「どうかしら」スーザンは言った。「だいたい、どうしてあなたに——ただのアマチュアに——世界中の学者が見逃した日記を見つけることができたの?」

「未整理の資料の山をひっくり返していたので。その日記は、存在を忘れられていたか、目録からもれていたのでしょう」

「それをあなたが偶然見つけたというの?」あからさまに疑う口ぶりだった。

「そうです」彼は答えた。「歴史を覚えているならご存じでしょう。この図書館からは、目録からもれたレオナルドの書いた物が数多く散逸していると」

「エリクソン君は普通ではできないことをやりとげたのです、ミズ・ストーム」ハリソン・キングズベリの威厳に満ちた声が響き渡った。老人はいつの間にか立ち上がって、中央に進んできていた。「意表をつく道筋をたどり、存在すら知られていなかった物を発見した。いつもエリクソン君がコンパック社の原油を見つける方法と同じです。だからこそ彼は成功をおさめてきた。常に自分の鼻よりもずっと先を見るというやり方でね」老人はヴァンスに笑いかけた。「では、今日はこのあたりで」記者に向かって言った。「これ以上の質問は我が社の広報にお願いします。ご足労ありがとうございました」

3

アムステルダム　八月四日　金曜日

尾けられている。コートのボタンをかけ、風が吹きつけてくる雨の針をさえぎりながら、ヴァンス・エリクソンは風に逆らって突き進んでいた。馬鹿馬鹿しい。自分が尾けられるはずがない。そもそも誰が
そんなことをする？　ただの想像力のいたずらだ。

足を止め、赤煉瓦《れんが》の建物の壁にかかった道しるべを見た。〈カイゼルグラヒト〉。そう、この道だ。そう思った時、鐘が七時を打った。夕食の約束までは三十分ほど間がある。ヴァンスは道を左手に折れようとした。すると一ブロックほど離れて、雨にぼやけた人影が眼にはいった。いましがた点《つ》いた街灯の光は、雨の紗幕《しゃまく》にさえぎられている。ビー玉ほどもある雨粒が、昔ながらの砂利道にも、レインコートの背中にも、音をたてて降りかかる。

新たな道にはいり、足早に進んだ。振り返ると、角の向こうから例の人影が現れ、ゆっくりとこちらに向かってくる。ヴァンスは立ち止まった。人影も止まった。ヴァンスは歩きだした。人影も動きだした。

わけがわからなかった。しかし、わけがわからないといえば、このひと月の出来事すべてがそうだった。

まず、サンタモニカの自宅に戻った時の非現実的な光景。彼のレオナルド・ダ・ヴィンチに関する研究ノートや参考文献のほとんどがそこにあった。そして、家の中は隙間《すきま》だらけだった——パティの物のあった場所が。

あれからどのくらいたった？　三カ月か？　ああ、そんなものだ。三カ月前、パティが目録をつきつけてきた。あの目録がなければ、それほどには傷つかなかった。結婚して二年。確かにささいな不一致はあったが、どんな夫婦にもあるものだ。彼女は安心を求め、彼は冒険を欲した。それがもっとも大きな不一致だった。しかも、彼女は物を欲しがった。それも大量に。さらには、物をすべて納められる広い場所も。やがて彼は物が人を支配する気がし始めた。

彼はふたりの仲がそれほどまでに壊れていると気づいていなかった。たぶん、直視したくなかったのかもしれない。何度となく自問した。なぜ、気づかないうちにそこまでこじれてしまったのだろう、と。しかし、すでにこじれてしまっていた。そして、あの五月の涼しい日曜の午後、新聞の日曜版を読んでいると、彼女が突然、ひどく事務的に言った。「離婚したいの」

傷ついた。男がいるのか？　そうよ。その答えにまた傷ついた。信頼は消耗品と成り果てたのか。それだけでも十分な打撃なのに、もっとも傷つけられたのは、あの目録だった。皺ひとつない白い紙にエクセルの表計算ソフトできっちり打たれた、まさにパティの病的な几帳面さを見るような目録。いつ、何を、いくらで買ったのかを記録した目録。目録にあったいちばん新しい購入品目は、一月に買ったばかりの一万ドル以上もした大型スクリーン付きホームシアターシステムだった。彼女はそのシステムをほとんど使わなかったが、ただ持っ**ている**ことが好きなのだ。この目録の物は全部いただいていくわ、と彼女は宣言した。残りはふたりで分けましょう。

結婚直後から、彼女は目録を作り続けていたのだ。あたかも最初から結婚を一時的なものと考えていたかのようで、その事実こそがいちばん彼を傷つけた。永遠を信じる心はどこにいった？　永遠を信じているなら、目録などいらないはずだ。

そう——アムステルダムの街を歩きながら、ヴァンスは回想した——あの日の帰宅はまさに地獄への旅だった。だが、彼は生還した。レオナルドに関する研究ノートと必要最低限の着替えを持ち出し、悪魔がこれ以上、魂に穴を開ける前に家の外に逃げることができたのだから。もしもすべてを燃やしてしまえば、彼の中に巣食う悪魔も灰になるだろうか。

しかし、いじけているひまはなかった。

ハリソン・キングズベリは調査を進めることを強く望んでおり、あの記者会見から三日後には、ヴァンスをマドリッドに送り返した。キングズベリ本人がヴァンスを空港まで車で送った。老人は運転手というものをまったく信用していなかったのである。

問題はマドリッドで始まった。国立図書館のレオナルド・ダ・ヴィンチ・コレクション責任者が空港に現れ、大仰な謝罪で出迎えた。

「私どもは、あの男が詐欺師だとはまったく知らなかったのです、はい、まったく」小男は喋り続けた。「ちゃんとした信任状も、身分証明書も、いくつも提出されて、はい。法王庁の便箋に書かれた手紙もあったものですから、はい」

ヴァンスは苛立って訊いた。さっきから何を言ってるんです?

取り乱した責任者からようやくまとまった話を引き出すまで、一時間もかかった。

「あれはひと月ほど前でした、はい」小男は語りだした。「七月五日に、法王猊下《げいか》の補佐官だという男が現れて、デ・ベアティスの日記を借りたいと言ったのです。男は猊下の第一補佐官の署名がはいった手紙を見せました。そこには、ヴァチカン図書館の研究のために、日記を借りたいと書かれていたのです、はい。もちろん、私どもは法王猊下のお役に立つことができると大喜びしました、はい」小男は必死に喋り続けた。「私どもにわかるわけないじゃありませんか? 約束の期日を過ぎても日記が返却されないので、私どもはヴァチカン図書館に問い合わせました、はい。ヴァチカンではそんな男は知らないと言うのです! まったく知らないと! 法王庁もそんな男は知らないと。あの男は騙《かた》りだったのです!」

警察に盗難届けを出した、と小男は続けた。しかし酷《むご》いことだが、あの日記が再び日の目を見ることはないだろう。金持ちのマニアが個人の蒐集物に加えたに違いない。美術品の盗難事件とはそんなものだ、と小男は哲学的にしめくくった。

その日の午後、ヴァンスはマドリッドを発った。発つ前に彼は、盗まれる前に日記を調べたことのある三人の名前と、泥棒の人相を聞き出していた。その貴重な本を〝借りた〟男は長身で痩せており、艶《つや》やかな黒髪で、聖職者らしい雰囲気に包まれ、首の右側に鳥の形の赤痣《あざ》があったという。

雨足はいよいよ激しくなってきた。運河沿いにぼやけたカーテンが何重にもかかり、ヴァンスの濡れそぼったアイリッシュツイードの帽子が派手な音をたてる。あの愛すべきアムステルダムはどこに行った？　あの温かさ、居心地のよさ、住人たちの社交的な明るさは？　きっと温かくて、居心地がよくて、社交的な明るい場所に行ってしまったのだろう。尾けてきた人間の足音はでたらめな雨音にまぎれているが、ヴァンスにはわかっていた。まだそこにいる。気配がひしひしと伝わってくる。

前方のほど近くにカフェ・バーの灯《あかり》が明るく輝いていた。ほっとして、そこをめざす。

店内の温かく湿った空気は紫煙で靄《もや》っていたが、心地よかった。しばらく戸口に立って雨のしずくを落としてから、仕事帰りの客の間に割りこみ、カウンターの前に狭い隙間を見つけた。

片言《かたこと》のオランダ語でオード・ジェネヴァを――年代物のオランダのジンを――注文し、ドアに顔を向けて、尾けてきた男が通り過ぎて夜の中に消えてしまうのを見届けようとした。が、尾行者はいっこうに窓の外を通らない。飲み物が出てきた。ヴァンスは大きくひと口飲んだ。酒が咽喉《のど》を灼《や》いて流れ落ち、胃でくすぶる。眼を閉じて、深く息を吸い、ゆっくり吐くと、緊張がゆるんだ。空港を出て以来、初めて、彼の心臓は早鐘を打つのをやめた。

平和な気持ちが広がり、ここ数日の出来事をようやくひとつひとつ思い返すことができた。最近、デ・ベアティスの日記を調べる機会のあった三人の男のうち、最初のひとりは心臓発作で死んだ。ウィーンの彼の家を訪ねると、未亡人がそう答えた。教授は高齢で――七十六に手が届くところ――夜中にぽっくり亡くなったのだから幸せだった、とも。

ストラスブールでも、同じことのくり返しだった。はるばるマドリッドにデ・ベアティスの日記を見にいったことのあるストラスブール大学の名誉教授は、六十八歳の誕生日を目前に控えていたが、そのたった七日前に心臓発作で死んでいた。日記を読んだふたりがふたりとも死んだとは。ヴァンスは偶然に過ぎないと無理に納得しようとした――二時間ほど前に、自分が尾行されていることに気づくまでは。尾行している男は目立たない外見で、身長は百八十センチ弱、肉付きは並み程度、特徴のないダークグレーのスーツに、特徴のないネクタイとワイシャツ姿だ。唯一、特徴的だったのは――それでヴァンスは彼の存在に気づいた――禿頭《はげあたま》の上に、両耳の脇《わき》から髪がそそり立ち、ふくろうのように見える髪型である。

最初に男の姿を認めたのは空港だった。次に見たのは、国立博物館近くのオランダ航空バスターミナルだった。その次はホテル。そして、ゾイデル海の夏の嵐がアムステルダムの牧歌的な夏の日を吹き消したあとも、男はまだ背後にいた。

これが偶然ということがありえるだろうか?　しかし、男はまったく人畜無害に見える――歳のころは五十代後半で、鍛えた身体とは言えない。まったくヴァンスの相手ではない。ここがアメリカなら、何時間も前に問い詰めただろうが、ヴァンスは外国で騒ぎを起こしたくなかった——言葉が通じないかもしれない——そもそもまったく根拠のない誤解だとしたらと思えば、いさかいを起こすのも気が引ける。

もう一杯、オード・ジェネヴァを飲み干した彼は、もし男が店の外で待ち構えていたら問い詰めようと決心した。

日記を読んだ三人目の男は、彼の知るかぎりでは、まだ生きているはずだった。ヴァンスは鋭く舌を刺すジンを口に含み、多少浮き世離れしているがすばらしいレオナルド・ダ・ヴィンチ研究者のジョフリー・マティーニ教授と、その日早くに交わした会話を思い返した。マティーニ教授は、オランダ国立図書館の書庫で見つかったレオナルドの古写本から散逸していたページを調べるため、この夏をアムステルダムで過ごしていた。マティーニ教授はヴァンスを夕食に招いてくれた。ヴァンスは喜んで招待を受け、古馴染《なじ》みのケンブリッジ大元教授が無事であることに安堵《あんど》した。教授にデ・ベアティスの日記が盗まれたことを話したくて待ちきれない。腕時計を見るとそろそろ約束の時間だった。彼は飲み代を払い、客をかきわけ、夕暮の中に戻った。

雨はやんでいた。家の明かりや街灯やネオンが、砂利の不規則な面に反射し、金の光を飛ばしていた。

最初の十字路であたりを見回し、あのふくろう頭の男を探した。どこにも見えない。ヴァンスはすぐに男の存在を忘れ、古写本の偽造ページとマティーニ教授を訪問することに気を戻した。

マティーニ教授に対し、ヴァンスは海より深い敬慕の念を抱いていた。まだ誰もヴァンスの力を信じてくれなかった時代、教授だけは認めてくれたのだ。

教授と出会ったのは一九九三年の、イギリスはケンブリッジのキャンパス近くにある小さなパブだった。ちょうど大学の事務方から、彼を受け入れられない理由を説明された直後のことである。不名誉除隊処分と、賭博《とばく》の世界における華々しい悪名が、その理由ということだった。あの日、マティーニ教授がなぜ〈ランプと旗〉亭の客の中からヴァンスを拾ったのかは謎だったが、その事実は確かに彼の人生を変えた。

マティーニ教授は、ヴァンスが湾岸戦争で除隊処分になったのは、バスラ近郊で傷ついた子供たちに小さな病院を建てるための物資を横流ししたことがばれたからだ、という説明に耳を傾けた。当時、ヴァンスは高校を卒業したばかりだったが、その計画を自ら立ちあげ、十人以上の軍医、衛生兵、工兵部隊の少佐一名、その他もろもろを指揮した。共謀者たちの内でヴァンスだけが士官ではなく、ワシントンにすべてがばれると彼ひとりが見せしめにされた。ほかの同志は皆、手の甲を鞭で打たれることもなく、あっさり放免された。金に逼迫《ひっぱく》したヴァンスは、ブラックジャックの必勝法を編み出し、あまりに成功しすぎて、ついには世界中の名立たるカジノに出入り禁止になったが、それまでの一年間、世界を飛び回って小金を貯《たくわ》えていた——という身の上話を、教授は真剣に聞いてくれたものだ。

暮れゆく街を進みながら、ヴァンスはマティーニ教授の姿を思い浮べた。ぼうぼうの白髪、垂れた口髭《くちひげ》、背の高い痩せた身体の腰が曲がっているものの、翌月七十九歳になる老教授は、当時から実に行動的だった。教授は奔走し、大学側と掛け合い、ヴァンスの入学を認めさせた。マティーニ教授は青年の内にレオナルド・ダ・ヴィンチへの興味を育《はぐく》み、ほかの分野に目移りしそうになるとたしなめ、ヴァンスが巨匠への好奇心と愛情を満たすのを見守り、十年以上もの間、共に研究し続けたのである。

マティーニ教授と再会することを考えると、数カ月前にキングズベリが古写本を購入して以来初めてヴァンスの気持ちは高揚し、足取りも軽くなった。十五分後、彼はプリンセングラヒト運河を見下ろす、教授の狭い四階建てタウンハウスの古風な呼び鈴を鳴らしていた。

玄関前で待っていると、中でかすかな物音がしたが、ドアは開かなかった。もう一度、呼び鈴を鳴らした。何かをひきずったり、ぶつかったりするような音だけが返ってきた。ヴァンスは階段の手摺りから身を乗り出し、明るい窓の中を覗《のぞ》こうとした。薄物のカーテンを通して、肘掛《ひじかけ》椅子に坐る男の上にかがみこむ、長身の男の姿がぼんやりと見える。

胸が早鐘を打ち出した。立っている長身の男は明らかに教授ではない。

「先生！」叫んで、ヴァンスはドアノブをひねった。鍵がかかっていた。「マティーニ先生、大丈夫ですか！」再び叫んで、ワニスのかかったマホガニーのドアを拳《こぶし》で打ち続けた。「ここを開けろ！　警察を呼ぶぞ！」ヴァンスは全身の力をこめて、ドアを破ろうとした。逞《たくま》しい肩を何度ぶつけても、五百年の風雪に耐えた頑丈な扉は、たかだかひとりの人間の力ではびくともしない。

錯乱した有様を、通りすがりの人々が数名、不思議そうに見ていた。

「警察を」彼は早口に英語で言った。「警察を呼んでくれ」たどたどしいオランダ語でくり返した。ひとりの中年男が理解したらしく、携帯電話を取り出してかけ始めた。

ヴァンスは階段をおりて、窓に向かった。窓に手をかけたその時、玄関のドアが大きく開き、淡い黄色の光が、走り抜ける長身瘦軀《そうく》の黒髪の男を照らし出した。

「止まれ！」ヴァンスは怒鳴った。男は彼を黙殺し、あちこち壊れてでこぼこの歩道を疾走した。ヴァンスは全力で追跡した。

何台もの車が歩道にめちゃくちゃに駐車されている――いったい、ここの習慣なのか――おかげで追跡は困難になった。男はついに走る車の切れ目を見つけ、細い一方通行の道を突っ切っていく。ヴァンスはあとを追い、運河を越える橋を渡り、左に曲がって車道沿いに走り続けた。普段、浜辺を何マイルも走っているおかげで、距離が縮まってきた。足取りが遅くなった男は、右手に折れて路地に駆けこんだ。靴が舗道で滑る音に続いて、倒れたような音がした。

路地の角を曲がると、三十メートルほど前を足をひきずって走る男の姿が見えた。ヴァンスは躊躇した。イラクの戦場ではほとんどの時間を、建築用ブロックや発電機を盗むことに費やした。一年前にたった十二回のレッスンでやめた武術を、真面目に続けていればよかった、と心から後悔した。だが、あの男だけは逃がすわけにいかない。ヴァンスは全身の力をふりしぼってスピードをあげ、男の背に飛びかかった。

男はわっと叫んだ。ヴァンスが上に乗ると、咽喉から笛のような音が漏れた。転がって逃れようとする男に執拗《しつよう》に覆《おお》いかぶさり、でたらめにパンチをくり出すと、何発か命中した。よろめきながら、男は右膝をかばうように立ちあがった。薄暗がりの中でも、男が転んで破けたズボンの裂け目から血が流れているのが見える。

不意に、男は左フックでヴァンスの頭を吹っ飛ばした。左眼の上が切れた。ヴァンスがよろけてあとずさると、男はひどく足をひきずりつつ、また逃げ出した。傷口から夥《おびただ》しく流れ出る血で左眼が見えないヴァンスは、ごみの缶にしたたかに足をぶつけて、つんのめった。その拍子にワインの空瓶が地面に落ちた。ヴァンスは眼に流れこむ血を片手でぬぐいながら、もう片方の手で空瓶を拾って頭上に振りかざし、十分に距離が縮まると、力いっぱい、振りおろした。男の口から勢いよく息が吐き出された。男が顔から舗道に倒れ、縮こまって動かなくなるのを、ヴァンスは見守った。

肩で息をしながら、レインコートの袖口《そでぐち》で眼のあたりをぬぐうと、黄褐色のポプリンに鮮紅色の染みがべっとりついた。倒れた男の上にかがむと、左眼の上の痛みが大砲のように全身に響く。男を仰向けにひっくり返した。右の首筋に、セーターのタートルネックに半分隠れて、異様な赤い痣が見えた。衿《えり》を引きおろして、ヴァンスは息をのんだ。淡い光に痣の形がはっきり浮かび上がる。鳥だ――飛翔する鷹。

「おいおい」ヴァンスは思わず声に出していた。デ・ベアティスの日記を持ち去った男の特徴そのものだ。しゃがみこんで、男のポケットを探った。身元のわかる物はない。男がうめいた。意識を取り戻したらしい。警察だ、とヴァンスは考えた。警察を呼ばなければ。よろけながら立ち上がったその時、背後でかすかな音がした。はっと振り向くと、ふくろう頭の男があのワインの空瓶を振りおろすのが見えた。咄嗟《とっさ》に首を縮めたが、瓶は頭の横にあたり、眼がくらんで両手両膝をついた。もう一度、振りおろされた瓶は、今度は脳天を直撃した。

彼は鈍い音をたてて倒れ、明滅する色鮮やかな星の海に沈んだ。

黴臭《かびくさ》い湿った舗道の匂いを嗅《か》ぎながら、ぼんやりと思った——このまま、頭に鉛弾を撃ちこまれるのか……。

4

時間と光の断片がちらほらとよみがえるにつれ、波打つような痛みが容赦なく戻ってきた。眼を開けると、世界がかすんでいた。ようやく、路地でうつぶせに寝ているから焦点が合わないのだと気づいた。ヴァンスは思い出そうとした。ここはどこだ、いったい何が……。

片肘をついて身を起こし、自由がきく方の手で慎重に眼の上の傷をなでてみた。血は止まっていた。どんどん大きくなる頭のこぶに手を這わせた。指に血はついてこなかった。

なんとか立ち上がると路地の塀に寄りかかり、ぐるぐる回る世界が止まるのを待った。歩きだしたとたんに、膝から崩れ落ちた。しばらくしてから、もう一度立ち上がり、ごつごつした煉瓦塀につかまって、そろそろと路地の出口に向かった。近くの教会で八時の鐘が鳴った。ということは、たいして長く気を失っていたわけではない。

マティーニ教授の家に近づくと、数台のパトカーと救急車が一台停まっているのが見えた。教授は無事だろうかと思った瞬間、頭がはっきりした。脳の中でいっそう激しく鳴る音を無視して走りだした。運河と住宅の間に伸びる細い道を、野次馬が埋めている。

「通してくれ！」ヴァンスは怒鳴った。「頼む、通してくれ」二、三人が怒った顔で文句を言おうと振り向いたが、血塗《ちまみ》れの男の狂気に満ちた眼を見ると、皆いっせいに道をあけた。

玄関の前で制服警官がフィルターなしの煙草を一服吸いこみつつ、ヴァンスが階段をのぼってくるのを見ていた。

「先生は?」ヴァンスは言った。「ぼくは友人です」

警官はもう一服吸って、家の石段に煙草を落とし、質実剛健そのものの靴の爪先で踏み消した。

「その傷は?」警官は訊《たず》ねた。

「やられました、たぶん同じ奴に」

警官はうなずいた。

「失礼ですが、あなたは?」

「ヴァンス・エリクソン。マティーニ先生とぼくは――」

警官の顔に、ああ、という表情が広がった。「新聞であなたの記事を読みましたよ。ダ・ヴィンチの何かの仕事をしてるとか」

ヴァンスはうなずいた。

「お気の毒ですが、亡くなりました」

ヴァンスは眼を見開いた。口を動かしたが、声が出なかった。

「こちらへ」警官がヴァンスの二の腕をつかんで、アムステルダム警察の車が何台も停まっている場所に連れていこうとした。「どうぞ、少しお話を」

「嘘《うそ》だ！」ヴァンスは手を振りほどいた。「そんな馬鹿なことがあるか」彼は開いたドアに突進した。「見せろ」

「待ちなさい」警官は止めた。「見ないほうがいい。友達なら」

だが、すでにヴァンスはドアの中にいた。正面の居間では、制服や私服の刑事たちが、肘掛椅子の周りに集まっていた。鑑識が写真を撮っている。ヴァンスは彼らの興味の対象に一歩一歩近づくにつれ、心臓が押しつぶされる気がした。

肘掛椅子に縛られて、マティーニ教授の身体は両腕と胸のロープに力なくひっかかっていた。椅子の下で、落ち着いた居間にふさわしいベージュの敷物は血に染まっていた。教授の顔は傷つき、腫《は》れていた。頭は胸に顎をつけて垂れ下り、神秘的な脳神経がつなぎとめていた叡知《えいち》も知識も、教授の美徳のすべてが、脳細胞の最後の火花と共に消えてしまった。

最初の警官はその場にいる同僚に向かってうなずくと、ヴァンスがそろそろとマティーニ教授の死体に近寄り、優しく手を握るのを見守った。

「さよなら、先生」そして、ヴァンスはゆっくり背を向けた。

重たい静寂ののち、警官が口を開いた。「申し訳ありませんが、あなたからもお話を伺わなければなりません」ヴァンスはうなずいた。「どちらにお泊まりですか？」ヴァンスが告げると、警官は彼が着替えられるように車で送るように手配した。今度はヴァンスも逆らわなかった。

＊

医者が部屋を出ていき、シャワーを浴びたヴァンスがベッドの端に坐っていると、ふたりの刑事がハーフ・オム・ハーフを――かつてはありふれていたが、いまはかなりのレア物となったオランダの酒を――一瓶たずさえてやってきた。オレンジの香りがする、ぴりっとした酒を飲みながら、ヴァンスは刑事の質問に答え、マティーニ教授との関係や、今夜の訪問の理由や、鷹のような痣を持つ男について話した。

次の質問にヴァンスは頭を殴られた気がした。

「トージというのが何なのか、もしくは誰なのか、ご存じですか？」

「いいえ」ヴァンスは隠そうと意識するより先に嘘をついていた。「なぜ？」

「教授は自分の血でズボンにそう書き残しています」

5

ジェイムズ・エリオット・キンボール四世は、煙草とハシシの煙の靄《もや》に眉をしかめつつ、眼の前に坐る中年の食事相手を無視しようとした。広々とした部屋の向こうでは、でっぷりとした禿男がベルベット張りの長椅子で仰向けに横たわり、出るべきところはたっぷりと出た女がストッキングと黒レースのガーターベルトだけの姿で、素裸の男の全身にくちびるを這わせている。部屋全体で少なくとも三十人近くの人間が、ふたりか、三人か、またはそれ以上の組合せで、互いの肉体と官能に淫《みだ》らな奉仕をしあっていた。

〈カリギュラ・クラブ〉の料理は並み程度だった。しかし——と、キンボールはひとりごちた——この雰囲気はまさに比類のないものだ。アムステルダムのリッチな郊外に設けられた会員制のこのクラブは、人間のあらゆる欲望——食物、酒、性欲を提供していた。乱交用の部屋ではコンピューター制御の照明によるイルミネーション・ショウが愉《たの》しめる。〈カリギュラ・クラブ〉にはプライベートなセックスの部屋も用意されており、さらには、どんな変態極まりないプレイやフェチズムを求める客にも応えられる性具の売店まで勢揃いしていた。クラブ創立メンバーであるキンボールは顧客リストを見ることができるのだが、女が男より一割も多いという現実にはいつも驚かされていた。

キンボールは自分の食事相手にいやいや視線を戻した。四十八歳のデニース・キャロザーズは、最先端兵器テクノロジーでトップを走る多国籍企業、キャロザーズ・エアロスペース社の創立者でもあり、代表取締役でもあった。

「なんだよ」キンボールは乱痴気騒ぎの光景から引き戻されて、つっけんどんに訊き返した。

「だから、いつかはヴァンス・エリクソンを始末する必要があるかもしれないけど、いまやるのは賢いことじゃないって言ったの」

キンボールの氷河に似た碧眼が薄暗がりの中で危険に光った。苛立った時の癖で、彼は金髪をかきあげた。

「なぜ?」キンボールは抑えた声で訊ねた。

「あたしはあの爺さんを知ってるからよ。エリクソンを実の息子みたいにかわいがってる。もし、あたしたちがエリクソンに手を出したら、ハリソン・キングズベリは何が起きてるのかつきとめるのに、それこそ何百万ドルでもつぎこむわよ。取引まで間もないって時に、そんな邪魔がはいったら、うっとうしいじゃないの。それに」キャロザーズは続けた。「マティーニ教授が死んだことで、エリクソンは恐がって震えてるわ。最初のふたりのことは変だと思っただけだとしても、今度のあれを、警告だと気づかないってことはないでしょ。おとなしく引っこむわよ、少なくとも、あたしたちの取引が終わるまでは」

キンボールはタルタルステーキの残りを無言で睨《にら》みつけ、どうすればあのエリクソンという男を眼の前から消すことができるのかと思わずにいられなかった。物心ついた頃から、他人はキンボールの意のままに動いた。それが当然だと思っていた。従わなかった連中は――つまり両親のことだが――すぐに彼を放っておくことに慣れた。エリクソンにかまうな、とキンボールがコンパック社の操り人形のベイリーに言うのと、誰かが彼に――このエリオット・キンボールに向かって言うのは、まったく違う。たとえそれが〈ブレーメン結社〉の長であろうとも。キンボールは歯嚙みした。胃からあがってくる酸味が咽喉の奥を灼いた。エリクソンに復讐したい。その復讐を許さないこの女には、それなりの敬意を払わせたかった。

「あんたは俺のようにエリクソンを知らない」キンボールは辛抱強く言った。「あの男がどれだけずる賢いか知らないんだ……あいつはルールどおりにやらない」

「ルールどおりにやらない？　どういう意味よ？　何か問題があるの？　あたしたちだってルールどおりになんかやらないじゃないの。こっちが作らないかぎりは」

一瞬、キンボールは彼女を見つめた。むかし、若かった頃は、彼女に何もかも打ち明けた時もあった。「あれは」ゆっくりと語りだした。「ハーヴァード大の三年生の時だ。マサチューセッツ工科大学とラグビーの試合をやった。エリクソンは向こうのキャプテンで――」

「あなた、ヴァンス・エリクソンと会ったことはないって言ったじゃないの」

「会ったわけじゃない」キンボールは怒った顔で睨んだ。これは自分の個人的な経験の話だ。話さなかったからといって文句を言われる筋合いはない。自分はもはや彼女の十九歳のつばめではないのだ。「会ったわけじゃないが、俺には大事なことだ。あいつは向こうのキャプテンだった」キンボールは不愉快な過去を見つめながら、彼女にというよりは、むしろ自分自身に向かって語りだした。

「試合は膠着《こうちゃく》状態で、残り時間は五分もなかった。こっちは最高のチームだった。なのにエリクソンが……エリクソンが妙な作戦をひっさげてきて、典型的な試合をめちゃめちゃに崩した。とにかく……普通のやり方じゃなかった。あの最後の五分、こっちは勝ってたのに……エリクソンにボールが渡ったとたん、あいつはブロッカーを全員突破してゴールラインに突っこんでいった。あんな……馬鹿げている。全員突破なんてできるわけがないんだ。最初に反応したのは俺だった。エリクソンにタックルした。俺のほうが背が高くて、身体もでかかったのに……」彼の声はそのまま途切れた。

〈カリギュラ・クラブ〉の薄暗い光の中で、キンボールの顔は憤怒《ふんぬ》と屈辱で赤くなっていた。エリクソンが身体を前に思いきり倒して突進してきた時の腹に受けた痛みと、ゴールラインを越えたあとで戻ってきたエリクソンに手を差し出されるまで見ていた空の青さを思い出して。キンボールはいまではいっそうエリクソンを憎んでいた。彼が時を経て再び眼の前に現れたことも、レオナルド・ダ・ヴィンチの古写本を巡って邪魔してきたことも――ゴールを決めたあとに戻って敗者の傷口に塩をすりこんだ無神経さと同じくらい憎かった。

「あなたのヴァンス・エリクソンに対する気持ちはわかるわ」キャロザーズはあやすように言った。「詫びを入れさせたいんでしょ。いろいろ。でも、待たなくちゃだめ」

＊

「だめよ、エリオット。まだ、だめ」キャロザーズは有無を言わさぬ口調で続けると、彼の太股に手をのせて、いつものように愛撫した。彼女はエリオット・キンボールを何年も前から知っていた。彼の父親のキンボール＆スミス＆ファーバー証券会社は、キャロザーズ・エアロスペース社の株式公開を手がけていた。その関係で、彼女はキンボールの子供時代の放埒《ほうらつ》ぶりを知っていたのだ。キンボールがスリルを求めて父親の裕福な友人の家を次々に荒らしたことも、年若い友人を誘拐して身の代金を要求したことも、十六歳の時に愛車のコルヴェットで故意に人を轢《ひ》き、その理由が〝人を殺してみたかったから〟だったことも。父親は息子の弁護に何千ドルもかけて最高の弁護士を集め、ありとあらゆる手を尽くし、さらに何百ドル、何千ドルという金をばらまいた。金で買える最高の判決を得ることができたが、それでも判事はキンボール少年に対し、〝金持ちも法の裁きを逃れられないということを知らしめるために〟六ヵ月の実刑判決を言い渡した。

出所後に記者会見を開いて、自らのひねくれた人生に対する遺憾の意と後悔の念を明らかにし、〈ボストン・グローブ〉紙のインタビューに応えて、〝社会に対する義務を果たし、社会の一員として恥ずかしくない生き方をする努力をしたい〟と誓うと、父親もボストン社交界も胸をなでおろした。その約束を守るように、彼はラトガーズ大学を優等で卒業し、ハーヴァード大学で法律を学びなおした。

キャロザーズだけが知っていた。それは生まれ変わったエリオット・キンボールがめくらましに張り巡らした煙幕であることを。なぜなら、彼は十一歳で彼女に童貞を奪われて以来、もっとも個人的な経験まで、何もかも打ち明けていた。彼女との性行為のテクニックを、ほかの女や、少年や、男と試したことも。殺すことの快感も。死によってのみ解放される魂の疼《うず》きについてさえも。

「殺しを商売にしてる人間がいるだろ」仮釈放中、キンボールはキャロザーズにそう言った。「俺もそういう人間になりたいんだよ、デニース。本気さ。あの日、あの爺いをぶっとばした時くらい、すかっとして、自分の力が実感できて、生きてる満足感を味わえたことはなかった。だけど、塀の中の奴らのようにはなりたくない。あいつらはかっとなって殺すか、盗みの現場をおさえられてやっちまうかだろ。俺は殺しそのものを愉しみたい。芸術としてやりたいんだ……この手で殺しながら、死んでいく人間の眼を見つめていたい」キャロザーズはまだ十八歳のエリオット・キンボールがその望みをかなえられるようにはからった。十二年も前のことだ。当時、新しくできた〈ブレーメン結社〉には、〝教育的指導〟の必要な敵が増えていた。キンボールは、まずキャロザーズが、人と、時と、場所を決めるまでは、誰も殺さないということで同意した。このすばらしい取り決めは十年以上も続いているが、彼女にとって残念だったのは、その間に青年のセックスの好みが若い女に移ったことだった。

「あなたのヴァンス・エリクソンに対する気持ちには、本当に同情してるのよ」キャロザーズは彼の股間《こかん》に手を伸ばしながら言った。「取引が終わったあとなら、なんでも好きなことをしていいわ。それまではだめ」

ズボンの上からまさぐられたそこが硬張るのを感じ、彼は椅子の中で坐りなおした。

そして、しぶしぶうなずいた。

ふたりの視線がぶつかった。どちらもまばたきひとつしなかった。ようやくキンボールが沈黙を破った。「あんたがボスだ」そう言って、内心で付け加えた。いまのうちはな。

キャロザーズはうなずいた。「ここでする？　いつもの部屋に行く？」

6

八月五日　土曜日

中世から続くロンバルディア地方の小さな村々の赤いタイル屋根が、アリタリア航空七四七便の巨体の下に見えてきた。機はアムステルダムからミラノに南下する長旅を、あと三十分ほどで終える。オリーブの緑が麗しい田舎の風景に散らばる、点のような人間たちを見ながら、ヴァンス・エリクソンは、なぜアムステルダムの刑事に嘘をついてしまったのか、と自問せずにいられなかった。ウンベルト・トージ——彼がボローニャ大学のルネサンス史の学者であり、レオナルド・ダ・ヴィンチ研究者であることは、調べられればすぐにわかることだ。

なぜだ？　答えは決まっていた。これは個人的なことだから。自分の責任だからだ。

もしも、あの時——罪悪感の刺《とげ》がヴァンスの胸につかえる——あの時、マティーニ教授の家を訪ねていれば。あれほど長い間、ジンでひまをつぶしていなければ、教授は生きていただろう。

刑事に嘘をついた理由は謎でも何でもない。マティーニ教授の死はヴァンスの責任であり、犯人を見つけるのは彼の義務だからだ。罪悪感という名の力強いエンジンに燃料を注いでいるのは、胸に燃えたぎる怒り——マティーニ教授のような人物にあんなことをする人間がいるという怒りだった。怒りは眼もくらむほど青白い炎と化していた。殺人者が終身刑を受け、居心地のよい刑務所でぬくぬくと暮らすことを許す気はさらさらなかった。ヴァンス・エリクソンが生きているかぎり、そんなことは許さない。

マティーニ教授を殺した人間には必ず代償を支払わせてみせる。

アムステルダム警察は親切だった——アムステルダム市民に対するアメリカ警察よりも、ずっと親切だった——しかし、ヴァンスが事件でひと役買っているのではないかという疑惑の緊迫感が、取り調べの間中、漂っていたのは事実である。

何度も何度もヴァンスは尋問され、そのたびに言いたいことはすべて話した……肝心な鍵は除いて。彼が追っている手がかりを、警察があまり早く見つけないように。

ヴァンスは襲撃者について話し、路地で見た男の人相を細かく描写した。しかし、トージのことも、ストラスブールとウィーンのレオナルド・ダ・ヴィンチ研究者たちの死の疑惑についても話さなかった。情報を彼ひとりの胸にしまっていたのは、解決せねばならない問題をかかえたからだった。ヴァンス・エリクソンの手で殺人者を殺すことだけが、この罪の意識を消せるのだ。

憤怒と呪わしさが渦のように生まれ出る心の奥底に、いまだ表だって聞こえない声があった。恐怖の声だ。ごく狭い範囲の人間ばかりを狙った殺人計画が明らかに存在している——アントニオ・デ・ベアティスの日記を読んだ人間ばかりを。日記を読んで生き残っている人間は、いまやヴァンスただひとりなのだ。次は自分の番だという気持ちは、楽しいものではなかった。

トージ教授は何を知っている？　七四七便がミラノのマルペンサ空港に下降を始めると、ヴァンスは心の中で疑問をつぶやき、トージ教授の知ることが何であれ、自分も早く知るように祈った。

ミラノ旧市街にあるスフォルツァ城で今夜から、レオナルド・ダ・ヴィンチがテーマの大展覧会とシンポジウムが開かれる。半年も前からヴァンスは行こうと決めていたものだ。軍事技術者としてのダ・ヴィンチに関する、マティーニ教授の論文発表が楽しみだったのである。このシンポジウムはダ・ヴィンチゆかりのヨーロッパ各地で毎年開かれている。

半年——六カ月。それは十年にも、一生にも思えた。この六カ月の間に……パティが、マティーニ教授が、その次は……。

いやな考えを払うように頭を振った。窓の外の下には、ミラノの街がゆっくりと大きくなってきた。

＊

難なく税関を通過した一時間後、ヴァンスはダンテ通りの小さな下宿に着いた。下宿は大聖堂とスフォルツァ城のちょうど中間にあり、どちらにも歩いていけるのである。ヴァンスの財力なら五つ星ホテルに簡単に泊まれるが、彼はこの本場らしい雰囲気が好きなのだった。高い天井も、朝食をとる食堂の壁を彩る名もないルネサンス期の画家によるフレスコ画も、誰もイタリア語以外の言葉を話さないことも、近所の店は観光客ではなく地元の人間を相手に商売をしていることも。ここは学生時代からの定宿だった。

タクシー運転手に「チャオ」と声をかけると、たったひとつの旅行鞄《かばん》をひょいと肩にかけ、大きな門から庭にはいり、階段吹き抜けの黒い金網の中でやけに音をたてる実に古いエレベーターを避けて、踊り場五つ分の階段をのぼった。

呼び鈴を鳴らすと、下宿の主が出てきた。

「シニョーレ・エリクソン！」彼女は叫んで、偉大な胸にヴァンスを勢いよく抱きしめた。「また会えて嬉しいよ」イタリア語で言った。「最後に来てから、ずいぶんたつものねえ」

親しみのこもった歓迎に心がぬくもった。ヴァンスは腰をおろすと、大学に入学したばかりだという十八歳の息子の写真を誉めて、よもやま話をし、カプチーノを飲みながら、彼女の一家の近況報告をすっかり聞いた。オルシーニ夫人は第二次世界大戦で米軍に解放された家の出で、いまも特別な親米感情を持っていた。共産党のどんな扇動にも、露ほども惑わされることはない。話を始めて数分後、突然、夫人の顔が曇った。

「ああ、シニョーレ、忘れるところだった。今朝早くに男の人が来たんだよ。あんまり早くて、門が開いてなかったものだから、がんがん叩いて、ずっと叫んでてねえ。わたしも起こされて、とうとう階下《した》に見にいったんだけど」眉を寄せると、夫人の陽気なつるりとした顔に皺が生まれた。「中年だったねえ。あなたの知り合いだって。そう言うんだけど、あの男はなんだか……なんだか気味悪くて。わたしゃ、とうとう門を開けなかったわよ。だけど、小窓から封筒を入れてきて、あなたに渡してくれって言うのさ」

ヴァンスはテーブルにカップを戻したが、力がはいりすぎて、甘く温かいコーヒーを少しこぼした。

オルシーニ夫人は気づいていないようだった。「ものすごく興奮してて」夫人は続けた。「恐がってるみたいだったね、あれ以上、青くなれないってくらい真っ青な顔して、絶対に手紙を渡してくれって。生き死にの問題だなんて言ってねえ」夫人はエプロンのポケットをごそごそやると皺だらけの封筒を取り出した。傷《いた》んでいるが、開封はされていない。

夫人が見守る中、ヴァンスは無言で封を破り、中の言葉を読んだ。〝至急会いたい。私も彼らに狙われている。今夜七時にサンタ・マリア・デッレ・グラツィエ教会で待つ〟

最後に署名があった。〝トージ〟

ヴァンスは部屋にはいると――庭に面したいつもの部屋である――歩き回り、荷物を解いて、また歩き回った。

私も彼らに狙われている。彼らとは誰だ？　トージ教授はマティーニ教授殺しの犯人を知っているのか？　トージ教授はレオナルド・ダ・ヴィンチ研究者としては凡庸だが、非常にすぐれた科学者である。かつては原子力専門の物理学者だったが、原子力発電所を批判してから干されていた。彼はタフな男だ。誰にしろ、トージ教授を怯《おび》えさせたとすれば相当の凄《すご》腕《うで》だろう。

替えのスーツと、二枚の予備のシャツを吊るし、明日のシンポジウムまでに皺が目立たなくなるように祈るうちに、腹が音をたて始めた。ヴァンスはダンテ通りに引き返すと、食べる場所を探しにいった。一時を過ぎたところでようやく、マッツィーニ通りで小さなレストランを見つけた。

うわの空で、前菜とスパゲティ・カルボナーラを頼み、ボトル半分の白のハウスワインで流しこんだ。恐慌状態でトージ教授の書いた短い手紙がヴァンスの神経を苛《さいな》んでいる。眼にかかる前髪をかきあげると、五百年も前に書かれた日記を誰がそれほどまでに気にするのか想像しようとした——読んだ者を殺そうとするほどに。

デカンタからワインをもう一杯注《つ》いで、ショルダーバッグに手を伸ばし、コピーの束を取り出す。手擦《てず》れで皺になり、黄ばみ始めているそれは、デ・ベアティスの日記のコピーだ。図書館は強力な光が繊細なページを傷めることを恐れ、一度しかコピーを許さなかった。

ワインを口に含み、日記に眼を通し始めた。時々、紙を横にして、彼自身が書き加えた脚注を読み、何度か、マティーニ教授による脚注を確かめた。老学者もまた、この日記を何カ月も前に読んだのだ。

世界はいま、テーブルで日記を読む男ひとり分の大きさに縮んでいた。一点に集中した彼の世界には、光も、音も、ほかのものは何ひとつなかった。おそらくデ・ベアティスの言葉には、ヴァンスの見落とした何かが隠されている。そう思ったのだが、何も見つからない。

ついに、問題は日記そのものではないと結論を下し、ヴァンスはコピーの束を脇においた。問題はダ・ヴィンチの古写本から失われたページであり、日記はそれに関係しているだけだ。

この日記もキングズベリ古写本も——誰の眼に触れることもなく、失われたと信じられて——マドリッドの図書館書庫に眠っていたものである。雑な目録作りと、多すぎる蔵書に対して場所が狭すぎるという現実の犠牲になったのだ。しかしどちらも、図書館の所蔵物に型破りな方法であたり、ヴァンスと同じように未整理の山を崩していた研究者たちによって見つけられた。

そのどちらも、何世紀にもわたって、読もうという人間はいなかった。それなのに、いまになって誰かが——何者だ？——日記を読んだ人間が何かに気づくことを恐れているらしいが……何に？……キングズベリ古写本が何ページか脱落しているのみならず、偽造ページとすり替えられていることとか？　そこまで考えて、レストランのカーテン越しに午後の人通りをぼんやりと見ながら、ヴァンスはひとりうなずいた。きっとそうだ。だから日記を読んだ人間は次々に殺されたのだ。

五百年以上も昔の秘密が、二十一世紀に生きる人間の脅威になるという考えはおそろしく馬鹿げているようだが、現に三人が死んでいる。この事実を無視することはできない。

頭の中で疑問を何度も反芻《はんすう》しながら、テーブルに十六ユーロを置いて店を出て、歩道の人ごみに分け入った。

ダンテ通りをスフォルツァ城に向けてたどりつつ、陽射しに眼をすがめた。城の頑丈な煉瓦の塔からレオナルド・ダ・ヴィンチの似顔絵を描いた大垂れ幕がさがっている。ヴァンスは、城の前のロータリーに連なるタクシーが客を乗せたり降ろしたりするのをしばらく見ていた。そして、彼らはただの観光客だ、と判断した。シンポジウムの出席者は、巨大な城の反対側の端から、このルネサンス期の要塞の中に作られた現代的な会議室にまっすぐはいるのである。

シンポジウムを思うと、マティーニ教授のことが頭によみがえった。教授はダ・ヴィンチを軍事技術者、兵器製作者として位置づけた講演をするつもりでいた。ヴァンスも気に入っていたテーマだ。シンポジウムの主催委員会はどうするつもりだろう？　マティーニ教授の講演は目玉だったのだ。

その疑問に対する答えを得るために、十五分後、ヴァンスはシンポジウム委員会の控え室にいた。控え室はばたばたしているどころか、悲壮感さえ漂っていた。手伝いや秘書たちは――ほとんどが僧や尼僧だった――不安に跳ね上がった声で機関銃のようにイタリア語で喋りまくり、鉄砲玉のように飛び回っている。

大きなシンポジウムだというのに、企画が崩れていくのでは無理もない。

委員長の部屋のドアが勢いよく開き、半トンもの鎧《よろい》を着こんだかに見える肥満体の委員長が飛び出してきながら、まだ部屋にいるアシスタントに向かって肩越しにさらにふたことばかり言い放った。

「おお、主よ！」委員長はヴァンスを見つけて破顔すると、いきなり抱きついた。「会えてよかった！　ずっとあなたに連絡をとろうとしてたんだ！　あなたは――」委員長は急に眼を伏せた。「聞きましたか――」

「マティーニ教授のことですか」ヴァンスは言った。

「そうです……恐ろしいことだ、本当に恐ろしい」委員長は、その偉大な腹で隠れている靴が見えるかのように、うつむいていた。

「本当にあれは――」

「その話はやめましょう」委員長は交通整理の警官のように両手をあげてさえぎった。

「もう、これ以上、聞きたくないんです。この……このサーカスが終われば――」彼はオフィスの混沌を腕全体で示した。「――これが全部、片付いたら、涙枯れるまで泣きましょう。だけどいまは……いまは毎日の仕事をいつもどおりこなさなければならない。ところが――」委員長はヴァンスの二の腕をつかむと、ドアの方にひっぱっていった。「――考えられないほど次から次に問題が押し寄せる。だからいま、あなたに会えて本当に嬉しかったんです。あ、いやいやいや」委員長は失言をしたと思ったらしく、言いなおした。「ほかの時は嬉しくないという意味じゃない。しかし、その、どうしても助けてほしいんです。あなたはマティーニ教授の一番弟子でしょう？」オフィスの大混乱を抜け出して、比較的静かな廊下に移ると、委員長は言い出した。「明日、あなたに教授の代役をしてほしいんです」委員長はヴァンスの答えを待たずに続けた。「あなたの好きなことを話していただいてもいいし、教授が準備していた講義でもかまいません」

「ぼくは――」

「ありがとう！」委員長は叫んだ。が、それ以上、付け加える前に、助けを求めるスタッフが慌てふためいて現れ、彼をひきずっていった。

「トージ教授に会いましたか？」ヴァンスはうしろから声をかけた。

委員長は首を振った。「エクセルシオール・ホテルに行ってみてください。たぶん、そこです」それだけ言ったところで、ドアは音をたてて閉まった。

ヴァンスは腕時計を見た。三時半だった。まだ間がある。彼はホテルのトージ教授を訪ねることにした。たぶん、今晩約束のメロドラマじみた教会での再会を待たずして、すべてを明らかにすることができるだろう。

三時間後、ヴァンスはこれまでにないほど混乱していた。彼はタクシーでエクセルシオールに行ったのだった。そこはアメリカ人好みのサービス、すなわち、客室ごとに浴室やルームサービスが用意された、ヨーロッパの上流階級もこのごろその良さを認め始めた、大きな建物のモダンな豪華ホテルである。

「シニョーレ・トージは今日の午後にチェックアウトされました」フロント係の固い口は、口髭をたくわえてはいるがよく手入れされた顎の下でヴァンスが百ユーロ札をひらひらさせると、すぐにゆるんだ。「ああ、思い出しました」フロント係はアメリカのB級映画を見過ぎたような台詞《せりふ》を言った。「シニョーレ・トージは予定より早く発たなければならないと残念がっておいでで――」男は気取った微笑みを浮かべた。「――発たれたのは――」領収書を見ながら言った。「十二時頃です。ふたりの神父様と御一緒で」

神父？　先祖代々のイタリア人で、ルネサンス芸術を、特に教会美術を愛するトージ教授だが、宗教や宗教家に対する不敬を隠そうともせず、口に出すこともたびたびだった。カトリック系学校と定規を持った尼僧に何かトラウマがあるらしい。

ヴァンスはマジェンタ大通りに沿って歩いた。午後の晩《おそ》い陽射しに頭がくらくらする。万華鏡と化し始めた風景は、ダ・ヴィンチの傑作よりも、ダリの描くシュールレアリスムの絵画に似てきた。昼間の売り買いの忙しい音は優しい人間臭い音に――遊ぶ子供たちの声や、テレビの音や、夕食の支度の物音に変わった。通りに面した二階や三階の大きく開け放たれた窓から丸聞こえだ。サンタ・マリア・デッレ・グラツィエ教会の見慣れた円い小塔が視界にはいった時は、約束の時間の十五分前だった。彼はこの十五分を〈最後の晩餐〉を見て過ごすことにした。このレオナルド・ダ・ヴィンチの傑作は一九四三年八月の連合国軍による空襲を奇跡的に生き延びたが、地味ながらも何倍も恐ろしい敵にあやうく滅ぼされかけた――時間《とき》という敵に。絵の具は褪せ、ところどころ剝《は》げ落ち始め、奇跡とも言える修復の努力がなければ、この至宝はゆっくりと残酷に蝕《むしば》まれ、やがては消える運命だった。

食堂の入り口でヴァンスは、退屈で眠そうにしている係に料金を払い、ひんやりと湿った空気の部屋にはいっていった。彼の正面に、薄暗い照明を浴びて、キリストと師の言葉に驚愕《きょうがく》する弟子たちの姿が浮かんでいる――「あなたたちのひとりが私を裏切るだろう」それは最も古い人間ドラマであり、一日に、一生に、何百万回と演じられる場面である。失われた信頼――一度、壊れれば、二度と元に戻すことはできない信頼。

ヴァンスは、イエス・キリストを信じているかどうか、自分でもわからなかったが、見た瞬間、真実を知ることはできた。この男が神の生まれ変わりだろうが何だろうが、どうでもよい。肝心なのは啓示された真理だ。信頼は常に愛する者に裏切られるという真理。その真理をヴァンスはイエスの中に見た。他者を信頼し、愛し、そして神と人類に対する信頼のために死ぬ男がここにいる。

背後で汚れたコンクリートの床を靴がこする音がした。ヴァンスははじかれたように振り向いた。

「もう閉めます、シニョーレ」係の男はイタリア語で言うと、薄汚れた手であくびを隠した。戸口で最後にもう一度振り返ってから、外に踏み出した。小さな広場の照明は金属の笠つきの裸電球がひとつあるだけだった。細い線でぶらさがる電球は夕方の微風に優しく揺れている。頭上に暮れなずむ空の名残の光を追うように影が集まってくる。

腕時計を見た。トージ教授と教会の中で会う時間だ。寄せてくる暗がりの中、裸電球は荒々しい影を落とし、教会入り口までの二十メートルほどを威勢よく歩く足元に、元気な影を躍らせた。

重たい木の扉を押して聖域にはいった。中の薄暗さは、外の押し寄せる夜を思わせる。そこにはひとりの人間しかいなかった。ショールで頭を覆い、形の崩れた黒っぽい服に身を包み、腰を丸めた老女。ヴァンスは、老女が煌《きら》びやかな堂内右手の蠟燭《ろうそく》立てに灯を奉納し、出ていくのを見ていた。不意に、薄暗い聖域にたったひとりでいることに気づいて身震いした。扉にいちばん近い通路際の座席に坐り、彼は待った。

十五分が過ぎても、トージ教授はまだ現れなかった。私も彼らに狙われている。教会内でもっとも響いている音はヴァンス自身の息だった。時間が滑り落ちていくにつれ、息はどんどん短く、早くなっていく。

七時半になると、彼はすべてを自分の手で解決しようという決断に疑問を抱き始めた。トージ教授のホテルを出てすぐに警察に報《しら》せればよかったのだ。そうしよう、とヴァンスは立ち上がった。戸口に着いたその時、まるではかったように扉がゆっくりと開いた。暗がりに白い顔とさらに白い聖職衣のカラーが浮かび上がった。それ以外の部分は、輝く十字架のほかは見事に影に溶けこんでいる。

「エリクソンさんですか?」神父は英語で訊ねてきた。

ヴァンスは絶句して神父を見つめた。「ええ。お眼にかかったことがありますか?」

「いいえ」神父は影の中から出ようともしなかった。「ですが、共通の友人から伝言を預かりました。あなたとの約束を守ることができなくなった、本当に申し訳ない、と」

そう言うと男は聖職衣の深いポケットに手を入れ、探り出した。トージ教授からの手紙を渡されるのだろう、とヴァンスは思った。神父が取り出したのは拳銃だった。その銃口はヴァンスを狙っていた。

7

神父は銃をしっかりかまえ、揺るぎない手でヴァンスの顔に照準を定めていた。

「あなたを傷つけたくないのですよ、エリクソンさん」そう言うと一歩踏み出し、墨をこぼしたような影の中から、おぼろに明るい聖域にはいってきた。背の低い、百五十センチそこそこの中年男で、短く刈りこまれたごま塩の髪が細かく波打って頭に張りつき、ごつい黒縁眼鏡をかけている。

ヴァンスは自分の声がひっくり返っていることに気づいた。「ええと――」言いかけて、空咳《からせき》をした。「ぼくを傷つけたくないんなら、その代物をしまったらどうですかね?」一度、言葉を切って、また口を開いた。「それは新式のミサか何かに使う道具ですか?」そう言って笑いかけたが、男の表情が険しくなるのを見てやめた。この神父は信仰にひどく忠実らしい。

「私についてきなさい」神父は言った。ヴァンスは根を生やしたように動かなかった――恐怖と反発で。どこに行けと命じられるのも好きではないが、銃を突きつけられてというのはますます気に入らない。だが、少なくともこれは殺すつもりではないということだ……いまのところは。

「どこに行けと?」

「あなたに選ぶ余地がありますか?」神父は戸口に向かって手を振った。「さあ、歩きなさい」そう言うと、脇にどいて道をあけた。

ヴァンスはためらった。

「早く!」

彼は神父の前を通り、扉に向かった。小さな控えの間にはいると、背中に銃の冷たい硬さを感じた。「助けを呼ばないように」

ヴァンスは外に続く扉に近づくと、押し開け、夜の中に踏み出した。その瞬間、背後でこすれるような鈍い音がした。振り返ると、神父が姿勢を立てなおそうとしていた。敷居でつまずいたのだ。ヴァンスは走りだした。

うしろで神父が罵《ののし》った。銃声がこだました。ヴァンスは身体を丸めて入り口の角を曲がると、教会の前を飛ぶように走り抜け、マジェンタ大通りに向かった。ショルダーバッグがめちゃくちゃに脚にぶつかるのを押さえつけて闇雲《やみくも》に走り続ける。大通りに出たとたん、闇の向こうでもう一発、銃声がした。ショルダーバッグの書類に銃弾が当たったのを感じる。眼を見開いて振り返ると、暗がりで神父のローブがぼやけた黒い大きな影のように広がっていた。銃口が光るのが見えた刹那《せつな》、耳たぶをかすめて銃弾が通り向かいの建物にめりこむ。ヴァンスは胸の内でつぶやいた。ぼくを傷つけたくないにしちゃ、ずいぶんすれすれなことをやってくれるじゃないか、先生。

二発も弾がかすめたことで、血管にアドレナリンがさらに流れこんだ。片手でバッグをかかえ、マジェンタ大通りを走りながらイタリア語で怒鳴った。「助けてくれ、警察だ、人殺し！」通りにいた人々は悲鳴をあげ、夕食のテーブルから逃げ出し、窓からこわごわ覗いた。もう一発、銃声が響いたが、弾《たま》がどこに飛んだのか、ヴァンスにはわからなかった。気がつけば、やけに響く自分の足音だけが聞こえていた。どこかの建物の入り口に飛びこみ、教会を振り返った。ありがたいことに、神父はサンタ・マリア・デッレ・グラツィエ教会の角に立ちつくし、追うか追うまいか決めかねているようだ。が、あたりの住人たちの叫び声が大きくなってくると、神父は突然、向きを変えてどこかに走り去った。

恐ろしさに震えながら、ヴァンスはしばらく戸口に縮こまった。脚はがくがくし、息はひきつり、尿意が押し寄せてくる。神父が戻ってくるかもしれない、と恐ろしくなり、建物を離れると、宿に向かって死にもの狂いで走った。下宿の門を抜けて、門の鍵をおろしてようやくひと息ついた。

一階でエレベーターが待っていた。彼は初めてそれに乗り、骨董《こっとう》品の箱に運ばれた。

タクシーで警察に向かった――オルシーニ夫人の下宿の平和を乱したくはない――そこで一時間半、刑事と話し、何度も神父の描写をくり返させられた。

「その男が神父だったというのは本当ですか、確かですか？」どうやらカトリック教徒らしい刑事は何度も念を押した。ヴァンスはそのたびに、男が神父の服を着ていたのは確かだ、ただし、本物かどうかはわからない、と言い続けた。

「テロリストだな」刑事は言った。「マフィアかもしれない」

そしてショルダーバッグに開いた穴を見て調書を取ると、無断でイタリアを出国しないようにと警告した。すばらしい、とヴァンスはひとりごちた。

タクシーで部屋に帰る途中、ヴィットリオ・エマヌエーレ二世アーケード《ガッレーリア》にある電話局の前でおりた。鉄とガラスの複雑なドームにおおわれた巨大な十字架型のアーケードをくぐったのは九時半を回った頃だった。ものの十分で、オペレーターはサンタモニカのコンパック本社にいるハリソン・キングズベリとつないだ。その日早くにマティーニ教授の死について伝えようとした時は不在だったので、電話の向こうに石油王の声がした時にはほっとした。

「ヴァンス?」声は訊いてきた。「おまえか?」

「ええ。ぼくは――」

「マティーニ教授のことは大変だったな」キングズベリはさえぎった。「教授が殺される理由に心当たりがあるか? おまえがそっちに行ったことに関係はあるのか?」

「ええ。馬鹿げて聞こえるでしょうが、関係はあると思います」ヴァンスは言葉を切った。

「ウィーンとストラスブールの研究者たちの死について、前に報告しましたが――」

「それも関係していると言うのか?」

「最初は偶然だと思いました。でもマティーニ教授が――」

「アムステルダムとハーグに電話をした」ヴァンスがその夜の出来事を伝える前に、キングズベリはまたさえぎった。「オランダ警察と対テロ組織部隊にはっぱをかけてやった。連中には少々の貸しがある。それで少し突ついてやった」

キングズベリの言葉を聞きながら、ヴァンスは長老のエネルギーにまたもや畏敬の念を新たにした。八十を越えてもまったくおとなしくなる気配がない。世界中の各国に少なくともひとりずつ、彼に貸しのある人間がいるに違いない。

「……オランダ警察はマティーニ教授殺しだけに二十四時間専従する人間を何人か増やすそうだ」キングズベリの声は続いていた。

「社長」ヴァンスはようやくキングズベリの独演会に割りこんだ。「社長、大事な話があるんです」その晩の暴力沙汰について、さらにはさかのぼってレオナルド・ダ・ヴィンチのシンポジウムで講演の代役をつとめることになった経緯を伝えた。

「代役を頼まれたのは嬉しいことだがな、ヴァンス、なるべくならとっとと今夜、帰ってほしいものだ。おまえには生きていてほしいからな、このどら息子め」キングズベリは愛情たっぷりに言った。「なんといっても、おまえはうちの懐《ふところがたな》刀の採掘屋だ。死なれては困る」

「はいはい、おやっさん」ヴァンスは言った。「心配してくれて、本当にありがたいんですけどね、でも、ぼくは逃げるわけにいかない。明日、教授の原稿を発表しなければ、教授に恥をかかせるのと同じです、ぼくにとっては」答えを待ったが、返ってくるのは沈黙だけだった。

「そうだな」ようやくキングズベリは言った。「しかし、今夜はおまえが定宿にしているあの陰気な部屋を出て、いままで一度も泊まったことのない場所に泊まれ。おまえが泊まりそうもないところを選ぶんだ」

「わかりましたよ」ヴァンスは答えた。「宿をかえます。だけど何が起きてるのか、もう少しわかるまでは、ミラノを離れるつもりはありません」意志と意志の戦いだった。それはどちらもわかっていた。そしてふたりとも頑固なのだった。「古写本のなくなったページ探しについては、ひと月前からほとんど進展がありませんが、どうしても見つけなければいけないという気になってきましたよ。ぼくが見つけなきゃ、罪のない三人の命が、もしもトージ教授が死んでいれば四人の命が、無駄に消されたことになる」

「なるほどな」キングズベリは奥歯に物のはさまったような口調で言った。

「社長もわかってるはずですよ、本当だって。自分こそ、前よりもっとあのページが欲しくなってるんでしょ」

「それはそうだ」キングズベリは認めた。「しかし、そこまでして答えを知りたいかどうかと言われるとな、おまえの――いや、ほかの誰のでも――命を犠牲にしてまで。オランダやイタリアの学者が束になってもだめだったのに、どうするつもりだ?」

「わかってるくせに」ヴァンスは言った。「何世紀も前に書かれた紙切れ数枚の内容を隠すために、誰かが殺人をくり返してるなんて、警察の連中が信じると思いますか? たとえ信じたにしろ、ぼくよりうまく見つけられますかね」

「まったくだ、ヴァンス」老人は声をあげた。「おまえが正しいのは気にくわんな……特にヴァンスは夢から醒《さ》めた。

この件では。痛い目を見るかもしれないぞ」

「思い出させてくれなくてもいいです」ヴァンスは左眼の上の治りかけた傷をさすり、ショルダーバッグの穴を思い浮べた。「だけど、痛い目を見るのは教授を殺した奴の方かもしれない。誰だろうと、ぼくが必ず見つけます」ヴァンスの心の眼が見たキングズベリは、太平洋を臨むオフィスの巨大な机の前に坐っていた。老人はメモ用紙に、いつもの飾り文字で落書きをしながらうなずいている。ああ、ヴァンス、おまえの言うとおりだ。そうでなければよかったのだが。

「わかった」キングズベリは言った。「好きにしなさい。だが、少しは手助けさせてくれ。イタリア情報部の副局長は私の古い友人だ。電話をしておく。彼の助けは何でも素直に受けてくれ。いいな？」

*

その晩遅く、ヴァンスは上等の赤ワイン《バローロ》のハーフボトルを買い、タクシーでヒルトンに向かった。下宿の荷物は翌日、取りにいけばいい。新しいホテルの部屋で電気もつけずに腰をおろし、ワインを飲みながら、窓の下の行きかう車を見ていた。とうとう、彼はベッドカバーを剥いで、ベッドにもぐりこんだ。

落ち着かない夜が過ぎた。同じ悪夢を夜明けまでくり返し見た。毎回、彼はサンタ・マリア・デッレ・グラツィエ教会の裏で、神父の銃と向き合っていた。最後の夢で、神父は不気味なデスマスクのような笑顔で、何度も何度も引き金を引いた。弾丸に全身の肉を裂かれて、

8

八月六日　日曜日

白く輝く地中海の太陽が、ミラノの建物と人々の頭の上に容赦なく照りつけ、街中の水分を一滴残らず吸い取り、土を焼くかまどのような熱気を、むしむしとしたいやな暑さに変えた。やわらかな音をたてて会議室に冷気を吹き出すエアコンも、冷却能力の限界を超えた気温に参っているようだった。

スーザン・ストームは口の中で文句を言いながらティッシュで顔を押さえ、浮いてくる汗の玉が集まって滝になり、芸術的な化粧を台無しにするのを防ごうとしていた。レオナルド・ダ・ヴィンチ・シンポジウムの委員長は、演台の前でストイックにスーツの前ボタンをきちんとはめて坐っている。ほかの聴衆は皆、上着もネクタイも取り、袖をまくっていた。からっとした暑さならいいのに、フィレンツェや――ロサンゼルスのように。スーザンはため息をついた。この日は百万回も椅子の中で坐りなおし、スカートの皺を伸ばしていた。

このシンポジウムを取材するために彼女を派遣したのは、〈オート・クルチュール〉誌にとって時間と金の無駄というものだ。馬鹿馬鹿しくて退屈極まりない。退屈のしすぎで死ぬことはあるのかしら？　シンポジウム出席者は、父がフランス駐在大使だった頃にスーザンが相手をさせられた気取り屋の外交官たちよりもつまらなかった。

あくびを嚙み殺し、うなじをつたう汗のしずくを押さえ取る。髪をアップにしてくるべきだった。朝の冷気は、午後に蒸し暑くなると予告してくれなかったのだ。

手をうしろにやり、紅い髪を束ねて持ち上げ、うなじに風を通すと、また手を離し、頭を振って髪の乱れを直した。手首のピアジェの時計をちらと見た。もうすぐ三時半だ。このあともうひとり喋ってから、カクテルパーティーになる。いまこの瞬間いちばん欲しい物は、よく冷えたマティーニだった。

スーザンはあたりを見回し、うっかり眠りそうになっているのが自分だけではないことに気づいた。たったいま喋っている演者の単調な声に大勢が麻酔をかけられたようになっている。彼女はプログラムに視線を落とした。次の演者は少なくとも退屈とは無縁だ。どうかと言えば、彼は少々おもしろすぎるというか、現実社会においては少々異端児なきらいがあり、何より彼女にとって、彼をレオナルド研究者とまともに認めるには品格が足りなかった。

ああ、もう、スーザンったら。彼女は自分自身に舌打ちした。懲りないんだから。

彼女の心はひと月前にさかのぼった。ある夕方、テレビでニュースを見ていると、ハリソン・キングズベリの購入した古写本が一部偽造であることをヴァンス・エリクソンが発見したという、あの時の記者会見の模様が画面に流れた。ヴァンスの仮説に食ってかかる彼女の姿が映し出された。まるで鬼女のようだ。わたしはあんな顔をしていたの？　あれは本当にわたしなの？　いつもの自分のインタビューを振り返ってから、ヴァンスが相手の場合を思い返してみる。

違う。ほかの人が相手なら、あれほどきつく追及しない――スーザンはそう自覚した。〈オート・クルチュール〉誌で書き始めて二年。その間に、彼とは何度となく出くわした。美術界は全員が身内のような狭い世界で、同じ人間があちこちで関わりを持つ。東部の八大学《アイビーリーグ》とその他名門校からなる世界と同じくらい狭い世界だ。初めてヴァンスと出会ったのは、大学一年生の時に、スキドモア大学の学園祭のパーティーだった。彼はマサチューセッツ工科大学の大学院にはいったばかりで、スーザンの友達は全員、ヴァンスを非常におもしろい男だと思った。彼はいかにもそこの院生らしい本の虫とはかけはなれていた。その晩の彼の連れはスキドモア大学のOGで、彼女はヴァンスを宝石のように見せびらかしていた。あんな不真面目なギャンブル狂の男を。

「勝ちすぎでモンテカルロのカジノを蹴り出されたよ。想像できるかい！」一同は感心していた。スーザンのほかは。ヴァンスのまっすぐな青い眼といたずらっぽい笑顔に皆が心とろかされても、彼女だけは誘惑されなかった。スーザンには自意識過剰で不遜《ふそん》な男に見えた。社会の慣習やしきたりを侮辱するとは何様のつもりか。そういうものを無視して逃れてもいいと思っているのか。わたしは逃げていない。父の政治がらみのパーティーでも、わたしは自分の義務を果たしている。愉しんではいないけれど、とにかく義務は果たしている。スーザンにとって、このうぬぼれ屋の青二才の人を食った態度は、彼女の義務感を小馬鹿にしているとしか思えなかった。

だが、この暑苦しい日曜のミラノの午後、スーザンの心は乱れていた。あのテレビに映った自分の振る舞いが悪夢のようによみがえる。ヴァンス・エリクソンに対する自分の評価は間違っているのだろうか。彼女にはもはや、わからなかった。

パドヴァ大学から来た枯れ木のような老人が、スタッフに身体を支えられてよろよろと演壇から退場した。シンポジウム委員長が演台の前に立ち、ヴァンスを紹介した。印刷された紹介文が読み上げられると、スーザンは初めてヴァンスの経歴がなかなかのものであると見直した。

委員長による紹介が終わり、ヴァンスが演壇の端から中央に颯爽《さっそう》と歩いてくる。聴衆は急に生き返ったように背筋を伸ばして坐りなおし、部屋中に活気が戻った。開会してからずっと目立っていた空席も、新たな聴衆に埋められていく。

ヴァンスのしっかりした足取りには何かがあった——自信が。いや、自信以上のものが。その時、スーザンは気づいた。彼は気にしていないのだ。他人にどう思われようと、まったく気にしていないのだ。ヴァンスが生気あふれる顔で聴衆の心をつかみ、演台の前で拍手がやむのを待っている間、スーザンは十二列目の席から彼の眼を見つめていた。彼女は自分が間違っていたと認めたくはなかったが、考えなおしてもいいと思い始めていた。少なくとも——ヴァンスの自己紹介を聞きながら胸の内でつぶやいた——もう一度、チャンスをあげるべきだわ。公平な機会を。

＊

ヴァンスは拍手がおさまるのを笑顔で待った。部屋を見回すと、二十人ばかり、見覚えのある顔が眼にはいった。いちばん前の列には、キングズベリの警察の友達がつけてくれたお守《も》りが坐っている。がたいが大きく、見かけが威圧的で、まったく場違いな男だ。男は朝はヴァンスの部屋の外で待ち、その後は迷子の子犬のようにずっとあとをついてきた――迷子の子犬がウージ機関銃を携帯していればの話だが。

突然、スーザン・ストームの姿に気づいて、胃がしめつけられる気がした。

「くそ」口の中でつぶやいた。

ヴァンスは行間になぐり書きでびっしりメモをしたマティーニ教授の原稿に視線を戻し、内心で首をひねった。スーザンとスキドモア大学で会って以来……自分は彼女に何か悪いことを言ったのか？　何かしたのか？　何にしろ、いまだにそれは祟《たた》っているらしい。

ついに拍手が消えると、ヴァンスは口を開いた。

「これは私ではなく、ジョフリー・マティーニ教授が発表される予定でした。今日の私はただの代弁者です。ですから、私ではなくマティーニ教授の話を聞いた、教授の話はすばらしかった、と思っていただけると幸いです。そもそも、私のレオナルド・ダ・ヴィンチに関する知識で、教授の才能と気前の良さに頼らない物はひとつもないのですから」

彼は教授の研究に対する多大な貢献を列挙して讃《たた》え、さらに、彼自身がケンブリッジ大キャンパス近くの小さなパブで教授に拾われたことで人生を大きく変えられた経緯を明かした。そこまで話したヴァンスの眼はいつしか濡れており、声はかすれていた。聴衆の多くも、彼の喪失感を自分のもののように受けとめているのは明らかだった。

「しかし、マティーニ教授の研究をこうして続けることは、我々の喜びであります」ヴァンスは演台に置いた原稿に眼を戻した。「もはや教授が新たな論文を書くことはなくとも、我々が受け継ぐことで、教授の研究は命を持ち続けるのですから。多くのルネサンス期の芸術家と同じく」ヴァンスは親しみやすい切り出しで本題にはいった。「レオナルドは単なる芸術家としてのみ考えられていたわけではありません。同年代のミケランジェロと同じく、レオナルドは突出した軍事設計者であり建築家でありました。ミケランジェロがフィレンツェの城塞都市を建築しなおしていた頃、レオナルドはさらに北で才能を発揮しました。彼はチェーザレ・ボルジアと、ルドヴィコ・スフォルツァ伯、すなわち、今日こうして我々の集まっているこの巨大な城塞を作ったミラノ侯の庇護下で、軍事技術者として仕えていたのです。まさにこれこそ、マティーニ教授が……教授がもっとも心血を注いで研究した分野であります」

　彼は原稿の行間に書いたメモに眼をやり、レオナルド・ダ・ヴィンチの発想を元にした現代の軍事的発明について、ざっと列挙した。潜水艦、装甲車、パラシュート、潜水用具、ヘリコプター、そして誘導ミサイルや大砲の原始的な原型。集まった聴衆にとっては馴染みのことばかりなので、細かい説明は省いた。

「もちろん一四九九年の技術力はレオナルドの発想に追いつくことができませんでした。彼の発想はあの時代には非現実的でした。なぜなら、冶金《やきん》学や電子工学や化学というものが、レオナルドの発想を実用化するより先に発展していなければならなかったからです。彼の発明が現実的なものだとわかったのは、何世紀も経てテクノロジーがレオナルドの頭脳に追いついてからのことです。それを知る者は、かの有名なクルップ一家をおいてないでしょう」

そう言いながら、演台のうしろから出てくると、右の肘を演台にのせ、楽な姿勢でもたれた。

「クルップ一家は十六世紀から武器や防具を製造してきましたが、十九世紀にはいると家業は傾き、一八七〇年には破産寸前までいきました。その時、アルフレッド・クルップが、レオナルドの描いたうしろから弾をこめる大砲の絵を発見したのです。

後装式の大砲の発想は革命的でした。砲撃手が敵の前に身体をさらして、砲身から弾をこめる必要がなくなるのです。こうしてクルップはレオナルドの大砲を作ることにしました。あとは歴史が語るとおりです。レオナルドの大砲の設計図はクルップ武器工場をよみがえらせ、会社は世界一の兵器工場となり、ヒトラーの電撃作戦のために、重装備や強力兵器を提供しました。考えてもみてください」

彼は声を低めた。「十五世紀のひとりの天才の案が、二十世紀の戦争で連合軍を破るところだったのですよ」ヴァンスは間をおいた。部屋は静まり返り、エアコンが低く唸る音のほかは何も聞こえなかった。この天才の発想がいまなお生き続け、現代の自分たちの生活を左右することができることにあらためて気づき、聴衆は皆、水を浴びせられた思いでいるのだ。

「レオナルドが戦争を心底から憎んでいたという事実をかんがみると、実におもしろいことです。彼は戦争を〝もっとも野蛮な狂気〟と呼んでいました。それなのに彼は兵器を発明し続けた。なぜなら、戦争で戦うことよりも悲惨なのは、戦争で敗北することだと知っていたからです。こうして彼は、大砲や強力に改造された弩《いしゅみ》やクロスボウを当時の人々のために、潜水艦やヘリコプターを我々のために発明し続けました。実を言えば、彼の発明のひとつであるベアリングは、スペリー・ジャイロスコープ社によって再発明されなければ、爆撃機のナビゲーションに使えなかったのですが、それでもレオナルドの手稿には、現代の科学者や技術者が何年もかかってようやく作ることのできた、精巧なベアリングの設計図がのっています」

会議室の空気は電気が満ちているようだった。すべての眼がヴァンスに引き寄せられ、彼の熱狂にあてられている。スーザン・ストームさえ眼を見開いて、演台の話し手を見つめ、催眠術にかかったように動けずにいた。

「いままであげてきたのは、すべて失われていない手稿にのっていたものです。レオナルドの手稿が実に何千枚も失われたか処分されたかしたことがわかっている。それらの幻の手稿にはどんな驚きが隠されていたのでしょう？　どんな教えが——もしくは危険が——書かれていたのでしょう？

スフォルツァ伯への手紙でレオナルドは、自らの軍事的な技量について語り、さらに、自分はあまりに恐ろしい武器を発明してしまい、悪人の手に渡ることが恐ろしいので、紙に書きたくないと強調しているのです！　学者たちの一部はこれが潜水艦のことだと信じています。しかし、それ以外の者は、失われた手稿に記された未発見の発明のことだと考えています。

　どちらの推測が正しいのか――そもそも正しいと証明される日が来るのかさえ、定かではありませんが、レオナルド・ダ・ヴィンチという人物に関していまの我々が学べることは、彼が千里眼だったこと――現実的な千里眼だったということです。彼は戦争を嫌っていましたが、同時に、避けられないことも悟っていた。戦争の回避が不可能なら、自分の側が敗北しないためには、兵器を発明することが不可欠だと知っていたのです。レオナルド自身がこんな言葉を語っています。〝野望を抱く敵軍に包囲された時、私は〈自然〉が与えたもうた第一の贈り物、すなわち〈自由〉を守り戦う方法を見つけるのだ〟その言葉は、今日《こんにち》も生きています」

　ヴァンスはしめくくった。

　拍手が会議室を揺るがせた。ヴァンスは微笑みながら原稿を集めて礼を言ったが、言葉は盛大な拍手の音にかき消された。演壇をおりると、ボディガードが礼儀正しくも頑固に身体を寄せてきた。ヴァンスの笑みはすっとひいた。護衛はプロらしくわきまえた会釈をすると、聴衆の方に頭を巡らせた。危険を未然に防ぐため――ボディガードの頭の動きが止むことはなかった。

＊

マティーニ教授の原稿の発表がその日の午後最後のイベントであり、引き続きカクテルパーティーとなった。会議室で称賛の言葉をかけられ、挨拶に応えたヴァンスが中庭のパーティー会場に出ていった時には六時近くだった。残念なことに、人ごみを押しのけて最初に近づいてきたのはスーザン・ストームだった。彼はへそに力をこめた。

スーザンはバーテンダーから飲み物を受け取っているヴァンスに近寄り、温かい言葉をかけた。「今日は大喝采《かっさい》だったわね」

「ぼくはきみの雑誌にまたひとつ汚点を追加したってわけか」ヴァンスが冷えた白ワインのグラスの縁ごしに彼女の眼を見つめて待つと、スーザンの翠《みどり》の眼に、怒りの火が小さくともった。

「そう、あなたがその気ならそれでもいいわ」スーザンは抑えた声で言った。「わたしはおめでとうと言いたかっただけよ」

「おめでとう? きみが?」ヴァンスはうさんくさそうに頭を振った。「この二年間、きみは――」不意にスーザンの態度がいつもと違うことに気づいて、言葉を切った。

「なあに?」スーザンはうながした。「何か言いかけたでしょう?」

ヴァンスは彼女を凝視した。罠《わな》か? かわいらしい素振りで油断させておいて、いきなり脚をすくうつもりか?

「ぼくは――」疑惑を抑えこみ、防御のための攻撃をしかけたい誘惑を飲みこんだ――「つまり、過去二年間のことを考えると、きみからは、おめでとうという言葉は逆立ちしたって期待できるものじゃないと言うところだったんだ」

「そうね……ただ」スーザンは彼を見つめた。謝りたかったが、どうしても言葉が出てこなかった。自分が間違っていたと証明されたわけではない。わけではないが……。

「ただ？」ヴァンスは沈黙を破るために訊いた。

「ただ……」スーザンはふさわしい言葉を探した。会話を友好的に保ちながら、なおかつ、降伏を意味しないような言葉を。「……うちの記事には基準があって――」

「ぼくはその基準に達していないと、そう言いたいわけだ。そんなことは毎回言ってるだろう、顔を合わせるたびに。ぼくのことを書くたびに。全部、承知だ――」言葉が止まらなかった。「――だから、わざわざくり返してくれなくても結構」そう言うと、スーザンを睨んだ。いずれ決着をつけなければならなかったのだ。いまこうして訪れたその機会を歓迎していた。最初のうちはスーザンの批判を聞き流していたものだが、何度も重なるうちに……ともかく、正当防衛で一発二発、やり返す気になっていたのだ。

　ふたりは睨み合った。

「飲み物を取ってくださる？」スーザンはあたりさわりのない会話で気持ちを落ち着かせようと、癇癪《かんしゃく》を抑えて丁重に頼んだ。

「ご自分でどうぞ、ミズ・ストーム」ヴァンスは答えると、彼と話したくて背後でうずうずしているアントワープ博物館長に向き直った。

「すばらしかった《マニフィック》」館長はヴァンスの手を握った。「マティーニ教授がお亡くなりになったことは本当に残念ですが、あなたのようなかたが教授の研究を引き継いでくれるのは実にありがたい。そうだろう、ジャン?」館長は傍らの青年を振り返った。

*

眼に殺意を燃やし、スーザン・ストームは彼らから離れると、マティーニを頼んだ。カナッペのテーブル近くに陣取り、酒を口元に運びながら、ヴァンスと彼を囲む賛美者たちを敵意に満ちた視線で見ていた。ひと息で酒を飲み干すと、もう一杯受け取り、ヴァンスを取り囲んでいる一団の端に、ゆっくりと歩いていった。隙間が開くたびに、じりじりとヴァンスの近くに進んだ。

ヴァンスはあからさまに無視を決めこみ、眼を合わせず、口もきかずに遠ざかろうとしていた。「ミスター・エリクソン」スーザンは大声を出した。ヴァンスのまわりの全員が彼女を振り返り、そしてまた、ヴァンスに顔を向けた。「ちょっとお話しさせてくださる?」

ヴァンスは言い返そうと口を開けたが、周囲の視線に気づいて口を閉じ、スーザンに導かれるまま、いくらか静かな中庭の片隅についていった。

「何なんだ、いまのは」彼は苛々した声を出した。「きみはもうぼくの名前にも評判にも好きなだけ傷をつけただろう。いいかげんに――」

「うるさいわね！　ちょっと喋らせてよ」スーザンは鋭くさえぎった。「あなたがお行儀よく一分間、口を閉じていられたら、わたしがただ、いまの状態を休戦にできないかと思ってるだけだとわかるのよ」

「休戦?」ヴァンスは眉を寄せた。「いままで攻撃をしかけてきたのはきみだけだ、ぼくは何もしてない」

スーザンはごくりと唾《つば》を飲んだ。

「あなたの言うとおりだわ」

一瞬、ヴァンスは平手打ちされたような顔になった。わけがわからず呆然とした表情が広がっていた。

「ぼくの言うとおりだって?」ヴァンスはおそるおそる言った。「ぼくの言うとおりだと言ったのか? 聞き違いじゃなく?」

スーザンはうなずいた。「休戦のことだけど」彼女は言った。「休戦したいの」

ヴァンスは首を傾け、口を曲げて考えていた。スーザンが見つめる前で、彼の頭は最初、片側に傾き、次に、反対側に傾いた。信じられない、というように。

「わからない」ついに彼は言った。

「何が?」

「どうして?」

「何がどうして?」スーザンは問い返した。「何なのよ」

「どうして突然、休戦の申し入れをする気になったんだ?」

「それは……見直そうと思って——いえ、違うわ。あなたに思われているほど、わたしがあなたに対してひどいことをしてきたのか、知りたくなったの」

「だけど、どうしていまなんだ？」彼は問い詰めた。「どうしてここで、ミラノで、このシンポジウムでなんだ？」

「わからない」スーザンは正直に答えた。

「へえ、きみが答えを知らないと言うのは初めて聞いたな」

スーザンは大きく息を吸い、音をたてて息を吐いた。

「わかった」ヴァンスは言った。「休戦だ」彼女のしかめた顔から皺が少し消えた。「ぼくは自分の口に気をつける、きみはペンに気をつける。これでいいか？」

スーザンはうなずいた。「いいわ」

「じゃ、これからどうする？」ヴァンスは訊いた。「ぼくをインタビューしたいわけじゃないだろ。何がしたい？　ミラノを案内しようか……ほら、きみの雑誌でさ、レオナルドのミラノ特集とか、そういうやつはいらないの？」

「いいえ、わたしが思ってたのはそんなことじゃないの――ううん、それはとてもありがたいわ、本当よ。ただ、わたしが知りたかったのは……」スーザンはうまい言葉を探した。

「本当に知りたかったのは、あなたがフルタイムの本業を持っていて、しかもダ・ヴィンチ学界で高い評価を保っていられる理由なの」悪くない、とスーザンは思った。少なくとも本音は言わなかった――それだけの名声を受ける資格があるのか、今日、会議室で見せた、人々を虜《とりこ》にする麻薬のような力があるだけなのか、とは。

「それは本音なのかな」ヴァンスは疑わしげに言った。「まあ、言葉どおりに受け取っておくよ。じゃあ、引きかえに教えてもらおうか、きみが二年もぼくを追い回してた理由を」

「わかったわ」一瞬、考えてから、スーザンは手を差し出した。その手を取ったヴァンスは、それが冷たく湿っていることに気づいた。活字の上でとはいえ、二年間も彼の尻に喰《く》らいついて離れなかった、肝っ玉が三つもついたような女が緊張している。もしかすると、スーザンは本気なのかもしれない。

「じゃあ、どうしようか？」ヴァンスは訊ねた。

「あなたの都合は？」

「ぼくはしばらくアメリカには戻らないんだ」ヴァンスは説明した。

「ああ。キングズベリ社長の宝探しだったわよね。あなたはアーサー王のために聖杯を探すガウェイン卿ってわけね？」スーザンの口調に皮肉の響きはまったくなかった。

「そうだよ」ヴァンスも真面目に答えた。「だから、きみが急ぐなら、ここでやってしまわないと」

「わたしはかまわないわ」スーザンはにっこりした。「一緒にお食事しながらにしない？ほら、中立地帯でパンを分け合って、ね？」

「いいな。いつがいい？――今晩は？」

「今日はだめ」スーザンはすまなそうに言った。「先約があるの」ヴァンスは肩をすくめた。

「でも、明日の晩は空いてるし、明後日も。お昼でもいいわよ、あなたがそのほうがよければ」

「いや、いや、晩めしがいい。昼はいつも軽くすませるほうが楽だから。だけど……」彼はふと宙を見つめて、気を変えた。「明日の昼はどうかな……ヴィットリオ・エマヌエーレ二世アーケードのトラットリアで。軽い食事でも」

「いいわ、どこで会う？」

「十二時に英国航空のオフィスで会おう」

スーザンはうなずき、パーティー客の誰かに気づいて、頭をめぐらせた。

「あの人よ、わたしの先約は」秘密を打ち明けるように言うと、彼女は長身の金髪男を指さした。ヴァンスはその男に見覚えがある気がした。スーザンが人垣の間を優雅に抜けて男に近づきながら、名前を呼ぶのが聞こえた。エリオット、と言ったようだった――エドワード、かもしれない。ふたりはあっという間に、パーティー客の渦の中に消えていった。

9

八月七日　月曜日

ヴィットリオ・エマヌエーレ二世アーケードの高いアーチの下を通り抜けた微風は、ミラノをここ二日間苦しめた酷暑のかわりに心地よさを届けて詫びるかのようだった。

だが、ヴァンス・エリクソンは心地よさも安堵も感じていなかった。いらいらと落ち着きのない顔で、シャッターのおりた英国航空オフィスの入り口に寄りかかっていた。アーケードの向こう三十メートルほど離れた場所で、洒落た服の上からでもはっきりわかる逞しい肉体《からだ》のボディガードが、行きかう女たちの熱い視線を集めている。一見、ウィンドウの本に熱中している様子だが、実は、窓に映る影を見ているのだ。この男からは何も逃れられまい。

トージ教授が消えた。

誰もトージ教授の行方を知らなかった。シンポジウムの朝、ミラノ警察はサンタ・マリア・デッレ・グラツィエ教会での襲撃について深く質問するために、ヴァンスの控え室に押しかけてきた。トージ教授はシンポジウムにも現れず、ボローニャ大学の自分の研究室にも連絡をしていなかった。

あの朝、ヴァンスを尋問した刑事は、まるでヴァンス自身がトージ教授の失踪に関与しているような口振りだった。質問は遠慮がなかった——麻薬は？　マフィアは？　〝望ましくない〟政治的分子との関わりは？　知らないとあなたは確かに言えますか、エリクソンさん？　尋問がすんでから、ほかの講師の話を聴きに会場に戻ったが、鉛のような不安の塊に胸をつぶされ、集中するどころか、じっと坐っていることさえおぼつかなかった。それから昼までずっと、彼は街の通りを闇雲に歩き回った。歩けば考えも動く。マティーニ教授を殺し、彼自身をも襲った犯人がまた来るかもしれないと思うと恐ろしかった。しかもミラノ警察はトージ教授の失踪にヴァンスが深く関わっていると睨んでいるようだ。状況が悪化したら、キングズベリに連絡して弁護士を頼むしかない。

そこまで考えて、腕時計を見た。スーザン・ストームは十三分も遅刻している。彼女の変化の動機もまた困惑の種だ。なぜ、これまでずっと敵意をむき出しにしてきたくせに、いまになって急にしおらしくなった？　何を企んでいる？　ヴァンスはどうしてもスーザンを信じることができなかった。パティとの苦い経験以来、信頼というものが彼の中に不足している。残念だな、とヴァンスはひとりごちた。スキドモア大学で初めて会った晩にもっと彼女のことを知りたいと思った気持ちは一瞬の花火だった。あの時は確かにスーザンに魅了されたのは、そうでない男がいるだろうか？　あの晩、ひきつけられたのは脳味噌がある方の頭ではなく、下半身の頭だった。

コンクリートを靴のヒールが叩く音が立て続けに響いて我に返った。振り向くと、スーザンが急いでやってくるのが見えた。ぴったりした緑の絹のドレスを優雅に着こなしている。

「遅くなってごめんなさい」彼女は遠くから声をかけてきた。

一瞬、ヴァンスはこの女性が機会あるごとに彼の背中を刺し、昨日の昼まで親切な言葉をかけてきたことがないという事実を忘れ、眼を見張った。高く美しい頬骨。絹の下にあらわに見える身体の線。不意をつかれて肉欲の衝動を覚えたことに、自分でも慌てた。が、傍目にはわからないほど小さくうなずき、理性を取り戻した。スーザンは再び、彼に仇《あだ》なすばかりのやかましい芸術批評家に戻った。

「ごめんなさい」ヴァンスの隣に来ると、もう一度言った。「いつもは遅刻しないんだけど、今日は――」

「いいんだ」ヴァンスは短くさえぎった。「ぼくもいろいろ考える時間ができてちょうどよかった。ところで、ここで昼めしにしようと思ってたんだ」彼はアーケードの向こう側に見える、歩道にテーブルを並べたレストランを示した。「けど……」

スーザンはうながすように小首を傾げた。

「ほら、今日のきみはどこかのお姫様みたいだろ」ああ、くそ。内心で舌打ちする。軽く言ったつもりなのに、これではお世辞丸出しだ。「いや、つまり、ぼくが言いたかったのは、きみの素敵なドレスにふさわしい店に行ったほうがいいんじゃないかって」

「ま、ミスター・エリクソン」スーザンはいたずらっぽく言い返した。「今日はあなたのほうがお行儀よくってよ。紳士的で。石油採掘屋とは思えない」

十五分後、ふたりはモンテ・ナポレオーネ通りにある〈シェ・ジュールズ〉の、ゆったりしたふかふかの椅子に坐っていた。ごく小さな音でヴェルディのオペラ曲がかかっている。その音量を少し越える程度に、抑えた話し声や、小さな笑い声や、上品すぎてナイフの音をたてることなど思いもよらない客たちの食事をする音が、心地よく耳をくすぐる。

スーザンは店の雰囲気に怖《お》じる様子はなく、物珍しそうに眼を見張ったり、きょろきょろしたりもしなかった。が、ここの内装はたいしたものなのである。煌めき輝くクリスタルのシャンデリア、本物の銀器、黒光りする木のはめ板、ボーンチャイナの置物が引き立てるのは、壁にかかった本物のルネサンス期の絵画。ヴァンスは身体を傾け、自分にわかる絵を示しながら小声で言った。「あれはボッティチェルリだ——」彼は視線で示した。この店では礼儀正しい客は指さしたりしないのである。「——そっちはブラマンテ」店の壁はさながら、コーヒーテーブルにふさわしいルネサンス絵画の豪華本のようだった。

「ヴァンス！」店中に響く声が、慎重に組み立てられた静寂をひっくり返した。客がいっせいに振り返った先には、人品卑しからぬ、すらりと背の高い男が立っていた。特にめかしこんでいるわけではないが、よい品を身につけ、黒い髪も口髭も、非の打ちどころのないほど、きちんと整えている。「ヴァンス。本当にきみか？」

男はテーブルを、ウェイターを、客を、ダンスするように優雅によけて、店の中を突っきってきた。ジュールズ・グラツィアーノは地中海人らしい小麦色の肌と、フランス男の高い

のか？

苦心して織りあげた自分のレストランの平和を、ためらいなく壊すほど特別な客とは何者な揺さぶる力を持つ者ばかりで、彼らはできるかぎり上品に盗み見ていた。グラッツィアーノが、の静寂を破るものはヴェルディのアリアのみだった。店内の客の大半はミラノの街を動かし頬骨を備えていた。彼はふたりに近づくにつれ、口の端から端まで真っ白な歯を見せた。店

グラッツィアーノはヴァンスを抱きしめてから、スーザンに眼を向けた。「こんなろくでなしにはもったいない、なんと美しいご婦人だ」グラッツィアーノは彼女の手にうやうやしくくちびるを寄せた。「この男に出ていけとおっしゃいなさい。かわりに私をご一緒させてくださいませんか。うちのシェフに今世紀最高の料理を作らせましょう」

「スーザン」ヴァンスはにやにやしながら口をはさんだ。「紹介するよ。ジュールズ・グラッツィアーノ。ミラノ一《いち》口のうまいジゴロで、このゴキブリ食堂の亭主だ」

「お会いできて光栄ですわ」

さらにふたことみこと言葉を交わすと、グラッツィアーノはふたりのために特別料理を作らせようと、走りだしかけて足を止め、スーザンを見た。「光栄なのはこちらですよ」そして大げさにため息をつき、満面に笑みを浮かべると、姿を消した。

ヴァンスのボディガードは、椰子《やし》の木の陰になってほとんど見えない窓際の小さなテーブルに、目立たないように坐っていた。男は眼のほかはまったく動かさなかった。ヴァンスはこの男は本当に人間なのかと思った。飲み食いもしなければ、排泄もしない――少なくとも

ヴァンスは一度も見たことがなかった。

「あなたを殺してやりたい」スーザンは、明らかに冗談を愉しんでいる口調で言った。「みんなが振り返ってわたしたちを穴が開くほど見るんだもの、死ぬかと思った」

ヴァンスは笑った。「ぼくを？　大騒ぎしたのはジュールズだよ」

「そうね」そして急にスーザンは話題を変えた。「ここにはよく来るの？　オーナーをよく知ってるみたいじゃない。ジュールズ……なんだっけ」

「グラツィアーノ」ヴァンスは教えた。「ボクサーの名前と同じだ。だけど――」彼はにやりとした。「――実際に殴り合いが始まったら、ジュールズはその場から消える。あいつはモンテカルロのカジノの元締めだったんだよ。ぼくが蹴り出された夜――」

「どうして蹴り出されたの？」一応、聞いてはいたが、スーザンにしてみれば、あまりに荒唐無稽な話だった。

「勝ち過ぎたから」

「蹴り出すなんて、そんなこと許されるの？」

「もちろん。世界中のどこのカジノも蹴り出すことができるよ。客が勝ち過ぎれば」スーザンの表情を見て、ヴァンスは続けた。「不公平に思えるのはわかるけどね、連中だって商売だ。落とすカネより、少ないカネを持ち出させる努力をしてるんだよ」

「あなた、いかさまをした？」

「いかさま？　必要なかったよ。いい方法といい記憶力があっただけさ。ブラックジャック。

これがぼくのお家芸でね」そこで少し話を途切れさせ、ソムリエの方を向いた。ピノ・グリージョでございますか？　はい、お客様、リストにございます……いや、特別のが欲しいな、コッリオ地方の、できればフェルーガを。ヴァンスの注文にソムリエは探してみると言い、オーナーに素早く相談すると、所望のワインを取りに行った。

「ワインに詳しいのね」スーザンはソムリエが去ったのちに言った。「見直したわ」

「いや、それほどでもない」ヴァンスは謙遜した。「自分の好きな物を知ってるだけだ。ほかのは……忘れた」そう言うと、笑みを誘う笑顔になった。スーザンは自分まで微笑していることに気づいて、急に馬鹿馬鹿しくなった。自分で律することのできない感情は好きではない。彼女は自制して口を開いた。

「ブラックジャックですって」平然とした口調で言った。「いかさまなしでどうやって勝てたのか教えて」

「単純だよ。ゲーム中に出たカードを全部覚えて、ぼくが作って暗記した戦略表と照らし合わせるだけだ。この表は、考え得るありとあらゆる可能性をカバーしている。

全部覚えるのに五十時間かかった。だけど、一度、暗記してしまえば、あとは冷静さと、訓練と、適当な投資感覚の問題だ。カジノはこの方法を〈カウンティング〉と呼んでいる。これをやってるところを見つかると、いつのまにかスタッフに取り囲まれて、カジノを出るように勧められる――むちゃくちゃに筋肉の進化したネアンデルタール人の付き添いつきで」

「そんな目にあったの？　わたしがそんなことされたら恥ずかしいわ……みんなが見ている前で引きずり出されるなんて。恥ずかしくなかった？」

「最初の二、三回はね」

「最初の二、三回？　一回だけじゃないの？」

「うん、まあ。世界中の有名カジノほとんどでやられた。そこのグラッツィアーノは――」ヴァンスは眼顔で店の主人を示した。「――モンテカルロでぼくを放り出した奴さ。なあ、そんなに深刻なことじゃないんだよ」スーザンの顔つきを見て、ヴァンスは笑った。「カジノから金が外に流れることを、本当に気にかけているのは、そこのオーナーだけだ。ほかの連中かい？　連中はただ、客が愉しむのを見ることが好きなんだ。カジノを出し抜く奴を、本心では尊敬してる。グラッツィアーノの話じゃ、ぼくのやったことができる人間は世界に十九人しかいないそうだ。そのほとんどが同じように出入り禁止になってる。ひとりはラスベガスのフリーモント・カジノで四十五分間のうちに二万七千五百ドル勝った。世界中で五百万ドル稼いだとさ。いまじゃ変装してる。ぼくが足を洗ったのは、もう十分な金を稼いだこともあるし、馬鹿馬鹿しい舞台化粧でこそこそしたくなかったからだ」

ソムリエが心からの敬意を顔に表し、ワインを運んできた。ラベルを見て、コルクを嗅ぎ、味を見て、酒を注ぐ儀式のあと、ヴァンスはすばらしいワインだと誉めて、気取った声で世辞を言うソムリエを追い払った。

ピノ・グリージョの瓶の底が見え始めると、会話はさらになめらかになった。スーザンはパリ留学時代について話し、父親の政治家を集めたパーティーでもてなし役をやらされるのがどれほどいやだったかを語った。

「お父さんは政治で大きな仕事をしているんだろう?」ヴァンスは如才なく言った。最近の政治はストーム大使の極端な視野の内では評価されていないのである。

「ロビイストよ」スーザンの言葉が侮蔑に満ちていたので、ヴァンスはこの話題に深く触れないことにした。

ウェイターが食前酒を片づける間に、スーザンはヴァンスとキングズベリの出会いと、どうやってそれほど個人的に親しい仲になったのかを訊ねた。

「出会いはクリスティーズのオークションだよ」ヴァンスは説明した。「社長は、そこでレオナルドの古写本をひと揃い買おうとしていた。その時ぼくは、同じ物を買おうとした別の金持ちにアドバイスをしていた。こっちが競り勝った。それで社長はぼくを味方に引きこもうと考えた。私的にも、ぼくらは馬があった。社長は若い頃は相当、名を鳴らしたらしい――いまもだけどね。誰もが社長に度胆を抜かれてるよ。競争相手が、今度こそ負かした、と思っても、そのたびに社長は出し抜くんだ。普通じゃない方法で。おぼっちゃま学校で教える、教科書どおりの原則を無視したやり方でね」ヴァンスは一九五〇年代の石油余り時代に、キングズベリが原油卸《おろし》の業者のところに出向いて、それまでと同じ値段で原油を買うと告げたエピソードを話した。

「〝あんたはいかれてる〟業者はそう言ったよ。確かにそうだ。誰が見ても完全にいかれた行動だ。だけど社長はこう言った。〝そのうちご時勢が変わって、原油が足りなくなる時代が来ても、うちが必要な分は必ず手にはいるという保証が欲しい。だからいま、あなたからこの値段で買う〟おかげで卸業者は破産するはずの商売でひと財産築いた。その後、一九七三年に襲ったオイルショックで、キングズベリ石油が原油に困ることはなかった。主立った石油会社はみんな半狂乱さ。競争相手をつぶして、自分が市場を独占することだけが、彼らの長年の悲願だったんだから。うちの社長のクレイジーな取引が、たくさんの石油会社おかかえの心理戦軍師を裏切ったってことだ」

ヴァンスは咽喉の奥で笑って続けた。「一方、このぼくは、何をするにも〝邪道〟を使う。原油を見つける時も、みんながそんなやり方は無理だという方法を取る——それでちゃんと見つかる。そこを社長は気に入ってくれたんだな。ぼくのいかれ方に、自分を見るからかもしれない。まあ、ぼくのやりかたがなぜうまくいくのか、自分にもわからないんだけどね。ぼくはただバイクに荷物を積んで、地質調査用の地図を何枚か持って、丘を回る。すると土地が勝手に話しかけてくるから、会社に戻ってここを掘れと言うだけなんだ。だけど、ぼくは石油業界始まって以来、いちばん空振りが少ないんだぜ」彼は誇らしげにつけ加えた。が、急に気がついたようにスーザンを見て顔を赤らめた。「石油の話ばかりしてごめん。退屈だろ」

「いいえ、全然」スーザンは急いで言った。「本当よ。知らないことをたくさん教えてもらえて」あなたのこともね、ヴァンス・エリクソン。そう思った自分に、彼女自身が驚いていた。「あなたはちょっとした反逆者なのね」彼女は続けた。「正直、尊敬しちゃう。わたしなんて箱入り育ちもいいところだから。唯一の反抗は、ジャーナリストになったことよ。家族は、誰か釣り合いの取れる裕福ないい人と結婚して、社交界のマダムになってほしいと思ってたの。だけどわたしはスキドモア大でジャーナリズムを専攻したわ。サラトガの新聞社で働き始めるつもりだった。全部、手配済みだったのに、父が裏で糸を引いて」スーザンはテーブルクロスを見つめた。「父は私の採用を取り消させたの。そのお金がはいらなければ、わたしは大学を続けられなかった。だから――」彼女は白いクロスをフォークで突いた。「――父の提案を受け入れて、ソルボンヌで美術を専攻したの。結局、〈インターナショナル・ヘラルド・トリビューン〉紙でヨーロッパ美術界について書く仕事を――安かったけど――うまく手に入れた。こっそりジャーナリズムの道に戻ってやったわ。それからまもなく、〈オート・クルチュール〉誌の仕事が来たのよ」

ヴァンスは微笑した。「お父さん相手にエンドランを決めたんだね。言うことを聞いているふりをして、最終的に自分の望むゴールを決めたわけだ」

スーザンはうなずき、そして声をたてて笑った。自分の家族が冗談の種になるとは考えたこともなかった。しかし今日は、いまは、そんなことはさほど――重々しく感じなかった。彼女は楽しくなっていた。「結局は父も文句を言わなかった。高尚な芸術関係の仕事なら腰掛けにふさわしいと思ったんでしょ。適齢期のうちに仕事を辞めて結婚すればいいって――二十五歳くらいまでに。わたしはもう二十五を過ぎたし、辞める気もないわ。だけど父や家族の圧力が、最近やたらと多くってうるさいの。そろそろ遊ぶのをやめる時期だ、結婚相手を見つけなさいって」

「それはありえないと思うな、ミズ・ストーム」ヴァンスは妙な表情で言った。

「ところで、そろそろ食事を注文した方がいいんじゃないか、まだメニューの文字が読めるうちに」ヴァンスが言うと、スーザンも同意した。

ふたりは生ハムとメロンの前菜をひと皿頼んで半分に分け、フェットチーネのトリュフがけをそれぞれ注文した。そしてミラノ風カツレツへと進んだ。

食べる合間に短い会話をはさみながら、ふたりともこれまで囚《とら》われていた敵意が消えていることに内心で感謝していた。ワインがふたりの頭をほどよくぼうっとさせている。話題はシンポジウムやダ・ヴィンチのことに何度も戻ったが、皿がすべて片付けられ、互いにエスプレッソに口をつける頃、スーザンがとうとう、デ・ベアティスの日記と、一週間前にサンタモニカでキングズベリが発表した驚くべきニュースについて触れた。

「デ・ベアティスの日記がなくなって、これからどうするの?」スーザンは訊いた。

ヴァンスの顔が険しくなった。わずかな時間だったがその瞬間まで、マティーニ教授も、日記の盗難も、トージ教授の失踪も、護衛が必要な状況も本当に忘れていたのだ。ふと、彼はスーザンの表情に気づいた。

「大丈夫」ヴァンスは言った。「きみの質問に腹を立てたわけじゃない。ただ……忘れていられたんだ——ほんのしばらくだけど——いろいろあったことを」

にかすかに映っている。

「ごめんなさい」スーザンは心から言った。「あの、いまは別に話さなくても……」

「いいんだ。いつかは克服しなきゃならないんだから」ヴァンスは正面の窓をぼんやりと見た。外の通行人の視線から客を守る繊細な白いカーテンに、ボディガードの輪郭が影のようにかすかに映っている。

「ぼくは日記のコピーをまだ持っている」ヴァンスはスーザンに打ち明けた。「ヒルトンの貸し金庫の中だ。あともうひとつしかないコピーをマティーニ先生が持ってたけれど、研究室を探したアムステルダム警察は、そんなものはなかったと言うんだ」すべてをスーザンに話すと、不思議と心が軽くなった気がした。

「おもしろいわね」スーザンは感想を言った。「でも、金銭的な価値があるのは、オリジナルだけでしょう。どうしてコピーを盗むの？　だいたいアムステルダム警察は、教授の事件は無差別な殺人かもしれないと言ったんじゃない？」

ヴァンスは最後の質問には答えなかった。「情報を盗んだんだ」彼は抑揚のない口調で言った。そして、自分の中でのみ組み立てた仮説を語り始めた。マティーニ教授の死と、ストラスブールとウィーンの教授たちの死は、日記に書かれていた情報を欲した人間か、もしくは、その情報が外部に漏れることを恐れた人間によってもたらされたのではないか、と。

スーザンは顔にかかる紅い髪をかきあげた。「ものすごいスケールの話だわ。信じられないくらい」

「しかし、何ひとつ証明できていない。ウィーンとストラスブールの件を警察に話していないのはそれもある」

「悪いけど、無理なこじつけと思えないこともないものね。偶然ということはない?」

ヴァンスはため息をついた。「そうだったらどんなにいいか。だけど、あまりに多くのことが起き過ぎている」そしてトージ教授と会えなかった待ち合わせの一件を話した。

「呼び出しの手紙は、確かに教授の筆跡だったの?」

「わからない。警察の方で確かめただろう。手紙は警察に預けたよ。どういう意味だい? 誰かがトージ教授を殺しといて、ぼくをはめようとしたってこと? いや、いや」彼は自分で自分の答えを素早く打ち消した。「トージ教授だったはずだ。宿のおかみさんが、手紙を持ってきた男の風体を説明してくれたが、あれはまさにトージ教授だった。ひとりで手紙を持ってきたそうだ」

「トージ教授は亡くなっていると思うわ」突然、スーザンがやけに強く言った。「どうしてそう思うのか自分でもわからないけれど。でも、そう感じるのよ」

「残念だが、きみの言うとおりかもしれない。しかし、なぜだ?」

「なぜなのかしら。なぜ人を殺してまでそんな情報を隠そうとする人間がいるの? トージ教授は何を知ってたの?」

「ぼくの知るかぎりでは、教授はあの日記を見たことはないし、コピーも持っていなかったはずだ。事件に巻きこまれるような、どんなことを知ってたのか見当もつかない」

ふたりはしばらく無言で、どろりと濃いコーヒーを飲みながら考えを巡らせていた。スーザンは、コーヒーカップの中を凝視した。まるで答えが浮かび上がるのを待つように。しかし、彼女が答えを求めているのはトージ教授のことではなかった。スーザンにとって、トージ教授の話は眉唾ものでしかない。知りたいのはヴァンス・エリクソンのことだった。彼こそが謎だった。

通りの向こうでは、エリオット・キンボールが同じ謎について考えていた。ジャガーXJ－12のシートで身体を前に倒し、レストランとその周辺を鉄のような揺るぎない眼で見つめていた。あのふたりがレストランにはいってもう三時間近くになる。いったい何を話しているのか――もし、いままでふたりが店内にいたとするならば。ひょっとすると裏口から逃げたのか。しかし、窓際に坐る大男の薄い影が、店にはいって確かめることを彼に踏み止まらせていた。

持参したペリエの最後のひと口を飲み干したあとで、膀胱《ぼうこう》の痛みを増すばかりの行為だったと気づいた。しかし、咽喉の渇きは耐えがたかった。ヴァンスの見張りの交替を呼ぶ時間もない。少なくとも夜までは。物事が思いどおりに運んでいない。足場の定まらない状態が、事態を掌握できていないことが、苛立ちをつのらせた。

トージ教授はシンポジウムに現れなかった――昨日、スーザン・ストームから仕入れた情報だ。さらに、キャロザーズからの電話の件があった。

「昨夜、ヴァンス・エリクソンが襲われたらしいわよ」キャロザーズは言った。「彼を見張って、必要なら拉致《らち》しなさい。くれぐれも連中にさらわせないように。エリクソンを向こうの手に渡すくらいなら殺した方がましだと肝に銘じてね」

「それがいちばんの解決法じゃないか」キンボールは言った。

「だめ」彼女は頑として言った。「そんなことをすればキングズベリが黙っていない。何としても真相を突き止めようとするわ。わたしたちにはまだキングズベリを敵に回す力がないの」

＊

「だけど、どうしてコモなの？」エスプレッソを飲んでしまうと、スーザンは訊いた。「何が見つかると思うの？」

ヴァンスは首を振った。「わからない。ヴィラに行けば手がかりがあると思う」

「ヴィラ？」スーザンにはまたヴァンスが遠くに感じられた。彼の考えを見通すことができない。

「え？」ヴァンスははっと気づいたように言った。「ああ、いや……ごめん。ヴィラ・ディ・カイッツィ――カイッツィ家の城だよ」

「キングズベリ氏に古写本を売った家？」スーザンの問いにヴァンスはうなずいた。「その人たちはスイスに住んでいると思ってたけど」

「そう。あの一家はいくつか城を持っている。そのひとつがコモ湖の東岸のベッラージオ近くにある。いちばん人に知られていない城だ。ここに一家の稀《き》覯《こう》本のコレクションがおさめられている。彼らが売った古写本は氷山の一角だ。あそこにレオナルドの書いた物がもっとあっても驚かないね。それどころか――」彼はコーヒーカップの中をぼんやりと見た。

「――失われたページがあってもおかしくない」

「どこに――」スーザンはコモのどこに滞在するつもりか訊こうとしたが、ヴァンスの背後に、背の高いがっしりした白髪の紳士が出現したことで言葉を飲みこんだ。

「お邪魔して申し訳ない」紳士は詫びた。片手に山高帽を、もう片方の手に傘を持ち、まるでサヴィル・ロウの一流の仕立屋から出てきたかのようだった。「ただ、きみの話はすばらしかったと伝えたかったのでね、エリクソン君」その声に聞き覚えのあったヴァンスは眉を寄せて振り返った。

「ウィーバー学部長」彼の声は怒りに尖《とが》り、鋭かった。

「昨日は機会がなくて失礼したが、ケンブリッジの者は皆、きみのすばらしい仕事と成果を誇りに――非常に、心から誇りに思っていることを知っていただきたかった」

「礼は言わないよ、学部長」ヴァンスは冷たく返した。「それとも最近じゃ、あんたもギャンブラーやぼくのようなやくざ者に少し親切になったのかい？」

年嵩《としかさ》の男の顔がひきつった。「よくわかった……」ウィーバー学部長は言い捨てた。

「いや、学部長」ヴァンスは続けた。「あんたには未来永劫わからないだろう。ぼくをケンブリッジから追い出そうとし続けたうえ、在学中の四年間、力の及ぶかぎり不愉快な思いをさせてくれた。そのあんたが本気で期待するのか、本心から感心したわけでもなく、単にうまいチャンスを逃したって理由で、心にもないお世辞を言えば、ぼくがしっぽを振るとでも

――」

「ヴァンス！」スーザンがたしなめた。

ケンブリッジ大の学部長は、それ以上、ひとことも言わずにきびすを返すと、怒った足取りでレストランを出ていった。

「どうしてあんなことを言うのよ。失礼な、あんな……あんな」スーザンは言葉を詰まらせた。「信じられない。最低の態度じゃない！」

「じゃ、こう言えってのか？〝どうもありがとうございます、学部長、背中を刺してくれて。もう血も止まって、傷痕《きずあと》もほとんど消えました〟ぼくに近づいてきた理由が、さんざん蹴落とそうとしたけれども成功した男から、うまい汁を吸おうって魂胆だけだとわかってるのに、それでも礼を言えと？」

「でも、不必要に喧嘩《けんか》を売ることないわ」スーザンはひるまなかった。「好きに喋らせて、出ていかせればいい。あなたはわざと人の気持ちを逆なでするために生きてるの？」

「博打《ばくち》で稼いだ金で学費を払ったようにか」ヴァンスは言い返した。「病院を建てることで、軍の連中に自分たちが傷つけた赤ん坊や子供のことを思い出させて、連中の繊細な神経を傷つけたようにか。ぼくは初対面でウィーバー学部長を不愉快にさせたんだぜ、ぼく・が・存在するという理由で。あの男は、虫が好かないって理由だけで、ぼくを追い出そうとした。マサチューセッツ工科大の学長に電話をかけて、ぼくを退学させようとまでしたんだぜ。〝あの男は不道徳だ〟そう言ったんだ」

「彼の言うとおりかもしれないわね」スーザンはぴしりと言った。ふたりの声は大きくなっていたが、店内はもうほぼ無人で、ただひと組のカップルは、遠く離れた角でふたりだけの世界にひたっている。グラッィアーノは賢明にも隠れていた。

「二年間もぼくを攻撃してきた誰かさんの言葉にしちゃ、芸がないぜ。ぼくが不必要に喧嘩を売ると言う前に、テレビのニュースで自分の立ち回りをよく見るんだな！」

スーザンの手がさっとあがった。が、平手は彼の頰に飛ばなかった。彼女は優雅に立ち上がり、身を乗り出してヴァンスの耳元で囁いた。

「大人になりなさい」

そして背を向け、ドアの方に歩いていき、彼女は午後の陽射しの中に消えた。

＊

おいおい、怒ってるぞ！　エリオット・キンボールはスーザンに気づかれないように、素早く顔をそむけた。バックミラーの角度をなおして姿を捕らえようとしたが、黄色いフィアットのタクシーが素早く縁石に寄り、彼女を乗せて去った。

＊

「美女じゃないか、我が友よ」ジュールズ・グラッィアーノは気の毒そうに言うと、スーザンの体温が残っている椅子に腰かけた。

「そうだな」ヴァンスは同意した。「確かに美女の皮をかぶってる。ひと皮むいたら内側はどうだかね」そして同情たっぷりなレストランの主人に、これまでスーザン・ストームから受けた取材について、ざっと羅列した。グラッツィアーノは笑って、頭を振った。
「ひとつだけきみに教えてやろう。私はブラックジャックのテーブルできみほど氷のような意志と鉄の神経を持った人間を見たことがない。処女の穴よりきつい状況のさなかでさえ、きみが冷静さをなくしたところを一度も見たことがない。そのきみが、ご婦人の隣に坐っただけで理性をなくすのを見るとはな」レストランの主人は大笑いし、ヴァンスの肩を大きく叩いた。ブリュット・スプマンテを一本空けて旧交を温め合うと、ふたりは互いに別れを惜しんだ。ヴァンスは店を出て思った——命を助けた人間ほどの友はまたとないものだ。

　モンテ・ナポレオーネ通りは午後晩《おそ》い買い物客でごったがえしていた。金持ちそうな女たちが運転手を従えて歩いている。運転手たちはミラノの最高級ブティックの箱を両手で山ほどかかえていた。

　ゆるくカーブした狭い道は違法駐車であふれて、車の列は亀の歩みだった。レストランのドアマンがタクシーを捕まえようとしている間、ヴァンスのうしろで例の大男は忠実に待っていた。このボディガードの存在がヴァンスには煙たくなってきていた。男は自分の名はヤコポであると名乗る以外、ほとんど口をきかなかった。ヴァンスは夜にキングズベリに電話をして、この大男を解雇してくれと言うことに決めた。

　来るタクシー、来るタクシー、客を乗せていたが、ヴァンスは気にならなかった。彼はこの最高級の通りの、どことなく埃っぽい砂色の建物や、派手に飾られた日よけや、恐ろしくめかしこんだドアマンや、行きかう人々の顔を見て愉しんでいた。ここは金の匂いがするだけではない、眼にも耳にも金の色や音が突き刺さる場所だ。不意に待ちきれなくなったヴァンスは、道の角に歩いていき、車の流れがましなところでタクシーを捕まえた。

ボディガードが乗りこんできてドアを閉めると、運転手がアクセルを踏みこんだ。タクシーはいきなり車二台分飛び出したかと思うと、急停車した。

「ヒルトンホテルへ」行き先を告げると、運転手はそれを地獄からの命令と受け取ったようだった。イタリアのタクシー運転手らしく、その運転ぶりはまるで悪魔払いに連れていかれる悪魔つきを思わせた。急発進、急停車。よろめき、暴走。車体の半分だけを、歩道の縁石に乗り上げ、再び車道に戻す。左に曲がって道路が四車線に広がると、運転手はようやく正常なテストパイロットのような運転に切り替えた。

ヴァンスの頭はスーザン・ストームとのやりあいでずきずきしていた。もしかすると、ウィーバー学部長のあしらいかたについては、彼女の言うとおりだったのか。あの老人に好きなことを好きに喋らせてやればよかったのか。スーザンの言葉にヴァンスはいま、罪悪感を感じていた。その事実がまた気に入らなかった。自分は罪悪感を感じることなどしていないはずだ。

ウィーバー学部長はヴァンスの心に残る数少ないしこりのひとつだった。あの男がヴァンスに不快な思いをさせたのは、すべて偶然の出来事ではない。いつも悪意を持って故意にヴァンスの経歴を台無しにしようとしていたのだ。

だが、レストランでの思いがけない再会と事件は、ヴァンスの頭の中で回り続けている。

その台風の目はスーザン・ストームだった。スーザンには認めてもらいたい。そう考えて、首を振った。誰かの歓心を買おうとするのは、彼の流儀ではない。

もしこれほどまでに自分の思いに囚われず、現実世界に眼を向けていれば、大男が突然緊張し、眉を寄せて前方の渋滞を凝視する様子を見たかもしれなかった。大男が上着の内側に手を入れ、革ホルスターの留め具をはずしたことも。車はほとんど流れなくなっていた。運転手もそのことには気づいたが、ミラノの交通事情をよく知っているので、まったく驚きもしていない。

大男はそっと機関銃を抜き、上着の縁に隠して構えた。

フロントガラスが機関銃の一斉攻撃で瞬時に消滅し、ヴァンスの眼の前の座席に弾がめりこんだ。

「伏せろ!」ボディガードの命令はひと声だけだった。ローストサイズの掌《てのひら》がヴァンスの背をどやしつけ、彼の身体を小さな車の床に沈めた。

弾がさらに座席を引き裂いた。運転手が妙な声をたてた直後、タクシーは突然、右に曲がり、固い物に激突した。銃声が四方八方から聞こえる。狭い空間で懸命に起きようとするヴァンスの背を、岩塩と化した後部の窓ガラスが雨のように打ち続けた。

やっと身を起こした彼が見たものは、さっきまでフロントガラスのあった大穴から、ボディガードが小刻みに機関銃を発射している光景だった。乱射が途切れる合間に、怯えまどう通行人の悲鳴や、逃げずにその場で吠える人々の怒号が聞こえた。警察を呼ぶ声、声、声。

背後で叫び声があがり、高く低くうねるパトカーのサイレンが遠くから響いてくる。警察は間に合わない――絶望的な気持ちでヴァンスは歩道に顔を向けた。まるで自宅で強盗と鼻を突きあわせていて、警察の電話が話し中のような気分だ。

大きく息を吸って跳ね起きると、二十メートルほど先にある路地の入り口をめざして走りだした。額すれすれをリボルバーの弾が一発かすめて煉瓦を散らす。銃弾の嵐が不規則に前方の煉瓦に線を描き、再び戻ってくる。荒い息のヴァンスが膝をつくと、それまで心臓のあった位置を、悪鬼のように弾が次々に通過した。あと十メートル。まだ弾が追ってくる。ごみ箱に身を隠そうとして近寄ったとたん、それは弾丸を浴びて躍りだした。

慌てて路地に飛びこみ、排水の作る小川を避け、ゆるい坂道の真ん中をひたすら走る。

「いたぞ」イタリア語で叫ぶ男の声がした。塀に身を寄せると、路地に銃声が一発、響きわたった。追っ手の声が増えている。ヴァンスは曲がりくねった路地を必死に走った。道が曲がっているおかげで、追っ手の銃弾は当たらない。不意に足が滑り、咄嗟に眼の前の脇道に無理やりはいった。足音が追ってくる。

走るうちに、麻痺《まひ》の触手に囚われて動かなかった頭が、そのねばっこい指から抜け出して働きだした。考えろ。冷静になって考えろ。表通りに出たところで、鮮やかに赤い地下鉄の看板が眼にはいった。道路はまだ渋滞している。ぜいぜいいいながら、包みやブリーフケースやバッグを持って家路につく人々をかきわけ、突き進んだ。美しく飾られた薄暗い駅の広々とした空間で、何千人もの声がわあんと鳴っている。切符を買い、ゆっくり進む回転式の改札を抜けながら、追っ手の姿を探した。が、探しても無駄だと気づいた。暗殺者たちの姿を、ただのひとりもまともに見ていない。

想像は恐怖を貪《むさぼ》り、妄想へと膨らんでいく。自分を殺そうとしているのは誰だ？　あそこのベンチに坐っている、頬に乾葡萄《ほしぶどう》そっくりのほくろをつけた老婆か？　〈ウォール・ストリート・ジャーナル〉紙で今日の経済に眼を通している、そこのビジネスマンか？　ヴァンスは勢いよく頭を振った。そんなはずがあるか。まともに考えろ。慌てている人間を探せ。いまの自分のような人間を探すんだ。もしかすると追っ手をまくことができたのかもしれない。地下鉄駅構内におりるところを見られずにすんだのかもしれない。ここなら少し安全だ。多すぎるほど人がいるのだから。リベットの打たれた大きな梁《はり》のそばでぶらぶらして喋っているふたり組の警官を見て、ヴァンスはほっと安堵した。

が、突然、警官に助けを求めることはできないのだと気づいた。ヴァンスは警察署に連れ戻されるだろう。すると遅かれ早かれ、あの刑事と顔をつきあわせることになる。今朝、あれほどヴァンスを責め立てたあの刑事、ヴァンスが巻きこまれた暴力沙汰は麻薬組織かテロ組織がらみに違いないと決めつけていたあの刑事と。ボディガードについても説明をしなければならない。刑事は答えられないような質問を重ねてくるだろう。不意にヴァンスは胸の悪くなる考えに襲われた。下手をすると、彼自身が容疑者として逮捕されるかもしれない。

ヴァンスは警官たちに背を向け、人の間を縫ってプラットフォームに向かった。どこに行くどの列車でもかまわなかった。わかっていたのは、自分を狩ろうとする追っ手からいますぐできるだけ遠くに逃げたいということだけだ。

「おい！　ちょっと！」うしろで怒った声が聞こえた。振り向くと、三十メートルほど離れたところで、きちんとした身なりの男がラッシュの客をかきわけて進んでくるのが見えた。その男と眼があった。喰うものと喰われるもの。ヴァンスは男の正体を瞬時に悟った。男は改札を抜けようとしていたが切符を買っておらず、地下鉄の係員に捕まっている。ヴァンスはその遅れを利用し、混雑したプラットフォームの端を目指した。

涼しい風が最初は弱く、だんだん強く、駅の向こうから吹いてきた。地下鉄がはいってきたのだ。ヴァンスは列の前から二番目に並んだ。プラットフォームとの間には、木綿のプリントドレスを着た、りっぱに腰の張った女がいるだけだ。ヴァンスは振り返った。例の男は切符を買って、距離を二十メートルにまで縮めていた。乗客らの頭越しに、ふたりは睨み合った。男はヴァンスより三センチほど高いようだ――百八十二、三、いや、百八十五もあるか。

遠くの重々しい機械音がどんどん大きくなってくる。埃と油と火花のオゾンと粉々になった吸い殻と人間の営みが生む堆積物の匂いを運ぶ風はいっそう激しく吹きつけ、人々のまぶたを襲い、恐ろしい声をあげた。男はいまや十メートル先に迫っていた。ヴァンスにもその顔をはっきり見ることができた。中年で、四十四、五歳ほどだが白髪で金縁眼鏡をかけている。細長い顔は猟犬のように悲しげで、高い頬骨から長く尖った顎の先に顔の両脇を何本も平行に走る皺のせいで、いっそう悲しげに見える。しかし、暗く焦げた眼には悪意の炎が燃え盛っていた。

金属と金属がこすれあう甲高い悲鳴と共に、地下鉄のブレーキがかかった。ホームの扉が開き、客がいっせいに前に出てくる。ヴァンスは眼の前の女の抗議を無視して先頭に出ると、紅白の列車の車体に身を寄せた。急に背後で人々の怒号があがる。猟犬面の男が混雑の中、無理に彼を追ってきたのだ。ヴァンスは車体に背を向けたまま、列車と乗客の間を横歩きし、人ごみにもまれている追っ手との距離を稼いだ。十五メートルほど差がついたところで、列車が扉を開き、腹におさめていた乗客を吐き出した。人の奔流に男は足留めされ、さらに横歩きで進んだヴァンスも、次の扉でやはり身動きがとれなくなった。

ヴァンスが扉に着いたところで、降りる客の洪水は止まり、車内の空間を埋めるべく、人の流れはプラットフォームから逆流した。しかし、猟犬面の男もまた、この流れを利用した。彼は人の波に身をまかせ、同じ車両の反対側の端にある扉の前まで来た。そこでヴァンスは男の姿を見失った。ヴァンスは自分を狩ろうとしている男を狂ったように探した。そして、見つけた。早く帰宅したいと願う人々が身体をつぶす覚悟で最後に大きくひと押ししたその波と共に、暗殺者はヴァンスと同じ車両に乗ってきたのだ。扉は一度閉まり、また開いた。人の腕かブリーフケースがはさまれたのか。ヴァンスは全身の力をかき集め、ディフェンスラインを目前にしたフルバックさながらに身体を低く倒し、再び扉が閉まる刹那、外に向かって大きく飛んだ。彼はふたりの乗客の間をすりぬけ、外を向いて扉をふさいでいるビジネスマンに体当たりし、そのままもつれあって外に転がり出た。プラットフォームに並ぶ客は激突されて仰天していた。

ヴァンスはつぶやくように詫びながら、やっと立ち上がった。駅から遠ざかっていく地下鉄の窓ガラスの内側から睨んでいる猟犬面の男――その眼にどす黒く燃える邪悪な炎を、彼は一生忘れないだろう。怒っているビジネスマンに手を貸して立たせると、ヴァンスは自分も押されたのだと言い訳し、次に来た地下鉄に乗った。

＊

スーザン・ストームが〈シェ・ジュールズ〉を出た三十分後、ヴァンス・エリクソンも決然とした足取りで店を出てきて、通りに向かうのが見えた。キンボールは、ヴァンスがいきなり徒歩で立ち去るとは予想していなかった。慌てて路肩にジャガーを残し、彼もまた徒歩であとを追った。

彼の訓練された眼が、ヴァンスを尾行しているのは自分だけではないと気づくまで、さほど時間はかからなかった。前方で通りの両端の男を歩くふたりが、さりげない素振りだが注意深く、大通りでタクシーを止めるアメリカ人を注視している。キンボールはふたりに先んじ、ヴァンスの次のタクシーに乗りこむことに成功した。すれ違いざまに、ふたりが送受信機を持ち、肉色の小型イヤフォンを耳にはめ、分厚い財布とは明らかに違う物で上着を膨らませていることを看破した。前のタクシーを乗客ごと捕まえる別働隊と連絡を取っているのは間違いない。

キンボールの推測が正しかったことはすぐに証明された。ヴァンスのタクシーがモンテ・

ローザ通りに近づくと、あのふたりの兄弟のような三人組が歩道に出現し、ヴァンスとボディガードを乗せたタクシーに集中砲火を浴びせた。キンボールは素早く、降ろしてくれと運転手に命じ、全力疾走で騒ぎの場所に駆けつけた。その彼の姿は目立つことになった。パニックを起こした人々は皆、騒ぎの中心から逃げて走ってくる。

やっと現場にたどりついた時には——三十秒ほどしかたっていないが——狙撃手たちは運転手とボディガードをすでに殺し、銃弾でずたずたになったタクシーに向かって用心深く近寄っていくところだった。タクシーはミラノ名物の鮮やかなオレンジ色の路面電車《トラム》の横腹でつぶれている。

連中はよほど焦っているな——キンボールは前より目立たない動きでさらに近づきながらそう判断した。切羽詰まっていなければ、大勢の目撃者の前でここまでおおっぴらに襲撃しない。〈兄弟たち《ブラザー》〉ならこんなことはしない。こんなことをするのは——不意にタクシーの反対側の隅から人間がひとり転がり出て、通り向こうの路地めざして走りだした。

水のようになめらかな動きで、キンボールは左腋《わき》下の革ホルスターからワルサーP38を抜き、身体の脇につけた。死を運ぶ黒光りする銃はスーツの色に溶けた。そのまま、狙撃手の向かい側にあるポルチコ（柱廊）に向かって風のように走り、円柱と巨大なごみ箱の間で身を低くした。狙撃手たちがタクシーから逃げていく人間に注意を移し、ワルサーをかまえた。おまえだ、ヴァンス・エリクソン、俺が殺《や》りたいのはおまえだ。その言葉が頭に浮かんだのと同じ早さで狙いを定め、ひとりめの狙撃手がヴァンスに向かってオートマチックを発砲すると同時に、二発の死神を狙撃手の額めがけて放った。狙撃手の額に小さな赤い穴がふたつあいた。が、その男が倒れたことに、仲間たちは気づかなかった。すでに彼らはヴァンスのあとを追っていってしまっていた。ヴァンスの姿が見えなくなるのを確認して、キンボールはワルサーをホルスターに戻した。あいつらにはもう捕まえられないだろう——いくばくかの落胆と共に、そうひとりごちながら。

10

八月八日　火曜日

コモ湖の翡翠《ひすい》色の水は、〈聖ペテロに撰《えら》ばれし兄弟たちの修道会〉の修道院の、神さびた石造りの基礎を優しく叩いていた。巨大な僧院の東の境界線である細い曲がりくねった道を行き交う農民たちは、単に〈修道院《イル・モナステーロ》〉と呼んでいた。彼らは声をひそめ――できうるなら思考さえもひそめたいかのように――その単語を発した。というのも、このあたりの者は誰も、かの神秘的な塀の中を覗いたことがなかったからである。僧たちが北に五マイルほどの場所にある村を訪れることはめったになく、たまに現れた時には、訪問の目的以外、口にしなかった。「釘《くぎ》を五キロお願い申します、シニョーレ」「暖房用の灯油を……あとで車で取りに参ります」

村では修道院についてのさまざまな噂が、その神秘性から尾ひれがつけられ、何世代にもわたって語り継がれていた――あそこの坊さんたちは異端者で、法王様に追放されたらしい――改宗を拒んだため、ヴァチカンの役人によって拷問されたそうだ――修道院は法王様の金銀財宝を納める宝物倉で、地下納骨所には小舟がたくさん停められて夜中に積み降ろしをしている、等々。地元の伝承は五百エーカーの森に建つ修道院を、狼男や、吸血鬼や、キリストを敵とするもろもろのおぞましい爬虫類の巣窟に変えてしまっていた。

グレゴリウス修道院長はこのような伝承に抗議する気はさらさらなかった。噂のおかげで近隣の住人は修道士たちに距離を保ち、畏怖の念を持って接している。修道院長は噂話のひとつひとつを愉しんでもいた。誇張されてはいるが、それぞれに一片の真実が含まれているのだ。教団の最高幹部のひとりであり、この修道院の長であるグレゴリウス修道院長がとりわけ気に入っていた点は、これらの噂話がかもしだす恐怖が、詮索《せんさく》好きな眼と好奇心の強い子供たちから、千年の歴史を誇る六メートル以上の高さの石塀よりも、そこに取りつけた二十一世紀の防犯装置と刃物のような切れ味の鉄条網よりも、確実に修道院を守ってくれることだった。

湖面の百メートルほど上でグレゴリウス修道院長は、僧院中央から湖にかぶさるように突き出た屋根つきベランダの石の手摺りに寄りかかって物思いにふけった。眼下の湖を見ようと姿勢を変えるついでに、身体の下でつぶれた黒い僧衣を具合よく直した。いつもはここに来るとほっとするのだが、ここ六週間の出来事のせいで気分は台無しだった。

特に過去七十二時間の不幸な状況変化は彼の腸《はらわた》を煮えくり返らせた。すべて、自分の過失、失敗だ。あの連中にヴァンス・エリクソンをここに連れてくることができると信用した自分が愚かだった。だが、かの若い男の専門知識、ダ・ヴィンチに関する豊富な知の財産が、どうしても欲しかったのだ。グレゴリウス修道院長は太い黒縁眼鏡を鼻の上にずりあげると、修道院書庫の奥に眠る、自分だけが触れることのできる何千ものレオナルド・ダ・ヴィンチの手稿に、うっとりと思いを巡らせた。頭巾《ずきん》をおろし、短く刈りこまれたごま塩のうねうねした髪を指ですきながら。ヴァンス・エリクソンなら、長らく封印されてきた天才による秘密を解き明かすことができるに違いない。

これらの秘密の書は、一五〇〇年代半ばにアントニオ・デ・ベアティスが教団に運んで以来、ずっと隠されてきた。この枢機卿の秘書が天才の手稿をすべて入手しようとして、どれほど苦労したことか！　臨終間際のダ・ヴィンチを見舞うという賢い企てにより、もう少しで成功するところだった。この時、彼は天才の手稿を数多く入手した。しかし、ダ・ヴィンチの親友メルツィが、それらすべてを持ち出そうとするのを強硬に邪魔したのだ。デ・ベアティスが法王庁の命令書を持って出なおしてさえも。

メルツィは、デ・ベアティスと〈聖ペテロに撰ばれし兄弟たちの修道会〉の関係を知っていたのだろうか？　法王庁の命令書を突きつけられても拒絶の姿勢を崩さなかったのは、それが法王によるものではなく、反法王派である〈聖ペテロに撰ばれし兄弟たちの修道会〉の息がかかった法王側近が書いたものだと見破ったからだろうか？　この反キリスト教徒とヴァチカンを牛耳る反キリスト教徒一派を思うと、グレゴリウス修道院長は腹が立ってきた。

唐突に身を起こし、百五十五センチの背丈を伸ばすと、整然とした庭に続く通路に向かった。修道会はダ・ヴィンチの発明すべてを必要としていた——ことに武器を——法王の皮をかぶった闇の王を滅ぼさんがためだ。修道会はそのほとんどを手中に納めていた。何世紀もかけて、彼らは必要な手稿を入手するために盗み、殺してきた——デ・ベアティスの日記をカタログがわりにして。ダ・ヴィンチの書き残した発明や絵のうちでも、美術館やあの石油成金のキングズベリのような個人の好事家の手にあるのは、修道会にとって不必要なものばかりだった。こうした一般に知られている手稿の内容は、ほとんどがあたりさわりのない無害なものだったり、あまりに奇妙きてれつで利用しようがないものばかりだ。唯一、一般の手に渡った重要な手稿が、大砲の設計図である。これでアルフレッド・クルップは巨万の富を築いた。それでも、と、グレゴリウス修道院長は豆粒ほどの玉砂利の小径《こみち》を歩きながら、にやりとした。この修道院書庫に秘蔵された数々の武器の前では色を失う。さらに、来たる取引で解き放たれる秘密の数々と比べれば、まったく取るに足りないものだ。

この取引でダ・ヴィンチの古写本から失われたページを取り戻す。それは二百年前に修道会の裏切り者がヴァチカンに渡したものだ。これらのページにはダ・ヴィンチが、いや、人類が考え得る最強の武器を描いた完璧な図と書きこみが完全に残されている。

修道会はその裏切り者を、今日に至るまで生々しく記憶される恐ろしい方法で罰した。男の身体から少しずつ肉をそぎ、そいだ肉を焼き、不運な裏切り者がついに死ぬまで、自らの焼肉を食わせたのである。この拷問法はヴァチカンが生み出し、異端審問の際に使用したものであり、裏切り者が代々の法王に是認された死に方をするのは、いたってふさわしいことだった。

この恐ろしい事件は、修道会からヴァチカンに宗旨替えしようという者の決意をくじいた。なぜなら、以来、これが裏切り者に対する処罰の前例となったからだ。

グレゴリウス修道院長は足を止めてかがむと、サンダルにはさまった砂利を取り除いた。彼は眉をひそめていた。

いまも自分たちの中に裏切り者がいる。その者を見つけることは容易ではないだろう。ヴァチカンは、八世紀から続く教団との長い抗争で巧妙にずる賢くなった。当時、カトリック教会は肥え太り、道を見失い、真の信仰の代わりに偶像を崇拝するようになった。修道会は偶像破壊の戦において先鋒《せんぽう》をにない——そして破れた。この時の活躍により、修道会はカトリック大分裂後の一三七八年に破門されたが、カトリック教会に政治的に敵対する者たちの支援により、イタリア・アルプスの麓《ふもと》のコモに移り、この修道院にこもったのである。彼らは肉体的にも精神的にも鍛練を積むこととなった。

険しい山脈と湖のおかげで、修道会はヴァチカンの悪鬼どもの魔手から逃れた。法王の名を語る大魔王さえ、修道会の息の根を止めることはできなかった。修道会は名立たる王国のすべての宮廷に忠実なスパイを送っていた——ヴァチカンの中にさえも。シルヴェステル二世を廃したのも、修道会のパトロンであるグレゴリウス三世を法王の座につけたのも彼らである。彼はほぼ完璧な法王であったが、修道会との約定を違《たが》えた。グレゴリウス三世が、法王にしてもらった恩を忘れて背を向けると、修道会は神聖ローマ帝国のハインリヒ四世と手を組んでその座を再び奪い、クレメンス三世を擁立《ようりつ》した。

毎度そのくり返しだ、とグレゴリウス修道院長は心中で苦々しくつぶやいて歩きだした。修道会の肩にかつがれて法王の座にのぼりつめた者は、のちに必ず修道会を滅ぼそうとする──その絶大な力を恐れて。確かに自分たちには法王の権力を与えるも奪うも自由自在な力がある……宿坊の前でグレゴリウス修道院長は思った。しかし、カトリックの体系を変え、本来あるべき教義に戻すほど長く権力を持っていたことはない。だが、それも取引が終わった暁《あかつき》には変わる。この取引は、かの教会大分裂すらカトリック教会史における些事《さじ》に変えるだろう。

宿坊に続く石段の下で、グレゴリウス修道院長は湖上に広がる鮮やかに澄み渡った空に顔を向け、陽光と影が氷河に削られた断崖に遊ぶ様を眺めた。このような日はこれから少なくなる。夏が秋に移り変わるにつれ、湖は霧と靄に包まれるのだ。

とにかく、ヴァンス・エリクソン、ミスター・エリクソン、私が間違っていた──邪魔者は消え、頭上の雲はすべて晴れる。いや、ヴァンス・エリクソン、ミスター・エリクソンの問題さえ片付けば、鍵束から宿坊の鉄門を開く鍵を探しながらつぶやいた。あなたをここに連れてくるように命じるべきではなかった。見つけ次第殺させるべきだった。私はあなたをみくびり、兄弟たちは昨日、あなたをみくびった。しかし、私自らあなたの面倒を見よう。待っているがいい。私から永遠に逃れることはできないのだ。

グレゴリウス修道院長は正しい鍵を探し出して、黒い鉄格子門に新しく取りつけられたぴかぴかのブロンズの錠前に差しこんだ。巨大な木の扉の中にはいると、彼は入り口でしばらくたたずみ、耳をすました。上階でキーボードの音がする。

「トージ教授」グレゴリウス修道院長は声をかけた。キーボードの音が止まった。「少しお邪魔してもよろしいですか?」

＊

蒸し暑い低地のミラノからアルプスの涼しい麓付近にあがってきた列車の一等車のコンパートメントで、ヴァンスは冷たい窓ガラスに頭をつけていた。一年の中でもこの時期のコモは、熱にうだるロンバルディア州の人々がこぞって出かける人気の地である。

ミラノからコモまでの一時間の旅の間に十以上もあるトンネルのひとつにはいり、窓の外が暗くなると、ヴァンスは眼を閉じた。これが休暇ならすばらしい。だが、ここにいる自分は逃亡者で――追っ手の正体はわからない。昨日、何者かが彼を殺そうとし、ほぼ成功するところだった。あのボディガードのプロらしい活躍がなければ、彼もまた――ボディガード同様――死んでいたのだ。デ・ベアティスの日記を読んだ人間のうち、まだ生きている最後のひとりとして、ヴァンス・エリクソンは狙われている。

列車が陽光の海に再び突入して、また眼を開けた。青々とした葉の群れがぼやけながら猛スピードで窓の外を飛び去っていく。列車が定刻通りなら、コモに着くのは三時四十五分。十五分後だ。ミラノからは一時間しか乗っていないのだが、ヴァンスは昨日からずっと列車の旅を続けている気がしていた。ホテルに戻る危険を犯したくなかったので、地下鉄でミラノ中央駅に向かい、最初に出る列車の切符を買った。その列車はローマに着いた。そこからリグーリア湾の港町、インペリアまでの切符を買う。そしてジェノヴァに行き、ミラノに戻った。車内ではほとんど眠れず、何度も車両を変えて、尾行されていないことを確かめた。動いている標的を狙うことは難しいはずだ、と何度も自分に言い聞かせた。標的が移動に疲れた時に、間違いは起きる。

ジェノヴァでの途中下車の間に、ヴァンスは電話を四本かけた。まずミラノ警察に、街を出て田舎に行きたいと伝えた。次はホテルに、予定より長く滞在することにしたので、部屋を毎日、掃除してほしいと頼んだ。三番目の電話は時間がかかった。ハリソン・キングズベリにかけたのだが、石油王の秘書はヴァンスに、社長はコンパック社が買収したイタリアの精油工場の契約書にサインをするため、二週間の予定でトリノに出張中だと答えた。ご伝言はおありですか、と訊かれて失望したヴァンスは、いや、またかけなおす、と答えた。最後の電話はスーザン・ストームのホテルの部屋にかけた。留守だった。ヴァンスはフロントにメッセージを残した。「ミズ・ストームに、ぼくが謝っていたと伝えてください」

謝る？〈シェ・ジュールズ〉での刺々しい一幕がよみがえった。ああ、たぶん謝るべきなのだろう。そう思ってから、考えなおした。たぶんではない。間違いなく、だ。

そうだ、ジュールズ、ぼくは冷静な男だ。自嘲気味に声をたてて笑うと、眼を閉じて首をうしろにそらし、脳の疲れをすっきりさせ、うなじを苛む凝《こ》りをほぐそうとした。論理的な唯一の次の目的地はコモだ、と彼は決めていた。キングズベリの古写本が保管されていたカイッツィ家の城は、ベッラージオからおよそ五キロの距離にあるコモ湖のほとりに建っている。デ・ベアティスの日記でもコモについて記されていたが、その記述は曖昧で正確な解読が難しい。この枢機卿秘書が日記を書いたのはカイッツィ家が城を建てる二百年前でもあり、一家が古写本を買う三百年前のことでもある。コモとの接点はないはずだ。日記のコピーを持っていれば、とヴァンスは悔やんだ——細部までは完璧に覚えていない——しかし、ホテルの貸し金庫にコピーを取りに戻る危険を犯したくなかった。おそらくデ・ベアティスは休暇でコモに行ったのだろう、とヴァンスは結論づけた。レオナルド・ダ・ヴィンチをはじめ、ナポレオン一世、ブラマンテ、マクシミリアン、その他大勢のヨーロッパ名士の例にもれずに。ただの休暇に決まっている、ほかの理由などないはずだ。コモに関する記述は特に長くも重要なものでもなかったではないか。ヴァンスはさんざん頭をひねったが、ついに記憶はたぐりよせられなかった。

＊

ようやく到着したコモでは、ほんのひと握りの乗客だけがヴァンスと共に降りた。色とりどりの包装紙にくるまれた包みを両手いっぱいかかえた年配の夫婦、ぱりっとしたスーツからひと目でビジネスマンとわかるふたり連れ、ダッフルバッグやザックや寝袋を持った眼に賑《にぎ》やかな学生たち。ビジネスマンたちはまっすぐタクシーに向かい、年配の夫婦は若い男女の出迎えを受け、学生たちは旅行案内所ブースに歩いていく。ヴァンスは駅前のバス停に立って慎重に見回し、通行人を観察した。誰かが特別に注目していないか？　あのスーツの中に、あのハンドバッグの中に、銃があるのか？　自分の中に新たに生まれた用心深さを、心の一部では馬鹿にしていたが、心のほかの部分は、追われる者としての自覚に支配されていた。無意識のうちに心は気づいていたのだ。これは命を懸けたゲームだと。負ければ深刻なペナルティが科されるのだと。

ヴァンスはオレンジ色のバスに乗り、後部の機械で切符を買うと、なるべくうしろに坐り、乗ってくる客ひとりひとりをじっくり確かめた。そして、ドアが閉まる瞬間、飛び降りた。『フレンチ・コネクション』の映画で覚えた小細工だがうまくいっただろう。タクシーを捕まえ、カヴール広場のメトロポール・スイス・ホテルに行くように指示した。この歴史ある高級ホテルは街の中央の湖のほとりに建っている。いつもヴァンスは湖から離れた安い三等ホテルに泊まるのだが、彼を狙う刺客をあざむくのであれば、普段の行動パターンをはずさねばならない。

ホテルから一ブロックほど離れたラリオ・トレント遊歩道でタクシーを降りた。そこからホテルまではこの湖岸の遊歩道をたどった。壊れた石畳の両側からアーチ状にしだれる木々の見事な緑のトンネルは、ちらちらと陽光が透けている。湖面を渡ってくる晩《おそ》い午後の微風が、紙屑やセロファンの切れ端を砂埃と共に飛ばし、溝の中で小さな竜巻を作っている。湖をのんびり遊覧するボートの旅を終えて疲れた観光客たちが、首にカメラをぶらぶらさせて、嬉しそうに波止場桟橋を戻ってくる。

湖が見えるように置かれた緑の木の横板のベンチには、あらゆる年代のカップルが坐り、ツアー客を乗せた大型ボートや、小型ボートや、水上タクシーや、もっと遠くに停泊しているヨットが、波にあわせて上下する様を眺めていた。まさにここはいま最高に気持ちのいい時であり、最高に気持ちのいい場所だった。

ヴァンスはそんな光景を痛いほどの羨望の眼で見つめていた。彼らは素直に人生を愉しむことができる。彼らは命を狙われていない。やがてメトロポールを行き過ぎると、ルイーニ通りの信号を渡り、革製品の店にはいった。ここでコンパック社のアメックスカードを使って一泊旅行用のバッグを買った。チンクエ・ジョルナーテ通り近くの巨大デパートで洗面道具を、ホテルから一ブロック離れた男性用品店でシャツ、靴下、下着、セーター二枚を調達した。店員に何か訊かれた時のために、空港で荷物が出てこなかったという言い訳話を用意していたが、誰にも質問されなかった。ヴァンスは買った物をバッグに詰めた。

こうして、手ぶらの客を不審がるであろうホテルのフロント係に対峙《たいじ》する準備が整うと、メトロポールに歩いていき、飛びこみで部屋を求める代償として五十ユーロ札をフロント係の手の下にすべりこませてから、チェックインした。ロビーで〈イル・ジョルノ〉紙を買ったのち、ベルボーイに部屋に案内された。部屋は三階で、湖と畏《おそ》れを抱くほど険しい山々の森を見はるかす窓から、雪の冠をいただくアルプスの斜面にかすかに氷河を見つけることができる。その光景はいつもながらヴァンスの心を虜にした。おそらくこれこそが、富豪や有名人がこの地にひきつけられ続ける理由なのだ。太陽が西の山々に向かってさがり始めた。オリーブの実のように深い黒の影が左手の山にゆっくり広がり、斜面をおぼろな暗がりに沈めていったが、反対側は暖かな琥珀《こはく》色の光に染められ、建物も館も黄金に輝いて見えた。

しかし今夜ここに泊まるヴァンスに安らぎはなかった。あるのは怖れと、もの悲しさだけだった。命の危険に対する怖れ。まっすぐミラノ警察に行かずにここに来たのは間違っていたのではないか。そもそもなぜこの地を選んだのかという理由があった。最後にコモを訪れた時はパティが一緒だったのだ。

人の心の傷はいつまでふさがらないのだろう。ヴァンスは窓に背を向け、ついさっき荷物を詰めたバッグから中身を取り出し始めた。胸の傷がふさがるまで、人はどれだけ長く苦しむのだろう。彼とパティは古い型の水上タクシーで、月夜のクルーズに出かけた。彼は覚えている。腕の中でひたと寄り添ってくる身体の温もりを、愛していると囁く彼女の言葉を。朝いちばんの光に輝く、安らかな寝顔を、偶然が美しくからませた髪の房を。

そして——と、慣れた手つきで洗面道具を浴室に並べ、たたんだ服を几帳面に引き出しにしまいながら思った——彼女が出ていったあとの、からのクロゼットも覚えている。彼女の服があった場所には、見捨てられた針金ハンガーが惨めにぶらさがっていた。残ったものは愛の記憶だけだった。ゆるゆると頭を振り、ヴァンスは夕食のために着替えた。

階下のフォーマルなダイニングルームに客はまだほとんどはいっていなかった。七時半で夕食のメニューが始まったばかりだ。給仕頭はヴァンスを、紗《しゃ》のカーテン越しに湖を臨む明るく照らされたテーブルに案内した。メトロポールのダイニングルームは値段は高いかもしれないが、コモで食事をするなら最良の場所のひとつである。

しかしこの晩のワインはまるで水で、ハムはボール紙だった。トルテリーニは口の中でぶよぶよの塊としか感じられず、仔牛肉は何の感動も呼ばなかった。料理はすばらしかった。理性ではわかっていた。けれども、いまの彼にとっては何も意味を持たなかったのだ――胸の痛みを押さえこみ、彼の全人生を吸いこもうとしているこの虚無の隙間をふさぐこと以外は。機械的に料理を口に運び、のろのろと部屋に戻った。そうして落ちたとぎれとぎれの夢の中で、パティは彼を撃とうとしていた。

朝になると、ヴァンスの気分はいくぶん良くなっていた。ひと晩眠ったことで鬱《うつ》な気分はいつもどおり晴れ、早朝の陽の光を浴びて心も足も軽くなった。メトロポールのダイニングルームのテラス席はホテル正面の長方形の広場に設けられ、コンクリートのプランターに植わった肩まである生け垣の内側に、パラソル付きのガラスと鉄でできたテーブルが二十以上も用意されていた。ヴァンスは角のテーブルで湖が見える椅子に坐り、メニューをざっと見た。

旅行中は地元の住民に合わせた生活をすることを好むヴァンスだが、この時ばかりは、地元流のブリオッシュとジャムの朝食以上を求める食欲に、即座に応じられるホテルに滞在していることをありがたく思った。固めに茹《ゆ》でた卵を三つと、挽肉《ひきにく》のパイと、アメリカンコーヒーを注文すると、いまや外に聞こえるほど鳴っている胃袋をなだめるために、楽な姿勢になった。コーヒーが銀のポットで運ばれてきた。ヴァンスはカップにコーヒーを注ぐと、朝食と共に出された〈イル・ジョルノ〉紙を開いた。

見出しに眼を通し、銃撃事件の記事を探したが、どこにも書かれていなかった。記事といえば、アメリカの軍艦がイタリアに停泊していることに対する抗議や、核廃絶を求めるデモ行進や、秘密の社交界のメンバーであることが暴露されたイタリア閣僚がさらに四名辞任したことや、インフレが四十七パーセントも進み、大気汚染がイタリア全土で悪化したこと、等々。

湖から吹いてきたそよ風が新聞をはためかせた。ヴァンスは風がおさまるのを待ち、さらにページをめくった。四面の一段目の見出しが眼に飛びこんできた。〝テロリストの攻撃、ミラノで四名死亡〟

ヴァンスは新聞を折り返すと、真剣に読み始めた。

イタリア政府テロ対策本部の捜査官によれば、月曜日の午後にミラノ北東部で起きたゲリラ銃撃戦による四名の死者の中に、元司祭もいたと……。

列記された死者は、養うべき四人の子と妻がいたタクシー運転手、通りすがりのわずか十六歳の高校生、トップレベルの警備会社に勤める武装した大男、そして司祭。司祭だって！

警察の調べによれば、この元司祭は教会に対するデモ行為に関与した罪で、一九六九年に聖職位を剥脱、破門された。デモにおいて、彼はエンポリの教会に暴徒を先導した。暴徒たちは像や宗教画や神聖な道具を壊した。さらに警察は、この男はタクシーを攻撃した仲間のひとりで、前科はないと伝えている。

ヴァンスは記事を読み終えて首をかしげた。ちょっとどころでなくおかしなことになっている。彼についてはひとことも書かれていない――安堵はしたが、不審でもある――さらに、ボディガードがあの場にいた理由について、イタリア政府テロ対策本部はまったく言及していない。

とりあえずほっとすると、眼の前に料理が運ばれると食欲がすっかり戻ったことを自覚した。事態は好転してきている。記事を読みなおし、何も見落としていないことを確かめた。新聞をテーブルに置こうとしたその時、小さな見出しが眼にはいった。〝ヒルトンで爆弾事件、メイド死亡〟

ヴァンスの胃はきつく縮み、鉛のようになった。読み進むうちに、胃はいっそう締めつけられた。

ミラノ・ヒルトンの客室メイド、アンナ・サンドロ夫人（四十七）は、タオルを替えるために客室のドアを開けたとたん、爆弾の爆発により死亡した。ミラノ警察によれば、客室のドアノブに起爆装置がワイヤーでつながれており、狙われたのはその客室の泊まり客の可能性があるらしい。ミラノ警察は泊まり客の姓名を公表することを拒んだが、会議に参加するために来ていたアメリカの石油会社の社員であると認めた。

「くそ!」ヴァンスは小声で漏らした。

一瞬のうちに、味わったことのないほどの恐怖に突き落とされた。イラクにいた時よりも、ほかのどんな時よりも——激しい動悸の中、人生でこれほどの恐怖があったかどうか思い出そうとした。こちらからは見分けられない未知の人間が実際に彼を殺そうとし、かわりに何の関係もない人々を殺しているのだ。亡くなった人々は、たまたま悪い時に彼に近過ぎる場所にいたというだけで死んだのだ。ウィーンとストラスブールの不審死と、トージ教授の失踪と、マティーニ教授の惨殺を脳裏に浮かべる。思わず顔が歪み、両手で頭をかかえた。死神は大鎌《おおがま》で命の束を刈り取り、彼の命もまた絶対に手に入れようとしている。ヴァンスは頭を振り、立ち上がった。心は決まっていた。

マティーニ教授に正義を。そしてミラノで自分と死神の間にはさまってしまったかわいそうな人々にも。彼は責任を負っている。求める答えはデ・ベアティスの日記のどこかにあるはずだ。警察は彼を笑うだろう。五百年前の日記がそれほど大勢の人間を死に追いやると、誰が信じるだろうか。もしも、すでにあれほど多くの人々が殺されてさえいなければ、ヴァンス自身も笑っていたことだろう。仮説なら笑いとばすことができる。だが、死体の山を笑うことはできない。

＊

「あんたたちは何を考えている?」エリオット・キンボールは額に青筋を立てて怒鳴った。

「全部、おじゃんにするつもりか？　我々がここまで慎重に運んできた計画をつぶす気か？」テラコッタの床の上をものすごい勢いで戻ってきた彼の息は荒々しく、過熱したボイラーの蒸気に似た音を立てていた。

「よくもおとなしく坐ってられるな！」キンボールは飾り気のない机の前にぬっと立ち、その奥で落ち着いて坐る男を睨みつけた。キンボールの荒い息の合間に、修道院の支柱に寄せる波の優しい音が聞こえる。

グレゴリウス修道院長は情け深い仕種《しぐさ》で、怒り狂ったキンボールを見上げた。長身の金髪男は、拳をゆるめては握り、顔の筋肉をひきつらせ、震わせている。

「もちろん、そんなつもりはありません」グレゴリウス修道院長は吐息のように言った。その声があまりに静かで、キンボールは息を沈めなければならなかった。「あなたは忘れています。私たちはこの計画に向けて五百年以上も前から準備をしてきました。あなたがたの組織が着手したのは、ほんの百年たらず前のこと」

「いいか、グレゴリウス」キンボールは激しく言った。「こっちはあんたの〝私たちは努力している〟というごたくには飽き飽きしている。現実は、あんたたちは何百年も前から負けどおしの負け犬集団で、ようやくそれをひっくり返すチャンスが来たというのに、また全部つぶそうとしている。神かけて――」軽々しくその名を口にしたことに修道院長が顔をしかめたのを、キンボールは見た。「――〈ブレーメン結社〉の仕事は邪魔させないからな」

硬張った顎だけがグレゴリウス修道院長の穏やかな表情の内心を暴露していた。彼は弟子たちに常々、怒りを表に出すことは自制心を失うことであると教えていた。「あなたは少し疲れているようですね、ミスター・キンボール。何の害がなされたというのです」

「あんたらのしょうもない脱線行為だ」吐き捨てるように言うと、キンボールは机に背を向け、薄暗い部屋を横切り、裸の石壁にかかった素朴な木の十字架の方に歩いていった。そして眼を閉じ、荒々しく深呼吸して息を止め、怒りを追い出そうとした。「まず第一に」いくらか自制のきいた静かな声で、言葉を継いだ。「我々に何も言わずにヴァンス・エリクソンに近寄るべきではなかった。あの男がキングズベリとどれほど近しいか知っているだろう。キングズベリがその気になったら、どんなに恐ろしい敵になるかわかっているはずだ。それでいて月曜に……なんで——」言葉を切ると、再び膨れあがってきた怒りを抑えこもうとした。「あの奇襲が成功したとして、それであんたは何を得るつもりだった？」

「私の行為に懺悔《ざんげ》を求めることは、あなたにも誰にもできません、ミスター・キンボール」グレゴリウス修道院長の声は静かで冷ややかだった。「私たちは何世紀にもわたって、王や司教の懺悔を聴いてきた者です。その私たちに対し、神の御意思に基づく行為の是非を問うことは許しません。あなたにも、ほかの誰にも」

キンボールは言い返そうと口を開いたが、すぐに閉じた。信仰に凝り固まっている人間と口論してもしかたがない。イエスやアッラーやエホバの名のもとに平気で殺戮《さつりく》をする人間には妥協も歩み寄りもない。

「そうだな」キンボールは穏やかな口調で言ったが、飲み下した忿懣《ふんまん》は咽喉を苦く灼いた。

「あなたの言うとおりだ」グレゴリウス修道院長の細く酷薄なくちびるの両側が蛇が鎌首をもたげるようにあがった。正しいボタンを押してやればいいんだ、とキンボールは皮肉にひとりごちた。とにかく正しいボタンを押せ。

「赦《ゆる》します」グレゴリウス修道院長は甘露のような声で言った。「あなたは自分の罪を認めたのですから、あなたの罪も神への冒瀆《ぼうとく》もすべて赦しましょう」

キンボールは胸糞《むなくそ》の悪さに天を仰ぐかわりに肩をすくめた。

「ありがとう」集められるだけの悔悛《かいしゅん》の表情を浮かべ、キンボールは言った。「あなたが何度も言ってきたことだが、〈ブレーメン結社〉はあなたと兄弟たちが神の御意思をこの世に顕現《けんげん》するために使うことのできる神の道具である、と」いまやグレゴリウス修道院長は無意識のうちにうなずいていた。おいおいおい、と、キンボールは思った。なんでこんな与太を大真面目に信じられるんだ？

「〈ブレーメン結社〉は」キンボールは続けた。「神の御意思を顕現するためにあなたがたを助けたい。あくまでそのために敢《あ》えて助言をさせていただく。ヴァンス・エリクソンとの接触は避けるほうが賢明だ、せめてこの取引をすませるまで――」

「忠告を受け入れるべき理由はひとつも見当りませんね、ミスター・キンボール」グレゴリウス修道院長がさえぎった。「取引を完遂させることは神の御意思です。ほかの誰も――あなたも、私も、ヴァンス・エリクソンも、彼の強力な保護者のハリソン・キングズベリも――神の御意思の邪魔はできません」

キンボールはかっとして口を開きかけたが、すぐに天井を見上げて十字を切った。おいおいおい、助けてくれ、マリア様！　とにかく、この手で百回もうまく切り抜けてきたんだ。イエス・キリストもいまさら俺を見捨てはしないだろう。キンボールは声に出して言った。「確かにあなたの言うとおりだ。しかし、お互いに神の道具として、神がヴァンス・エリクソンをどうしたいとお考えか、そして、あの男に手を出すことが、計画を成功させようという神の御意思のどんな役に立つのか、考えることが必要なはずだ」グレゴリウス修道院長の眉間《みけん》に皺が寄った。「そのために」キンボールは続けた。「神の側近くにおられるあなたに謹んでお訊きする。我々がこれからどうするべきか、教えていただきたい」

息詰まる沈黙が部屋を支配した。うまくいったか？　キンボールは唾を飲んだ。

ようやく黒衣の僧は口を開いた。「世俗のかたであられるのに、あなたには幾度も驚かされます。きっと私はこの件に関して祈りが足りなかったのでしょう。結果にとらわれるあまり、そこに至るまでの小さな一段一段に対する注意がおろそかになることは、ありがちなことです」キンボールは安堵のため息をそっと漏らした。「もちろん、いまのあなたの言葉によって、いますぐに私が決断を下すことはできないのはわかっておいでですね」キンボールはうやうやしく頭を下げてみせた。「私は神の御言葉を待たねばなりません――」僧は十字を切った。「――お告げがくだされるのを」

勝った！〈ブレーメン結社〉が一歩進んだ。キンボールは内心で欣喜雀躍《きんきじゃくやく》した。こいつはあんたとあんたの怪物帝国を滅ぼす大きな一歩だ、グレゴリウスさん。

グレゴリウス修道院長は首のひと振りで、謁見は終わりだと客に示した。キンボールは修道士のひとりによって宿坊に案内された。その修道士は暗くなってキンボールがコモに戻るまで、部屋の前で番をしていた。

＊

ヴァンス・エリクソンはうつむいて両手を尻ポケットに入れ、折りたたんだ〈イル・ジョルノ〉紙を腋の下にしっかりはさんだまま、メトロポール・ホテルのロビーを歩いていた。もの思いにふけっていたヴァンスは、若い女が彼を見て椅子からすっと立ち上がり、優雅な足取りでロビーを横切り、向かってくることに気づかなかった。女は素早く距離を縮め、階段の下で彼に追いついた。美しく手入れされた手を伸ばし、女は彼の肩を叩いた。「ヴァンス」

新聞が床に落ちた。尻ポケットから両手を抜き、彼は突き飛ばされたように振り向いた。顔色は灰のようだった。

「ヴァンス、わたしよ」スーザンが安心させるように微笑みかけていた。

向かい合った彼は、大きく唾を飲んだ。「やあ、びっくりした、本当に」ヴァンスは詫びるような口調で言った。

「コーヒーでもどう?」答えも待たずにスーザンは彼の二の腕をつかむと、再びカフェに誘導していった。「わたし、着いたばかりなの。おなかがすいた」

テーブルにつき、スーザンは軽い朝食を注文したあとで言った。「お詫びのメッセージを受け取ったわ。どうもありがとう」

「今度はきみの番だ。謝ってほしいな」

スーザンは眉を寄せた。「どうして?」

「ぼくを驚かして殺そうとした!」にやにやしてヴァンスは言った。ふたりは声をたてて笑った。スーザンは笑顔を返しながら、眼の前の人物を好もしく思った。野性的でハンサムで魅力的な笑顔。どんな時も絶えることのないユーモア。ここ数日間、あれほどの艱難辛苦《かんなんしんく》をくぐりぬけてきたはずなのに……。微風が生け垣の葉を分かち、その隙間から射しこむ陽光がヴァンスの顔の上で躍った。彼の眼は深い深い青に変わった。深い海の水面《みなも》の色。

「わかったわ」スーザンは素直に言った。「ごめんなさい」

「どうもご丁寧に」

身構えるのはやめたのかしら? スーザンは胸の内でつぶやいた。彼にとって、もはや彼女は脅威ではないのかもしれない。少なくとも彼を殺そうとしている人間たちに比べれば。

「どうやってぼくを見つけた?」ヴァンスが訊いた。

「お食事した時のことを覚えている? 気まずくなる前にあなたが言ったのよ、コモに行って、キングズベリさんに古写本を売ったスイスの一家のお城を訪ねるかもって」

「百万年も前のことに思えるな」ヴァンスは思い出そうとした。はっきりとはよみがえらない。ふりかかった数々の出来事のせいで、あの日以来、彼の記憶はずたずただった。「ああ」彼は嘘をついた。「ちゃんと覚えてるよ。だけど、どうやってここでぼくを見つけたのかって答えにはなってない」

「コモにホテルがいくつあるか数えたことがある?」スーザンは訊いた。「二十五よ。地元の観光局に訊いたわ。そこでもらったリストを見たの」そう言うと、赤褐色の型押しされた上等の革バッグから、それを取り出した。「そのいちばん上から当たったってわけ」ヴァンスはリストを受け取った。リストのホテルは等級ごとに分けられ、アルファベット順に並んでいた。コモの一級ホテルは三つしかなく、メトロポールはふたつめだった。スーザンがどれほど簡単に見つけることができたかを知って、ヴァンスは狼狽した。彼女にできるなら、ほかの人間にもできるだろう。

「賢いな」ヴァンスは正直に言った。「きみはラッキーだったよ、ぼくに四級ホテルに泊まる趣味がなくて」

スーザンは笑った。

「だけど、ここに来るなんて、あまり頭のいいことじゃなかったかもしれない。ぼくの周りで、つぎつぎに気味の悪いことが起きてるのは知ってるだろ」

「知ってる」スーザンはうなずいた。「だから来たの」

「だから来たって……?」

「当たり前じゃない」スーザンは力をこめて言った。「大スクープよ。わたしがおとなしく家に帰って、みすみすほかの人においしいところをさらわれるのを黙って見てると思う?」

ふたりはしばらく無言で見つめ合い、互いの頭の中を読み取ろうとした。まったく違うタイプの人間同士が、初めてつかみどころのない相手とまともに対峙したのだ。

彼女の朝食が運ばれてきた。スーザンが夢中で食事を口に運ぶ間、ふたりはあいかわらず無言だった。

ヴァンスは黙ってコーヒーを飲みながら、スーザンが食べる様子を見ていた。

「で、いつこっちに?」しばらくして彼は訊いた。「今朝の列車で?」

彼女は最後のひと口をコーヒーで流しこんだ。「昨夜」そう言って、もうひと口飲むと、磁器が触れ合うごくごくかすかな音と共に、そっとカップを受皿に置いた。「エリオット・キンボールの車に乗せてもらったの」

「誰だって?」ヴァンスは問い返した。その名にはうっすら聞き覚えがあった。

「あなたも知ってる人よ」スーザンは即答せずに言った。「お金持ちの、ハーヴァード大法学部卒。あなたはむかし、彼のチームとラグビーで戦ったことがあるはずよ」

ヴァンスは記憶を探った。シンポジウムが終わったあとのカクテルパーティーで、スーザンと会っていた金髪男が頭に浮かんだ。

「金髪ののっぽ?」ヴァンスの問いに、スーザンはうなずいて、ブリオッシュをもうひと口かじった。

「ああ」ぼんやりと言ったヴァンスの心はまだ過去にたゆたっていた。「なんとなく覚えてる」

「あら、向こうはあなたのことをよく覚えてるみたいだけど」

「きみはどうして彼を知ってるんだ?」

「学校が一緒だったのよ」

「彼もここに?」ヴァンスは用心深く訊いた。

「知らない」スーザンは答えた。「わたしのホテルで降ろしてくれて――わたしはチェルノッビオのヴィラ・デステに泊まってるの――彼はそのままどこかに行ったわ。あとで連絡をくれるって」

「ヴィラ・デステか」ヴァンスは口笛を吹いた。「そいつは豪儀《ごうぎ》だな。あそこに比べたら、このメトロポールは安モーテルみたいなもんだ」

「経費に決まってるでしょ。雑誌の編集部持ちよ」

ヴァンスは頭を振った。ヴィラ・デステはコモ湖畔でおそらくもっとも贅沢で金のかかるホテルだ。それは数カ国の王族が所有したことのある城館で、いまなお、全盛期の豪奢《ごうしゃ》さと美を誇っていた。

「やれやれ、そんなお嬢様趣味のくせにスクープのためなら火の中水の中か。きみを追い返すより、連れ歩くほうがきっと楽なんだろうな」ヴァンスは笑顔で言った。

「わかってるじゃない」スーザンは答えた。「わたしが本気になったら、うんと問題を起こしてやれるんだから」

「知ってる」ヴァンスは過去二年間を振り返って言った。「きみがぼくの問題の種だったことは、これが初めてじゃないからな」

「そうね。だけどあなた、いままでのわたしなんかよりずっと深刻な問題をいっぱいかかえてるんじゃないかしら」

ここ数日の犠牲者の数が頭に流れこみ、ヴァンスは重々しくうなずいた。ヴァンスを狙った暗殺者、たまたま近くにいた人間を無差別に殺した犠牲者の数。それこそが本当の問題だった。それはいくら詫びようとも、詫びることのできない問題だった。

11

「あなたがどうしてこんなことをしてるのか、まだわたしにはわからないんだけど」スーザン・ストームは水中翼船の力強いエンジン音に負けないように、声を張り上げた。ヴァンスは聞こえたというしるしにうなずいた。ボートは湖畔の村トレメッツォと優美な琥珀色のヴィラ・カルロッタからぐんぐん離れていく。

「ああいう事件が静かなダ・ヴィンチ学界で起きたことで、頭にきてるんじゃない?」

ヴァンスはスーザンの知的に煌めく翠の瞳を見た。彼としては彼女の言葉が正しいことをあまり認めたくはなかった。

「図星でしょ」スーザンは続けた。「わたしが何年もあなたを観察してたことを忘れないで。あなたは変わってるわりに、妙に保守的なところがある。自分にとって神聖なものを頑固に守ろうとする。あなたはね、あなたがダ・ヴィンチの世界の人間だと認めていない人間が手稿を盗み、学者を殺し、あなたを狙っていることが許せないのよ」

「そりゃ、まあ……それだけいろいろあれば、誰でも頭にくるだろ」ヴァンスは言い訳じみた口調で返した。「それに、策略や陰謀はレオナルドの世界じゃ日常茶飯事だった。覚えてるだろ、レオナルドとマキアヴェリはよく一緒に働いていた」

「ええ、ええ」スーザンは大きくうなずいた。「だけどあなたは、現代の世界がそんなふうだとは認めてないでしょ」言葉を切ると、まっすぐな視線で彼の眼を射抜いた。「正直言って、誰かが殺されたことに対して普通の人が越える一線の、二線も三線も先に行ってしまうほど、あなたは頭にきてるはずよ」

ヴァンスは険しい眼で彼女の瞳を睨み返した。「違う」

心の奥に隠していた部分に触れられて、彼は怒りを覚えていた。が、湧き上がる思いをどうにか押し隠した。

「そんなことはどうでもいい。ぼくはやりたいようにやる」

「どんなことが起きるか、まるでわかってないわね」スーザンはにべもなく言った。「どうしてあなたが、警察にできないことをやれると思うのよ?」

「それはわからない」ヴァンスは認めた。「きみの言うとおり、ぼくは警官じゃない。だけど——」

「うぬぼれすぎ」スーザンはまた、ぴしりと言った。「あなたが足を突っこんだこの状況で生き残るどころか、本気で勝てると思うなんて、重症の自意識過剰ね」

「ぼくが何をするにしろ、どうしても手をひかせようとしてるんだな、きみは」

「パンはパン屋にまかせなさいって言ってるの。右も左もわからない素人が、どんな危険が起きるか予想すらできないくせに」

「あまりいろいろ危険の予想をしてばかりってのはどうかと思うけどね」ヴァンスは言い返した。「高速道路でどんなことが起きるか心配してばかりいたら、車ひとつ乗れやしない。人間、生涯に出会う危険をひとつひとつ真剣に予想するようになったら、いちばんまともな奴は銃で脳味噌をふっ飛ばすことになる」

スーザンはため息まじりに頭を振った。しかし、ほとんど勝ち目のない戦いとはいえ、ヴァンスは頭がよく、機転がきく。もしかすると、無理を無理だと見切れない素人の無謀さゆえにかえって、プロが失敗することでも、彼ならば成功するかもしれない。

水中翼船の力強いエンジン音がゆるんだ。ベッラージオの波止場が近づく。古い家々の屋根のタイルが昼近い太陽の光を浴びて鮮やかなピンクに輝いていた。青緑の銅の丸帽子をかぶった鐘楼《しょうろう》が、町の上にすっくと突き出している。ヴァンスは船長がエンジンを逆転させてそっと船を杭《くい》に寄せていくのを見ていた。右側では、ブーゲンビリアの棚の下に並ぶカフェのテーブルで、ウェイターたちが朝食の後片付けをしている。桟橋の反対側では三人の修道士が七メートル半のモーターボートをもやい、水面に出ている外付けのモーターに覆いをかけている。

観光客や子供たちの渦に囲まれて船を降りた時には、正午近くになっていた。

ベッラージオはかつて、裕福な英国人に好まれた高級リゾート地だった。しかし、美しい老い方をしなかったせいで、現在は野暮ったく薄汚れた老婆と化していた。無愛想さと凡庸な料理が、レストランの質を変容させた。ダイヤモンドと貴金属が支配していた趣のある古風な通りは、いまや安っぽい土産物スタンドの天下だった。優雅さを保っているのは、町の外にある富豪たちの個人邸宅ばかり。いまのベッラージオは観光客を待ち受ける罠、もしくは、邸宅の住人や別荘の滞在者の便利な補給地点だった。

ヴァンスはスーザンの腕をつかむと、安ぴか物のアクセサリーや中国製のイタリア土産屋台がひしめくアーケードから連れ出し、丘の上に向かう急な狭い階段に向かった。旧市街の中をうねうねと通る階段の両脇は、小さな店やレストランの入り口、一階が店舗の民家の門が並んでいる。

上にのぼるにつれ、群がる観光客のざわめきは薄れてきた。ヴァンスはスーザンに、ハリソン・キングズベリのためにカイッツィ家から古写本を手に入れた経緯について、少しずつ話し始めた。

「バーナード・サウスワースはカイッツィ家の弁護士兼代理人だ」ヴァンスは説明した。「古写本の取引はすべて彼を介して行なわれた。カイッツィ伯は実際に古写本が引渡される時に顔を出しただけでね。町の外の丘のてっぺんにあるカイッツィ城の書庫が、引渡し場所だ」

「ここに来る途中で見えた大きな白い城館ね」

「うん。あの城は三方から湖が見えるんだ。この世のものとは思えない絶景だった」

「サウスワースって、イタリア人らしくない名前ね」スーザンは言った。

ちょうどその時、藁《わら》でおおわれたキャンティの瓶がぎっしり並ぶケースを持って、男が急いでおりてきた。やりすごすために、ヴァンスとスーザンは小さな商店の戸口にはいった。電気屋らしい。ヴァンスは眼の端で、ふたりの修道士がどうしてもその日のうちに何かの機械を修理してほしいとくり返す様子を見た。店主は怯えているようだった。

キャンティの男が通り過ぎ、ヴァンスとスーザンはまた階段をのぼり始めた。スーザンが小声で言った。「あそこのかわいそうなご主人を見た？ すっかり震えあがって」

「聖職者ってのはときどき信徒を震えあがらせるものさ」

「そうじゃなくて——」スーザンは首を振った。「——あの人は本当に怯えてた。畏れ多いとか、そんなのじゃない」

「なら、きっと近所の修道院の坊さんたちだろ」ヴァンスは答えた。「このあたりじゃ、あそこの修道院の坊さんには悪い噂があるんだ。異端審問や魔女狩りの時代に広まった噂だろう。気にするなよ」

よく手入れされたこぢんまりした入り口にたどりついた。輝くほどにみがかれた真鍮《しんちゅう》の表札には、バーナード・サウスワース二世、と刻まれている。

「ああ、そうだよ」ヴァンスは少し前の彼女の質問を思い出して言った。「サウスワースはイギリス人だ。五十年前にこっちに来て、ベッラージオの町に惚れてとどまった」ヴァンスは光る真鍮のノッカーに手をかけ、鋭く四回、鳴らした。黒ずんだマホガニーのドアが大きく開き、メイド姿のでっぷりした女が現れた。

「シニョーレ・サウスワースにお目にかかりたい」ヴァンスは言った。

「お待ちを《モメント》」女は扉を閉め、一分後に再び現れた。「サウスワース様はいまとてもお忙しいそうで。明日、出なおしてくださいまし」
ヴァンスとスーザンはちらりと眼を見交わした。「だけど、今朝、お電話をさしあげまし
た」ヴァンスは譲らなかった。「会うとおっしゃった」
「旦那様は本当に、とてもお忙しいんですよ」女は頑強にくり返した。
「どうしても会わなきゃならない。大事な用件なんだ」
「ですから、旦那様はいま忙しくて会えないと言ってるでしょうに」女はいまや怒った声に
なり、扉を閉めようとした。ヴァンスは素早く進み出て、足をはさんだ。
「ぼくはずっとここに立ってますよ」ヴァンスは言った。「で、サウスワースさんが忙しく
て明日まで会えないってんなら、それまでここにいるけど」女は恐ろしい顔でヴァンスを睨
んだ。「どうぞ」彼はしれっとして続けた。「警察を呼んでください」
「ヴァンス!」スーザンは鋭く叫んだ。「騒ぎになるわよ!」
「気づいてくれて嬉しいよ」ヴァンスは笑顔で言った。「サウスワースさんも気づいてくれ
るとありがたいんだが。育ちのいい英国紳士らしく、彼は騒ぎが嫌いなんだ」洗濯物を山ほ
どかかえた老いたふたりの女たちが立ち止まって、悪びれる様子もなくじろじろとヴァンス
を見つめている。
「なぜ気を変えたのか、それが知りたい」ヴァンスはスーザンの方を向いて言った。「電話
してからほんの二時間しかたっていない。何があったと思う?」

「知らないけど、恥ずかしいじゃないの」

「知ってる」ヴァンスはにやりとした。「恥ずかしくしてるんだ」

「旦那様《シニョーレ》、旦那様《シニョーレ》！」メイドは奥にひっこんでしまった。

　その向こうから、洗練された母音の深いバスの声がした。

「入れてやりなさい」サウスワースはうんざりしたように言っていた。「入れてやるまでうるさいだろう」女は殺気のこもった視線でヴァンスをひと突きすると、大きく扉を開いた。ヴァンスとスーザンは中にはいった。部屋は薄暗く、ふかふかの椅子や黒光りする家具など、英国人の会員制クラブ独特の調度品に満ちていた。高級なパイプ煙草の匂いがした。

「ようこそ、エリクソンさん」サウスワースの声は冷たく落ち着いていた。細身というよりは痩せぎすの身体をグレーの細縞《すじ》のスリーピースに包み、ベストのポケットの間に金鎖を渡している。白銀に輝く髪はひと条の乱れもなく頭にぴったり添っていたが、きれいに手入れされた銀の口髭は怒りのためか、かすかに震えていた。

「ああ、お気づかいなく。温かく歓迎するふりは結構」ヴァンスは辛口を返した。そして、スーザンを手で示した。「サウスワースさん、こちらはぼくの……連れで、ミズ・スーザン・ストームです」

　サウスワースは頭をさげた。「お会いできて光栄です。それで、エリクソンさん、依頼人が来ている私のオフィスにこうして押しかけてくるほど重大な用件とは、いったいどんなことです？」

「カイッツィ伯にお目にかかりたい」ヴァンスは言った。「どうしても――」

「無理ですな」サウスワースは最後まで聞かずに切り捨てた。

「あなたから電話をかけてもらえませんか？」

「論外ですな」サウスワースは言った。「カイッツィ伯には客はすべて断るように厳命されました。ここ半月、心労が重なったうえに、昨夜のショックからまだ抜けきれていないのです」

「昨夜のショック？」

「ただひとり生き残っていた弟さんが心臓発作で亡くなったのです」

「ただひとり生き残ってた弟？」ヴァンスは信じられずにくり返した。「ほかのふたりは？」

「ですから、それをお話ししようと言うのです」

「あんたは何も話すつもりがなかったんじゃないのかね」ヴァンスは胸の内でひとりごちた。

「二週間前にエンリコ様とアメリーゴ様が亡くなりました――エンリコ様が操縦していた飛行機の墜落で」

「昨夜、亡くなったのは？」

「ピエトロ様です」

「てことは、残ってるのはグリエルモ・カイッツィ伯だけか」ヴァンスの言葉に、白髪の弁護士は無言でうなずいた。「なんてこった」ヴァンスは考えこんだ。さらなる心臓発作で、またひとつレオナルド・ダ・ヴィンチの謎へのつながりが断たれるとは。それにエンリコ。

彼はすばらしいパイロットだった。愛機の整備も、神経質すぎるほどに几帳面だった。「墜落の原因をご存じですか？」

「燃料切れです」サウスワースは答えた。

「それなら、どうしてもグリエルモ・カイッツィ伯に面会しなければならないな」ヴァンスはきっぱり言った。

「とんでもない！」サウスワースの返答は早く、声が大きすぎた。弁護士は空咳をした。「とにかく、絶対にそれはできません」

ヴァンスはサウスワースの顔をまじまじと見た。表情から敵意が消え、かわりに恐怖が浮かんでいる。この男は何を怖れているのか？

突然、オフィスの入り口にもうひとりの男が現れた。

「あなたは自分の兄弟たる者にさらなる苦しみや悲しみをもたらすという重荷を、自らの良心に負わせたくはないでしょう？」その質問を放ったのは修道士だった。背が高く、肩幅の広いその身体は、部屋を圧するように思えた。修道士は右手に拳銃をかまえていた。サウスワースの背後でメイドが圧《お》し殺した悲鳴をもらした。誰からも存在を忘れられていたが、さっきからドアの脇に立っていたのだ。

「これは新しい儀式のひとつかい？」ヴァンスは訊いた。大柄な修道士はゆっくりとはかったように一歩踏み出し、サウスワースの横に立った。弁護士はその時初めて銃を眼にすると、顔面蒼白になった。

「そんなものを出さないでほしい」サウスワースは修道士に言った。「ここでは困る。私のオフィスでは」

修道士はまつげ一本動かさなかった。「黙りなさい」

ヴァンスは銃口を見つめた。「既視感《デジャ・ビュ》ってやつを感じるが、坊さんに銃をつきつけられることには慣れないもんだな」眼の角にスーザンが見えた。彼女は落ち着いているようだった。

「あなたほどうっとうしく居坐り続ける眼の上のこぶもないですね、ミスター・エリクソン」

修道士は言いながら、撃鉄を起こした。ヴァンスとスーザンが床に身を投じた瞬間、リボルバーの銃声が何発も部屋にこだました。四つん這いでヴァンスはスーザンのあとを追い、ブロケード地のソファの陰に隠れた。

「ああ、神様、神様、神様！」悲鳴をあげているのはメイドだった。最初の弾丸を受けたのだ。

部屋にまた轟音《ごうおん》が響いた。弾がソファの背を突き抜け、硬い木の床に短い溝をうがつ。

「やめろ！」サウスワースの声がした。「銃をよこせ。ここで勝手は許さんぞ！」スーザンとヴァンスはソファの裏で縮こまり、もみ合うような音を聞いた。

「離せ、イギリスの犬めが！」修道士が叫ぶ。

ヴァンスはさっと立ち上がり、ワックスの床に足を滑らせかけたが、すぐに乱闘に飛びこんだ。サウスワースはリボルバーに両手をかけており、修道士は銃を取り戻そうと、自由な方の手で弁護士を打っていた。ヴァンスの拳の一発目は修道士の頭の脇をかすめてよろめかせただけだが、二発目はきれいに鼻にはいった。軟骨のつぶれる派手な音がした。

「ああっ！」修道士は悲鳴をあげ、銃を持つ手をゆるめた。サウスワースは力のかぎり拳銃を引き寄せようとしていたが、体勢をたてなおした修道士は人間離れした腕力で拳銃の向きをねじ曲げ、弁護士の顔に照準を定めた。そして引き金を引いた。

サウスワースの絶叫が一瞬、電撃のように空気を裂き、銃声の余韻が消える前にやんだ。銃を握っていた弁護士の手は痙攣《けいれん》と共に離れ、グレーの細縞に包まれた身体は床に落ち、びくん、として動かなくなった。

ヴァンスは銃に飛びかかった。片手が届きかけたその時、修道士の凄まじいバックハンドの一撃を顎の下に受けて、首が折れるほどのけぞった。眼の中でまたたく極彩色の星の向こうに、銃口を向ける修道士の姿が見えた。素早く転がってよけた瞬間、またも銃声が響いた。銃口が光ると共に、うなじの髪が焦げるのを感じた。負傷したメイドの泣き声と、閉じた扉の向こうでくぐもった興奮した人々の声が、ぼんやりと聞こえた。誰かが乱暴にノッカーを叩き続けている。

修道士が身をひるがえすと、ヴァンスは真鍮のランプに手を伸ばした。ヴァンスがランプをつかんだのを見て、修道士は悪魔のような笑顔になり、銃口をあげた。ヴァンスはコンセントからコードを引き抜いた。プラグが引きずられるかすかな音に、リボルバーの撃鉄を起こす音がまざる。ヴァンスの全身が恐怖にひきつった。銃声がした。修道士のリボルバーはど腹に響かず、鋭い銃声が。そしてもう一発、もう一発、もう一発、立て続けに聞こえた。

ヴァンスは修道士の右眼の下に小さな赤い点が現れ、次いで額にもうひとつ、首にふたつ、点が増えていくのを呆然と見ていた。リボルバーは修道士の人さし指でくるりと回り、壁の裾板に弾丸を一発撃ちこみつつ、床で音をたてた。修道士は身体の下で両脚が崩れたとたん、まるで床に沈んだように見えた。不気味な音と共に修道士は膝を落とし、顔から床に倒れた。ヴァンスはランプを落とし、ゆっくりと振り向いた。ソファの脇で膝をついているのはスーザン・ストームだった。銃身の短い小型オートマチックを玄人はだしに両手でかまえている。ヴァンスは視線をスーザンから、ドアの横で倒れているメイドに移し、次に顔のあった場所にぽっかりと穴を開けて仰向けで大の字に倒れているサウスワースに、そして修道士に向け、最後にまた彼女に戻した。

「ぼくらが足を突っこんだのは、あまり健康的な事態じゃないな」ヴァンスの声は震えていた。

スーザンは立ち上がって、ゆっくり近づいてきた。彼女の顔が眼の前に来ると、恐怖で細切れになった息がヴァンスの頬にかかった。

「どこでそんな物を？」彼は銃を指さした。

スーザンはその問いを黙殺した。「早く。ここを出なきゃ」きびきび言うと、素早くバッグをつかんで銃を押しこんだ。外の群衆の声はいっそう大きくなり、誰かが鍵のかかったノブを回そうとしている。「ドアが破られるのは時間の問題よ」スーザンは早口につけ加えた。

「たぶん警官に」

「きみの言うとおりだ」ヴァンスは厳しい顔で言うと、修道士の拳銃をベルトにはさんだ。「こっちだ」彼はスーザンを導いてサウスワースの一階オフィスを抜け、台所の裏口から出ると、正面玄関が面していたような階段坂の小径にはいった。そして何も知らない観光客のような顔で、階段をのぼっていった。

＊

走って！　スーザンの身体は叫んだ。歩いて、と頭は言った。走って！　本能は命令した。歩いて、と訓練は告げた。ヴァンスに走り出させないよう、彼の腕を取った瞬間、体温にほっとし、固く引き締まった筋肉を頼もしく感じた。

さらに五分ほど階段をのぼると丘の上に出た。

スーザンは振り向いた。「で、どっちに行くの？」鋭く訊いた。

「さあね」ヴァンスは弱々しく笑った。「行き当たりばったりさ。ま、左がいちばんいいかな。グランドホテルに行ける。ここからすぐだ。そこなら人ごみにまぎれられる。そのあとは……車を借りて、カイッツィ城に行こう。グリエルモ・カイッツィはぼくらに会ったらきっと喜ぶ」そして北を向き、急ぎ足で大股に歩きだした。

「やっぱり。そう言い出すんじゃないかと思ったのよね」スーザンは諦めた声を出すと、走ってあとを追った。

＊

「申し訳ありません、シニョーレ、車はお貸しできません」グランドホテルのコンシェルジュは告げた。「宿泊のお客様にのみお貸ししておりますので」

ふたりは優美なロビーを出ると、大理石の階段から歩道におり、ベッラージオの中心に向かって歩きだした。

「長い歩きになるな」ヴァンスは言った。

「やっぱり警察にまかせた方がいいと思うわ」

遠くから怒り狂ったようなクラクションの音が聞こえてきた。「警察にどう説明するつもりだい？　カイッツィ家の兄弟が三人も殺されて、残るグリエルモが次の犠牲者だと——まだ死んでなければ——そう言うつもりか？　誰がそんなことを信じる？」

スーザンはうなずいた。「かもしれないけど……それでも、わたしたちが首を突っこむことじゃないと思う」

「帰りたければコモに戻ってもいいんだよ」ヴァンスは言った。「ベッラージオのカフェでぼくの帰りを待っていてもいい。ぼくはグリエルモ・カイッツィに会いに行く」

タイヤの悲鳴と共に黒のベンツ４５０ＳＬが猛スピードでカーブを回ってきた。ヴァンスもスーザンもぞっとした。労務者風の老人が、古ぼけた赤い自転車の錆《さ》びた金網籠に卵と牛乳をいっぱい入れ、ぶよぶよのタイヤでこいできた。ベンツに突っこんでこられて、老人は自転車から飛び降りた。金属質の音と共に、ベンツのバンパーが金網籠をもぎ取り、自転車をふっ飛ばした。自転車は縁石を飛び越え、卵の詰まった籠を歩道に放り出し、正面のスタッコ塗りの塀に牛乳二カートンをぶつけ、白い泡爆弾を破裂させた。

老人がふらふらしながら、ようやく地べたに坐ると同時に、ベンツの運転手がブレーキを力いっぱい踏んだ。

「邪魔すんじゃねえ、このグズとろ！　殺されなくてありがたいと思え！」

そう言うと、運転手はアクセルを踏みこみ、恐ろしいスピードで走り去った。あとには舗装に黒い条《すじ》が、空気中にゴムが焦げた硫黄に似た匂いが残った。

ヴァンスは憤怒に燃える眼で車を追った。ベンツはグランドホテルの駐車場に向かい、中に消えた。

「下衆《げす》野郎」ヴァンスはつぶやき、スーザンを手伝いに行った。彼女は老人を起き上がらせようとしていた。老人は頭を振っていた。

「大丈夫です、大丈夫です」立ち上がるまでそうくり返し、自転車のそばに歩いていくと、車道におろし、ペダルを踏んで消えていった。

「タフな爺さんだな」ヴァンスは感想を漏らした。「ひょっとすると、ぼくらふたりより長生きするぞ」

「難しくないかもね、ここ二日間のわたしたちを考えると」

「行くぞ」彼は唐突にスーザンの腕を取った。そのままグランドホテルの方角に戻り始めた。

「どこに？」スーザンは訊いた。

「いいことを思いついた」

「ちょっと、まさか、またとんでもないことを」

「そうだよ」ヴァンスは言った。「ほら、あそこだ」そう言ってさっきの若いイタリア男が乗っていたベンツに近づいていく。エンジンが冷えるにつれ、ボンネットがかすかな音をたてていた。「自分の車のような顔をするんだ。駐車場の係が出てきても、眼を合わせるなよ」

「ヴァンス、何をす——」

「自分の車のつもりで乗りこめ」ヴァンスは命令した。

「法律違反じゃないの」

「か弱い老人に暴力をふるうのも法律違反だ」彼は言い返した。「ぼくを信用しろ。自分の車のような顔をしてれば、誰もこっちを見やしない」

ふたりは車に乗った。ヴァンスの期待どおり、鍵はイグニションにささったままだった。

「完全な法律違反だわ」カイッツィ城に続く葛《つづら》折りの坂道をのぼる間、サイドミラーを見ながらスーザンは言った。

「それはさっき聞いた」

舗装の荒れたアスファルトの道はうねうねと蛇のように丘をのぼり、ベッラージオの町の上に続いていた。高台のオリーブ畑の間を、道路近くに建てられた小さな農家の脇を過ぎ、重くたわわに実った葡萄畑の中を抜けていく。車はほかに一台も通らなかった。

＊

ヴァンスは変わった——運転する横顔を見ながらスーザンは思った。二、三日前の全身の毛を逆立てるようなぴりぴりした感じが消えている。あの時の彼は自信無さげで、怯えていて……神経過敏だった。でも、いまは――スーザンはヴァンスの鋭い知性に輝く顔を見た。がっしりした四角い顎。何もかも見通すような青い瞳。彼はまたいつもの自分を取り戻している。

スーザンはヴァンスの眼が好きだった。生き生きと光り輝く眼。彼の眼が語る言葉を理解できさえすれば、わたしはこの人の考えを全部読み取ることができるに違いない。それほどにその眼は表情豊かだった。

前方に白い石造りのカイッツィ城がおぼろに現れ、次第、次第に大きくなり、誇り高い一族の誇り高さの象徴たる威容がはっきり見えてきた。ヴァンスは低速ギアに切り替え、ヘアピンカーブを乗り切ると、ゆっくりスピードをあげてサードギアに戻した。その間、彼は城の細部に関する記憶を探ったが、あの日、キングズベリとマティーニ教授と弁護士団と共にこの城に行軍し、最終的な書類にサインし、対価としてマンモス級の小切手を渡し、カイッツィ古写本の所有権を譲り受けてキングズベリ古写本と成した日に、もっと気をつけて城内を見なかった自分を呪った。

「城は中世の城館と、湖の周りにたくさん建ってる十八世紀の屋敷がまざったような建築でね」ヴァンスはスーザンに説明した。「一四二七年にカイッツィ伯は一一〇〇年頃に建てられた古い城を授かったんだが、城は数えきれないほどの戦闘と籠城《ろうじょう》でぼろぼろだった。伯爵とその子孫は代々、何世紀にもわたって少しずつ修繕し、改築し、増築していった。百七十五エーカーの土地を囲う巨大な石塀に沿って、代々の当主は濠《ほり》を作り、水道橋で濠に水を引き入れ、さらには居住区にも水を引いた」

ヴァンスは眼のすみで、スーザンがオートマチックに再装塡《そうてん》し、バッグの中のスペア弾倉を確かめるのを見ていた。

「さっきの射撃はすばらしかった」ヴァンスは言った。「どこで習ったんだ?」

「授業で」スーザンは答えた。

「授業で」ヴァンスは淡々とくり返した。「教わったのか、あんなにまっすぐ撃つのを、その、ああ……プロのように?」

〝プロのように〟という言葉にスーザンはびくんと頭をあげ、ヴァンスの顔を探った。が、深い意味で言ったのではないらしい、と判断したようだった。「わたしは優秀だったの。真面目に宿題をしたから」

「なるほどね」ヴァンスはうなずいた。「きっとさっきの坊さんは卒業試験で、きみに〝A〟をくれるよ」

「よくそんな冗談が言えるわね」ヴァンスが車を停める場所を探してスピードを落とすと、スーザンは非難がましく言った。「人が何人も死んでるのよ」

「じゃ、どうしろってんだ。泣けばいいのか?」ヴァンスは言い返した。「何もかも馬鹿げている。笑って、笑って、笑い飛ばすのが自然じゃないか? レオナルド専門家気取りの地質学者が、高尚な芸術専門誌記者と部隊を組んで、かたっぱしから人が殺される陰謀を追う。武器はそれぞれの学歴少々と、弾が一発残ったリボルバーと、きみのちっちゃい豆鉄砲と、たっぷりの図太さだ」

「少し以上の馬鹿さかげんもよ」

「ああ。そいつもたっぷりあるな」ヴァンスは同意した。

ヴァンスがベンツをアスファルトから逸《そ》らすと、滑らかな舗装道路は、森にはいる砂利道に、さらにわだちの深い土の道へとかわり、走りづらくなった。まだ尾根の下で、車は城から見えないはずだった。若いポプラ林に隠れるとイグニションを切った。ベンツの排気音が消え、静寂があたりを包む。下方では水上飛行機がトレメッツォ近くの水上を滑空し、優雅にドックに着水するのが見えた。遠く犬の吠える声のほかは、ポプラがぎざぎざのハートの葉を揺らして噂話をする、枝の囁きばかりだった。

乾いた落葉や下草が、ポプラの間のうねうねと細い獣道を無言で歩くヴァンスとスーザンの足の下で、かすかな音を立てる。その小径はアスファルトの道路と半マイルほど平行に伸びたのち、雪花石膏《アラバスター》の白に輝く城館に向かって丘をのぼり出した。一度きれいに刈られながらも自然の力により復活しつつある下草が濃くなるにつれて、城館は見えにくくなった。いつしか林はふたりの頭を越える灌木《かんぼく》や藪《やぶ》に変わっている。

唐突に茂みが途切れ、丹念に耕された農園の美しい葡萄の列が眼の前に広がった。ヴァンスは両手で止まる合図をした。彼がしゃがむと、スーザンも従った。

「ここはどこ?」スーザンはヴァンスの肩に手をかけていた。

「カイッツィ家の葡萄園だ」囁いてヴァンスが振り向くと、すぐそばにスーザンの顔があった。彼女の香水の香りがふたりの間にあるかないかの空間を満たしている。「カイッツィ家は昔から自家製の葡萄酒が自慢なんだ」ヴァンスは説明した。「カイッツィ家の葡萄園で育てているのは全部、シャンパン用の葡萄だ。作るのはシャンパンだけで、絶対に売りに出さない。カイッツィ家でパーティーや、来客や、祝いごとがあった時に飲まれるだけだ」

ふたりは葡萄畑を見つめた。重くたわわな葡萄は酵母の粉をふき、あたかも霜がおりたようだ。ふたりは何か音が聞こえないかと耳をすまし、気づかれたしるしを見逃すまいと眼を凝らして、じっとしていた。ヴァンスはふと思った。自分は間違っていたのか。ここではまずいことなど起きておらず、見張りも何もいないのか。またも自分は妄想を暴れさせているだけなのか。

さらに五分待った。うずくまっていたせいで、とうとうヴァンスの膝が痛みだした。

「行こう」彼は立ち上がった。城館の塀まではおよそ二百メートル。狩猟番と使用人の通用門が古い塀の南端にうがたれている。そこを攻めるつもりだった。

胸の高さまである葡萄の列の外側を通り、塀の南端に進んだ。

そのあたりは斜面が急すぎて葡萄を植えられず、林や藪のままになっている。ごみの山がなだれるように斜面を埋めていた。やんごとなきかたがたも糞をするってことだな、とヴァンスはひとりごちた。彼は木々の陰から塀を透かし見た。高さが十五メートル近くある白い塀は、足元のたったひとつの出入り口のほかは侵入経路がない。塀の一ヶ所によく手入れされた差しかけ小屋があった。

「あの中にはいる」ヴァンスは差しかけ小屋を指さした。微風が一瞬やむと、その小屋から話し声とテレビの音が聞こえてきた。

「人がいるわ」

「簡単な仕事だとぼくがひとことでも言ったかい」ヴァンスは答えた。「行くぞ！」

小屋の入り口まで残り百五十メートルを死にもの狂いで走った。小屋の中の声ははっきりと聞き取れるほどになった。喋っているのはふたりだ。ひとりはこのあたりのきつい方言。もうひとりは教養あふれる洗練された発音で――まるで聖職者のような喋り方だ。スーザンとヴァンスは差しかけ小屋にたどりつくと、小屋と巨大な石塀で作られた角に身体を押しこんだ。

「これからどうするの？」

「ここで待ってろ」ヴァンスの言葉に、スーザンはうなずいてバッグからオートマチックを取り出した。

ヴァンスは隠れる場所のない空間を林まで走り抜け、例のごみの山にゆっくり近づいた。端に停められた小さなブルドーザーが眼にはいった。鼻孔を刺す異臭は間違いなくメタンガス――ごみが腐敗して生まれた当然の結果だ。うまいぞ、とヴァンスは内心でほくそ笑んだ。これで仕事がだいぶ楽になるぞ。

彼はブルドーザーに近寄り、燃料タンクの蓋《ふた》を開けて匂いを嗅いだ。重油だ。十分な量だ。火を出すには。

ヴァンスったら、何やってるのよ。スーザンは苛立った。この隠れ場所は無防備すぎる。誰かが塀の向こうか、もしくは小屋の中から出てくれば、すぐに見つかってしまう。ヴァンスのところに行こうか。銃を左手に持ち替え、右手で額の冷たい汗をぬぐった。あらためて見回すと、身を隠せる物といえば、ドラム缶がひとつと、段ボール箱がいくつかあるばかりだ。その時、まるで悪魔がスーザンの最悪の想像を読み取ったかのように、小屋の中で足音がし、網戸の蝶番《ちょうつがい》がきしむ音に続いて、最初のふたりの声に三人目が加わった。扉の外に出てきた彼らの声はぞっとするほど大きくなった。

スーザンは素早く膝をついて身を隠した。ドラム缶の縁越しに艶やかな黒髪の頭が見える。頭が振り返ると同時に、スーザンは縮こまり、オートマチックの安全装置をはずした。火がついたままの煙草が飛んできて塀にぶつかり、すぐそばの地面に落ちた。

男たちは大声で笑い、ジョークを飛ばしている——警戒している声ではない。ほどなく話の内容がスーザンにも聞き取れるようになった。ひとりはどうやら守衛で、満杯のごみ箱を引きずっているらしい。あとのふたりは——片方は〈ファーザー〉と呼ばれていた——中で喋っていたジョークの続きで笑っている。

＊

ヴァンスは安全な高みにいたが、話し声が大きくなってきたので、ブルドーザーの陰にはいった。小屋の戸が開き、男たちが現れたのが、キャタピラの間から見えた。スーザン！

スーザンが見つかってしまう！　心臓を早鐘のように轟《とどろ》かせ、凝視していると髭ぼうぼうで禿頭の中年男が大きなごみ箱を手押し車に乗せて陽射しの中に出てきた。中年男は笑いながら立ち止まって振り返り、オーバーオールの青年と──おそらく葡萄の世話係だろう──黒衣に身を包んだ長身の修道士に話しかけている。

　話は終わったようだった。修道士とオーバーオールの青年は小屋の中に戻り、中年男は台所ごみや生活ごみを捨て場に運び始めた。

　ヴァンスは一瞬でキャタピラの間に潜りこみ、燃料を抜く穴を探しだした。コックが動かなかったが、踵《かかと》で軽く蹴とばすと、やっとゆるんだ。燃料がこぼれ、地面に油臭い細い道を作り、触れた土を黒く染め、ごみの山に向かって斜面をくだっていく。ヴァンスはスーザンに渡された紙マッチを取り出し、いまだ流れ続ける重油に近づけた。ふぉっ！　というやわらかい音と共に、黒煙と炎が立ちのぼる。

　ヴァンスが空き地を走り抜けてスーザンのそばに戻った時も、小屋の男たちは冗談を言い続けて、まだ炎に気づかないようだった。急にその声がやみ、怪訝《けげん》そうに扉に近づく音がした。次の瞬間、男たちは空き地に飛び出していった。修道士の衣が黒い飛行機雲のように尾を引いてはためいている。

「いまだ！」かけ声と共にヴァンスとスーザンは立ち上がり、小屋に駆けこんだ。

　薄暗い小屋を素早く通り抜け、塀の中に掘られたさらに暗い通路にはいる。湿気た石壁は、ところどころ暗い裸電球に照らされているが、左右どちらの端も曲がり角の先が見えない。

遠く右の方から声が聞こえた。ふたりは左に進んだ。

用心深く、城壁の上に続く石段の脇を過ぎた。淀《よど》んだ黄色い明かりの中を歩き、光の溜まりから暗がりにはいる。再び光の中に出ると、蝶番も掛け金も錆びた木の扉の前だった。南京錠がかかっていた。長い年月、風雨にさらされた厚板のひびから、陽の光が刃《やいば》のように切りこんでくる。冷たくざらついた板にヴァンスは片眼を当てた。

「見てごらん」言われてスーザンもひびに顔を寄せた。見えたのは百合《ゆり》や水辺の植物に埋めつくされた濠と、さらなる塀。眼の前の扉は、濠端に沿う小径に続いている。右には濠を渡る屋根つきの橋がかかり、城内とさっきの小屋を結んでいる。左には手摺りつきの小さな歩道橋がある。

ヴァンスは修道士のリボルバーの銃身を使い、扉の錆びた古い南京錠をてこの要領でこじった。錠は簡単に開いたが、大きな音をたてた。

「あっ！」スーザンは息をのんだ。

「すんだことはすんだこと」ヴァンスは言いながら、小径に抜け出られるだけ扉を開いた。

「誰かに聞かれたとしても、いまさらどうしようもないよ」

ふたりは小径を走り、橋を渡り、濠向こうにあるアーチ型の入り口に飛びこんだ。外塀のはるか上に、重たげな黒煙が空に向かってうねり、のぼるのが見えた。塀の向こうで男たちが大声で叫んでいる。

「以前、商談で来た時に城内を案内してもらった」ヴァンスは言った。「こういう出入り口が三つある。五メートルの城壁をくりぬいて、客が濠端に出られるようにしてあるんだ。反対側の出口はそれぞれ小さい中庭に面していて、その庭は全部、こういう大きな城はみんなそうなんだが、中央の庭園につながっている」

通路の反対側から小さい中庭に出て、スーザンはうなずいた。中央庭園にはいると、外周に沿って、薄紅色の大理石柱に支えられたバルコニーの下を進んだ。ふとスーザンの眼が城の一角からまた一角へ、飾り彫刻からバルコニーに守られた壁のフレスコ画へと素早く動いた。「ブルニーニだわ」さらに五、六歩先歩いて、また立ち止まった。「あの像は――」抱擁する裸の男女の大理石像を指さした。「――カノーヴァ（十八世紀のヨーロッパで活躍した彫刻家）。ここにあるなんて知らなかった」

突然、小さい中庭から叫び声が聞こえて、彼女は現実に引き戻された。ふたり揃って近くの入り口に飛びこみ、声が去るのを待つ。興奮した大声が、火のことをわめきながら通っていった。ヴァンスは鼻の下の汗を拭き、あの修道士から奪ってきた銃に弾が一発しか残っていないことを悔やんだ。

声が遠くに消えると、ヴァンスとスーザンは外に出て、階段に向かった。

「寝室も居間も全部、中央庭園を見晴らせるバルコニーに面している」広い大理石の階段を駆けのぼりながら、ヴァンスは早口に言った。「まだ生きているとすれば、カイッツィはそのどこかにいる」

階段をのぼりきると、ポルチコや円柱の列が環を作る光景に出迎えられた。ヴァンスとスーザンは時計回りにバルコニーの回廊を歩き、部屋をひとつひとつ覗いていった。城主は――グリエルモ・カイッツィ伯はどこだ?

外の炎のあたりでは叫び声がどんどん大きくなっていた。ごみから発生したメタンガスで小さな火は火炎地獄と化し、身体の動く使用人はいまごろ全員、駆り出されているに違いない、とヴァンスは踏んでいた。遠くからサイレンの音が聞こえる。消防車が危なっかしい葛折りの坂道をのろのろとのぼってきているのだ。

中央庭園の外周を三分の一ほど回ったところで、カーテンが閉めきられている部屋に行き当たった。ふたりは顔を見合わせてうなずいた。ここだ。

タペストリーのようなずっしりした絹カーテンの細い隙間から、青ざめた顔の年嵩の男が静かに仰向けに寝ている姿が見えた。その身体は爪先から胸元までシーツに覆われている。シーツの上からは、パジャマに包まれた腕と肩が突き出ていた。カイッツィ伯は健康そうではなかった。

ベッドの脇には背の低い修道士が立ち、猛烈な勢いで受話器に話している。隙なくぴったりしまったガラスの窓は、すべての音を封じこめていた。修道士は興奮したように、喋りながら行ったり来たりしている。ヴァンスとスーザンはすみやかに行動しなければならなかった。もしも火元が発見されたら――ブルドーザーのタンクの燃料を抜くコックが開けられているのが見つかれば――侵入者の捜索が始まる。

「こっちだ」ヴァンスは囁き、城館の内部に通じる入り口まで引き返した。

通路にはいる前に、ふたりは壁に耳を押し当てた。

何かがこすれる音。最初に聞こえたのはそれだった。誰かが廊下にいる。その音の向こうから、修道士が受話器に向かって喋るくぐもった不安そうな声が流れてくる。

どうすれば城内に騒ぎを起こさずに、見張りを陥落できるだろうか?

「まかせて」スーザンはヴァンスに耳打ちした。「わたしにうまく合わせてよ」

ヴァンスが止める間もなく、彼女は大胆に廊下にはいり、見張りに近寄っていった。

「来て!」スーザンは切羽つまった声を出した。「こっちです。助けて! お願い、急いで!」そして必死の形相で両腕を振り回した。所詮、男は男、とスーザンは計算していた。修道士でも男は男だ。それこそ数えきれないほど何度も、彼女はその事実を利用して苦境を切り抜けてきた。

「お願い。たいへんなの。急いでくださる?」スーザンは精一杯、嘆き悲しむ乙女の芝居をしてみせた。見張りは迷うように彼女の方に足を踏み出した。スーザンはおずおずと二歩近づいた。

「ああ、あなたがいてくれて、本当によかった」スーザンはあえぐように言うと、近寄ってきた修道士の右腕にすがった。「きっと頼りになると言われたの。早く、こっちです。急がないと」修道士の腕を引いて入り口に向かった。

スーザンの芝居を聞いていたヴァンスは舌を巻いていた。たいしたお嬢さんだ——荒い息を必死に静め、壁にぴったり身を張りつかせてひとりごちた。やがて入り口の角からスーザンが姿を見せた。ほぼ間髪入れずに、肥った赤ら顔の修道士が赤い眉毛の上で禿頭を光らせて現れた。

角を曲がったスーザンは、足を滑らせたふりをして倒れこみながら、修道士の腕にぶらさがった。

修道士がもう一方の手を伸ばして彼女を助け起こそうとしたその時、ヴァンスは肩から背中にかけての筋肉を全部使い、大きく弧を描いて銃の床尾を振りおろした。

「ふほっ！」禿げた修道士は後頭部に一撃を受けた瞬間、鋭く息を吐くと、小さな音と共に床に崩れ落ち、動かなくなった。

ヴァンスは手を差し出し、スーザンを立ち上がらせた。

「きみが敵方でなくてよかった」ヴァンスは苦笑した。

ふたりは爪先立ちでカイッツィ伯の部屋に急いだ。ヴァンスがドアノブを試した。鍵がかかっていた。ヴァンスは気絶している見張りの元に引き返したが、彼は鍵を持っていなかった。ふたりは扉の前で耳をそばだてたが、中の修道士はもはやほとんど声を出さず、たまにイエスかノーを言うだけだった。ようやく、別れの言葉に続いて、受話器を乱暴に置く音がした。ヴァンスは扉をノックした。鍵穴で骨董品のような鍵ががちゃつき、やっと扉が開くと、背の高い修道士の怒った顔が現れた。その奥のベッドで動かずにいる男は確かにカイッツィ伯だと、ヴァンスは確認した。

「声を出せば、脳味噌が吹き飛ぶ」ヴァンスはリボルバーで威嚇《いかく》した。修道士の眼が見開かれ、顔の怒りが驚愕に塗り変わり、悲鳴をあげようと口を開きかけた。修道士が声を出す前に、ヴァンスは左手で喉仏を殴り、助けを求める叫びをごぼごぼという音にかえた。両手で咽喉を抑えた修道士の股間にヴァンスは右の拳を叩きこんだ。修道士は勢いよく息を吐く音と共に膝をつき、空気を求めてあえぎ続けた。

ヴァンスは修道士を見下ろして立ちはだかった。「物事ってのは悪化することがある」ヴァンスは「二度と叫ぼうとするなよ」彼は警告した。熱い血が脳の中をどくどくと駆けめぐる。カイッツィ伯のベッドサイドからティッシュをひとつかみ取り、修道士の口に詰めこむと、猿轡《さるぐつわ》に使えそうな物を探して見回した。結局、修道士の衣の腰回りから縄のベルトをほどき、顔に回して口に噛ませた。

修道士は痛みと憎しみのまじりあった眼で下からヴァンスを睨んでいた。しばらく呼吸ができないようだったが、やがて大きな音を立てて鼻で息をし始めた。ヴァンスは自分の革ベルトをはずすと、修道士に両手を背中に回させ、腰のあたりで胴体ごと巻きつけ、手が抜けないよう、血が止まるほどきつく締めあげた。

「立て」ヴァンスは命じた。「来い」何もない壁の前から九十センチほど離れた位置に立たせ、上体を前に倒して頭を壁につけさせた。「足を開け」命令に修道士が躊躇すると、ヴァンスは足を蹴って大きく開かせた。「動くな」その間にスーザンは、気絶した見張りの身体をひきずって部屋に入れ、ドアを閉めて鍵をかけていた。

騒動の間、カイッツィ伯はほとんど身動きしなかった。スーザンとヴァンスは、ふたりの修道士が武器を隠していないか身体を探り、何も見つからないとわかると、あらためて、床に臥《ふ》した蠟《ろう》のように青白い男を振り返った。

「伯爵」ヴァンスは優しく呼びかけ、老人の身体をそっと揺すった。「ひどいな、骨と皮だ。伯爵」ヴァンスはもう一度呼んだ。ベッドの老人は身じろぎし、顔をしかめ、くちびるを舐《な》めた。「ヴァンス・エリクソンです、伯爵。覚えていらっしゃいますか？　ハリソン・キングズベリのために働いている者です」

「エリクソン」老人は眼を閉じたまま、朦朧《もうろう》としているように言った。「ああ、ああ、覚えている」小さくなった頭をぐらぐら動かし、眼を開けようと苦労していた。「エリクソン、あなたが仲間だったとは気がつかなかった」ヴァンスとスーザンは言葉を聞き取ろうと耳を寄せた。「絶対に……絶対に古写本は売らなかった……知ってさえすれば」

皺だらけのティッシュに似たまぶたがゆっくりと開き、ゼリーのようにどんよりした焦点の合わない眼が現れた。

「仲間とは、誰の？」ヴァンスは訊ねた。

「連中のだ」カイッツィ伯はほんの一瞬だけ、苦痛そうに片手をあげると、部屋中を示すように振った。「〈兄弟たち〉の」

ヴァンスの眼がベッドサイドテーブルの上に止まった。皮下注射器の針とアンプルが白いエナメルのトレーに散乱している。彼はそのひとつをつまみあげた。

「モルヒネだ。ヤク漬けにされてる」ヴァンスは抑えた声で言った。「違います。ぼくらは仲間じゃない。あなたを助けに来ました」

「もう遅い」伯爵は必死にヴァンスの顔に眼の焦点を合わせようとしていた。「そうだ……私の兄弟たちには遅すぎた……私にも遅すぎた……放っておいてくれ、死なせてくれ」伯爵は眼を閉じた。

「駄目です！」ヴァンスは激しく言うと、カイッツィ伯の骨ばった肩を揺さぶった。「お連れします」

「無理だ」カイッツィ伯はよみがえったように眼を開けた。「〈兄弟たち〉はどこにでもいる。きっと見つかる」

「兄弟ってのは誰です？」ヴァンスは訊いた。

「そこら中にいる……」カイッツィ伯は言った。「〈聖ペテロに撰ばれし――」声がかすれた。「――兄弟たち《ブラザー》〉だ。聖ペテロの落とし子どもだ」

「修道士《ブラザー》たちですか？」ヴァンスは訊ねた。「あの修道院の？」

「そう……そうだ」カイッツィ伯は答えた。「何年も止めようとしてきた……止めようとして……止めようと……無理だった……連中の勝ちだ」

スーザンはベッド脇を離れ、気絶した修道士の様子を確かめに行った。傍らに膝をついて脈を取る。脈は弱々しかった。彼女はいまだ壁に頭をつけて立っている修道士を見やった。そして心の中で吐き捨てた。豚だわ。汚らわしい豚。か弱い老人によくもこんな真似を。

「古写本だ」スーザンがベッドのそばに戻った時、カイッツィ伯はそう言っていた。

「古写本のせいだって言うんですか?」ヴァンスは信じられないという口調でくり返した。「いったいなぜ?」

「私が売ったからだ」カイッツィ伯の声は誇らしげだった。「何世紀もの間、〈兄弟たち〉はあれを欲しがっていた。だが、我々がずっと保管し続けてきた」

カイッツィ伯の眼に光が戻り、声は力強く、明晰《めいせき》になってきた。「古写本がこの城にある間は、安全だった。私があれをあなたがたに売った時、〈兄弟たち〉は……グレゴリウス修道院長は、私が代償を払うことになると言った……これが私の代償なのだ」

「馬鹿な!」ヴァンスは叫んだ。「いったいなぜ! どうして!」

「あれが彼らを滅ぼすからだ」カイッツィ伯は激して言った。「あれはあなたを呼んだ、そしてほかの者も呼ぶだろう」伯爵は痰《たん》のからんだ大きな咳をした。「そのために私は死ぬ。だが一世一代の大舞台にあがることができた」彼は再び激しく咳きこんだ。「私は誇りを持って死ぬ」伯はまた咳きこんで、眼を閉じると、ぜいぜいと音をたてて口で息をした。

「止めなければならないって、そいつらはどんなことをしてるんです?」ヴァンスは訊いた。

「答えは湖の向こうにある」カイッツィ伯は疲れた口調で言った。「彼らは――」

フランス窓が破裂した。サイレンサーつき機関銃の弾が、ガラス片のブリザードを巻き起こし、白いカーテンを引き裂き、逆上したように踊らせる。弾丸はマットレスと老人の脆《もろ》い身体につぎつぎ喰いこんだ。ヴァンスはベッドの下に潜りこんだ。熱いものが腕を切り裂いた。

　馬鹿者、馬鹿者、馬鹿者！　カイッツィ城の濠の吊り下げ橋に古い灰色のフィアットが近づくと、グレゴリウス修道院長は胸の中で罵った。城門を守るアントニウス修道士に声をかけるために運転手が窓を開けると、重油の燃える変に甘い臭いが鼻をついた。

「主のご加護を、ブラザー・ピエロ」筋骨逞しい修道士は運転手にそう言うと、後部座席のグレゴリウス修道院長に頭を下げた。

*

　木の吊り下げ橋の上でがたがた揺れる車中、グレゴリウス修道院長は胃が灼けつく思いだった。過ぐる三時間はまさに拷問だった。最初は結社のあの愚かなキンボールだ。あのような異端者や、上の組織の者どもと力を分かち合うことを考えるだけで腸が煮えくり返る。しかし過去代々の〈グレゴリウス修道院長〉たちが過ちを犯したのはその点だった。時の実力者と手を組むことを頑迷に拒んだために、最終的な目的に到達するまで、力を持ち続けることができなかったのである。主イエス・キリストよ――グレゴリウス修道院長は車が中央庭園にはいると無言で祈った――異端者と協力する罪を犯すこの卑しき僕《しもべ》をお赦しください。そして目的を達したのちに彼らを打ち砕く強さをお与えください。

　キンボールはグレゴリウス修道院長が憎む異端者のまさに典型だった。彼はプロテスタントで、金持ちで、吐き気がするほどの自信家だった。だが、キンボールの一件はその日の苦しみの序曲に過ぎなかった。カイッツィ伯の弁護士、サウスワースの家を訪ねていたアヌンツィオ修道士が殺されたと報せる電話がはいったのである。状況の詳細から、グレゴリウス修道院長は知った。殺人者はヴァンス・エリクソンであることを。

　そしてこの失火だ。これもエリクソンに違いない。あの男は何を得られると勘違いしているのだ？　カイッツィ伯からは何も得ることはできない。〈兄弟たち〉が、脳を腐らせる薬漬けにしてあの男の心を破壊したのだから。伯爵は代償を払ったのだ。そう考えてグレゴリウス修道院長は薄く笑みを浮かべた。そう、あの男は代償を支払った。あと一日の……処置で、カイッツィ城の所有権を修道院に譲渡する書類にサインするだろう。それさえすめば、あの男を生かしておく必要はなくなる。

　アヌンツィオ修道士め、愚かにも殺されるとは！　城を守っていた兄弟どもめ、エリクソンごときにこのような狼藉《ろうぜき》を許すとは！　フィアットが階段の前に停まった。グレゴリウス修道院長は後部座席に坐ったまま、憤怒を抑えようと苦労していた。ヴァンス・エリクソンを生かしておいた自分に腹を立てていた。これは深刻な判断ミスだ。なんとしても正さなければならない。

「イングラムにサイレンサーを付けてくれますか」グレゴリウス修道院長は運転手に言った。

「エリクソンは私の過ちです。私が正さねば」運転手は手早く機関銃をケースから取り出すと、サイレンサーを回しつけ、銃床を開けて長い弾倉を差しこんだ。

＊

「くそちくしょうばかやろくそくそくそ」ヴァンスは腕を押さえ、食いしばった歯の間から絞りだした。弾の雨は伯爵の寝室を引き裂き続けている。

「ほら」スーザンが彼の指をはがそうとした。「ちょっと見せて」ヴァンスは顔をしかめたが、彼女の指が彼のそれを持ち上げ、傷口が見えるようにシャツの袖をまくりあげるのを黙って見ていた。「痛い!」

「大げさね、おとなのくせに。ちっちゃいかすり傷じゃない」

「ちっちゃい?」ヴァンスは眉をひそめた。「どのくらいちっちゃいんだ?」

「腕の裏側十センチくらいね。ちょっと深いみたいだけど、もう血が固まりかけてる」

「そうかい」彼は腰にはさんでいたリボルバーを抜いた。「それじゃ本物の深手を負う前に、さっさとずらかろう」バルコニーの外から、ガラスの破片を踏みしだく用心深い足音が聞こえた。微風に吹かれて哀れにはためくずたずたのカーテン越しでは、人の姿まで見ることはできなかった。スーザンが発砲した。足音が止んだ。

ふたりは部屋を飛び出すと、見張りを気絶させた場所と反対方向の右に走った。

「中だ、中だ」さっきの部屋から別の修道士の叫びがした。「北に向かった!」背後で聞こえる足音が走りだした。

靴の踵を大理石の上で派手に響かせ、ヴァンスとスーザンは全速力で駆けた。

「いたぞ!」イタリア語の声が追ってきた。ふたりが廊下を曲がった瞬間、スーザンの頭の横にあった菱形《ひしがた》の鉛ガラスを弾丸が粉砕した。アドレナリンの波に乗り、ふたりはつぎつぎに扉を走り抜け、下に続く階段の近くまで来た。

「たぶんこれで、城をさらに三分の一回ったことになる」ヴァンスの言葉は荒い息の間にとぎれとぎれにはさまれていた。「その階段をおりると、あの小さい中庭のひとつに出るんだと思う」

階段に曲がろうとスピードを落としたその時、階段をあがってくる男の姿が眼にはいった。「くそっ」ヴァンスは舌打ちした。ふたりは止まって角に身を隠そうとしたが、硬い大理石の床の上では踏張りがきかず、足が身体の下から勝手に飛び出した。ホームベースにスライディングする野球選手よろしく、ヴァンスとスーザンはみがきあげられた床を滑っていった。すぐうしろのクリーム色の石膏《せっこう》塗りの壁に、腰の高さであばたが等間隔に空き、白い粉っぽい煙を舞いあげた。足を滑らせていなければ、いまごろふたりの命はなかったのだ。追っ手の足音が四方八方でどんどん大きくなってくる。

吹き抜けの階段の中央に頑丈な手摺り壁が三つ螺旋《らせん》を描く。ふたりは脱兎《だっと》のごとくそこに向かって走り、機関銃を持った男が再び狙いを定める前に転がった。大理石のかけらが床からはじけ飛んだ。スーザンは階段の角の向こうに一発、発砲した。

「武器を持ってるぞ！」誰かが叫んだ。慎重な足音が階段をのぼってくる。いま来た廊下の奥で何人もの怒声が爆発した。ヴァンスは腰からリボルバーを抜くと、最後の一発を撃った。スーザンも続いて、突進してくる追っ手の群れに向かい、弾倉をからにした。ヴァンスのリボルバーが先頭の男の左胸に恐ろしい音をたててめりこんだ。男はのけぞり、うしろのふたりに激突した。スーザンは四人目の男を三度殴ったが、大男はしつこく追ってきた。

ふたりは這って手摺りの裏に退避し、ほんのいっとき銃火を逃れた。階段にいる男が、手摺りの端からそっと顔を出すのが見えた。

手元に何もなかったヴァンスは、からのリボルバーを投げつけた。男は頭を下げた。

戦況は我が軍に有利とは見えないな、とヴァンスは苦々しく思った。しかし、スーザンにはこの数秒があれば十分だった。彼女はオートマチックの空弾倉を出し、スペアを叩きこんだ。流れるような動きで再装塡すると狙いも定めず、角の向こうにいる四人の追っ手に一発、さらに階段の男に一発撃つ。ヴァンスは伏せたまま、ただただ感嘆の眼で見つめていた。悲鳴が聞こえた。

「やったわ!」スーザンが叫んだ。階段をおりようと、ふたりは這って手摺りの端をめざした。階段に着くと、彼女はヴァンスを押しのけ、まずうしろの角に一発撃ち、そして階段のたったいま傷つけた男に向かって発砲した。再び悲鳴があがった。

ふたりは這うように階段をおりた。背の低い金髪男が階段で手足を投げ出し、頭を下にして伸びていた。額の穴から流れる血が金髪をつたって冷たい大理石の階段にしたたるのも気づかずに、両眼は虚空を凝視している。ヴァンスは死んだ男の武器に飛びついた。短く太い箱に似た武器。映画で見たことがあった。イングラム機関銃だ。

彼がイングラムをつかんだ瞬間、スーザンが撃った男が手摺りの向こうからふたりの仲間と現れた。ヴァンスは引き金を引き、手摺りを粉々にしつつ、躍り狂う機関銃をなんとか押さえこもうと苦労していた。三人の男は縮こまった。イングラムの弾が切れた。ヴァンスは役に立たなくなった武器を捨てた。機関銃は音をたてて階段を落ちていく。ぐずぐずせずにそのあとを追った。が、階段下で一瞬、ふたりは愕然として立ち止まった。それはヴァンスの記憶にある階段とは違った。中庭どころか、そもそも出入り口がない。そのかわりに通路は二方向に伸び、階段はさらに下に続いていた。どの道が外に続いている？　城壁の出入口はふたつだけだ。どちらも当然、守りが固められているだろう。スーザンが上に向かって発砲し、再び新しい弾倉をこめた。

「いくつ持ってるんだ？」ヴァンスはたまげていた。「きみはジャーナリストだろ、そのバッグはまるで武器庫じゃないか」

「これで最後」スーザンはそれだけ答えた。「あと九発」

「すばらしい」ヴァンスは陰気な声で言った。弾丸が階段に当たる音がし始めた。「出るぞ」ふたりはさらに階段をおりたが、腹立たしいことに、また別の廊下に出た。「まずいな」ヴァンスはつぶやいた。「堂々めぐりだ」小さい鉄格子のついた重たい木の扉に手をかけて引っ張った。それはゆっくりと、しかし簡単に動いた。素早く中にはいると、そこは真四角の部屋で、下に続く螺旋階段があった。

「先に行って」スーザンは言った。「わたしには銃がある。援護するわ」有無を言わせぬ眼に、ヴァンスは逆らわないことにした。ふたりは反時計回りの螺旋階段を駆けおりた。

　頭上から石の吹き抜けの中を降ってきた声がはっきりと聞こえた。「これはどこに通じますか？」ヴァンスはぞっとした。その声の主はサンタ・マリア・デッレ・グラツィエ教会で会った修道士だった。

「わかりません」答える声がした。ほかの三つの声も、階段がどこに続いているのか知らないと認めた。

「城内を把握していないとは、三週間もこの城にいて何をしていたのですか」

しばらく声高なやりとりののち、「ああ、もうよろしい！」苛立って叫ぶのが聞こえた。

「追いなさい」

スーザンとヴァンスはひたすら下におり続けた。階段のいちばん下の小部屋に着いた。追っ手が罵り合いながらどたばたと狭い螺旋階段を駆けおりてくる音が聞こえた。

突然の冷気に、汗ばんだふたりの肌から湯気があがる。薄暗い光の中で、ヴァンスはスーザンを見た。彼女は運動で上気していたが、よく訓練した運動選手のように素早く息を整えていた。疲れた顔で階段を見上げ、オートマチックを握った手を身体の脇にさげている。

階段の底には出口がふたつあった。ひとつは扉がなく、明かりのない廊下に続いており、もうひとつはどっしりした木の扉にふさがれている。ヴァンスは扉を引き開けた。その向こうにはさらに螺旋階段があったが、明かりはなかった。その先は闇に続いていた。まるで悪夢の中のような、抜け出るには目覚めるしかないような闇に。

「スーザン」彼女はさっきまでいた場所を離れ、扉の内側でヴァンスの隣に立っていた。ヴァンスが口を開きかけたその時、音がした。追っ手の足音はすでにやみ、その静寂のベールの向こうから金属ががちゃつく音、階段の上で何かがぶつかる音に続き、凄まじい爆風が小部屋を揺るがした。

小部屋は一瞬、百の太陽の光で膨れあがり、続く衝撃波が四方の頑丈な石壁にはじけ、鋼鉄の拳のようにふたりに襲いかかった。スーザンは部屋を吹き荒れる手榴弾《しゅりゅうだん》の爆風を受け、がっしりした楢《なら》の扉とヴァンスの身体の間でつぶされるのを感じた。

重たい楢の扉が爆発のショックを吸収してくれたのだろうか——暗闇の中に落ちていきながら、ヴァンスは思った。必死に手を振り回し、闇の中で鉄の手摺りをつかまえる。その刹那、スーザンの身体がぶつかってきたので、手を離してしまった。階段の端で不自然に足首がひねられ、激痛が走った。再び手摺りに触れ、今度はしっかりつかまった。

震える足で階段に立ち、スーザンを助け起こした。銃はどこだと訊ねる自分の声が、水底からあがってくるようだ。スーザンは聞こえていないらしい。ヴァンスがスーザンの両手に触れると、銃はなくなっていた。ふたりは残っていた唯一の守りを失ってしまったのだ。彼が手を引くと、スーザンは闇の中をあとについておりてきた。耳が少しずつ回復してくると、追っ手の足音が大きくなってくるのがわかった。

階段の底までは危なっかしく、痛みを伴う道だった。ヴァンスは足首をひねり続け、スーザンは彼の背中に突き当たり続けた。未来永劫続くと思われた階段をついにおりきったことに気づかず、そのまま足を出したヴァンスはつんのめった。スーザンが背中にぶつかった。ここにある扉も、上の双子の扉と同じく、鉄格子の小窓がある。格子を通して、ヴァンスはその中がカイッツィ家のシャンパンセラーであるのを見てとった。

「耳は聞こえるか？」ヴァンスは訊ねた。

えがある」


「ええ――」スーザンはうなずいた。「――だいぶよくなった」

「よかった」彼は扉を開け、アーチ型天井の洞窟のような部屋に彼女を導いた。「ぼくに考えがある」


薄暗い部屋の中は深い緑色のシャンパンの瓶が何列も何列も、ピュピートルと呼ばれる木のラックに首をあずけて底を持ち上げ、逆立ちするように寝かされていた。伯爵は常に自家用のシャンパンを伝統的な――そして非常に金のかかる――方法で造ることにこだわっていた。商用にワインを造る者のほとんどがシャンパンの製造を機械化しているこの時代に、カイッツィ伯は昔ながらの製法をかたくなに守っていた。

葡萄をつぶし、第一次発酵ののち、瓶に詰め、栓をし、ピュピートルに寝かし、再び発酵を待つ。そしてリドラーと呼ばれる特別な職人が毎日、この洞穴に来て、瓶を一本一本軽く叩き、少しずつ回す。何週間も軽く叩くことで、澱《おり》はだんだん瓶の首に溜まり、のちにそこから取り除かれるようになる。

リドラーの人生はさぞ退屈なものだろう――もしも危険の要素がなければ。第二次発酵の間に生まれる恐ろしい圧力がそれぞれの瓶を爆弾に変えていくのである。力を入れすぎたひと叩きが、たった一本のひび割れが、床に落ちた瓶が、内部の圧力でガラスの破片を四方八方に吹き飛ばす。何世紀も前からリドラーたちは、この繊細な仕事の最中に眼を、時に命を犠牲にしてきた。

ヴァンスは先の訪問で、カイッツィ伯が瓶を小さな地方のメーカーから購入していることを知っていた。そのメーカーは瓶に彫刻をほどこし、色を付け、シャンパンが飲まれたあとも空瓶が優美な芸術品となるように仕上げるのだが、その特製のガラスと彫刻が、商用のシャンパン用の瓶に比べて、瓶の強度を落としていた。

ヴァンスとスーザンは、はしごのような鉄の螺旋階段をのぼり、シャンパンのいちばん上の列に手が届くように作られた作業用の細い通路にはいった。通路の奥、すなわちこの洞窟の入り口とは反対側の端にスーザンを行かせると、ヴァンスは素早く巨大な部屋の――幅は五十メートル、長さはその倍もある――入り口側にとって返し、ラックとラックの間の細い鉄製の作業用通路で身をかがめた。手が震えないよう祈りつつ、無性に走りだしたい気持ちを抑え、ピュピートルから瓶をそっと持ち上げた。ほどなく、分厚い黒眼鏡をかけた背の低い修道士が階段の陰から現れた。油断なく見回しながら、特大ソーセージに似たサイレンサー付きイングラムMAC10の銃口をセラー内のすべての方角に向ける。

修道士はいつまでも入り口付近にとどまっていた。彼が上の方に眼を向け始めると、裸電球の光が眼鏡のレンズをぎらつかせた。

来い！　来い！　ヴァンスは残りの連中を心の中で呼んだ。出てこい。ひとりの男がようやく追いついて最初の修道士の脇に立ち、やがてもうひとりも来た。見上げる修道士の眼がヴァンスの向かいの棚を慎重に調べていた。見つかるのは時間の問題だった。

一方、スーザンは何かが動くのを眼で捕らえた。見おろすと、すぐ下の通路を男の形の影がそっと移動していた。男はヴァンスを見つけ、うまく狙える位置を探している。スーザンはその男からヴァンスに眼をやり、再び通路をひとりで移動する男を見た。別の入り口からはいってきたに違いない。ヴァンス！　叫びそうになった。

修道士と三人の男たちが第二次発酵室の薄暗い光の中にばらばらと現れるのが見えた。ひとり別行動の男も接近してくる。スーザンはラックから瓶を一本引き抜いた。重たい。あの男のところまで投げて届くだろうか？　三十メートル近く離れている。スーザンは、棍棒を持つジャグラーよろしく瓶の首をつかんで素早く立ち上がり、力の限り放り投げた。男は銃口の狙いをヴァンスの頭にぴたりと定めていた。

その時、ヴァンスは持っていた瓶を音もなく空中に放ち、別の瓶に手を伸ばしていた。ヴァンスの背後で雷鳴のような爆音がこだました。慌てて首を回すと、ひとりの男が武器を落として顔を手で抑え、悲鳴をあげていた。指の間から血がしたたっている。その瞬間、また爆音がして、さらに悲鳴が響いた――ヴァンスの落とした瓶が目標に当たったのだ。すぐさま前を向いて、瓶をもう一本、また一本、さらに一本、戸口の側に退避して身を縮める男たちに投げつけた。血が修道士の顔を流れつたい、眼をふさぐ。その修道士に向かってヴァンスはもう一本、瓶を投げた。それは扉の横に当たって爆発し、修道士はたまらず階段室に逃れ、扉を閉めた。

「ああ、聖母様、お助けください」ヴァンスを撃とうとした男が救いを求めていた。洗い晒《ざら》しの作業服を着たその男は、血でピンクに染まったシャンパンの広がっていく池の中で膝をつき、両手で顔を覆い、右に左に身体を揺らして、叫んでいる。「眼が、眼が！　痛い、聖母様、お助けを！」

ヴァンスは鉄の階段をおりると、スーザンを手招きした。

彼は走ってその男の武器を取り上げた。機関銃だ。

「この男はどこからはいってきた？」ヴァンスは近くに来たスーザンに訊ねた。

彼女は部屋の反対側を指差した。「あっち。もうひとつドアがあるの」走る足音がふたりの耳にかすかに届いてきた。ヴァンスはスーザンを前に押し出し、戸口に向かった。たったいま、ふたりが立っていた場所を機関銃の弾が通過し、瓶の列に当たった。命中した瓶は破裂したが、爆発はおさまらず隣に隣に連鎖して、ガラス片と泡のシャワーを撒き散らし、連続の大爆発を引き起こした。

不意にふたりの近くで瓶が破裂した。部屋は突然、修道士とその兵隊たちなどより、よほど恐ろしい危険に満たされた。ヴァンスたちは入り口を走り抜けて階段を駆けあがった。追っ手は、つぎつぎ爆発する瓶にはばまれて一時、避難している。

「読んだことがある」ヴァンスは息を切らしながら言った。「瓶が一本破裂して、連鎖でつぎつぎ爆発すると、セラーのシャンパンはほぼ全滅するって」

上に行くにつれて、爆発音は小さくなってきた。階段をのぼりきると長い廊下。そこからさらに二段のぼる。ようやく眩い陽の光の下に出て、ふたりは眼をしばたたいた。いまいる場所から十メートルほど先にグレーのフィアットが停まっていた。ひとりの修道士が、まるで主人を待つリムジン運転手のように、泥よけにもたれかかっている。

「車から離れろ。ひとことでも喋ればあの世行きだ」ヴァンスはそう言いながら、素早く駆け寄り、イングラムをつきつけた。ほぼ同時に、背の低い眼鏡の修道士がほかのふたりと共に七十メートルほど離れた出口から現れた。ヴァンスとスーザンがフィアットの中に飛びこんだ瞬間、車の泥よけに弾丸が何発も喰いこんだ。

「ほら、これでなんとかしてみてくれ」彼は銃を渡しながら、フィアットのエンジンをかけようとした。かからなかった。何度キーを回しても、スタートしない。スーザンが追っ手に向かってイングラムを撃つと、彼らは散開した。

「城門の格子を！」背の低い修道士が叫んだ。「格子をおろしなさい！」ヴァンスがエンジンのチョークを見つけて引いた時、門番が大きな装置のボタンを押した。巨大な格子門が上からゆっくりと道路に向かっておりてくる。スーザンがもうひとりの門番めがけて発砲すると、男は道路で崩れ落ちた。古い城門は小さな音をたてつつ格子の縦の鉄棒をじりじりとおろしていく。現代の機械に力を与えられた中世の遺物。ヴァンスがフィアットのギアをファーストに入れたとたん、車は飛び出した。後部の窓が爆発し、弾が連続して襲ってくる。

「伏せろ！」彼はスーザンに怒鳴った。が、彼女はそれを無視し、頑固に前の座席でうしろ向きに膝をつき、後部ガラスにぽっかり開いた穴からイングラムで撃ち返している。

門の格子は下がり続けた。その下端には、槍《やり》の穂先に似た飾りが付いている。「腹くくってくれ」ヴァンスは言った。「滑りこむ」彼は小さな芝刈り機のモーターのようなフィアットのエンジンの限界までアクセルを踏みこんだ。スーザンが撃った門番が道の片側に倒れているのが見えて、反射的に避ける。フィアットのボンネットは、落ちてくる格子の下を通り抜けた。槍の穂先が屋根の前半分をこすり、ついに屋根に刺さった。メーターは時速七十キロ近くをさしていたが、フィアットは突然スピードを落とした。屋根が次第に陥没し始め、金属同士がこすれる鳥肌の立つ音があたりを満たす。槍の穂先が一本、屋根を突き抜けた。フィアットのエンジンは悲鳴をあげた。槍が折れた。安堵の吐息と共に、自由になったフィアットは飛び出し、城門から逃れた。吊り下げ橋を越え、城壁を抜けた時、格子門は地面におりきっていた——ヴァンスが避けた、あの撃たれて倒れている男の身体を貫いて。スーザンは眼を閉じた。

12

何もかもうまくいった——ハシム・ラフィクドゥーストは満足と共に思い返していた。水煙管《キセル》を強く吸い、肺を強烈なハシシで満たす。細工は流々、果報は寝て待て、だ。ふと金髪のアメリカ人の姿がよみがえり、胸に怒りがふつふつと湧いてきた。あの傲慢《ごうまん》な下衆めが、私の仕事を指図しようとは。私がこの仕事を達成するには助太刀が必要だと？　いいや、と、ハシムは微笑した。鼻をあかしてやるのが愉しみだ。私はキンボールと、キンボールの素人兵隊どもを、完膚《かんぷ》無きまでに叩きのめした。この仕事は私ひとりのものだ。危険も、手柄も。

胸から怒りが去り、眼を開けた。ジェルマニコ通りに借りた家の二階の彼が坐っている椅子からは、ローマ旧市街にいくつもある小庭園に陽が落ちていくのがよく見える。

ふかふかの心地よい肘掛椅子に背をあずけた。この椅子はわざわざ窓際に持ってきたものだ。キンボールとグレゴリウス修道院長はおもしろいコンビだ、とハシムは思った。キンボールは多国籍企業のファシスト組織の一員で、かたやグレゴリウスは信仰の最終目的をめざす異端者狩りの十字軍メンバー。ハシムは頭を振ると、肺いっぱいの煙をゆっくり吐いた。それにしてもグレゴリウスの修道院よりもさらにわからないのは、あの修道院長とアメリカ人の間にある共通項だ。多国籍企業の際限ない欲望と信仰の最終目的とを結びつけているのは何なのだ？〈ブレーメン結社〉という秘密結社がなぜハシム・ラフィクドゥーストのような暗殺者を雇いたがるのか？　しかし、ハシムにはどうでもいいことだった。イスタンブールでは右翼の将軍たちのために左翼のジャーナリストを殺し、アンカラでは左翼のトルコ人民解放軍のために右翼の将軍たちを殺したものだ。彼にしてみれば、どちらもいかれている。イスラム法裁判官《ムッラー》に指導される厳格なイスラムの共和社会のみが、人民の生きる唯一の正しい道なのだから。

悦にいって水煙管に手を伸ばし、針金のような濃い眉をこすると、冥《くら》い光を放つ黒い眼に再びまぶたを落とした。彼が属する〈神の党《ヒズボラ》〉の実行部隊の一員が〝悪魔の眼〟と呼んだその眼はあまりに特徴的で、ほぼ常に濃い色眼鏡で隠していなければならない。出入国管理員は、彼の小柄な体格も、ぎりぎりまで短く刈りこんだ髪型も、移動中は装うことにしているまともなビジネスマンらしい態度も気に留めないだろうが、その中のひとりとして、彼の眼を忘れる者がいないことはわかっていた。幼い子供の頃から、彼は眼だけで他人を威嚇し、怯えさせることができたのである。

沈んでいく陽が閉じたまぶたを照らし、どこかの道路地図のような血管が眼の前に浮かんで見える。ひとつひとつ、彼は武器の隠し場所を頭の中に描いた。それぞれが狩りの獲物のスケジュールに合わせて容易に手に入れられる位置に隠されている。たとえ獲物がスケジュールを変えて裏をかこうとしても、毛ほども問題はない。キンボールとグレゴリウスから指示が出されれば、あの男は確実に死ぬ。

眠気がひそやかに頭の中に忍びこんできた時、ハシムはどう名乗ろうかと考えていた。カルロスは〈ジャッカル〉だった。ハシムは……〈神の剣〉。そうだ――指から水煙管のマウスピースが抜けるのを感じつつ、彼はうなずいた。それがいい。この先、〈神の剣〉の名を聞くごとに、世界は震撼するだろう。

*

スーザンとヴァンスがコモに戻る頃、陽はすっかり沈んでいた。闇はありがたかった。少なくともほかの車から好奇の視線を向けられずにすむ。誰もが、めちゃめちゃな窓とずたずたにねじ切れた屋根のフィアットに眼を見張っていた。コモの近くまで来て、ヴァンスはカイッツィ城からの脱出劇よりもさらなる奇跡を見つけた――駐車できる場所を。彼はフィアットを停めた。そこは駐車禁止区域だった。ヴァンスはイタリア人らしく行動することにした。すなわち、車をそこに駐車する。

ふたりは静かに車から出ると、ラリオ・トリエステ遊歩道に向かって並木道を歩いた。小さな波止場と防波堤を見下ろす広い遊歩道にたどりつくと、スーザンがヴァンスに身を寄せた。

「周りに溶けこんだほうがいいわ」彼女はそう言うと、腕をからめてきた。周囲は老いも若きもそぞろ歩くカップルばかりだった。彼の腕に温かな手がしっかりとつかまっている。手摺りの前で立ち止まり、ボートを眺めるふりをしながら、ふたりは追っ手の存在を探した。

ヴァンスはため息をついた。自分はこの謀略と暴力の異国の地にだんだん慣れてきている。暴力と裏切りに順応してきている。用心深く、感覚が鋭く、以前なら意識もしなかった事柄に気づくようになっている。

しかし、この新たな生存本能よりもさらに育ってきているものがあった。彼はそれこそ一時間ごとに、スーザン・ストームを意識し始めていたのである。湖を見おろす黒い鉄の手摺りにもたれ、無言で並んだまま、ヴァンスは彼女がカイッツィ伯の部屋の歩哨《ほしよう》を鮮やかに罠にかけた手口を、昼間の冷静な振る舞いを思い返し、感嘆せずにいられなかった。まったくたいした女だ。

ごく近くに立つスーザンの手とやわらかな腰のまるみが身体に触れる。本当に単に周りにそう見せかけている――スーザンの言葉を借りれば、周りに溶けこんでいるだけなのか？それ以上であってほしかった。ただ胸の穴を埋めてくれるだけでもいい。

スーザンがヴァンスの二の腕にかけた手にそっと力をかけ、身を寄せてきた。湖から吹いてくる涼しい夕方の微風がその髪をそよがせる。心地よい感触だった。三日月型の小波《さざなみ》の上で生きているように躍る街の灯は、湖面を軽やかに滑り、堤防に当たって光を撒き散らしながら、優しくつぶやく泡の中に消えていく。

「考えたんだ」ヴァンスはつぶやいた。「最初からきみの言ったとおりだった。ひとりでなんとかできると思ったぼくが大馬鹿だ。ここまで疲れてなければ、今夜にでも警察に行きたいくらいだ」

スーザンはヴァンスを見た。彼の眼の中には疲労を超えて、力強く、てこでも動かない光が宿っている。彼女が理解し始めた光が。そう、確かに警察に行くのがいちばんだと、彼女は信じていた。こんなことはプロに全部まかせてしまえばいい。傷つくなら素人ではなく、プロが傷つけばいい。しかし、いままでは何かが心にひっかかっていた。何がと言われると、自分ではわからない。ヴァンスはスーザンが正しかったと認めたというのに、彼女の方が心を変えていた。いまは、警察に行くのは間違いだと知っている。

あいかわらず腕を組んだまま、ヴァンスとスーザンは明るく照らしだされたカヴール広場の方にそぞろ歩きだした。オープンカフェが通りの両側に向き合うように並び、道の両端は光とテーブルとコンクリートのプランターに植えた生け垣に縁取られている。

ふたりは通りを渡り、広場の北の角にあるメトロポール・ホテルのカフェテラスのそばで、子供たちと両親が前を横切ってジェラート売りのスタンドに向かうのを、立ち止まってやり過ごした。肉づきのよい上品な婦人がイタリア語で抗議するのが聞こえた。「だけど、あなた、食べられなくなるでしょう！　晩ごはんはこれからなのに」

スーザンとヴァンスはびっくりして顔を見合わせ、笑いだした。「朝めしから百万年も過ぎた気がする」ヴァンスは自分でも驚いて頭を振った。

「少なくとも」スーザンは同意した。「わたしは飢え死にしそう」ふたりは歩道をおりてメトロポールの方に歩きだした。

「待って！」スーザンが鋭く言い、ヴァンスの腕をうしろに引いた。彼は一瞬、よろけた。

「そこ、メトロポールと旅行案内所の間。何が見える?」

　ヴァンスは眼をすがめた。周囲に光があふれすぎていて、明るく照らされていない場所は見えにくかった。

「パトカーが一台」やっと彼は言った。「いや、二台だ。だから?」

「普段、メトロポールの真ん前にパトカーが二台も停まっているものなの?」

「畜生」

「行きましょう」スーザンは彼を道の向こうのバス停に引っ張っていった。

「どこに行くんだ?」

「わたしのホテル」

　ヴァンスは口の中で同意の言葉をつぶやくと、黙ってついていった。

　十分も待たずにオレンジ色のバスが来て、ふたりは無言で隣り合って坐っていた。バスはユースホステル前を通過し、道路脇に沿ってちらほら並ぶ埃っぽい赤タイル屋根の家々の間を抜けて、湖と急斜面の間をぐいぐいのぼる。人工的に造られた風景によって人の眼から隠れて建つヴィラが何軒も、夜の中に吸いこまれていく。何世紀にもわたって、コモ湖は富豪たちを磁石のようにひきつけてきた。富豪たちは自分たちの邸宅を湖畔に建て、このプライバシーの保証された家に移り住んだ。役所の手もはいらなかった。人材流出、強力な政治的取引や、有力者たちによる領土分配の謎、といった伝説は数多い。そのほとんどが真実だった。

ようやくバスは息切れしながらチェルノッビオに続く短い坂をのぼり、車体を震わせて停まった。ヴァンスとスーザンは素早く降りた。

スーザンはまた彼の肘に手をかけた。ふたり揃って本通りを北に進み、『怒りの葡萄』のセットのようなおんぼろガソリンスタンドの前を通過し、ゆるやかな坂道をくだり、何軒もの商店や、さらさらと年を重ねて優美なレジーナ・ホテルを行き過ぎた。

少しずつ街灯の間隔が離れ始め、村の建物はいつしか並木と、道の片側に続く背の高い石塀にかわっていた。やがてふたりは右に折れ、ヴィラ・デステに続く道にはいった。

現在はホテルであるこのヴィラは、十六世紀後半の大富豪、グレゴリウス十三世の秘書として権力をふるった、コモ枢機卿《すうきけい》トロメップ・ガリオのために建てられた。その後数世紀にわたってこのヴィラは大富豪や時の権力者の手に移った。その奔放な恋愛で大柄肥満の男好みの伝説を轟かし、大英帝国のジョージ四世に疎《うと》んじられた妃、ブラウンシュヴァイクのカロリンもそのひとりである。最後の個人所有者は、かのアレクサンドル二世の母、フェドローブナ大后だった。

一八七三年に巨大な豪華ホテルに改装されたのちは湖畔最後の、優雅さと王者の豪奢さを保つ建物のひとつとなった――あいかわらず王者らしく豪奢な値札はついているが。

「どうやってぼくを中に入れるつもりだ?」ヴァンスは訊いた。プライバシーを守るように巧みに明かりを配した堂々たる並木のトンネルを抜け、パターゴルフの芝の脇を通過したところだった。「この服じゃ見とがめられる」その日、払わされた犠牲だ。白いシャツは土と血の染みだらけで、カーキ色のズボンは転んだ時に片方の膝が破れていた。「きみははいれるだろう。泊まり客だからね。服もそうひどくなっていない。今日はぼくが避雷針の役をしたみたいだ」

スーザンは軽く笑うと、心配ないと言い、彼女の解決案を決行した。

二十分後、ヴァンスは鉄の非常階段から彼女の部屋にはいっていた。スーザンが彼の背後で窓を閉じ、鍵をかけ、カーテンを引く間に、ヴァンスは身体の埃を払っていた。

部屋は伝統的な英国風で優雅だった。黒ずんだ木の家具、革張りの膨らんだ椅子、どっしりした絹やサテンやブロケード、フラシ天の絨毯《じゅうたん》は小さな犬や子供を飲みこんでしまうほど毛足が長い。羽目板の下部を覆う壁紙は昔ながらの落ち着いた柄で、壁はアーモンド色に、天井近くの蛇腹も同じ色に塗られている。特大のキングサイズベッドが部屋の大部分を占め、ソファ一台と椅子二脚が天使の支えるランプを取り囲んでいる。ベッドの正面にはマネの複製画が、ピサロの複製画がソファの背のうしろの壁にかかっている。ヴァンスは部屋を見回し、その豪華さを堪能した。振り返ると、スーザンはまだ、閉じたカーテンと向き合って立っていた。が、突然、しゃがみこんだ。圧し殺したすすり泣きが聞こえたかと思うと、スーザンの両肩が跳ね上がり、両手が顔を隠した。

「もう！」涙の間からスーザンは怒った声を出した。「わたしはいつもこうなのよ。緊張してる間は平気なのに、すっかりおさまってしまうと、わたし……わたしは……」彼女は振り向いてヴァンスを見上げた。涙が顔をつたっていた。ヴァンスは自然と両腕を広げ、抱き寄せた。スーザンは彼の胸に顔を押しつけて泣き、派手にしゃくりあげた。

ヴァンスは立ったまま、慰めるように髪をなで続けた。いまは泣くことが必要なのだ。スーザンのような人間を、彼は何人も知っていた。極限状況ではまさに鋼鉄そのもの――冷静に考え、素早く正確無比な判断をくだす。命が危機にさらされた時は実に頼りになる。しかし、プレッシャーが消えたとたんに取り乱すものだ。

スーザンが洟《はな》をすすり、彼を見上げた。真っ赤な眼をして、自制しようと、くちびるを震わせている。「やっぱりわたしも、ただの馬鹿な女だと思ってるでしょう」彼女はくちびるを噛んだ。

「いや」ヴァンスはきっぱりと、優しく答えた。「馬鹿だとは思わない。普通だと思っている」彼の中では、馴染みのない感情が湧きあがっていた。たとえほんの数分間にしろ、彼を必要とする人がここにいる。そのことが気持ちを温かくし、自分が役に立てるのだと認識させてくれた。こんな気持ちはもう何カ月も縁がなかった。自分にはまだ感動することができる、という喜び。さらに、いまこの腕の中にいる女は、彼を守ることができる有能な女だった。乗り切った一日を振り返り、彼女の勇気と的確な判断がなければ自分はいま生きてはいなかったとしみじみ思った。これまで会ったことがなかった――彼を守ることのできる人間には。もちろんパティには無理だ。その時、スーザンの腕が彼の腰のあたりにすべりおりた。ヴァンスはしっかりと抱きしめた。しゃくりあげる声は少しずつおさまってきた。

ヴァンスは思った。自分たちは死神の眼をくらます同じ経験をした生き残りだ。一生忘れない、生死を賭けた体験で結ばれたふたりだ。スーザンが顔をあげた。その顔はヴァンスの顔からほんの数センチしか離れていない。彼は彼女の瞳を見つめた。

スーザンはまぶたを閉じた。彼の眼から感情があふれ出ている。とても、とてもたくさんの……愛が。一瞬ののち、スーザンは彼のくちびるをくちびるに感じた。

ヴァンスの胸に身体を押しつけると、きつく抱きしめられて、一瞬、息ができなくなった。思わずくちびるを開いた。流れこんできた空気に火がついて、ふたりを焼き焦がした。スーザンはヴァンスをベッドに導き、抱き合ったまま倒れこんだ。

ヴァンスがスーザンのくちびるに、首筋に、キスを降らせる間中、彼女は両手で彼の身体を探るようになで、愛《いとお》しんだ。やがて敏感な顎の下の柔肌から乳房にかけて、彼のくちびるが這うのを感じてあえいだ。そして、まるで少しずつの変化が一瞬にしてベールを脱いだかのように、突然、それは明らかになった。

「ぼくは――」ヴァンスは口ごもった。

「わかってるわ」スーザンは言った。「わたしも。愛してる」

13

フィウミチーノ空港の車の濁流からレンタカーのベンツで抜け出したハリソン・キングズベリの心は千々に乱れていた。地元の人間がこの空港を、レオナルド・ダ・ヴィンチ空港という正式名称で呼ばないことを、彼はしばしば不思議に思っていた。

しかし、そんなことはこのローマの夏の日において、どうでもよいことだった。世界最大の石油会社の会長、すなわち、三十年以上も前から宿敵として戦ってきた男が、ローマの南東のアルバーノ湖にある会社の別荘で個人的に会談をしたいと、丁重に、ほとんどうやうやしいと言ってもよい態度で、キングズベリを招待してきたのである。男は、キングズベリがたった半年の間にリビア、ペルーを始めとする一ダース以上もの国々で油田をつぎつぎに手中におさめることで、世界最大の石油会社を出し抜いて以来、キングズベリに対して最低限の礼節すら払おうとしなかった。男は哀れな負け犬だった。キングズベリにしてみれば、それは男の弱さと自信のなさを意味していた。

キングズベリは咽喉の奥で笑うとスピードをあげて、うまく車道の流れに溶けこんだ。彼ほどの地位にあるほかの者は皆、運転手付きのリムジンに乗り、ボディガードに囲まれているものだ。馬鹿どもだな、と胸の内でつぶやいて、彼は二メートル近い痩せぎすの身体を、座席の中で居心地よくずらした。そういう贅沢は男を――女も――脆弱《ぜいじゃく》にする。自分でするべき仕事を他人に頼るようになり、あっという間に物質的な豪華さや享楽に溺れ、仕事そのものへの挑戦よりも、仕事の役得や利権に眼をくらまされるのだ。

メリアム・ラーセンがいい例だ――そうつぶやいて、前をのろのろ走る車にクラクションを鳴らした。世界最大の石油会社の社長の座に三十年間もおさまりながら、何を得た？　ぶくぶくに肥り、創意のかけらもなくなった。彼の会社の業績は盛大だったが、盛大な利益をあげているからではなく、搾取《さくしゅ》や、政治的な賄賂《わいろ》や、殺人や、強奪や、価格操作や、権力の濫用によるものだ。巨大企業の弛緩《しかん》しきった体質では、大食漢さながらの贅沢ぶりに創造力や、発明の才や、冒険心が押しつぶされると、どうしてもその種の筋肉に頼らなければならなくなる。

キングズベリは着実に利益をあげていた――ラーセンの会社などよりも一ドル一ドルに見合った利益を――他の巨大企業が調査を怠った土地に油田を見つけたり、大石油会社が足を踏み出すのを恐れた新しい技術に一か八かの投資をすることによってだ。自分たちの利益は生産力のたまものだ、とキングズベリは誇らかに自負していた。ラーセンのそれはゆすりたかりと変わらない。そこまで考えて、キングズベリは眉を寄せた。ラーセンとその配下である〈ブレーメン結社〉のならず者どもは、みすみす政府の懲罰を招いているようなものだ。彼らは実質的には所得税を払っていない。世界経済を凌辱《りょうじょく》し、冒瀆し、強奪しておきながら、中流以下のまっとうな労働者に支えられた大福祉機関のような顔でのし歩いている。キングズベリがもっとも心配しているのは、正直に税金を払っていながら、なおかつ利益を着実にあげている自分の会社もまた、この多国籍結社を狙った懲罰の嵐に巻きこまれるかもしれないことだった。

キングズベリは頭を振った。大石油会社のやり口はますます露骨になってきている。世界中の政治家の鼻先に人参《にんじん》をぶらさげ、税金の免除に次ぐ免除をがなりたて、裏では、何十億ものとんでもない額の現金をばらまき、小さな会社を買収し、飲みこんでいるのだ。

半年前にラーセンの会社がコンパック社に提示した買収価格を思い出し、彼は銀鼠色の眼に怒りの火花を散らした。法廷で、理事会で、証券取引所で戦うはめになった。が、コンパック社が新たに天然ガスの巨大油田を発見したことで、社の株価が劇的に跳ねあがり、なんとか買収をまぬがれることができた。キングズベリはにやりとした。自分たちが突然、石油巨人がひとくちで食えるよりはるかに大きく成長したおかげで勝てたのだ。キングズベリのほか、ひと握りの大きな個人石油会社は、少しでも不正直な巨大企業と距離をおいていた。国会やアメリカ国民に「我々は税金を払いながら新たな油田の採掘はできない」と説明する巨大企業に、キングズベリはいつも恥をかかせていた。「私は税金を払いながら、新たな油田を彼らよりもずっと多く見つけている」そう逆襲した。国際石油資本でのうのうとしている豚どもは、自由競争制で蹴つまずいて脂肪たっぷりの尻をついてしまうと、自力ではどうすることもできないのだ。

アルバーノ湖に向かうランプに出ると、怒りは雲散霧消した。巧みなハンドルさばきでベンツを操り、多車線の高速道路《アウトストラーダ》から南へ向かうやや狭い二車線の高速道路にはいる。アルバーノで何が待っているのだろう？　なぜ連中はやけに謎めかした言い方でヴァンス・エリクソンの名に触れたのだろう？　二日前、ヴァンスはキングズベリに連絡をとろうとしてきた。しかし、秘書に残された伝言には、緊急の用件は含まれていない。ヴァンスの連絡先の電話番号がキングズベリに伝えられなかったのも、いつものことで珍しくはない。あの青年は、電話というものがない場所にどんどん探険するのが常だ。それでも、不安の針はキングズベリの心を刺し続けていた。

太陽が頭の真上に来たころ、ガンドルフォにさしかかった。湖をはるか下に見下ろすよう建つガンドルフォ城は法王の夏離宮である。キングズベリはラーセンから送られてきた地図を横目にアルバーノ湖をめざし、ベンツの鼻先を北東に向け、湖の上に峙《そばだ》つもっとも高い山、コッリ・アルバーニ火山にいたる蛇行する坂道をのぼっていった。

ラーセンじきじきに出迎えられた。彼はヴィラの巨大な鉄門の内側で待ちかまえていた。ベンツのうしろでふたりの武装警備員が鉄門を閉め、ヴィラを囲む塀の脇に造られた白い石ブロックの小屋にはいっていった。キングズベリは笑顔で上体を傾け、助手席のドアを開けた。

「乗るかね？」

ラーセンは精一杯につくろった笑顔を返した。「ありがとう」ラーセンは答えた。「ちょうど散歩をしていたところだった」

自分が誰かを出迎える目線に立つことが沽券《こけん》にかかわると、まだ勘違いしているのかね、メリアム？　キングズベリはそう言いたかった。「健康にいいな……散歩は」実際にはそう返した。

「そう、健康にいいんだ」ラーセンもすました顔で答えた。「特にこういう土地を歩くのは身体にいい」

キングズベリは内心うめいた。思ったとおり、耳にたこができるほど聞かされた説明を、ラーセンは滔々《とうとう》とくり返し始めた――芝生は六百年の歴史を誇り、礼拝堂は法王猊下に祝福され、一六〇二年に建設されたヴィラの部屋数は五十九室である、と。「我が社が四千万ドルで買い取った――税控除されたが」ラーセンは言い添えた。

灰色の石造りの大邸宅の前、天使の水瓶とお定まりの噴水があるロータリーに、キングズベリがベンツを停めるか停めないかのうちに、若い男たちが大理石の階段を駆けおりてきて、車のドアを開けた。経営管理学修士のごますりひよっこどもか、とキングズベリは鼻先で笑った。ビジネスの才覚をみがくより、腰巾着のふぬけ宦官《かんがん》として成功へのチャンスをつかもうというのだろう。

「ようこそ、キングズベリ様。お帰りなさいませ、ラーセン様」熱意あふれる青年がさえずった。

ヴィラ内部はまさにほとんどのアメリカ人が想像する、オイルダラーの住む空間だった。

もっとも石油会社はそんなものの存在を常に否定しているのだが。キングズベリは皮肉まじりに思った――もしも日々汗水たらしてローンに苦しむ中流家庭の人々が、自分たちの税金がどこに流れているのかを知れば、この御殿も血しぶきにまみれるだろう。比喩的な意味ばかりでなく、まさに文字通りに。

玄関ホールは巨大なアーチ天井で、床は精妙なタイルのモザイクに彩られていた。預ける上着がなかったので、ふたりの背後で扉を閉めた執事はそのまま慎み深く、ベージュと栗色の大理石の円柱の裏に退いた。

「どうぞ」ラーセンは紳士らしく言った。キングズベリはあとに続き、金と紺青色の複雑な模様の絨毯が敷かれた長い廊下を渡っていった。歩をゆるめて模様をよくよく観察してみれば、ラーセンの会社の社章だった。廊下中央では四つのアーチが合わさって天井の美に劇的な効果を与え、中心からはクリスタルの特大シャンデリアが下がっていた。

「ウォーターフォードのクリスタルだ」その下を通過しながら、ラーセンは説明した。彫像や装飾だらけの部屋をいくつも抜けながら、キングズベリはそれらがミフリアラやヘイズといった、さほど有名な作家のものではないが、値をつけられない芸術品ばかりだと看破した。百メートル近く歩いてやっと、眩いばかりにみがかれた真鍮の金具のついた、濃い褐色のくるみ材でできた両開き扉の前に着いた。グレーのスーツ姿の、まるでCIA捜査官の粗悪なコピーのような無表情男がふたりのために扉を開けた。キングズベリの眼は、男の腋下に銃の肩ホルスターがおさまっているのを見逃さなかった。

扉が閉められた。キングズベリは部屋の中央に立ち、本物のアンティークばかりを集めた新古典主義の調度品を眺めた。そして、レオナルド・ダ・ヴィンチの署名入りのフレスコ画に眼を見張った。まったく世に知られていない作品だ。ラーセンの愉快そうなまなざしにも気づかず、キングズベリは畏怖の念にかられた足取りでフレスコ画に近づき、顔を寄せてじっくりと見た。どこかの壁から切り出されて、この部屋に運びこまれたものだ。しかし、どこから運ばれてきたのか？　歴史家たちはしばしば、レオナルドの絵画の数が少なすぎることについて言及してきた。それらは皆どこにあるのか？　そして何よりも、この絵はどこにあったのか？

「どうぞ、坐ってくれたまえ、ハリソン」

ラーセンにファーストネームで呼ばれたことにぎょっとしつつも、キングズベリはフレスコ画の前からしぶしぶ離れて、背のまっすぐなブロケード張りの肘掛椅子を選んだ。ラーセンは金と赤葡萄酒色のやはりブロケード張りの小さい長椅子に坐った。アクアマリン色の壁の上に美々しく飾られた堂々たるフレスコ画が、まるでこの部屋の主人のようだった。「ああ、本物だ」ラーセンはキングズベリの視線を追って言った。「だが」彼は密談めいた口調で言い添えた。「我々がこれを所有していることを国に知られたくないことはわかるだろう？」

「私がどう思っているかはわかるだろう」キングズベリは鋭く切り返した。

ラーセンは鷹揚《おうよう》にうなずいた。「ああ、残念だがね、きみの立場はよくわかっている……

このことでも、ほかの百ものことにおいても」

ふたりの男は無言で睨み合った。眼と眼が牽制《けんせい》し合う様は、まさにレフェリーの合図を待つレスラー同士のようだった。

キングズベリが先に口を開いた。「しかし芸術談義をしに来たわけではなかろう」

「ところが、そうなんです」第三の声がした。

驚いたキングズベリは椅子の中で首を回し、広大な部屋の角を振り返った。レオナルド・ダ・ヴィンチのフレスコ画に気をとられて、金髪の青年の存在に気づかなかった。青年は近寄ってくると、長椅子のラーセンが坐っている側とは反対の端に腰をおろした。

「キンボール、だったな?」キングズベリは冷静さを取り戻して言った。

青年は薄く微笑した。「覚えていていただけるとは思いませんでした」

「どうして忘れられる?　あれは確か――」キングズベリは言葉を切り、くちびるをすぼめて思い返した。「――五年前か、きみとここにいるきみのボスが、私を意思に反して盗人の巣に拉致したのは。〈ブレーメン結社〉とやらの」最後の言葉は皮肉たっぷりだった。

「それは言い過ぎじゃないか、ハリソン」またしてもだ。この馴々《なれなれ》しさはどういうつもりだ?「きみが自分の意思に反することをするのを見たことはない」ラーセンは続けた。「神も照覧《しょうらん》、私は何度もそうしようとしてきたのにな」

それは本当だな、とキングズベリは思った。〈ブレーメン結社〉に参入しないかという誘いに相当の条件付きで応じたのは確かだが、敵の動向をよりよく観察できると判断してのことだ。それは思惑どおりにいかなかったうえに、日本やヨーロッパの政府を相手にした商取引においても、結社にはいっていることの利益はまったく感じられなかった。キングズベリの大胆不敵さと民主主義的なものの見方に恐れをなした〈ブレーメン結社〉は、彼を組織中枢からはずした。キングズベリはそもそもなぜ自分が誘われたのか、まったく理解できなかった。

「ふん……そうだな」キングズベリは答えた。「私が結社の一員であることは、スパイごっことは関係なかろう」キンボールが脚の位置をかえたのを見てキングズベリは眉を寄せた。青年の上着の中には鞘におさまった短剣らしきものが隠れている。時がたつにつれ、事態はどんどんおかしくなってきている。異様なものをはらんだ長い間が空気を支配した。

「ラーセンさん」ついにキングズベリは言った。「私はここにフレスコ画談義をしに来たわけではないことを知っている。私には舵《かじ》を取らなければならない会社がある。後生だから、本題にはいってくれ」キングズベリは合併の申し出に違いないと推測していた。が、そう間をおかずに、彼は自分がいかに間違っていたのか知ることになった。

「話というのはほかでもないが、きみの……従業員についてだ、ハリソン」ラーセンはいやったらしく言った。「ヴァンス・エリクソンのことだ」

「どうやら」キンボールが引き取った。「彼は採掘地質学者にしては、かなり変わった行動に関わっているらしいですね。過去何週間も、湯水のように金を使って、ダ・ヴィンチ関係の調査に鼻をつっこんで回っているとか」

「言われなくても知っている、キンボール君。レオナルド・ダ・ヴィンチ研究は彼の仕事の一部だ」キングズベリはそっけなく言った。

「しかし、これはご存じかどうか……彼の行く先々で不幸な出来事が起きているようですが！」キンボールは続けた。「ちょっと眉をあげる程度ではすまされないようなことばかりですがね」

「ヴァンスは型破りな人間だからな」キングズベリは平然としていた。「彼の成功のほとんどは私と同じで、普通の人間が陥りやすい慣習の罠にとらわれないことが秘訣だ」

「ほう」ラーセンは意地の悪い笑顔になった。「その罠から逃れる方法として、きみは殺人も認めるのか？」

キングズベリは横面を張られたように身体を痙攣させた。「何を馬鹿な――」

「殺人だよ、ハリソン、殺人だ」

「馬鹿な！」

キンボールが身を乗り出し、たたまれた新聞をキングズベリに手渡した。それはその日のミラノの〈イル・ジョルノ〉紙で、小さな記事が太い赤ペンで囲まれていた。キングズベリは新聞を受け取った。やがて、それを返した。

「ここにはヴァンスが殺人の容疑者とは書かれていない。ただ、ほかの三人のレオナルド研究者たちが死んだことに関してミラノ警察が話を聞きたがっているというだけで、何の不思議もない。ヴァンスは三人と近しかった。本人も命を狙われているかもしれない」

ラーセンはジャッカルのような笑顔でキングズベリを見た。「三人の死者が出た銃撃事件にヴァンスがからんでいたことを知っているか？」キングズベリは首を振り、突然、罪悪感にとらわれた。ヴァンスが電話をかけてきたのはそのことだったのか？　ラーセンはまだ喋り続けていた。「ホテルの彼の部屋に仕掛けられた爆弾でメイドが死んだことは？　ヴァンスがベッラージオの弁護士を訪ねた直後に、その弁護士と居合わせた修道士が射殺されたことは？　弁護士のメイドが、犯人はヴァンスだと証言したことは？　ヴァンスがカイッツィ城に不法侵入し、彼が去ったあとに、カイッツィ伯爵の射殺死体が発見されたことは？」

「何が言いたい」キングズベリの声には怒気がこもっていた。「ヴァンス・エリクソンがそのすべてに責任があると言うのか？ラーセン、私をなめるのもいいかげんにしろ」

ラーセンは哀れむように頭を振った。「なめたりしていないさ、ハリソン。三十年間というもの、きみこそ私をなめ続けてきたはずだ」

キングズベリは黙殺した。「さっきから何が言いたい、ラーセン。藪の周りをつついてばかりいないではっきり言え」

「ミラノ警察が、きみの秘蔵っ子はそのすべてに関わっているという情報を持ってきた。そうそう、銃撃戦のあと、彼は街から逃げたそうだ。きみがつけてやったボディガードはそれで死んだ」キングズベリの硬張った表情を満足げに見て、彼は続けた。

「ちょっと話をさせてくれ、ハリソン。それできみも少しは眼を開いてくれるだろう」

＊

一時間後、ハリソン・キングズベリはその新古典主義の調度品に飾られた部屋を、レオナルド・ダ・ヴィンチのフレスコ画を一顧だにせずあとにした。脚からばねが消え、心臓は底無しの虚空に飲まれた気がした。彼はやったのだ。頭の中には、その言葉しかなかった。ラーセンはついにやったのだ。忌み嫌っていたあの男がついに王手をかけてきたのだ。屈辱に苛まれ、借りたベンツの運転席に坐ると、キングズベリはゆっくりとローマに引き返し始めた。生まれて初めて、老人になった気がした。

14

幾ひらもの夢の微風にのって暁《あかつき》が訪れ、イタリアの夏の陽がゆっくりとのぼるにつれて、歓びは朝露よりもはかなく消えた。

ヴァンス・エリクソンは朝になったことを頭で理解するよりも先に肌で感じた。閉じた窓の向こうから聞こえてくる人々の話し声や、営みや、生活の物音。いくつもの音は夢の中でよりあい、脆い現実の糸を束ねて綱にし、眠りの中から優しく彼を引き上げた。

細くまぶたを開けた彼は、自分がどこにいるのかを思い出し、大きく眼を開いた。傍らに横たわるスーザンを見て、混乱が安堵に変わった。何度となくくり返し訪れる悪夢を昨夜にかぎって見なかった理由をようやく悟った。

左の肘をついて上体を起こすと、彼女の顔を覗きこんだ。紅い髪は、カーテンの隙間から降りそそぐ朝の光を浴びたところが緋色に輝いている。彼女は眠りの中でほんのり微笑んでいた。

自分は愛していると本当に言ったのだろうか？　彼女は愛していると本当に言ってくれたのだろうか？　あまりにすばらしすぎて頭では理解できずにいたが、心ではわかっていた。

ひと目惚れなど信じていないのに、と思ったところで彼は微笑した。スーザンの場合はひと目嫌いだった……いや、本当にそうだったか？　そもそも、そんなことがいまさらどうだというのだ？　時とたくさんの明日が結論を出してくれるはずだ。

起き上がると、足音を殺して部屋を横切り、浴室の電話から朝食を注文した。ひどく空腹だった。そっとベッドに戻ってスーザンを見下ろした。そのとたん、彼女の眼が開き、夢見心地だったヴァンスは度胆を抜かれた。

「そんなにびっくりした顔をしないでよ」スーザンは言った。「だいたい、ショックを受けるのはわたしの方でしょ」彼女は批評家じみた眼で彼を眺めた。突然、ヴァンスは自分が裸でいることに気づいた。

「母によく注意されたわ、知らないホテルの一室で裸の男と一緒になったらどうするか」スーザンは彼に向かって手を伸ばした。「絶対に逃がすな、ですって。来て」

「だけど、いま朝めしを頼んだよ」彼は気のはいらない抗議をした。

「わたしはいつだって冷めた卵が好きなの」そう言いながら、彼女はヴァンスの首に両腕を回した。

＊

ルームサービスのトレーからボーンチャイナのカップを取り上げ、スーザンは紅茶を口に含んだ。「で、わたしがソルボンヌでそこまで成績が悪かった理由はね。〈ニューヨーク・タイムズ〉紙に海外特派員として雇ってもらうために、ネタを探し回ってばかりいたからよ。

あの頃は本当に世間知らずだった」彼女は笑った。

ヴァンスは驚いた顔でスーザンを見つめた。「世間知らずのきみというのを想像できないな」ベッドの端に並んで坐る彼女の腕をさすった。

スーザンは物憂げな笑みを浮かべた。「たぶん最後にベイルートに行った時に、ちょっと世間を知ったのね」

「ベイルートに行って生還したって?」ヴァンスは信じられずに問い返した。

「ええ、そうよ……三回」スーザンはさらりと答えた。「でも、最後の時は、けっこうしゃれにならなかったかな。ムスリム側の指導者にインタビューしようとしたら、迫撃砲の攻撃に巻きこまれて。死ぬかと思った。あれで急に、安全でおとなしい仕事が魅力的に見えだしたってわけ」

「ベイルートで銃の撃ち方を習ったのか」

スーザンはうなずいた。それ以上、詳しく語ろうとしなかったので、ヴァンスは追及しないことにした。

ふたりは長い間、見つめ合っていた。やがてスーザンはヴァンスの手を取り、握った手に力をこめ、夢見るような眼になった。

「遠くに行ってるね」ヴァンスは言った。「きみはいま、どこにいる?」

「サラトガ。スキドモアのパーティー。初めてあなたと出会って、あなたを心に刻んだ時」

「きみもあのパーティーを思い出すことがあったのか?」

スーザンは驚いた。「あなたも？」

「もちろん。きみが記事の中でぼくをやっつけるたびに」

「まあ、ヴァンス」彼女は小声で言うと、彼の肩に頭をのせた。「わたしは本当に馬鹿だった――子供だったのよ。わたしは……」スーザンは彼を見た。「愛と憎しみは紙一重だってよく言うでしょう？　たぶん、わたしのひと目惚れだったのに、わたしはあなたを憎んだの。自分のものにできないから」

「できたよ」

スーザンはきょとんとしてヴァンスを見た。

「ぼくのパートナーはあてがわれたんだ」彼は説明した。「ブラインドデートだったんだよ。だけど会場に一歩、足を踏み入れた瞬間、きみが眼にとまった……だからといって、連れの女の子をいきなり捨てて、きみのところにまっしぐらに歩いていくわけにはいかないだろ。ぼくはそうしたかったんだが、まあ、きみの方からこっちに来て、自己紹介してくれるかもしれないと期待したんだ」ヴァンスは記憶を探った。何年も前のことなのに、かえって鮮明に感じられる。「でも、きみはそうしてくれなかったし、その晩は最後まで、ぼくを見るたびに氷の女王のような眼を向けてきた」

スーザンは頭を振った。

「いやだ、ヴァンス、もしわたしたちが……もしわたしが――」それ以上、言葉が続かなくなった。

「お互い、いまのぼくらとは違う人間になっていただろうな。後悔することはないさ。たとえあの時にめでたく出会えていたとしても、いまほど好意を持ち合わなかったかもしれない。あれ以来、自分たちの経てきた人生経験が、いまのぼくらを作り上げた。そしてぼくは、いまのきみが好きだよ」そう言うと、スーザンの顔を引き寄せ、キスをした。

＊

二時間後、ヴァンスは豪華な寝室の床を歩き回っていた。うるさい思考や、捕らえそこねた解決の記憶を追い払うことができるとでもいうように。スーザンは勇ましくもコモの街に出て、ヴァンスが部屋で処分した服の代わりを調達し、メトロポール・ホテルでの警察の聞きこみについて情報を仕入れに行った。

ヴァンスはひとりで自分の物思いと取り残され、苦しむことになった。キングズベリに電話をかけたが無駄だった。秘書によれば、彼はスペインかイタリアに、企業の合併契約をまとめに出張しているらしい。社長にはメッセージを伝えておくので連絡先の電話番号を、と言われ、ヴァンスは不本意ながらスーザンの部屋番号を伝えた。しかし、何にもなりはしない、とわかっていた。そういうことに関わっている時のキングズベリから、電話が返ってくるまでは何日も間があく。

アンティークの桜材のテーブルの前に腰をおろし、ホテル備えつけの便箋を一枚抜いた。紙に書くことで、全部の状況がある程度、把握できるかもしれない。しかし、便箋数枚に書き出したあとも、何の解決法も浮かばなかった。椅子を蹴って立ち上がると、また歩きだした。早足になるにつれ、苛立ちも膨れあがった。

「くそ！」誰もいない部屋に向かって怒鳴った。キングズベリが電話をかけてきてくれさえすれば。あの石油王なら、世界一もつれた難問すら解きほぐせるのに。

しかし、キングズベリは手の届くところにいず、助けをあてにできない。いるのはおまえさんだけだ、と、自分自身に言い聞かせて机の前に戻り、書きつけと向き合った。過去一週間の出来事が半ダース以上の便箋に広がり、机を覆いつくしている。

ジャーナリズム界の先達を真似て、彼は〈誰が、何を、いつ、どこで、なぜ、いかにして〉に注意して書き分けた。まず〈いつ〉と〈どこで〉と〈いかにして〉は、馬鹿馬鹿しいことととして除いた。数々の殺人が大きな〈何〉だ。〈いつ〉〈どこで〉〈いかにして〉人々が殺されたのかはよく知っている——一生、忘れることはない。

残りは〈誰が〉と〈なぜ〉。誰だ？　両の掌に顎をのせ、書きつけを見ながらじっと考えた。首におかしな痣のあったアムステルダムの男。狂気じみた修道士の一団。こうして考えるとまったく噴飯ものとしか思えない。が、熱狂的な信者というものは中東、カシミール、北アイルランドを、現実の武力が動員される暴力の世界、極端な宗教的な地域にしてきた。

〈誰が〉の項にはほかに——マティーニ教授、ウィーンとストラスブールのレオナルド・ダ・ヴィンチ研究者たちが殺されていること、もうひとりの研究者のトージ教授が行方不明であること、ミラノで無関係な通りすがりの人々が大勢巻きこまれて殺されたことがはいる。すべてこの自分、少々突飛なレオナルド素人研究者であり、石油採掘地質学者であり、拳銃を

――少なくともなくすまでは――持ったジャーナリストに狂おしいほど恋している自分の周りで起きているのだ。ヴァンスはゆっくりと首を振った。〈誰が〉は少しずつはっきりしてきたが、〈なぜ〉なのか――それがまったく謎のままだ。

紙を並べかえ、事項の組合せを変えることで、何か思いつかないかといろいろやってみた。修道士たちと、日記の筆者であるデ・ベアティスは、どちらもカトリック教徒だ。デ・ベアティスはアラゴン枢機卿の秘書だ。デ・ベアティスはレオナルドの書いたものに心奪われ、熱心に記録した。だから――何だというのだ？　ヴァンスはこの方面からのアプローチを諦めた。

トージ教授は物理学者だ。ヴァンスと同じく、美術界とは別分野で専門的な研鑽《けんさん》を積んでいる。ヴァンスはまだ生きていて、トージ教授もたぶんまだ生きている。朝食と共に届けられた〈イル・ジョルノ〉紙を忘れずに読まねば。トージ教授の死体が発見されていれば、報じられているはずだ。マティーニ教授とほかのふたりのレオナルド研究者たちは科学者ではない。なぜ科学者の命は助ける――ただの偶然か？

わからん、わからん！　ヴァンスは椅子をうしろに押しやり、立ち上がった。窓辺に歩み寄り、美しい大地と湖を見ようとしたが、どちらも見えなかった。机の前に戻り、また腰をおろして書き出した。科学――これがつながりか？　キングズベリ古写本の中には科学に関する何かがあるのか……あれは影から雷雨までの考察について書かれていた。雷雨！　そのページの偽造を発見したのはまさにその項だ！　雷雨の科学的考察の項。眼を閉じて、そのページを思い出そうとした。図画が山ほどと、雷の力の電気的な性質についての考察が書かれていた。絵はすばらしいものばかりだった。レオナルド・ダ・ヴィンチはすばらしい動体視力に恵まれていたのだ。彼の描いた鳥や、波や、水流の絵はストロボスコープをも凌《しの》がんばかりで、人間の眼がとらえ得る一瞬とは信じられないほどだった。雷の絵は現代の写真並みの正確さであるばかりでなく、はるかに劇的だった。

科学、科学者たち、カトリック教会。この足算は異端にたどりつくのではないか。教会は、自分たちが教えてきた教義とは正反対の、地球が太陽の周囲を回っているという考えを述べたコペルニクスを傲岸不遜《ごうがんふそん》であると糾弾した。しかし、ヴァチカンとは一部の生理学の研究――解剖用の死体について衝突はしたものの、法王がダ・ヴィンチを非難したという記録はない。

それともあったのか？　偽造される前のページにはあったのか……教会は、異端か危険とみなした部分を取り除き、その事実をカモフラージュするために偽造したのか？　しかし、そんな行為はまったく無意味だ。そもそもあのいかれた修道士たちはあの古写本にどんな興味を持っている？　初めてコモに来て以来、聞かされたのは、連中が追放者の一団であるとか、異端者か何かだという噂だった。一部の者のいきすぎた行為によって、教団全体が大昔に破門されたという話もある。しかし、確かなことは誰も知らず、近隣住民もまた修道院についてはロを開きたがらない。「伝説があるんですよ、シニョーレ」人々はそう言うだけで、詳しく語ろうとはしないのだ。「うちのご先祖もあの坊さんたちとは関わらないようにしてきたんですわ、私らもそうするつもりです」

〈科学、科学者、雷、デ・ベアティス、修道士、教会〉ヴァンスはまた別の紙に書き出した。このどこかにつながりがある。しかし、その思いつきを実際に形にすることがどうしてもできない。

考えは修道士に、湖の対岸のベッラージオの町を見下ろす修道院に、振り子のように戻り続けた。ひょっとすると答えはそこで見つかるかもしれない。可能性を考えれば考えるほど、それは論理的な行動と思えてきた。よし、とヴァンスは力強くうなずいた。修道院を訪ねよう。約束なしで。いますぐに。

ヴァンスは書きつけの山にペンをそっとのせ、椅子をうしろにゆっくり押しやった。

立ち上がって窓辺に歩み寄る。何かが心をちくちくと刺していたが、修道院で捕われる恐怖とは違っていた。静かな長い一瞬、小波をたてて湖を切り裂いていくボートを眺めた。遠く水中翼船の赤い船体が湖岸の深緑に鮮やかに映えている。突然、気がついた。胸の痛みはスーザンに二度と会えないかもしれない恐怖なのだ。彼女はヴァンスの人生を複雑にした。しかし、ああ、神よ、それがどれほどありがたくも感謝に満ちたものであることか。

ヴァンスは窓に背を向けた。そして、トージ教授の件で新聞を見るつもりだったのを思い出し、乱れたシーツの上に投げ出された新聞を取り上げた。ゆったりした椅子におさまり、ざっと眼を通す。一面には何もなかった。薄い新聞紙を苦労して指でつまむと、大きく広げた。ヴァンスの眼は、紙面の自分自身の顔写真と、付随する記事の内容を読むにつれて、恐怖に見開かれていった。

＊

エリオット・キンボールは洒落《しゃれ》たヴェヌート通りの洒落たカフェのテラスで、ふたり用の小さな丸テーブルの椅子でくつろいでいた。例の新聞記事を五回も読みなおし、シーバスリーガルのソーダ割りを飲みながら、達成感に酔いしれていた。ヴァンス・エリクソンの小さな顔写真の隣には、キンボールがミラノの刑事に、マスコミにそのまま伝えるべきだと告げた話が、ほぼそのまま記事になってのっていた。テロリスト――キンボールは刑事にそう告げたのだ。ヴァンス・エリクソンはコンパック社での彼の地位を、テロリストの金庫番として世界中を飛び回る隠れ蓑《みの》として利用している。しかし、雇い主のような宗教的狂信者ではない。彼の行動の裏には世俗的な欲しかない。金のためにやっている。しかし、あの九月十一日以降、国際的な大金の移動は非常にうるさく監視されるようになった。ヴァンス・エリクソンの秘密の任務は、狂信者の手助けをし、世界中のテロリストの巣にまとまった資金を運ぶ鍵の役目だ……前々から疑惑を持っていた刑事は、テロリズムと対峙する国際組織の代表に協力することができて光栄だと感激したものだ。

キンボールは会心の笑みをもらした。天才だ、我ながらまさに天才だ。自賛しつつ新聞をテーブルに置いた。たったの一撃でヴァンス・エリクソンとその後ろ盾であるハリソン・キングズベリを骨抜きにしたのだ。記事によれば、ヴァンス・エリクソンはミラノ警察に指名手配され、アムステルダムのマティーニ教授ばかりでなく、ストラスブールとウィーンのレオナルド研究者たちの死との関係を疑われていることになっていた。さらにミラノでの銃撃事件と、ヒルトン・ホテルのメイドの死に関しても責任を問われていた。

そしてキングズベリには、ヴァンス・エリクソンの記事がこれからの悪夢の始まりになるはずだ。だが、そんな有頂天な気分は、ちらりと時計に眼をやった瞬間、消え去った。あのイランの野郎はどこにいる？　スーザン・ストームはどこだ？　どこに行った？　コモでヴァンス・エリクソンの居場所を突き止めるのに、あの女は役に立ってくれた。あの女を見つけることができれば、あの男も見つけられる。

いや、と思いなおした。たいした問題ではない。エリクソンもキングズベリも牙を抜いておいた。少なくとも連中には例の取引を邪魔する力はない。だが……彼はどんな小さなほころびも気になるたちだった。ヴァンス・エリクソンを見つけだし、始末したかった。キングズベリに手が届いたいま、もはやあの男を生かしておく必要はない。

また腕時計を見た。いいかげんにしろ、イラン人め！　こっちはひと晩中、暇じゃないんだ。

＊

服の調達は問題なかった。スーザン・ストームはメトロポール・ホテルのロビーで、フロントから顔が見えないよう、翼のような背の高い椅子に坐り、ヴァンス・エリクソンの部屋を出入りする従業員や警官から身を隠していた。ヴァンスの着替えの服を買い、心付けをたっぷり渡して自分の部屋へ――自分たちの部屋へ、と心の中で訂正した――配達させた。そうしてから、ミラノ警察がヴァンスをそこまで熱心に追う理由を探れないかと出向いた。簡単な仕事ではなかった。スーザン自身、警官に直接近づくことができなかった。前日のベッラージオの出来事で、万が一、彼女の手配書が出回っていないとも限らない。そんなわけで、まずは〈イル・ジョルノ〉紙を一部、買い求めると、ロビーに坐って読むふりをしながら、警官がそばに来るたび、それで顔を隠していた。十二回も同じ見出しを読みながら、記事の内容は頭にはいらなかった。

　周りでは警官たちが無駄話をしていた。ありがちなイタリア男の馬鹿話、話題の中心は、女、女、女。まったく興味の幅が広いことね。スーザンは呆れた。世界でいちばん虫酸《むしず》が走るのは若いイタリア男だわ。母親や姉妹に赤ん坊扱いされ、自分は聖なるパン以来の天からのすばらしい授かりものだと言い聞かせられ、長じては妻や恋人からまったく同じことを吹きこまれ続け、罪深いことに、その言葉を頭から信じこみ、アメリカの女にも同じように扱ってほしいと期待する。

　ほっと気がゆるんだ。椅子の中で身体の位置をずらし、組んでいた脚をほどいて組みなおし、また新聞に顔を向けた。眼は新聞を見ていたが、集中していたものははるか彼方にあった。想うものは自分の猫。隣家に預けてきた雑種の猫、キルケゴール。想うものは自分の家。アパートメントの戸締まり。帰るまでに植木が枯れませんように。しかし、それ以外はほとんど、ヴァンス・エリクソンと、ふたりを引き寄せた出来事について想っていた。

　実際、記事にするためにコモに彼を追ってきたのだ。少なくとも、自分にはそう言い聞かせてきた。それは不愉快な旅ではなかった。エリオット・キンボールはレンタカーのランボルギーニを、鮮やかな腕前でとばした。スーザンはそんな車をレンタカーで借りる人間がいるとは知らなかった。

　確かに驚きだった。キンボールがミラノでレオナルド・ダ・ヴィンチのシンポジウムに現れるとは想像もしていなかった。彼と顔を合わせたのは大学以来だ。まさかキンボールがあんな場所に来るなんて。彼にダ・ヴィンチ関連の素養があったとは思えない。いまのキンボールは冷たく、殻に閉じこもった人間になっていた。どこかしら蛇を思わせる雰囲気を漂わせて、いやに秘密主義になって。印象としてはまるで……たとえが思いつかないけれども、とにかく、危険の匂いがする。

　そう、彼は薄布をへだてて肌を総毛立たせ、落ち着かない気分にさせた。スーザンは、気のせいだと思いこもうとした（彼は連絡したければいつでもメッセージを入れられるようにと、ブレーメンにある事務所の電話番号まで教えてくれたのだ）。記者としての仕事用ノートのルーズリーフに入れたキンボールの名刺を取り出し、もう一度見つめた。もしかすると、彼なら助けてくれるかもしれない。電話をかけてみようか。けれども、その日、すでに何度もくり返したとおり、ためらい、名刺をノートの元の位置にしまった。

　新たな声が警官たちの会話に加わり、そのとたん、白昼夢からはじかれたように醒めた。聞き覚えのある声。どこかで聞いたこの声は……突然、全身が硬張り、恐怖のあまり、口の中に金属のような味が広がった。その新たな声は、ベッラージオの事件に関係していた女について描写していた。咽喉に詰まった、ざらざらなのに粘りつく恐怖の塊を飲みこもうとした。あの男だ。眼鏡をかけた、背の低い修道士。シャンパンのセラーの中まで追ってきた修道士だ。

自分たちを殺そうとした男が、ほんの数フィートうしろにいる！　なんとかして、この場を脱出しなければ。ばれれば、もちろんあの男はまた追ってくる。絶対に走ってはだめだ。見られる。修道士が立ち去るのを黙って待つしかない。彼女は新聞を開いて、顔の前に広げた。

肌が粟立っていた。修道士は警官のひとりと親しげに話している。知り合いなのだ。では、警官たちは修道士に協力しているのか？　修道士が立ち去るように願い続ける時間が、まるで永遠のように感じられた。たぶん警官は気づかないだろう。ヴァンスの元に戻らなければならない。どうしても彼のそばに。戻りたい。

警官たちと修道士の声が別れの挨拶と共に高まった。動かなければ、と機械的に思った。ここを出なければ。〈イル・ジョルノ〉紙をたたみ、躊躇した。初めて飛行機から飛ぶ落下傘兵のように。動いて、わたしの足、立ち上がって、歩いて！　やっとの思いで椅子から抜け出した。落ち着いて、落ち着くのよ。ささくれだった神経に言い聞かせる。

ロビーを横切り、ホール入り口にたどりついたところで、ひとりの声に呼び止められた。「シニョリーナ！」修道士と喋っていた刑事だった。「待ってください」イタリア語で呼びかけられた。かまわず歩き続けると、絨毯の床を走ってくる複数の足音が聞こえた。ついにスーザンは走りだした。通路は暗く、短く、食堂の受け付けデスク前に出た。もうひとつのドアから小径に出れば、ヴァンスと朝食をとったテラス席のカフェがある。ドアを押すと、鍵がかかっていた。背後に刑事たちの足音が迫る。「シニョリーナ！」必死に鍵をいじると、うまくはずれた。ドアノブが回ると、走り出て階段を駆けおりた。椅子がカフェの入り口をふさいでいる。そこら中に椅子を倒しながら走り抜け、カヴール広場に駆けこんだ。

メトロポール・ホテルの入り口に眼をやり、湖に向かって走りだしかけた。

「ごきげんよう、シニョリーナ」あの修道士だった。彼のうしろから私服刑事とふたりの制服警官が追ってきていた。

「逃げようとしないほうが、あなたのためです」刑事は銃を抜いていた。

スーザンは身震いすると、落ち着きを取り戻した。

「わたしはアメリカ国民です」改まった口調で言った。「最寄《もよ》りの大使館に連絡を取らせていただくよう、要求します」

「そんな必要はありませんよ」修道士は言った。

「でも、逮捕されるのなら、わたしにはその権利があります」スーザンは主張した。

「あなたは逮捕されるのではありません」修道士は言った。

スーザンは首を回し、わけがわからず刑事と脇に控えるふたりの制服警官を見つめた。

「そのとおりです」困惑に満ちた沈黙を、私服刑事が破った。

「でも……それじゃ、何を——」

「短いドライブをしましょう」修道士が言った。

「えっ、ええっ」スーザンは氷水を浴びせられた気がした。逮捕されるなら、何とか対処できる。「いや、いや、いや！」警官たちは彼女を修道士の方に押しやろうとしていた。「そんなことさせない」スーザンは刑事に言った。「わたしをこの男に渡すなんて冗談じゃないわ。こいつは殺人鬼よ。わたしを逮捕して。留置場に入れて、お願い」必死に顔から顔に視線を向けたが、かけらほどの同情も見えなかった。

「グレゴリウス修道院長を、神に仕えるこの方を、殺人鬼呼ばわりはないでしょう」刑事は呆れた口調で言った。

スーザンの甲高い悲鳴がカヴール広場の平穏を粉々に砕いた。公園のベンチの頭という頭がいっせいに振り返る。いきなり男たちがスーザンの上に覆いかぶさってきた。誰かの手に口をふさがれ、両腕を背中に押しつけられ、手首で冷たい手錠が音をたてた。スーザンはめちゃめちゃに足をばたつかせた。爪先が警官のひとりの睾丸に命中し、うめき声を聞いて一瞬、溜飲《りゅういん》が下がった。が、すぐに別の警官が入れかわり、彼女の両脚を押さえこんだ。スーザンの身体は男たちの手によって、脇に停まっていた青と白のパトカーの後部座席に運びこまれた。

刺激臭のする何かに口と鼻が覆われた。恐怖の格子が広がり、塗りつぶした闇になり、そして頭の中を眠りが支配した。

15

夜の暗がりはまさに彼の気分そのものだった。決して、決して彼女を行かせるべきではなかった。ヴァンスは淋しい農道を逸れ、湖のある南に足を向けると、段々になった丘の斜面に並ぶオリーブの樹《き》の間を歩きだした。しかし、スーザンは誰の指図も受ける性格ではなかった。自分の思いどおりに行動する。彼の着替えが届いたのは、ハリソン・キングズベリと電話で話した直後だった。この時ほど自信なさげで意気消沈しているキングズベリ老の声を聞いたことはなかった。

「もうやめろ」キングズベリの声はまるで一度に歳《とし》を取ったようだった。「続けても、得るものは何もない」

ヴァンスの足が背の高い草とこすれてかすかな音をたてていた。星明かりの下、用心深く立ち止まり、右の靴の爪先で斜面の段々の端を確かめた。オリーブ畑の樹々は丘の階段をのぼっていく巨人のようだ――二メートル弱から二・五メートルほどの。彼にはなすべきことがあるのだ。怪我《けが》などしていられない。オリーブの段々畑を転げ落ちるわけにはいかない。

チェルノッビオの蚤《のみ》の市で買ったペンライトを使う危険は犯したくなかった。足探りで段の端を確かめ、脚をおろして腰かけると、できるかぎり身体を下に滑らせてから着地した。カイッツィ城の夜にひねった足首が軽く不平をもらす。

段の端に来るたびに同じ作業をくり返し、修道院にもっとも接近しづらい方角から、ゆっくりと近づいた。警備が手薄だと踏んだのだ。

ヴァンスはまずヴァレンナにフェリーで来た。町から北に向かって歩き、修道院を囲う塀の唯一の門を通り過ぎ、高さが七メートルもの塀に沿って一キロ半ほど進んだところで道は逸れ、塀は森の中に続いていった。また斜面の段が現われた。そしてもう一度。三メートル進んだ。さらに三メートル。段の端はなかった。ついにオリーブ畑を抜けた。最近、耕されたばかりと思える狭い畑を突っ切ると、道路の端から覗いた背の高い林の中に飛びこんで、安堵の息をついた。闇の中で腕時計が十時を示して光っている。暗がりを見透かし、やっと塀のてっぺんの輪郭を眼でとらえた。塀は三十メートル近く先にあるようだった。一歩、踏み出したところで何気なく靴を見下ろした。耕された畑に引き返し、じっとり湿った土を何度も手ですくっては真っ白なテニスシューズになすり、服の色に馴染むまでくり返した。

幅の細い林の中をこっそり進んだ。塀にたどりつくと、ひんやりしたざらざらの石の感触を確かめた。塀は足がかりのないよう、注意深く作られていた。

あたりを見回し、塀際の痩せたポプラの樹を調べた。塀の上に枝を広げた大木が一本もないのは実に残念だ。いや、それは当然だろう。あの修道士たちがそこに頭が回らないはずがない。

ポプラをためつすがめつし、歩み寄ると、無言でじっくり目測した。ロンバルディア州によくあるポプラの樹は高さが十二メートルほどで、鉛筆のように細い。塀と同じ高さまでのぼってみると、その内側にはさらにポプラ林が続いていた。防風林としても、好奇心に満ちた視線の遮蔽物《しゃへいぶつ》としても、りっぱに役目を果たしているというわけだ。ヴァンスはよく見ようと塀の上に身を乗り出した。塀の上には刃物のような螺旋状の鉄線が張られている。おそらく、ほかにも侵入者撃退用装置が隠されているに違いない——タッチセンサーや赤外線センサーのような。いきなり塀の上に乗るのは避けねばならない。

それから三十分ほど樹に坐っていると、手も足も疲れてきた。何も見えないが、匂いを嗅ぎつけた時には、すぐに動く体勢が整っていた。風上に眼をやると、闇の中にぽつりと小さな赤い光が浮かんでいた。誰かが煙草を深く吸ったのだ。その煙をヴァンスはいち早く嗅ぎつけていた。見守っていると光はふくらみ、やがて塀にさえぎられて見えなくなった。と同時に、靴が枯葉を踏み砕く音が聞こえてきた。

靴音は大きくなり、やがて小さくなって離れていった。ヴァンスは十分間待った。いまだ！　決断すると、できるかぎり上によじのぼり、前にうしろに身体を揺らし、細い樹をしならせ始めた。若木の細い幹は無理な力を受けて悲鳴のような異様な音を出し始め、ついに唐突にアーチのように塀を越えて曲がり、内側の別のポプラの枝に手が届く位置に身体を運んだ。つかまっている樹の枝を握りなおし、幹に身体を寄せた。細い幹は身体の下で折れる寸前のような音をたてた。しがみついている樹がぽっきりいって、彼を地面に放り出し、警報装置に幹がぶつかる前に別の樹に移れるように祈りつつ、枝にそって腕を伸ばす。あとほんの数センチ。そう思いながら宙を探った。塀の内側にある樹の幹に手がかかった刹那、彼は飛び移った。樹は一瞬、大きく揺れたが、すぐにもとどおりになった。警報音は聞こえてこない。

葉の間から墨のような暗がりを見下ろすと、真下に灰色の小径が通っている。涼しい夜の風が湖の上を囁きながら、数キロ北のアルプスの氷河からそっと冷気を運んできた。肌を濡らす汗が風を受けて氷水に変わり、彼は身震いした。

眼下には、たったいま越えた塀と湖岸までのおよそ半マイルの間に、半ダースほどの建物が散っていた。岸辺には四階建ての壮大な館が、二十もの背の高い窓を輝かせ、堂々と聳《そび》えている。円形の車寄せの中心に、噴水が照らしだされていた。館に続く巨大な階段の下の縁石の前に目立たない小型車が二台停まっている。ヴァンスは車寄せにはいる道が、先に通り過ぎた塀の門と、湖岸の大きなボート小屋に続いているのを確かめた。

百メートルほど左には、石造りの寮を思わせる、規則的に窓が並ぶ横長の建物があった。その向こうに、それをひとまわり小さくした建物があったが、こちらは明かりのついた窓に格子がはまっていた。敷地の中央には礼拝堂があり、投光機で照らし出されていた。かすかに明るい小径を人影がふたつ、暗い陰から陰へ、通り過ぎていく。

あのでかい館が中心だ。寮のような建物はおそらく、修道士たちが寝起きする場所だろう。彼は樹をおりると、主たる館めざして進みだした。

美しく配された茂みと花壇の両脇に伸びた小径は平らで歩きやすかった。用心深く足をあげては、なるべく水平におろし、自分の耳に聞こえるか聞こえない程度に足音をひそめた。歩いていくと、知らない花々の香に包まれたが、常緑樹の林にはいると樹液の匂いにかき消えた。

不意に、彼は足を止めた。離れた場所で、小径を歩く疲れたようなかすかな足音が聞こえた。それは少しずつ、ゆっくりと大きくなってくる。ヴァンスは素早く斜面の小径の、高い方の端に沿った低いフェンスをまたいで、細い花壇の湿った土の中にはいった。肩まであるアザレアの茂みふたつの間に飛びこんでうずくまり、足音が大きくなるのをじっと待った。

一秒ごとに足音が近くなってくると、隠れ場所を出て武器になるものを探した。やわらかく耕された地面も、植わっている花も荒らして、必死に両手で土をかきわけた。指先が花壇を仕切る煉瓦を探り当てた瞬間、全身に安堵があふれた。煉瓦のひとつを押した。それは動いた。見張りは口笛を吹いている。もう一度、煉瓦を押し、引っぱると、ついに地面から抜けた。右手で重さを確かめた。そしてまたアザレアの茂みの間に素早く戻った。

その直後、ぼやけた人影が小径の曲がり角の向こうから現れた。

ヴァンスは凍りついた。筋肉が硬直する。見張りが警告を、声ひとつあげれば、すべてが終わりだ。

暗がりから出て形を成した背の低い男の顔と両手が、夜の中で白く浮かんだ。肩から下がる何かの武器ががちゃつき、腰にぶつかる音が小さく届いた。いまだ！　ヴァンスは見張りに向かって飛び出すと、ざらついた冷たい煉瓦を石の拳よろしく大きく振るった。

煉瓦は見張りの後頭部を直撃した。まるでコンクリートにかぼちゃを落としたような虚ろな音がした。見張りは声も漏らさず砂利道に崩れ落ちた。ヴァンスは肩で息をし、大きく足を開いて煉瓦を持ったまま、倒れた男のそばに立ちつくした。舌が粘り、口の天井に張りついている。彼はしばらく、細かい砂利の上に倒れた黒い姿を見下ろしていた。

やがて、煉瓦を藪の中に投げこみ、ひざまずいて動かなくなった男を仰向けにした。男の頭近くの砂利に黒っぽい染みが広がっている。その肩から武器をはずすと、ずんぐりした小男が着ている粗布の修道服らしき衣装と格闘し始めた。修道服と機関銃か。ロビンフッドでおなじみのなまぐさ坊主、タック修道士も進化したものだ。

一時間にも感じる一瞬のうちに見張りの身体を藪に隠し、服の上から修道服を着て、奪った箱型のいかつい武器を肩にかけ、小径を歩きだした。以前、軍の訓練で写真を見たことがあるので、ウージ機関銃の一種だということはわかっていた。

武器を得て変装したことで、前より気持ちにゆとりができた――たとえ背の低い男の修道服から両手両足が飛び出していても。あの見張りが行方不明になったことがばれるまで、どのくらい時間があるだろう?

小径は広い場所に続いていたが、変装したことで大胆になったヴァンスは中央を歩いた。半分ほど通り抜けたところで、そこが墓地であると気づいた。別段、不自然ではない。ここは修道院なのだ。しかし歩き続けるうちに、墓地のずっと片隅に大きな白い大理石でできた霊廟《れいびょう》と、その上に立つ鉤十字《スワスティカ》に気づいた。ナチスがユダヤ人掃討に血道をあげていた長い期間、カトリック教会がどれほど沈黙を守っていたかを考えれば、さほど奇妙ではないかもしれない。しかし……迷ったのち、迂回《うかい》して、闇の中に幽霊のごとく目立つ白い建造物を近くで見ることにした。

しかし、霊廟にたどりついて見たものは、生まれてこのかたの想像力をかき集めても予想がつかなかっただろう。墓標の献辞に顔をすれすれまで近づけ、彼はその文字を――ドイツ語を読んだ――何度も、何度も。呆然と、墓碑銘に指を這わせた。そうすれば、書かれている名前が変わるとでもいうように。もし墓碑銘を信じるなら――ヴァンスにはとても信じられなかったが、この中にアドルフ・ヒトラーの遺骸が眠っていることになる。そして、ヒトラーが第二次世界大戦のあとも長く生きのび、一九五七年に没したという銘の内容を受け入れなければならなくなる。かの総統が隠れ家で死んだことを裏付ける検証はいくつも行なわれたことになっている。確かに検証の結果はいくらでもでっちあげられたかもしれないが、ヴァンスにはそれを受け入れる心の準備はできていなかった。

混乱したまま墓地を歩き回り、手当たり次第に墓石を調べ始めた。三十分もさまよったのち、この墓地は狂った心の生み出した悪趣味で残酷なジョークか、現代文明の歴史がテーマのとてつもなく深い意味のあるゲームなのだと結論を出した。なぜなら、アドルフ・ヒトラーのものとされる墓と並んだ墓碑はどれも、過去六百年間のありとあらゆる世界から、政治や思想的なつながりではなく、それぞれの分野で突出した才能を讃えられ――しかも謎の死を遂げたという点でのみ共通している人たちが眠っていると主張しているのだ。アメリア・イアハート（女性として最初の大西洋横断飛行に成功）、マルティン・ボルマン（ヒトラーの側近）、アンブローズ・ビアス（『悪魔の辞典』の著者）、ダグ・ハマーショルド（国連事務総長）、ビッグバンドのリーダーのグレン・ミラー。名前はいくつも続いた。見覚えのあるものも、心当たりのないものも。いったいどういうことだ？

しかし、その疑問を深く考えるより先に、遠くから声が聞こえてきた。慌てて小径に戻り、元どおりに歩きだした。

砂利道は墓地の外に続き、小さな崖の上に続いていた。金属のガードレールの際で立ち止まって下を覗いた。眼下の斜面に埋めこまれた分厚い木の扉からふたりの男が出てくるのが見えた。一本だけのアーク灯が、水銀の青白い光を放ちその光景を照らしている。

下の男たちに見つからぬよう小径に戻ると、ヴァンスは巡回を続けた。遠くの声は近づくにつれて大きくなってくる。ふと、それが英語であることに気づいた。急斜面の頂《いただき》を越えて小径を曲がり、会話の主と顔を合わせる覚悟を決めた。気づかれるだろうか？

「……あとひと月かそこらというところです」イタリア訛《なま》りの声が言った。

答えた声は明らかにアメリカ人のものだった。「まあまあだな。しかし、この取引すべてにおいて、もっと理解があってくれると、本当にありがたいんだが」

「申し訳ありません、グレゴリウス修道院長にはお考えがあるのです。わたくしどもはただそのとおり、従わなければならないのです」

「そいつは——こんばんは《ボナ・セーラ》」アメリカ人は言いかけた言葉を切って、イタリア語でヴァンスに挨拶した。仲間だと思ってくれたのだ。ヴァンスは挨拶を返すと、足を止めずに通り過ぎた。胸の鼓動は、ふたりから遠ざかるにつれて、ようやく静まってきた。

ひたすら歩き続けたが、その間、脳がぐるぐる回る心地だった。イタリア人の方はわからなかったが、もうひとりは……ヴァンスは悪夢を追い払うように頭を振った。そんなはずはない。トレント・バーバー米下院議員は、合衆国議会の米軍委員会で権力をふるった議長は、九月十一日に世界貿易センタービルに激突した飛行機に乗っていて死んだはずだ。

いや——ヴァンスは記憶の中から詳細をたぐり寄せた——あの事件で死んだと報じられたが、その他大勢の乗客と同じく、議員の遺体は発見されなかった。これもまた謎の死だ——墓地に並ぶ墓石のように。ただしトレント・バーバーは生きているのだ。いま見た男が本物のバーバーであればだが。

斜面の扉のそばにおりる階段にたどりついた。考え考え、階段に足を踏み出した。墓地の名前すべての共通点で何か思い出せるか？　グレン・ミラーは一九四四年に謎の失踪を遂げ、ついに見つからなかった。アメリア・イアハートは太平洋横断に向けてバーバンクを飛び立って以来、行方がわからない。アンブローズ・ビアスも一九一四年に同じく行方知れず。しかしハマーショルドは違ったはずだ。

ゆっくりと階段をおりながら、頭の奥から詳しいデータを拾い出す。国連事務総長のダグ・ハマーショルドは一九六一年にアフリカの飛行機事故で亡くなっている。飛行機の衝突で死んだことになっているバーバーと同じか？　だが、ハマーショルドの遺体は見つかったはずでは？　不意に、あることに気づいてショックを受けた。仮にハマーショルドはその時に死んでおらず、別の人間が彼として誤認されていたとしたら？　飛行機事故では遺体の確認が難しくても不自然ではない。必要なのは、ひとりの医者を買収することだけだ。

こんがらがってきた。修道士たちはヴァンスを殺そうとしている。彼らは世界中のトップレベルのレオナルド研究者たちを、すでにつぎつぎ殺している。それは確かだ。そしてこの同じ修道士たちは、生死を問わず人間のコレクションをしている。……わけがわからない。

ほかに誰の死体が埋まっているのか——墓地に引き返して確かめたい衝動を抑えつつ階段をおりきると、斜面の扉の前を通り過ぎ、窓に格子がはまった小さめの建物に向かって歩き続けた。歩を早め、いかにも目的がある風に、とはいえ急いだ素振りは見せず、無防備きわまりないやたらと開けた場所で、誰の注意もひかぬように進んでいった。一定の歩調で、重要な任務を見据えるかのように下を向いて。

鉄格子窓がある小型の石造りの建物に近づきながら、入り口にちらと眼をやると、自分と同じようなウージ機関銃を背負ったふたりの修道士が警護している。合い言葉でもあるのか？　眼が合わないよう、ひたすら視線を下げた。間違った言葉を口にするより、考えごとに夢中でうっかりしているように見せかけるほうが無難だろう。

何事もなく入り口の前を通過し、建物の角を曲がってふたりの視界から消えると、立ち止まって聞き耳を立てた。静寂。ヴァンスが通ったことに対する警告は発せられていない。彼は建物を囲む生け垣に素早くもぐりこむと、闇の中にしゃがんで、密やかに待った……自分でもわからない何かを。

＊

数分後、背の高い生け垣の中で立ち上がった。足元にある地下室の細長い窓は暗いが、地面から二メートルほど上の窓は気前よく光をふりまいていた。好奇心が勝り、用心深くそろそろと、窓の鉄格子に片手をかけた。一度、身体を持ちあげたなら、見張りがいれば確実に見つかる。それでも中で何が起きているのか知らずにいられなかった。

少しずつ力を加え、全体重をかけても音が鳴らないことを確かめた。ゆっくりと身体をあげ、窓枠の中を覗きこんだとたん、危うく鉄格子を握った手の力を抜きそうになった。胸をはだけたトージ教授が、キルトのかかったベッドの端に腰かけている。教授が腕を差し出し、白衣を着た男の看護師から注射を受けるのを目のあたりにして、ヴァンスは眼をむいた。教授の胸骨のすぐ下には十センチほどの縫合痕《ほうごうこん》があった。まだ痛々しく赤く腫れているということは、ごく最近の手術なのか。

見るべきものは見た――と、ヴァンスは身体をおろした。是が非でも中にはいらなければならない。生け垣に隠れながらじりじりと進み、ふたりの歩哨が立つ入り口に近づいた。この地方によく見られる建物と同じく、中央入り口は階段をあがった屋根つきのポルチコになっている。階段の下に地下室に続く第二の入り口があった。そっと階段をおりる。地下のドアの前で立ち止まったが、大きなガラス扉が金網に覆われ、頑丈な錠前がずらりと並んでいるのを見て失望した。建物の外周を徹底的に調べたが、結局、ほかに入り口はないとわかっただけだった。歩哨の間を通過するのでなければ、この階段からはいるしかない。歩哨の眼をごまかそうという考えはとうに捨てている。くそ、くそ、くそ！　考えをひねり出そうとしゃがみこみ、胸の内で毒づいた。

さて、あんちゃん、どうするかね。彼は自問した。しっぽを巻いて、この奇妙きてれつな場所から五体満足で帰るか？　しかし、自分でもわかっていた。教授をおいていくことはできない。それに、あの異様な墓地の謎はどうなる？　トレント・バーバーの謎は？　修道士の殺人集団の謎は？　ヴァンスはウージ機関銃を肩からおろすと、傍らの細長い地下室の窓枠に置いた。その時、鉄格子がはまっているセメントに指がこすれた。ぼろりと崩れた。

ばらばらのセメントのかたまりを取り上げ、眼の前に近づけてみた。古ぼけたセメントにとって、地面の湿気に常にさらされていることは害にほかならなかったのだ。ヴァンスは活気づいて四つん這いになり、セメントに爪を立てた。鉄格子はどうやらあと付けらしく、上は窓の石の枠に穴を開けて差しこみ、下の端だけをセメントで固定してある。気温の変化による膨張率の違いで石とセメントは何年にもわたって微妙に歪み続け、しかもセメントは劣化していた。二十分もたたないうちに、ヴァンスは鉄格子をすべてはずしていた。

汚れたガラス窓は、何年もほったらかしですっかり曇っていたが、内側に向かって簡単に開いた。鉄の窓枠は下の両端の蝶番で止まっている。ヴァンスはガラス窓を内壁につくまで慎重に倒していった。部屋の中は何も見えなかった。まるで闇夜より暗い闇を覗くようだった。が、ほとんどためらうことなく、短すぎる修道服を脱ぐと、細長い窓の中に足を突き入れ、音を殺して木箱の上におりた。慎重に機関銃と修道服に手を伸ばして引き入れてから、鉄格子をできるかぎりもとどおりにはめなおした。よく調べられればばれるだろうが、今夜、調べられることは、まずないだろう。

いきなり、テニスシューズが固いコンクリートの床でじゃりっと音をたてた。しばらく動かずに立ったまま、この暗闇の状況を把握しようとした。長い間、閉めきられていたせいで、生命のない空気の黴臭い匂いが鼻腔《びこう》を満たす。よし。使われていない倉庫というのは、より安全な場所だ。

周囲に木箱が頭より高く積み上げられているのを知り、用心深く木箱の間を進んだ。積み荷の列の角を曲がると、扉の下から明かりの条《すじ》が細く漏れているのが見え、これでようやく、室内の物の形や輪郭がはっきりつかめるようになった。ただし光が弱すぎて、色まではわからない。

それでも少しは視界がはっきりしたので、前より自信を持って歩けるようになった。扉に近づき、ノブと、ノブについているであろう鍵を探った。鍵のつまみは内側についていた！　ヴァンスはドアの右脇を手探りし、次いで左を探り、ようやく明かりのスイッチを見つけた。押しボタンがふたつついた古いタイプだ。遠い方のボタンを押すと、埃まみれの暗い電球が弱々しい黄色い光で部屋を照らし、あたりを底無しの影で埋めた。

木箱を見回すと、ささくれたアーモンド色の表面が眼にはいった。再び、呆然として動けなくなった。あまりのことに神経が反応を拒否していた。すべての木箱に鉤十字とヒトラー親衛隊の翼のマークが刻印されている。かがみこんで、染みだらけのあちこち裂けた送り状を調べた。黒ずんだ紙にかすれたインクで書かれた文字は、薄明かりの下では読むのが難しかったが、〈ゲーリング〉という名前はなんとか読み取ることができた。

いったい全体、神が創りたもうたはずなのにどうしようもなく狂ったこの世界で何が起きている？　ヴァンスはトージ教授のことを一時忘れて、木箱によじのぼると、いちばん上の箱の蓋に手をかけた。長い年月、放置されて乾き縮んだ板は彼の力に逆らわなかった。眉を寄せ、木箱の中を覗きこむと、絵画の額の端が見えた。引っぱりだして小さく口笛を吹いた。息をのむすばらしさ。ティツィアーノだ。第二次世界大戦中にナチスに奪われ、ついに発見されることのなかった、何千点もの、値のつけられない至宝のひとつ。ゲーリングはナチスが掠奪《りゃくだつ》した国の芸術品の収集家として悪名を轟かせていた。そしてここに、そのもっとも貴重な芸術品のひとつがある。

畏れ多い気持ちで、ティツィアーノの作品を木枠の中にそっとおろし、蓋を戻した。総毛立つ思いで見回した。この倉庫いっぱいの木箱——まさか全部にこんな傑作がおさまっているのか？　もう一度、修道服を着つつ、裾からはみ出しているテニスシューズが誰にも気づかれないことを祈った。短すぎる袖の先から二十センチ近くもはみだしている手首が誰にも気づかれないことを祈った。いや、気づかれないどころか、誰にも出会わずにすむことを祈った。

明かりを消すと、ヴァンスは落ち着いた気持ちになった。倉庫の扉の鍵をつまんでひねり、ノブを回した。機関銃の安全装置がはずしてあることを確かめ、廊下に一歩踏み出した。

＊

廊下は建物の端から端までまっすぐに伸びていた。誰もいなかった。

ふたりの修道士が歩哨として立っていた建物の端から素早く遠ざかり、反対側の端の、上に続く真っ暗な階段にたどりついた。上階をめざした。教授は次の階にいるはずだ。

階段は大きな厨房《ちゅうぼう》の裏に続いていた。厨房は暗く眠りについていたが、スイングドアの隙間から光が漏れてきていた。

用心深くスイングドアを押し開け、食堂にはいった。足音は深い絨毯に吸いこまれた。玄関にまっすぐ続く廊下を覗いた。歩哨は両開きの黒い木の扉の外にいて、ここからは見えない。廊下は無人だった。見張りはあのふたりだけなのか？　こいつは簡単な仕事だ。ここのセキュリティはパースアンボイの賭博場にいるマフィアの情報屋のどてっぱらより穴だらけだ——といいのだが。

ドアを数えた。トージ教授の部屋は玄関がある方の端から二番目のはずだ。そっとそのドアめざして歩きだした。ドアには鍵がついておらず、ノブを万力のようなもので固定してあった。万力をはずし、ノブをひねった。簡単に回った。

金属の扉は外側に開いた。内側から蝶番をはずせないようになっているのだ。暗い部屋の中に滑りこんだ。トージ教授がベッドカバーの下で丸くなっているのが見えた。ドアを閉める前に、内側の表面に手を滑らせた。思ったとおりノブはなく、もちろん万力に触れることなどできない。一度、中にはいってドアが閉まったら最後、外から誰かに出してもらわなければならないのだ。ドアを内側に引き、ラッチがおりる寸前で押さえた。

「トージ教授！」ヴァンスは囁いた。ベッドの上の人影が動いた。ヴァンスは少し声を大きくした。「教授、起きてください！」

「誰だ」寝起きのぼやけた声が訊いてきた。「きみは誰だ……何だ」シーツのごそごそいう音がした。

「教授の手紙を受け取るのが遅すぎました」ヴァンスはイタリア語で答えた。シーツの音が止まった。

「ヴァンス？」トージ教授は信じられないようだった。「ヴァンス・エリクソンか？」

「そうです、教授」ヴァンスは答えた。「服を着て。助けに来ました」

沈黙が落ちた。ふたりの男の息づかいだけが聞こえていた。ついにトージ教授が口を開いた。

「私は逃げられない」悲しげに言った。

「逃げられないってどういうことです。ただぼくと一緒にここから歩いて出ればいい。行きましょう、ぼくがついている」

「きみは逃げたまえ」トージ教授は投げやりに言った。「しかし、たとえ彼らに処置されなくても、きみについていくことはできなかっただろう。それより、きみの友人のお嬢さんを助けた方がいい」

「スーザンですか?」ヴァンスは息を詰まらせた。興奮のあまり、あやうくドアを完全に閉めてしまいそうになった。「ここにいるんですか? スーザン・ストームが。教授はどうして知ってるんですか? いつ——」

「少し落ち着きたまえ、ヴァンス」トージ教授はなだめるように言った。「そして私の話を聞いてくれ」またシーツの音がして、ベッドから起き出た老教授の輪郭がぼんやりと見えた。教授はドレッサーのあたりでごそごそしていたが、やがてヴァンスに近づいてきた。「これを使いなさい」ヴァンスの手にはビニールテープの切れ端がのせられていた。「ここに連れてこられた日にラジオのコードからこれをはがしておいた。自分で使うつもりだったが、私は処置されてしまった。もう必要ない。しかし、きみには使い道があるだろう」ヴァンスが動かずにいると、トージ教授はテープを再び取り上げ、ドアに近づいた。そしてドアを少し開き、ラッチを押して引っこめ、テープを貼って固定した。

「これでいい」老教授は言った。「こうしておけばまた出られる」そして、ドアを閉めきった。

ヴァンスの緊張をトージ教授は感じとった。「大丈夫だ。夜、私たちを部屋に閉じこめたあとは、みんないなくなる。入り口の見張りふたりだけだ。いいかね、一度、処置されてしまえば、もうここを出る意味はなくなるのだ。こっちに来て、坐って少し話をしよう。そのあと、きみはここを出ていきたまえ」

処置？　ヴァンスは胸の内でくり返した。スーザンはここにいる。奴らは彼女も〈処置〉したのか？　それはどういう意味だ？　さまざまな疑問が頭の中を燃えるように駆けめぐった。

ヴァンスが教授にすすめられた背もたれのまっすぐな椅子におさまり、教授が自分のベッドの端に腰をおろし、暗がりの中で一瞬、見つめ合ったあと、ヴァンスの方から口を切った。

「スーザンはここにいるんですね？」彼は確認した。「確かなんですね？」

「そうだ」トージ教授は言った。「今晩、彼らがここに連れてきた。実際、なかなかの騒ぎだった。きみとあのお嬢さんは、ずいぶん短い間に相当の伝説をこしらえたな。連中の仲間を何人か殺したんだろう？　私もそんな機会が欲しいものだ。ああ、ここの兵隊たちがさんざん喋っていた――それで私はきみとそのお嬢さんのことを知ったわけだ。もちろん、私は直接会ってはいない。新入りは処置されるまで隔離される」

「処置というのは？　それはいったいどういう意味ですか？」

「ああ、そうだったな」トージ教授は哀れっぽい声になった。「それは」そして痛々しい間があいた。「それは……ここからの逃亡を無駄にする処置のことだよ。これだ」教授はパジャマの前ボタンをはずした。「こっちに来て、見てみるといい」トージ教授は前をはだけて、ヴァンスが先に見た手術痕を指さした。

「なかなか天才的だ」教授は言った。「人工的な膜に包まれた薬品を胸腔に埋めこむ。グレゴリウスの話では――」

「グレゴリウス?」

「この修道院の院長だ——きみは昨日、会っている——もう少しで殺すところだったそうだな。眼鏡をかけた背の低い男だ」

「ええ」ヴァンスは、ミラノのサンタ・マリア・デッレ・グラツィエ教会で、そしてカイッツィ城で遭遇した修道士を覚えていた。「よく覚えてます。あいつがここの頭なんですか?」

トージ教授はうなずいた。ヴァンスは坐り心地の悪い椅子の中で、できるだけ身体を楽にした。「グレゴリウスというのは」トージ教授は続けた。「どうしようもない誇大妄想狂だ。自分が法王になりたいらしい」

ヴァンスは顎を突き出した。「いや、本当なんだ」トージ教授は言った。「しかも、もっと恐ろしいことに、グレゴリウスはそうするだけの切札を持っているらしい」

「信じられない」ヴァンスは疑いを隠そうともせずに言った。宗教に狂ったお山の大将だかナポレオンだか知らないが、そんな人間の与太話など聞きたくなかった。「それより、スーザンのことを教えてください」

「いま、話す」トージ教授は落ち着きはらって言った。落ち着きすぎている、とヴァンスは思った。

「いましがた言った」教授はいかにも講義するように堅苦しい口調で続けた。「胸に埋めこまれたこれは致死性の毒物だ。少なくともグレゴリウスは我々にそう言っているし、その言葉を裏付ける証拠もある。それは半永久的に保《も》つ人工的な膜に包まれており、処置された人間がある液体を日に四度、飲むか注射するかすれば、膜の穴はふさがったままだ。これは一九六〇年代に非常によく使われた逆浸透膜を応用、発展させたものだな」

教授の説明をヴァンスは恐怖で麻痺したように聞き続けた。この修道院の者は全員処置されており、誰ひとりとして——修道院の修道士も、彼らの〈客人〉も——許しなくここを離れることはできない。そうすることは、確実な死を意味する。解毒剤を手にすることができるのは、グレゴリウスが特に信頼している部下四名のみである。「しかし、病院に駆けこんで、取りのぞいてもらえばいいじゃないですか」ヴァンスは言った。

「その点もちゃんと考えられている」トージ教授は言った。「この薄い人工膜はひどく破れやすい。グレゴリウスは、これを取り除こうとすればかならず中身が出て、我々は死ぬと言った。ほかにもまだ、我々に話していないことがあるようだ」

「はったりかもしれませんよ」ヴァンスは願望を口にした。「教授をここにつなぎとめるためのほら話かもしれない。だいたい、こんな修道士たちがそんな埋めこみ手術の医学知識を発展させることができますか？」

「科学は、特に遺伝学の分野では、多くが修道士たちによって発展させられたことを忘れてはいけないな」トージ教授は訂正した。「過ぐる千年の間に、さまざまな宗派の修道士たちは驚くほどの知識を発展させてきたのだ。そしてこの宗派は……そういう知識の塔の最先端にある。被害者としての私はこの装置を憎むが、科学者としては、この天才的な邪悪な技術に感嘆するばかりだ」

「しかし、なぜわかるんです？」ヴァンスは追及した。「その腹の中の装置が本物だって、どうしてわかるんです？　あなたがそんな話を鵜呑《うの》みにするはずがないことはわかっている。特にあんな狂った修道士どもに言われたくらいで」

「グレゴリウスがこの装置について言ったことの一部は作り話だということはわかっている」教授は答えた。「しかし、たとえ九割が嘘だとしても、残り一割の真実を我々は知らない。ここの誰もそんな危険な賭《かけ》をしたがらない――絶望のあまり命を絶とうと思う者以外は。なぜなら逃亡は、つまりそういうことだからだ。自殺行為だからだ。しかし、そうなっても実際に逃げる者はなかなかいないだろう。毒による死だ。拷問の苦しみだろう」

ヴァンスは無言で坐ったまま、話の意味を消化しようとしていた。これで、セキュリティが厳しいものの過度でない理由も、ここの外側に見張りがふたりしかいない理由もはっきりした。

「いままでに誰か、逃亡した人間は？」しばらく考えたのち、ヴァンスは訊いた。

「グレゴリウスによれば、いないそうだ」

「ぼくはただ……」ヴァンスは言葉を探した。「ただ、とても信じられない話に思えて」しかし、地下室のティツィアーノを、墓地を見たあとでは――何でも信じられそうだった。

「しかし、なぜ？」ヴァンスは訊いた。「どうして……何のために？」

「それはまだ答えやすい質問だ」トージ教授は言った。「招待を受けたすべての〈客人〉は――」

「招待を断った人間は殺されたんですね?」

教授は暗がりの中でうなずいた。「そうだ。招待を受けたすべての〈客人〉は、まず思想教育を施される。歴史を教えられ、この宗派の目的を明かされ、そして選択を迫られる。彼らにとって役立つ仕事をするか、死ぬかだ。〈客人〉として選ばれた人間は、まず断ることはない」

「どうしてです?」

「なぜなら、〈客人〉は慎重に選ばれるからだ。彼らのライフワークと興味が、この修道院の目的と合致し、申し出があまりに魅力的なので……とにかく、抗《あらが》えないのだよ」

「わかりませんね」ヴァンスは頑固に言った。「なんで一介の修道院があなたを、いやあなたばかりじゃない、みんなを自分たちのために働くように説得できるんです? 特にあなたを。あなたは法王に破門されて、田舎教会の侍祭にもなれないってのに」

老教授はため息をついた。「何もかも説明しよう。ことの始まりから。そのあとで、なぜ私が日に四度、あの少し苦い液体を小さいグラスに一杯、死ぬまで飲み続けることにしたか、その理由を言おう」

トージ教授は〈聖ペテロに撰ばれし兄弟たちの修道会〉が教会大分裂よりずっと以前に、カトリック教会と袂《たもと》を分かっていることを説明した。兄弟たちはカトリック教会が邪悪で、信仰を傷つけ、信徒を増やすために世界に迎合しすぎているとみなしていた。教義にほんのひびを入れるだけでも罪は死よりも重いと考える中東のイスラム原理主義者に実によく似ている——この先もそうあり続けるだろう。エジプトのアンワル・サダト大統領を暗殺したイスラム原理主義者の頭で働いている論理は、この修道会の心を支配する論理とまったく同じものだ。

〈聖ペテロに撰ばれし兄弟たちの修道会〉は、法王の首をすげかえることを望む、裕福で力のある同志を見つけた。彼らは何世紀にもわたり、同志をとっかえひっかえ、謀略を巡らしてきた。対立法王の指名、枢機卿会内での暗殺や毒殺の計画、カトリック教会への反乱の扇動、一四二七年には、ヴァチカンから掠奪したフランス王と行動を共にしさえした。さまざまな聖遺物や古文書の中から兄弟たちが奪い去ったものは、聖ペテロの遺骨だった。兄弟たちはローマの墓からどこの馬の骨ともわからぬ人骨を持ち出し、聖ペテロの遺骨とすり替えたのである。

さらに恐るべきことは、すべての兄弟たちが聖ペテロの血を受け継いでいることだ、と教授は続けた。十二使徒の聖ペテロがただひとり子供を秘密に生ませた、その子孫なのだという。

「馬鹿な」ヴァンスは呆然として言った。「禁欲の教義に反してるじゃないですか」

「まったくだ」教授は言った。「それに、聖ペテロの墓にはいっている骨がどこぞの名無しであることが明るみに出れば、カトリック教会の屋台骨が崩れることにもなる。カトリック教会がそれまであがめてきた数ある聖遺物の信憑性が疑われるだろうな。こんなことが暴露されれば、カトリック教会はこのまま生き残ることはできまい」

「で、それがグレゴリウスの望みなんですか?」

「そうではない。我々に施された思想教育では直接、そう言われたわけではないが、しかし彼らには、自分たちが聖ペテロの遺骨を持っている事実を単に明らかにする以上の目的があるように思えた。いいかね」教授はベッドに背をもたせかけた。「彼らにはこれまで何度もカトリック教会を滅ぼす機会があった。事実、彼らの力で何人もの法王を退位させてきたのだ。しかし、その方法で彼らの力を強化することはできなかった。結んだ同盟はことごとくほころび、〈同志〉は修道会の外から、はるかに意のままに操りやすい新法王を選んで立てた。修道会はなんとしても、自分たちの仲間内で力を持たなければならなかった。異端者に頼る必要を減らすためにも、自分たちの力を確立しようとした。彼らは自分たちの大学と科学実験施設を作るために、さまざまな世界の有能な人材を狩り集めだした。修道士の一団が突然、トップレベルの科学者や芸術家の家の玄関先に現れ、拉致し、修道院に連れ帰った。最初のうち、この奇妙な失踪は、迷信深い社会の中で、悪魔のしわざであると考えられた。しかし、何度かきわどい場面があってからは、被害者が死んだと見せかけるようになった。たとえば、別の人間の死体と共に家に火をかけたりした。彼らがこの修道院の最初の〈客人〉たちだ。やり口はだんだん洗練されてきた。彼らは仲間の司祭をほかの宗派の中に送りこみ、ここに拉致されてきた人々が病死したと、死亡証明書を書かせた」

ヴァンスの頭の中には、ついいましがたの奇妙な夜の散策が浮かんだ。「あの墓地は……」

そこまで言って口ごもった。

「そうだ」トージ教授はヴァンスの心を読み取って言った。「まったくたいしたものだ。ガリレオ・ガリレイはここに埋葬されている……本物の墓だ。外の墓は偽物だよ。彼のほかにも、世界的な天才が並んで眠っている……モーツァルトもモンテヴェルディも。一五八九年にひとりの修道士に暗殺されたと考えられているフランスのアンリ三世もいる。その修道士がどの宗派に属していたのかは想像がつくだろう」

「しかし、その人たちは」ヴァンスは反駁《はんばく》した。「誰も逃げられなかったんですか？　当時はその、体内に埋めこむ毒なんてなかったでしょう」

「そのとおりだ、そのとおりだが……しかし、それまでに集めた天才たちのおかげで、基礎的な科学知識は持っていた。一四〇〇年代初期に、テングタケの——俗に死の天使と呼ばれるきのこの毒が、ジャスミンウィードなどの植物から抽出した液で中和できることを、彼らは発見していた。そのさらに四百年前に、ジャスミンウィードから抽出された液とはすなわちアトロピンで、きのこの毒があのアルカロイドの猛毒ムスカリンであるのはすでにわかっていたが、そんなことで使用を控える彼らではない。〈客人〉たちは毎日の食事にテングタケを入れられ、食後に中和剤としてアトロピンが与えられた。毒物の投与量の基準ができ、〈客人〉の体格にあわせられるまでに相当の〈客人〉が命を落とした。しかし、兄弟たちはその後、これを完璧にし、一九五〇年代初頭まで、この方法を使い続けたそうだ」

ヴァンスはゆっくりと頭を振った。邪悪の追求のために、どれほどの天才が無駄に犠牲にされたことか！

「実際のところ、この修道会は最高レベルのコレクター集団と化した」教授は言った。「彼らは現代の歴史上もっとも輝ける、思想、芸術、発明ばかりでなく、人間も集めた。コレクターが趣味で切手やコインを集めるように。彼らは修道士たちのために簡素な宿坊を、のちに〈客人〉の宿舎を建てた。修道会が人間を集めれば集めるほど、修道院は大きくなった。その後、さらに快適で、しっかりした場所が丘の斜面に造られた。味方や支持者をもてなす場所として、また、宝物のもっとも安全な保管場所として」

「だけど、ぼくはここの地下倉庫で見事なティツィアーノを見つけましたよ」ヴァンスは口をはさんだ。「あれはどうしてそっちに保管されてないんだろう」

教授は薄明かりの中で坐ったまま微動だにしなかった。「きみにはとうてい信じがたいことかもしれないがね、ヴァンス」しばらくして教授は口を開いた。「地下の美術品は修道院の宝の中では取るに足りないものだ。ここにはモーツァルトの知られていない曲がある。楽聖が死んだと思われたのちに作曲されたオリジナルの楽譜だ。そして、世界中の偉大な科学者による、修道会のためだけになされた研究がある。巨匠たちの、すでに有名になった作品の出来をはるかにしのぐ美術品がある――彼らがすでに死んで土に埋まっていると信じられてからずっとあとに作られた作品だ。それらは丘の斜面にうがたれた保管場所に納められている。これらの成果として」教授は続けた。「〈聖ペテロに撰ばれし兄弟たちの修道会〉は誘拐と殺人のエキスパート集団に発展した」

「ここ二、三日の連中を見てるかぎりじゃ、そいつは怪しいもんですね」ヴァンスは言った。

「それが残念だってわけじゃないが、連中、肝心な時にへまばかりしてましたよ」

教授はうなずいた。「見張りどものお喋りを耳にはさんだが、それはグレゴリウスと〈ブレーメン結社〉の指揮の足並みが乱れた結果らしい」

「ブレーメン——なんですって！」ヴァンスは小さく叫んだ。キングズベリ社長があの国際組織に加盟していたはずだ！

「本当だ」教授は言った。「しかし、もう少し辛抱してくれ。もうじき本題にはいる。しかし、順序よく最初から話さなければ、わかりづらくて混乱するだろう」

何世紀にもわたって、政治を操作してきた修道会だが、修道院の天才のコレクションがいかに膨大になろうと、世界の規模が巨大になりすぎたことはもはや明らかだった。再び、修道会は外部に協力者を求めなければならなくなった。

十九世紀の間中、次々に相手をかえたのちに、ついにアルフレッド・クルップと強固な同盟を結ぶ。このお馴染みの死の商人の名が出てくると、ヴァンスはは っと坐りなおした。

「クルップ！　話の先が怖くなってきた」ヴァンスは暗い声を出した。

「まあ、待ちたまえ。これから話すことは特に、きみが興味を持つことだろう」そして教授は続けた。

「修道会がヴァチカン組織にはいりこむのを手助けする見返りとして、クルップは誰も見たことのないレオナルドの発明品と設計図のいくつかを手にする許可を与えられた」

それか、とヴァンスは思った。それが鍵だったのか。

「わかっただろう。修道会はレオナルドの作品や発明の世界一のコレクションを持っていた。デ・ベアティスは兄弟のひとりだ。レオナルドが死んだ時、デ・ベアティスはほんの数時間差でヴァチカンの人間より早くクロウスに着いた。レオナルドの手稿は〈聖ペテロに撰ばれし兄弟たちの修道会〉の修道士たちによって運びだされ、ここに集められた。デ・ベアティスが最後の荷物を馬車に積んでいた時に、ヴァチカンからの人間が到着した。その荷物の中に、キングズベリ氏が最近購入した古写本もはいっていたわけだ。それらはヴァチカンに運ばれ、検分され、そのほとんどが歴代の法王やヴァチカン高官によって、贈物としてあちこちに与えられた」

ヴァンスは声もなく、暗がりで眼を見開いていた。これから教授が言うであろう言葉を、彼はすでに知っていた。

「わかるだろう、ヴァンス」――トージ教授の声には、〝頼むから理解してくれ〟という哀願の響きがあった――「グレゴリウスが私に提示した抗えないほど魅力的な条件とは、生涯、私の科学者としての知識をレオナルドの膨大な発明に、現代は誰にもまったく知られていない発明に捧げることだった。あの天才にどれほどのことができたか、きみには信じられないだろう。その発想を現実化できるほどテクノロジーが追いつくずっと昔に、レオナルドの頭から生まれた構想は実に驚くべきものだ。私がここに拉致されてからのほんの数日の間に調べることのできたかぎりでは、構想のほとんどがあまりに未来を先取りしすぎていて、現代の技術ではいまだに実現化できない物ばかりだった」ヴァンスは信じられずに無言でいた。

「わからないか？　一物理学者として、私はレオナルドの天才的な構想を現代に実現化できるように発展させる可能性を与えられたのだ」

トージ教授の声には狂気のかけらがあった。圧倒された狂気――生死を賭けた究極の選択を迫られ、結果を理解し、心を決めるだけの十分な時間を許されなかった男の狂気が。教授は正気の人間として極限の淵《ふち》近く立っていた。グレゴリウスとその配下の修道士たちは、ファウストの悪魔の取引をよみがえらせた。世界一の天才の知識に触れる特権と引きかえに、トージ教授は悪魔に魂を売ったも同然の所業をしてしまったのだ――ヴァンスは冷静にそんなことを考えていた。魔王メフィストフェレスのごとく、グレゴリウスは教授の恭順と引きかえに知識と命を約束したのだ。

ヴァンスは情けない気持ちで、もし自分が同じ立場に立たされたら、教授と同じことをしてしまうだろうと、認めずにいられなかった。

教授はまだ話し続けていた。歴史を語るその声からは、すでに狂気が消えていた。「それまでの同盟と同じく、クルップとの同盟もまたうまくいかなくなった。ドイツの敗戦が原因だ。もしドイツが勝っていれば、ヴァチカンの歴史はいまとは相当違うものになっていただろう。ともかく、クルップとの同盟はさらに強固なアドルフ・ヒトラーとの同盟に発展し――」

「それでヒトラーの死体が墓地にあるんですか」

「ああ。ああ、そうだ。失踪したナチだけを埋葬した墓地がある。丘にはもっと大勢のナチの生き残りがいまだに暮らす一角もある。実際、ヴァチカンがヒトラーを公式に非難するまで、えらく時間がかかった理由のひとつだ。グレゴリウスと法王は総統と取引を成立させようと躍起になっていた。ヒトラーが修道会との協定に署名をするまで、法王は非難の声明を発表できなかった。しかしこの非難声明は、道徳的な怒りからというよりも、ナチに苦しめられた支持者たちの不満をなだめるためというほうが正しいだろう。ヴァチカンは宗教都市である前に政治都市であることを忘れるな。力は精神に優先するものだ」教授の声には、カトリック教会に破門された人間のほろ苦さがあった。彼は現代において異端説を唱えたとして破門された、数少ない人間のひとりだった。教授はその詳細を一度も明らかにしたことはなく、ヴァンスもあえてその件に触れるつもりはなかった。

もはやこの不条理極まりない話を驚かずに聞いている自分に、ヴァンスは気づいた。次々に起きる出来事が現実からどんどん離れていくいま、隣室にイエス・キリストその人が胸に毒の袋を埋められていまも生きていると言われても信じられそうだ。人間の心というのはたいしたものである。その回復力も、自分にとって最高に都合のいいことでも悪いことでも即座に順応する能力の大きさも。この順応性こそが人類が生き残ることを許しているのだ。しかし、もっとも残虐で非人道的な所業さえ受け入れて、残念だが避けられないことと諦める順応性は、破滅の種をもはらんでいるのではないか。人類の心は六百万人のユダヤ人の虐殺も、月に人間を送ることも具現化した。グレゴリウス修道院長が支配する構想や現実を、いつの日か具現化してもおかしくない。

「グレゴリウス修道院長の前任者がヒトラーに提供したレオナルドの手稿には、ドイツ人が世界初のロケット建設研究に着手し、潜水艦戦術をああも鋭くみがくことのできた鍵がつまっていた」教授は続けた。「わかっておかなければならないが――いや、きみはよく知っているだろうが――レオナルドの絵や考察は最終的な完成図ではない。しかし彼のすばらしい頭脳は構想を、問題に対するユニークなアプローチを生み出し、それらを現代の技術者や科学者が発展させ、完成させるヒントを残した。そう、レオナルドとナチスはもう少しで第二次世界大戦で勝利するところだった」そこでトージ教授は声を落とし、悲しげに言った。「レオナルドは自分の発明がこんな使われ方をしたと知ったら嘆くだろう。しかし――」教授の〝しかし〟には、自分で作り上げた現実を自分に納得させようとしている人間のヒステリーがまざっていた。「――彼には将来、起きることなど予測できなかった……私はここで自分の研究を続けなければならない……続けなければ、私は死ぬ」

トージ教授の声は途切れ、悲痛な沈黙が落ちた。拷問だな、とヴァンスは思った。教授の心がどれほどの拷問に苦しめられていることか。この怪物どもに加担することを正当化しようとして――たとえ協力を拒むことが死を意味していても。

「〈ブレーメン結社〉ですが」ヴァンスは優しい声でうながした。「それはどう関わっているんです?」

「あ?」教授は我に返った。「〈ブレーメン結社〉? ああ、そうだった……そう、それは……すぐにその話は出てくる」老教授の声にいくらか生気が戻った。「知ってのとおり、戦後——正確には戦争終決直前に——戦局の実情を知るナチやファシストがここに逃げてき始めた。修道会は科学者や技術者を喜んで迎えたが、政治家についてはヒトラーやボルマンといったトップだけを受け入れた——それも、彼らが美術品や黄金を差し出してからのことだ。実際、この体内に毒を埋め込む方法が発展したのは、ドイツの科学者たちの流入による。これはナチが開発した方法だ。恐ろしい実験を通じ、多くの人命と引き換えに——ドイツ軍の強制収容所のユダヤ人の命とな」教授はそれから長い間、黙りこんでいた。いまの最後の言葉の暗示を考えているかのように。

「それはともかく……どこまで話した？　ぼんやりしてしまった。ああ、敗戦がはっきりしたとたん、彼らは皆、この修道院をめざして逃げた。ムッソリーニさえここに向かったが、あの男はドンゴの湖畔で捕らえられた。その場で処刑されたな」教授は満足そうに言った。

＊

敷地内の屋外の動きが活発になっていた。何百ものライトが庭園と小径を照らし、一時間前にヴァンスがたどった深い翳《かげ》という翳をすべて消していた。用もなく深夜の散歩をしていた者は屋内に入れられ、そのかわり、何かを捜索しているふたり組の武装パトロールたちが急ぎ足で歩き回っている。生け垣の中から、煉瓦で頭を砕かれた見張りの死体が発見されたのだった。

スーザンは鎧戸《よろいど》の三センチほどのひびに顔を押し当て、少しでも状況を知ろうと努力していた。コモで嗅がされたエーテルのせいでまだ頭が痛む。あれは……どのくらい前のことだった？　連中は腕時計を奪っていった。あいつら！　スーザンは起きてから百万回も罵っていた。あの下衆どもは時間を知る手段まで奪っていった。

しかし、小径の金網沿いに外の動きが急に活発になったのを見つつ、自分の小さな勝利を思い返していた。彼らは麻酔の量を低く見積もったのだ。修道院に着く前に、すでに車の後部座席で意識を取り戻していた。

意識をなくしたふりを装ったスーザンは、そのまま建物の中に運ばれた。周りの会話から、そこは重要な建物と推測できた。危険を犯して、まぶたを線のように細く開けてこっそり覗くと、大広間の中には上等な身なりの客が集まり、自分が重々しく着こんだ司祭や修道士に囲まれているのがわかった。彼女は二階の部屋に運ばれ、革のソファに横たえられた。

「まだ眼を醒ましません、院長様」妙に甲高い声にスーザンはおやと思った。異常なほど高く、変声期前のようにさえ聞こえる。

薬でまだぼんやりしたまま、スーザンはおとなしくソファに横になって耳をすましていた。

「よろしい」グレゴリウス修道院長の声だった。「眼を覚ましたら、私が質問しましょう。その後、繁殖所に入れればよい。眼を覚ますまで見張っていなさい」

あれはどのくらい前のことだろう？　何時間もたっているのは間違いない。少なくとも四、五時間は。ぴくりともせずに横たわっている彼女の前で、グレゴリウス修道院長は会議の議長をつとめていた。その議題に度胆を抜かれた――暗殺計画。全員の言葉は聞き取れなかった。何人かの声は低すぎた。それでもグレゴリウス修道院長の鋭くはっきり喋る言葉から十分な情報は得られた。ハシムという男が翌日の午後四時に、相当な重要人物を暗殺することになっている。グレゴリウス修道院長は何度も〝取引〟という言葉に触れ、暗殺はその一部であるとくり返していた。

そしていまスーザンの眼の前で、警備のチームが巨大な四角い顎の犬を引っぱって――正確に言えば、引っぱられていく。あれはマスチフ犬だ。誰かを狩りだそうとしているのだ。神様、お願いです。スーザンは祈った。もし追われているのがヴァンスなら、どうか逃がして。

もどかしく窓に背を向け、二メートル半四方の小さな正方形の部屋のベッドと椅子と便器のある側の壁の方に足を踏み出した。三歩行って回れ右、三歩行って回れ右、三歩行って回れ右。窓の外を覗いて回れ右。三歩行って回れ右。ここにはグレゴリウス修道院長による取り調べのあとで連れてこられた。宦官のひとりが――彼らは繁殖所の担当で、もともとそのために子供の頃に去勢されたらしい――スーザンを連れてきた。

「仮の部屋だ」宦官は言った。「おまえの繁殖の準備が整うまでの」

スーザンは爆発した。その時の怒りを思い返すとまだ頭がくすぶる。繁殖ですって？　わたしを何だと思ってるのよ？　スーザンは叫んだ。おまえは女だ。宦官はスーザンの顔を張りとばした。女が役に立つことはたったひとつ、赤ん坊を産むことだ。宦官の強烈な平手打ちに（去勢されたら筋肉は柔らかくならないの？　と、スーザンは考えた）肝を冷やし、焼けるように痛む頬を押さえて、それ以上怒らせることは言わなかった。そのかわり、これからどうなるのかと下手《したで》に出て訊ねた。その答えのおぞましさにめまいがした。怯えは恐怖に替わり、ついに怒りになった。

スーザンは窓の前に戻ると、慌ただしい外の様子に注意を戻した。ほとんど物音がしないどころか、サイレンも、警笛も、警報も鳴らないのは不思議だ。きっとみんなを起こしたくないのだろう。殺伐とした建物のそばに立つ、小さめの四角い建物に眼をやった。窓はすべて暗かったが、やがて七、八人の男たちが建物の階段をのぼり、いまや投光器に明るく照らされたふたりの見張りに近づくのが見えた。

また窓に背を向けると、もう十回以上もくり返したことだが、暗い部屋の中で武器か道具になる物を探し回った。脱出に使えそうな物はないのか。繁殖動物として利用されるくらいなら、逃げる途中で殺される方がましだ。あいつら！　穢《けが》らわしい！

宦官の話によると、この修道院では、禁欲の誓いを守りながらも、死んだ修道士たちのあとを継ぐ者を得るために、何百年も前に人工受精の方法を開発したということだった。生まれたのが女児であれば即座に殺される。〈繁殖用ストック〉の女たちも子供が産めなくなればすぐに殺され、誘拐などのさまざまな手段で新しい女が集められる。

「おまえは幸運な女だ」宦官はスーザンに言った。「院長様がおまえを殺す決定を出してもおかしくなかった。おまえはたてついたのだから」

まあ、寛大ですこと。彼女は胸の内で皮肉った。

「しかし、院長様はおまえの遺伝子なら我々にふさわしいと見定められた。おまえなら、あと十年以上、子供を産めるだろう。自分の幸運をよく考えてみることだ」

幸運！　スーザンは暗がりの中、手探りで部屋中を調べ回った。てこになる物があれば。鎧戸の蝶番をはずすてこになる物がひとつあれば。そのあと、外が落ち着いたら、シーツでロープを作って、三階のこの部屋からおりられる。

今夜中に脱出しなければならないのはよくわかっていた。明日には〈処置〉を施されることになっている。苛立って立ち上がった。何度探してみても、無駄だった。窓の前に立っていた。身体を震わせるうち、怒りにくらんだ眼がぼやけてきた。脱出したい。暗殺計画を阻止したい。それより何より、ヴァンス・エリクソンに会いたい。「こんなのってないわよ」涙声でつぶやいた。「こんなのってない」

＊

ヴァンスは椅子の上ではっと背を伸ばした。ここでかなりの時間を費やしたことに、突然気づいたのだ。トージ教授はまだ喋っていた。「そして戦後、修道会はナチと協定を結んだ大打撃から立直ろうとした……」

どう考えても、あの見張りの死体はすでに発見されているだろう。

「おそらく修道会は最初、ナチの復活計画に協力していたのだろう。ナチ上層部メンバーが年老いて死ぬと、計画は頓挫《とんざ》した。またもや修道会は、ヴァチカンにはいりこむ計画を実現するための同志を失った。一九五〇年代から六〇年代にかけては彼らにとって冬の時代だった。臥薪嘗胆《がしんしょうたん》、その間に修道会の頭は三代替わり、その最後がグレゴリウスだ。一九七〇年にトップに立った彼が〈ブレーメン結社〉と関わりを持つのは、そのたった一年後だった。関係は最初はゆっくりと進んだ。修道会はヒトラー第三帝国が開発した発明や技法を修道院に貯えており、それらを〈ブレーメン結社〉に売ることで、取引の材料にしていた。その関係がやがて全面的な同盟となった。ところで、近々何か大きなことが起きるらしいな」

「大きなこと?」ヴァンスは繰り返した。「というと?」

「それはわからない」「私は知り過ぎたのかもしれん。しかし、グレゴリウスがここ二、三日、妙に私に質問をぶつけてきた」

「どんな質問を?」

物理学的な質問だ、と答えた教授の声に熱がこもった。「レオナルドが書き残した内容についての質問だ。ハリソン・キングズベリ氏が買った古写本にはもともと、嵐と雷に関する考察の章があった。レオナルドは人工的に雷を作り出すシステムの研究に着手していた。それこそ、きみが探している失われたオリジナルのページの内容だ」

「でも、なぜ? なぜあの古写本が、わざわざ偽物を作ってまでオリジナルページの存在を隠そうとするほど重大な物なんです? 多くの手稿が消えているのはなぜです?」

「その答えは知らない。しかし、その古写本が、デ・ベアティスの手を逃れてヴァチカンに運ばれてローマに保管されたわずかばかりの荷物の中にあったことは知っている。そして、ヴァチカンにスパイとしてはいりこんだ修道会のメンバーのひとりがその古写本に近づき、装丁をばらし、問題のページを偽物とすりかえたことも知っている。そのメンバーはヴァチカンから盗んだページを外に運び始めた。半分がこの修道院に運ばれたが、彼は捕まり、処刑された。ヴァチカンにはその半分が残った。グレゴリウス修道院長とその配下は、残り半分を自分たちの物にするために、〈ブレーメン結社〉と協定を結んだ」

「そこがさっぱりわからないんですが」ヴァンスは疑問を呈した。「なぜ〈ブレーメン結社〉ほど力のある多国籍企業同盟が、たった一セットのレオナルドの手稿のために、ひと握りの坊主の集団と手を組むんです？　世界中の本物の大企業は全部、〈ブレーメン結社〉のメンバーだ。彼らにレオナルドの絵が必要だとは、とても想像できない」

　トージ教授の声は静かだった。「アルフレッド・クルップだ」

「何が言いたいんです？」

「私はただ……」教授は言葉を切った。「きみは、私の見た手稿をまったく見ていない。レオナルドについて明らかにされていること、現在、一般に知られている彼の発明はどれも、私がここのコレクションで見た物より、はるかに粗削りで原始的だということを、きみは知らない。しかも――これはただの推測だが、物理分野における私の知識にもとづけば――自然界の雷を描いたそれらの絵は、もっと大規模で恐ろしい大量殺戮《さつりく》兵器を完成させる鍵になる可能性がある。私の想像が正しければ、半分に分かたれたページがひとつに集まれば、中性子爆弾などぱちんこ同然に思えるほどの兵器が生まれるかもしれない」

　突然、窓の外に光が交錯し、室内のふたりの姿を影に変えた。ヴァンスは椅子から跳ね上がり、窓の脇に注意深く身を寄せた。下を覗くと、大きな建物から男たちがあふれだしてくるのが見えた。

「死体が見つかったか」ヴァンスは舌打ちした。「教授、早く教えてください」窓から振り返った。「スーザンがここにいるとおっしゃいましたよね。どこです？　どこに監禁されてるんですか？」

「本館《ヴィラ》だ。三階のどこかだ。今日の夕方、質問のために呼ばれた時に、グレゴリウスが誰かに彼女のことを話すのを耳にはさんだ」

ヴァンスは再び機関銃を手に取り、ドアの方に歩きだした。胸骨の下で動悸が高まる。

「ありがとうございました」不意に足を止めた。「思いなおしてくれませんか？」教授のシルエットはゆっくりと頭を動かした――ノー、と。「わかりました、また来ます。援軍を連れて」すばやくラッチのテープをはがして部屋のドアを閉めると、玄関扉に向かって大股に歩きだした。修道服の腰ロープをきつく締め、玄関前の広間にはいる。扉の向こうから声が聞こえてきた。さっき見たふたりだけではない。かなり増えている。ノブに手をかけた。こそこそしている場合ではない。こちらから攻撃する時が来たのだ。ヴァンスは勢いよく扉を開けた。

「急げ！　脇に回れ！」ヴァンスは玄関を走り出ながら、早口にイタリア語で怒鳴った。ヴァンスとまったく同じ服装の見張りたち数人は、驚いて機関銃をかまえた。瞬間、彼らはヴァンスの修道服を見た。彼らの眼は、ヴァンスが伸ばした腕の先を追った。指先は、先程ヴァンスが侵入した場所、建物の脇を指していた。

「侵入しようとした跡がある！」ヴァンスは叫んだ。「その角を曲がったところ、地下室の窓だ。急げ、間に合うかもしれない」

それだけで十分だった。興奮した彼らは誰も、なぜヴァンスが建物の中にいたのか、訊こうともしなかった。

「私は残って入り口を見張る」ヴァンスは言った。「早く行け。逃がすな」七、八人の男たちは、我先にと階段をおりていった。もともと戸口を見張っていた歩哨のひとりだけが残った。

「私も一緒に残ろう」男はヴァンスに近寄ってきた。

ふと――男の眼がヴァンスの顔を調べるように見た。「見慣れない顔だな。おまえ、誰だ？」男が銃口をあげようとした刹那、ヴァンスはかけられるだけの重さを右腕にかけて、男の喉仏を打った。見張りは大きく口を開いて悲鳴をあげようとしたが、締めつけられたような音がしただけだった。咽喉を押さえた男にヴァンスはさらに近寄り、大きく腕を振って、したたかに拳で殴った。が、そこまでする必要はなかった。最初の一撃で、男の喉仏はつぶれ、気管がふさがれていた。見張りの顔はすでに窒息しかけて蒼《あお》かった。男は入り口の石柱にぶつかると、そのまま床に崩れ落ち、信じられないというように眼を見開いていた。呼吸ができずにいる、なまなましい音が咽喉から漏れた。

ヴァンスはがたがた震えながら、その身体を石柱の影の中に引きずっていった。そして、男のウージ機関銃を拾うと、急いで階段をおり、本館《ヴィラ》に向かった。周り中が走っている。彼も走りだした。悪鬼のような面構えの二匹のマスチフ犬と調教師をやりすごした。犬たちはヴァンスがひとりめの死体を隠した場所に向かっていく。

　走っていくと、映画の撮影灯に照らされたように煌々《こうこう》と輝く本館が、一歩ごとに大きく迫ってくる。四百メートル走のあとにも関わらず、かえって息が楽になったヴァンスは、ロータリーを突っ切り、階段をのぼった。飾りの彫刻がほどこされたマホガニーの扉の両脇の影の中から、見張りがふたり歩み出てきた。

「用件を！」がたいの大きい方が怒鳴った。敷地内の、いままでいたあたりから興奮した叫び声が聞こえてきた。たったいま殺してきた男の死体が見つかったのだ。助けを呼ぶ声に、ふたりの見張りは一瞬、躊躇した。応援を呼ぶべきか、ヴァンスを追及するべきか。

「院長様にお目どおりを」ヴァンスは言った。「緊急のお知らせが。あれのことで――」ヴァンスは〈客人〉たちのいる方角の大騒ぎを示した――「侵入者が発見されました」

　見張りたちは不機嫌そうにヴァンスを見た。「わかった、私が連れていく」がたいの大きい男が言った。「ついてきなさい。ジャコモ、おまえはここを離れるな」もうひとりの見張りがうなずくと、相棒の大男は扉を開け、ヴァンスが通れるように脇にどいた。ヴァンスは息ができないほど大きく咽喉につかえている恐怖の塊を必死に飲みこんだ。背後で扉が音をたてて閉まった。

「ついてきなさい」見張りは唸り声でくり返した。

　廊下はがらんと洞窟のように広かったが、中世を思わせる簡素な内装だった。たいていの館と違い、宗教的な装飾がほとんどなかった。キリストの誕生図も、洗礼図も、磔刑図《たっけいず》もない。ただ、十メートルほどの粗削りの武骨な十字架が、殺伐とした石の床から天井に向かってはえているのみ。右手には上階に続く階段。見張りの男はヴァンスを連れて階段前を通り過ぎ、中央の廊下をまっすぐに行って左に折れた。狭く、仄暗《ほのぐら》い通路の突き当たりでふたりは立ち止まった。見張りがドアをノックした。

「院長様」男は閉じたドアに向かって、うやうやしく言った。「お邪魔して申し訳ありません。大事な知らせだそうです」ドアの向こうで紙がかさかさいうのが聞こえたのに続いて、木の椅子が床をこする音がした。

「非常識だぞ！」ドアが開くと、叩きつけるように怒った声がした。半開きのドアの向こうから顔が現れた。怒った顔は、グレゴリウス修道院長のものではなかった。顔はヴァンスがそこにいることに気づいていなかった。大男はヴァンスがよく見えるように、中の男の前からどいた。

「なんだ?-」男は苛立った声でヴァンスに言った。怒気《どき》が増していた。「ほら、話せ！　さっさとしろ。いま、たいへんなんだ！」短すぎる修道服の下からはみ出しているテニスシューズを見咎《みとが》められる前に行動しなければならない、とヴァンスは悟った。この男は興奮した外の見張りたちのように、靴を見逃しはしないだろう。不意に玄関のあたりで大きな叫び声がした。玄関扉が開き、騒音が廊下になだれこんできた。〈客人〉たちの建物を守っていた見張りが来たのだ。

＊

中庭の向こうから聞こえてきたかすかな叫び声に、スーザンは〈客人〉用宿舎の玄関前に眼を向けた。修道服の男の一団が、階段の上に固まっていたが、やがてわらわらと地面におり、建物の裏に回った。階段にはふたりだけが残った。そのふたりがもみ合った。ひとりが倒れた。残ったひとりが本館に向かって猛然と走ってきた。服装が変だ、とスーザンは気づいた。男は白っぽい靴をはいている。

男は楽々と本館と〈客人〉用宿舎の間の距離をつめてきた。その姿には見覚えがあったが、近づいてくると、よく見えないうちに、狭い視界から消えてしまった。

角を曲がったところにある玄関から興奮した声が聞こえてきたが、何を喋っているのかまではわからなかった。不意に懐かしい声が聞こえた。ヴァンス！　ヴァンスが来た！

＊

「いた！　あいつだ！　あの男！」ヴァンスめがけて走ってくる男たちの足音が、石の廊下に激しく反響した。

ヴァンスを部屋の前に案内してきた大男は、彼を睨みつけ、自分の機関銃に手を伸ばした。グレゴリウス修道院長の部屋のドアを開けた男の顔には驚愕と恐怖が錯綜《さくそう》し、廊下の危険から逃れようと、ドアを閉めかけた。

「待て！」ヴァンスは怒鳴って、閉まりかけるドアを肩で止めようと頭から突進した。中にはいらなければ。それだけが頼みの綱だった。タックルに男は不意をつかれ、ドアは十分な隙間を残して止まった。閉まる前に、ヴァンスは身体を横にして隙間に滑りこもうとした。大男の見張りはすでに機関銃を肩からはずしていた。急にドアが内側から押さえつけられ、ヴァンスの身体はドアと脇柱の間にはさまれて動けなくなった。見張りが機関銃の銃口をヴァンスの頭につきつけた。廊下の足音がどんどん大きくなってきた。彼らも銃を抜いていた。

渾身の力を振りしぼり、背を弓なりにそらしてドアの隙間を広げ、開いた場所に膝をついた瞬間、見張りの機関銃が火を噴いた。機関銃の怒れる銃弾の嵐が側柱に食いこむ。突然の発砲に驚いたのか、内側の人間はドアを押さえていた力を抜いた。ヴァンスは右の拳を大きく振った。拳は恐るべき確かさで見張りの股間に命中し、睾丸が太股とヴァンスの拳の間でつぶれた。男は異様な声を漏らし、前かがみになった。すかさずヴァンスは、立ち上がりざまに組んだ両の拳で思いきりすくいあげ、男の鼻のど真ん中を捕らえた。ヴァンスの眼の前で男はくずおれた。機関銃が虚しく音をたてて石の床に転がった。

〈客人〉用宿舎から追ってきた一団も走りながら撃ち始め、機関銃がそれぞれの咽喉をからにしていく。壁の漆喰が塊になっていくつも床に落ち、木製の蛇腹はひびだらけになった。追っ手が近づくと、ヴァンスは床にダイブし、グレゴリウス修道院長の部屋に転がりこんだ。悪夢をストップモーションで見ているように、あたかも接着剤の海の中を転がっていくような自分の姿が見えていた。銃弾が部屋の黒いスレートの床を一直線に縫って小さな白い点をいくつも残していく。

絶体絶命で立ち上がり、銃弾の死の軌跡から必死に遠ざかったが、弾道からはずれて逃げても、彼らはしつこく発射している。

「ドアを閉めろ」ヴァンスは命令しながら機関銃を肩からおろし、ドアのうしろで縮こまっているグレゴリウス修道院長と付き人に狙いを定めた。ふたりは肝をつぶした顔でヴァンスを見ている。「とっとと閉めないと、どたまを吹っ飛ばす！」ふたりの眼に怯えの光が走るのが見えた。グレゴリウス修道院長がドアを閉めるためにのろのろと立ち上がった。

「早く！」ヴァンスは怒鳴った。「命が惜しければ、外の仲間にはいってくるなと言え」グレゴリウス修道院長は一瞬、ためらった。ヴァンスは機関銃の引き金を引きかけた。

「やめなさい！」グレゴリウス修道院長は叫んだ。「神の御名において、やめなさい」間一髪だった。いちばん俊足の男がドアに体当たりし、グレゴリウス修道院長は危うくはじきとばされるところだった。その男は、小さなソファを盾にしたヴァンスを見て、次にグレゴリウス修道院長を見た。もう一度、機関銃を振りかざすヴァンスに眼をやり、また、落ち着きを取り戻したグレゴリウス修道院長に視線を戻した。

「外にいなさい、ブラザー」グレゴリウス修道院長は早口に言った。困惑した見張りの男は、肩で息をし、顔から滝の汗を流して立ちつくしていた。ぎゅっと寄せたひさしのような眉の下で、理知的な眼が素早く部屋を見回す。グレゴリウス修道院長はその男に顔を寄せ、何やら耳打ちした。

「おかしな真似をするな！」ヴァンスはわめくと、ふたりの頭上を狙って機関銃を発射した。グレゴリウス修道院長は恐怖に飛びのいた。見張りは反射的に自分の武器をヴァンスに向けた。ヴァンスは引き金を引いた。ほんの短い間に連射された弾は男の胸につぎつぎ命中し、半開きのドアの向こうへと男の身体を吹き飛ばした。

「最後まで閉めて、鍵をかけろ」ヴァンスは食いしばった歯の間から命令した。「今度は仲間に何も、ひとことも喋るな」

無言のまま硬張った顔で修道院長は命令に応じた。ドアが閉まると、ヴァンスはソファの裏から出た。最初にドアを開けた男はまだ、ドアのうしろにある書棚の陰で小さくなっている。男は中年で、茶色の髪は薄く、眼は白っぽい灰色で、痩せこけた身体に平凡なビジネススーツがみっともなくひっかかっていた。ほんの数秒間、一同はただ見つめ合っていた。三人ともショックで動転しており、回復し、判断し、理解する時間が必要だった。ついに、ヴァンスが沈黙を破った。

「窓のそばに行け」命令に、ふたりの男は無言で従った。巨大だが簡素な部屋はコモ湖に面して、大きな三組のフランス窓から小さなバルコニーに出られるようになっていた。

ヴァンスは機関銃で指し示した。「カーテンを引け」早口に命じた。「完全に閉めろ」いかにもタフに振る舞っていたが、実は恐怖と疲労で足が震えていた。大きく息を吸い、ゆっくりと吐く。息が咽喉を震わせ、派手な音をたてた。その音を聞くと、グレゴリウス修道院長は落ち着いた至福の笑顔をヴァンスに向けた。そのことがヴァンスを妙に激昂させた。突然、機関銃の引き金を引いてこの邪悪な男をまっぷたつにしてやりたいという抑えきれない衝動に駆られた。が、なんとか踏み止まった。この修道院長は、修道院を出るための通行手形として利用できるかもしれないのだ。

「私も怖いのですよ」グレゴリウス修道院長は言いながら、ヴァンスに向かって一歩踏み出した。「あなたも私も怖がっています」彼は手を差し出した。「すべてを片付ける平和的な解決があります。銃を渡してください」

「下がれ、糞野郎」ヴァンスは怒りもあらわに言った。「貴様の説教臭い糞話はたくさんだ」

グレゴリウス修道院長はもう一歩前に出た。ヴァンスは機関銃のセレクターレバーを連射《フル》から単発《セミ》に切り替え、グレゴリウス修道院長の足元に一発お見舞いした。修道院長は一瞬で凍りついた。その顔は憎悪と憤怒で歪み、黒い修道服のひだの中で両手を固く握りしめるのが見えた。「それでいい」ヴァンスは言った。部屋にいたもうひとりの男はさっきから一センチも動いていないようだが、前の椅子の端をつかんでいる両手が痙攣するように震えていた。

「よし、お仲間をつれて、ドアの前に行け」ヴァンスは自分がはいってきたドアを指さした。

ふたりを並ばせて身体検査をした。地味な男から財布と車の鍵とばらの小銭を取りあげた。グレゴリウス修道院長も両足を開かせ、上にあげた両手を別のドアがある壁につけさせて調べた。

「おやおや、こんなものがあったぞ」ヴァンスは驚きを含んだ揶揄《やゆ》をこめてそう言いながら、グレゴリウス修道院長の修道服のポケットから二十五口径のベレッタを取り出した。「ミサの新しい小道具かい？　臨終の最後の秘蹟《ひせき》ででも使うのかな」

ふたりをそのままにしてヴァンスは机に戻り、ゆったりと椅子に座った——機関銃は持ったままで。耳の奥を流れる血は、もはや最大レベルのハリケーンが起こす波が浜辺を痛めつけるような音をたててはいなかった。両手の震えもおさまっていた。

単純な計画が頭の中で形を成し始めた。警備の者たちがまだ混乱しているうちに、素早く行動しなくてはならない。

「グレゴリウス」ヴァンスは口を開いた。「あんたはぼくと、いますぐここを出る。しかし、その前にまずスーザンをここに連れてこさせろ」グレゴリウス院長は答えなかった。「聞こえなかったのか、この糞坊主！」ヴァンスは声を荒らげた。

「冒瀆の言葉は必要ありません」壁に向かって言うグレゴリウス修道院長の声はくぐもっていた。「聞こえましたよ。ただ――」彼は間をおいた。「――これはあなたが聞いておいたほうがよいと思うのです」

「そうかい」ヴァンスは苛立って言った。「とっとと話せ」

「もう少し、楽な姿勢になりたいのですが」グレゴリウス修道院長は慇懃《いんぎん》な口調で要求した。

「あなたと向かい合って話したいものです」

「そのまま動くな。あんたの気持ちを傷つけて悪いが、こっちはあんたを信じちゃいないんだ」

「よいでしょう」グレゴリウス修道院長はため息をついた。「知ってのとおり、あなたは少なくとも一度、我々の仲間になる機会がありました。本音を言えば、あなたを敵にまわすよりも、味方にしたい。あなたは実に豊かな才能に恵まれている。あなたの科学的、専門的知識はつとに知られていますし、ダ・ヴィンチ研究者として、現在生きている学者の誰よりも優れています」

「かもしれないな」ヴァンスの声が険しくなった。「おまえらがほかの学者を全員ぶっ殺したからな」マティーニ教授がどんな目に合わされたか、彼は一生、忘れないだろう。「おまえも同じ目に合わせてやってもいいんだ」

「あなたが話している非道を行ったのは我々ではありません」グレゴリウス修道院長は憤然として答えた。「私たちはマティーニ教授の学識を深く尊敬していました。あの行為はほかの者によって行われたのです」

ヴァンスは呆気にとられた。「誰だと言うんだ？」

「あなたが仲間に加われば教えましょう」

「誰がなるか」

「ミスター・エリクソン。〈聖ペテロに撰ばれし兄弟たちの修道会〉は至宝のコレクションを所蔵しています。世界中のどんなコレクションも、その前ではけしつぶのようなものです。我々は、美術品も音楽も、そして世界中でまだ発見されてもいない科学研究の成果をも所有しています。ここには本物の学者が泣いて喜ぶ、一生幸福に暮らせるだけの十分な研究施設も知への挑戦の材料もあります。ヴァンス・エリクソン、我々はあなたのような知識人が欲しい。あなたは我々のコレクションと成果の価値がわかるばかりではない、あなたの頭脳は新世界の発展に大いなる貢献をすることができる——私が宗教界の指導者となる新世界において」

ヴァンスは頭に美術品の木箱を思い描き、修道院が所有しているというレオナルド・ダ・ヴィンチの手稿についてトージ教授が言ったことを思い返した。しかしあの時、同時にヴァンスは教授の声に絶望の響きを聞いた。彼はまた、修道院が匿《かくま》っている人でなしどものことを思った。正義の裁きを逃れ、ここで隠れ生きることを許された外道中の外道どもを。しかし何よりも、ヴァンスはスーザンのことを思った。

「止めてやる」いきなり彼は言った。

「は？」

「宗教界の指導者か何か知らんが、おまえをそんなものにさせない」

「そこが見当違いです、お若いかた」グレゴリウス修道院長は気取った声で言った。「あなたには止められない。それが起きることを、あなたに防ぐ手立てはひとつもない。運命は変えられないのです」

「やってみるさ」

「死にますよ」グレゴリウス修道院長は素っ気なく言った。

「いいよ。人事を尽くして死ぬ方がましだ」

グレゴリウス修道院長はうんざりしたようにため息をついた。「実存主義というわけですか。なんと虚しい。なぜ聞く耳を持とうとしないのです？　私はあなたを助けられるのですよ。私はあなたを迎え入れましょう。あなたが死ぬのはまったくの無駄だ。大いなる知の損失だ。あなたはそれを生き残らせたくないのですか？」

「その代償があんたの囚人になることじゃ、ごめんだね」

「ミスター・エリクソン、伏して頼みます」グレゴリウス修道院長の声が切迫してきた。初めて、恐怖の響きが感じられた。

「好きなだけ土下座しな。いくらしても無駄だ。ぼくとあんたは一蓮托生《いちれんたくしょう》だ。ふたりとも生きてここを出るか、そうでないかだ」

　室内に沈黙が垂れこめた。聞こえるのは、ヴァンスがグレゴリウス修道院長の机の中身を探る音だけだった。引き出しを開けては閉め、かき回す。「ああ！」ヴァンスはセロハンテープを取り上げた。テープで銃身をグレゴリウス修道院長の頭に、自分の指を引き金に、それぞれ固定した。もし誰かがヴァンスを撃てば、グレゴリウス修道院長の頭も粉々に吹き飛ぶというわけだ。

　ヴァンスはすでに落ち着きを取り戻していたが、ほかのふたりがそうでないことは明らかだった。彼らは生死のはざまで汗をかいていた。そうさせているのはヴァンスだった。不意に、彼は絶対的な力を握った感覚にとらわれ、そして同じくらい不意に、吐き気に襲われた。力は崩壊するものだ。

　片手にテープ、片手に機関銃を持って、ヴァンスは立ち上がりかけた。その時、かすかに空気が動き、背後のカーテンから風が吹いた気がした。はじかれたように振り返ると、カーテンの向こう側から大きな人影が猛烈な勢いで飛び出し、力強い腕がヴァンスをカーテンごとつかまえた。ヴァンスは自由になろうともがき、機関銃で狙いをつけようとした。ふた組めの腕が最初の腕に続いて、彼の腕を押さえこみ、手から機関銃をもぎとった。ヴァンスはわめきだした。が、後頭部に猛烈な一撃を喰らうなり、声は咽喉で途切れた。黒い闇がかぶさってくるのを感じつつ、ヴァンスはフランス窓の鍵がかかっているかどうか確かめなかった自分の迂闊《うかつ》さを呪った。

16

暗黒の渦に容赦なく巻きこまれ、心も身体もばらばらになり、宇宙の隅々まで撒き散らされる。

痛みが爆発し、百万の星が頭の中で点滅し始めて、自分が意識を取り戻しつつあることを知った。彼は横たわったまま、暗黒の安らぎの訪れを願った。やがて、次第に別の感覚に気づいた。額に、髪に、かかる軽い心地よい重み。スーザンの声が聞こえた。ヴァンスは眼を開いた。

「ああ、よかった!」スーザンは叫んでかがみこみ、キスした。

ヴァンスはとても暗い部屋のベッドに横たわっていた。頭はスーザンの膝にのっている。彼女が動くと、ヴァンスの頭を何本もの毒槍が、焼け火箸《ひばし》のように貫いた。

「そっと頼む」彼はあえいだ。「頭の中が最大級の被災地みたいでね」

「あっ!」スーザンはさっと身を起こした。「ごめんなさい。この方がいい?」

スーザンの両手がヴァンスの身体を抱くと、一瞬、彼は頭の疼痛《とうつう》を忘れた。ヴァンスはスーザンと向き合い、長く、深く、口づけをかわした。

「ああ、嬉しい、幸せだわ」スーザンが言った。

「ぼくもだ」ヴァンスは彼女から身を離した。「スーザン」彼はまだ力のはいらない声で言った。「どうして……きみがここに？」

彼女はコモでどのように警察に取り押さえられ、グレゴリウス修道院長に引き渡されたかを語った。

「その連中はあの善良な院長様の手下に違いない」ヴァンスは断言した。「いったいあいつにはどれだけ力があるんだ？」

「でも、まだ最悪の話が残ってるの」スーザンは続けた。「連中はわたしをここに閉じこめて、繁殖に使おうと――信じられる？　あちこちから女を連れてきては、人工受精で子供を産ませて、修道士の後継ぎを育てさせてるのよ、家畜みたいに。〝宦官〟の修道士が管理してるの」

「宦官！　そんなものは大昔にすたれたと思ってたよ」ヴァンスは少し考えてから言った。「しかし、異端審問も大昔にすたれたはずだったな」

「たいへん」スーザンの声はかすれ、囁きになった。「もう少しで……どうして忘れてたのかしら。修道院長と仲間が暗殺を計画してるのよ……誰か重要人物を明日――いえ、もう今日だわ。今日の午後によ」

スーザンの思いがけない知らせにヴァンスの頭から霧が晴れた。「暗殺？　誰の？」

「誰かはわからない」スーザンは説明した。「わたし、グレゴリウスの話を聞いてたの。連中、わたしがまだ薬から醒めていないと思ってたのね。とにかく今日、午後に誰か重要人物を殺すことについて話し合ってたわ。なんだか、世界を騒がすような、ものすごく大きいことらしいの」

近々何か大きなことが起きるらしいな。トージ教授の言葉が、疼痛の幕を切り裂き、頭の奥からよみがえってきた。〈ブレーメン結社〉と〈聖ペテロに撰ばれし兄弟たちの修道会〉の同盟。ヴァチカンにある文書と、レオナルド・ダ・ヴィンチによる強力な武器の設計図……。

大量殺戮兵器……中性子爆弾などぱちんこ同然に思える。

文書の半分はヴァチカンが、残り半分は修道会が所有している。今日の午後に暗殺事件が起きる。そしてトージ教授の言葉……近々何か大きなことが起きる。

悪魔の計画の概要がヴァンスの頭の中で形を成した。そんなことはナンセンスだと、地獄から引き上げられた心が生み出した幻想にすぎないと、笑い飛ばしたかった。しかし、頭から消せなかった。どれほど邪悪で、常軌を逸しているようでも、もしヴァンスの考えが正しいとすれば、その計画こそが修道会にとって唯一の理性的、論理的な行動だ。

「連中はローマ法王を殺すつもりだ」ヴァンスはつぶやくように言った。自分でも自分の言葉が信じられなかった。

「聞いてくれ」彼はスーザンの仰天した顔に向かって言った。「ぼくはいま、トージ教授とかなり長く話をしてきたんだ、その時……」

ヴァンスは教授との会話をくり返し、大きなことがまもなく起きるはずだという老教授の意見や、レオナルド・ダ・ヴィンチが考案した強力な武器や、教授のここに残るという決断や、身体に埋めこまれた毒などについて説明した。ヴァンスの話が進むにつれ、スーザンの眼に理解の光が宿り始めた。暗がりの中でさえ、彼女の眼は輝いて見えた。

「本当にこんなことが起きてるなんて信じられない！　いまは二十一世紀よ！　なのに中世の悪魔に魅入られた修道士や、五百年近く前に死んだ人の発明に祟《たた》られてるなんて。こんなことがあるはずない。こんな――」

「しかし、こんなことがあるんだ。ご丁寧なジョークだというなら話は別だが、そうでない証拠をさんざん見ただろ。奴らはヨーロッパ中で人を殺して回った。体内に毒を埋めこんで、人々を奴隷にする力を持っている。警察さえ奴らに協力している。あいつらは――」

「わかった、わかったわよ」スーザンがさえぎった。「言われなくても、そんなことはみんなわかってる。あなたの話を信じる……これが事実だと信じるわよ、だけど、わたしはただ、何ひとつ信じたくないだけよ」

ふたりはベッドに坐り、互いの身体に両腕をまわし、温もりを味わっていた。「わたししたちでなんとかしなくちゃ」ついにスーザンが言った。「だけどあいつら、何の道具も残してくれなかったのよ」彼女は部屋中を無駄に探した顚末《てんまつ》を話した。「たったひとつわかったのは、ベッドの脚をはずせるってことだけ。何の役に立つかは微妙ね。梶棒代わりになるけど、見張りはこのドアを絶対に開けないわ。向こうが用事のある時以外は。その時が来ても、鉄のベッドの脚二本じゃ機関銃の相手にならないし」

「そのとおりだな」ヴァンスは陰気な声を出した。「まったくそのとおりだ」彼は立ち上がると、部屋を調べ始めた。洗面代の上に小さな電灯があったが、電球ははずされていた。ためらいがちに彼はソケットに指を入れ、二本の端子に触れてみた。何も起きなかった。電気ショックを受けなかったことにほっとしつつも、彼は落胆した。もう片方の手が鎖を探しあてたので、それを引いてみた。

「ああああああっっっっっ！」衝撃が腕を走り抜けた瞬間、ヴァンスは大声をあげた。尻から木の床に落ちた彼は、砂場の子供のように両足を広げて坐っていた。

「ヴァンス！」スーザンは叫んでベッドから飛びおりた。

「大丈夫？」外で見張りが二、三歩動くのが聞こえた。ノブががちゃがちゃ動いた。見張りは鍵がかかっていることに満足したらしく、また持ち場に戻った。

「ああ」ヴァンスは深く息をついた。「探しものを見つけた」

「何を？」スーザンは彼を助け起こした。

「うう！」彼は苦痛の声を出した。「くそ、いまのは頭にちっとも効かなかったな。ぼくが探してたのは」彼は続けた。「ベンジャミン・フランクリンが雷雲の中に凧《たこ》を飛ばして求めていたのと同じものだ」

「そうみたいね」彼女は皮肉にコメントした。「で、何なの？」

「こいつがここから脱出する鍵になるかもしれない。さあ」彼はベッドのマットレスを持ち上げ始めた。「手伝ってくれ」

　十五分後、ベッドは分解されていた。ふたりはスプリングを数本抜き、その尖った先端を利用して薄いマットレスを切り裂いた。ベッドの鉄の脚二本は壁に立てかけられた。洗面台のある壁の裾板近くにあるコンセントの脇に、細かくほぐした詰め物の綿を一メートル近く積み上げた。

「よし、じゃあ、これをしっかり持っててくれ」ヴァンスは、ベッドの金網からはずした三十センチほどの針金にシーツを裂いて作った帯を巻きつけたものをスーザンに渡した。ヴァンスも同じものを持ったまま、スーザンと綿の山をはさむようにしてかがんだ。

「完璧にやるんだ」ヴァンスは警告した。「たぶんチャンスは一度きりだ」針金のむき出しになった部分に触れないように気をつけて、ふたりはそれぞれの針金の先をコンセントのふたつの穴に差しこんだ。電球のソケットで受けた電撃を思い出すと、慎重の上に慎重を重ねずにいられなかった。

　ふたりの人間が針金を操作するのではそれだけ精度が落ちるが、こうすれば片方が重傷を負う危険性を減らすことができる。

「きみの針金ははいったか？」ヴァンスは訊いた。

「ええ」

「よし。反対側の端を綿の中に入れろ」それに合わせて、ヴァンスは自分の針金のもう一方の端を、スーザンの針金に触れるように持っていった。二本の針金の間をはじけるような凄まじい音と共に電流が走る。青白い閃光《せんこう》が室内を照らし、暗がりに眼が慣れていたふたりはその明るさに思わず顔をそむけた。ショートしたのはたった一、二秒で、すぐにヒューズが飛んだ。しかし、その一瞬で十分だった。散った火花が細かくほぐされた綿に落ち、ぽっと火がついたと思うと、あっという間に炎に変わり、スーザンもヴァンスも火傷《やけど》を避けるために飛びすさった。

部屋の外で、廊下の見張りが叫んでいた。「おい！　明かりが変だぞ」廊下の明るい光の条《すじ》はもはやドアの下から漏れていなかった。電灯がすべて同じ線でつながっていたのだ。「古い配線に感謝だ」ヴァンスは囁き、スーザンの腕を取って、炎が大きくなるのを見守った。「いいか、まだ何も言うんじゃない」ふたりはマットレスの残りを引きずってくると、角を炎の中に入れた。「火がいい具合になるまで、連中に見つかっちゃまずい」

あとはタイミングの問題だった。炎が木の床を喰らい始めるまで待たなければならなかったが、ぐずぐずしすぎると煙に巻かれてしまう。あまり長く待っていても、誰かがヒューズを交換して、廊下を覆う暗闇の隠れ蓑を取り去ってしまうかもしれない。

ヴァンスが咳きこんだ。「ドアの近くに行こう。なるべく床近くに身体を低くして。空気が少しはましなはずだ」

炎がマットレスやベッドカバーを貪欲に消化していくにつれ、室内はヒエロニムス・ボッシュ描く地獄図の一部に似てきた――波打つ煙と躍る炎の中央に投げこまれたふたりの臆病な亡者の図に。

いまや炎は壁に広がり、ふたりの顔はそれを受けて熱くなってきた。

一方、暗い廊下では、階段から射しこむ一階からの弱々しい光に助けられ、見張りがぶつぶつ言いながら行ったり来たりしていた。

見張りは用心深く機関銃をしっかり握り、廊下の端に向かって歩くことで、誰かがヒューズを交換するまでの間、不安を振り払おうとしていた。端に到達し、振り返った時、驚くべき光景を彼は眼にした。例のドアの下から明滅する黄色い光が漏れている。あの部屋には電球はない。グレゴリウス修道院長の命令で彼自身がすべて取りはずしたのだから。

見張りは慌てて部屋の前に戻った。あの光は何だ？　部屋の中のくぐもった叫びを聞いた瞬間、彼は胃袋が靴の中に落ちた気がした。

「ファイア！　インチェンディオ！　火事だ！　助けてくれ！　火事だ！」見張りはノブをつかんだ。ノブから手に熱が伝わってきた。どうすればいいだろう？　アメリカ人たちが逃げたら、グレゴリウス修道院長に首を切り落とされかねない。見張りはノブから手を離し、階段に向かって駆け出した。

「火事だ！」見張りは怒鳴った。「三階で火が出た！」

部屋の内側ではヴァンスとスーザンが自分たちの起こした炎にとらわれたまま床に倒れていた。油臭く濃い煙に肺がふさがれる。外の見張りが叫びをくり返すのを聞いて、ふたりは叫ぶのをやめた。ノブが音をたてるのが聞こえた瞬間、希望がふくらんだが、その音がやみ、見張りの足音が遠のくと、瞬時にしぼんだ。

炎はマットレスをすでに喰いつくして四方の壁に広がり、ふたりの周囲の貴重な空間をじわじわと飲みこんでいく。

その時、走ってくる大勢の足音が聞こえた。

「増援部隊だ」ヴァンスはスーザンの腕を握る手に力をこめた。

「ヴァンス……」スーザンが彼に顔を向けた。「どんなことになっても、愛してるわ」

「これが背水の陣ってやつだな」

「ぼくもだ」短いキスを交わすと、ノブがまた音をたて始めた。

「ぼくもだ」ヴァンスは渦巻く煙の中に立ち上がり、鉄のベッドの脚を一本、手に取った。

「身体を低くして」彼は注意した。「飛びこんでくるぞ。脚をひっかけてやれ。そのまま外に出ろ」

ドアの外でひっきりなしに言い争う声は興奮したイタリア語の怒号だった。ヴァンスは洗面台に近寄った。刺激臭のする煙で肺が破裂しそうだった。最後の音と共にドアが勢いよく開いて、洗面台にぶつかった。修道服に身を包んだ男がふたり、機関銃を手になだれこんできた。ヴァンスはベッドの脚を野球のバットよろしく大きく振り、ひとりめの腰のくびれ、腎臓の真上をとらえた。男は両腕を広げて炎めがけて、止まることもできずに飛んでいった。

スーザンもベッドの脚を突き出し、ふたりめの男のむこうずねをひっかけた。男は床に顔を叩きつけた。倒れた男の眼の前で、最初に飛びこんできた男が炎の中で絶叫している。猛火で弱った床があえぎ、うめき、ついに力尽きた。火花と共に、ひとりめの男は燃える床から下の部屋へと消えていった。炎は床の穴を舐め、下から流れこむ空気を取り入れ、天井までも吹きあがる。

押し寄せる新鮮な空気が部屋の煙を一瞬で廊下に吹き飛ばした。その一瞬に、ヴァンスは転がっている男を殺す覚悟で狙いを定め、ベッドの脚を振りおろした。が、男はぎりぎりで転がってよけた。一撃は男の頭をつぶすかわりに、手から機関銃を叩き落とした。機関銃は床の上で音をたて、スーザンの足元で止まった。

男は跳ね起きた。ヴァンスは階段をあがってくる足音を聞いた。スーザンは機関銃をつかんだが、発砲するより先に、男がヴァンスに飛びかかった。

ヴァンスは男の骨張った拳骨が胸骨に叩きこまれるのを感じた。反射的に、両の拳を突き出すと、どこか柔らかいところにぶつかった。修道士がはっと息を吐き、ヴァンスの首を両手で締めつけてきた。ふたりは床を転がり、開いたドアに体当たりした。ドアは鋭い音をたてて洗面台にぶつかった。

近づいてくる足音が部屋の外の床を震わせ、突然、サイレンが夜気をつんざいたかと思うと、拡声器からくぐもったように割れた声が響いた——総員で本館《ヴィラ》の火事の消火作業に当たれ。

ヴァンスと男が床の炎の穴に向かって転がっていくと、見守っていたスーザンはぞっとした。廊下から、興奮した声が大きくなってくる。彼女は戸口にしゃがみこみ、脇柱に背をつけ、三組の脚が——胴体は煙に隠れていた——廊下を走ってくるのを見た。機関銃をかまえた。ちらと振り返ったその瞬間、見張りの男がヴァンスの急所に肘を叩きこんだ。ヴァンスは全身が麻痺したように固まっている。男がヴァンスの手から逃れて床を転がり、鉄のベッドの脚をつかむ。

激痛をこらえたヴァンスが膝をついて起き、立ち上がりかけたその時、修道士は鉄棒を彼めがけて振りおろした。横っ飛びに逃げたヴァンスの頭を鉄棒がかすめた。かすかにどこかから銃声が聞こえる。

廊下の外ではいくつもの足音が大急ぎで、開いたドアの前に集まってきていた。スーザンは機関銃をかまえなおすと、弾丸の雨で廊下を薙ぎ払った。機関銃の轟音が地獄の上で炸裂する。ひとり、ふたり、そして三人目が床に倒れた。

一方、再び肺を空気で満たしたヴァンスは、また動けるようになっていた。修道士が鉄棒を振り上げ、また一撃を加えようとした瞬間、彼は力いっぱい脚を伸ばし、修道士の太股に痛烈なキックを見舞った。修道士はうしろによろけ、床で大きく口を開けた穴に、のめるように吸い寄せられ、咄嗟にヴァンスの足首をつかんだ。

身体が滑っていくのを感じて、ヴァンスは両腕を大きく泳がせ、穴に近づきつつも、何かにつかまろうとした。真下の部屋からは興奮した叫び声が吹き出してきている。

廊下では、倒れた三人のうち、ひとりがスーザンのいる方向に必死に発砲していた。銃弾が彼女の頭上の漆喰に食いこむ。スーザンが銃口の光に狙いを定めて引き金を引くと、敵の機関銃が絨毯の上で鈍い音をたてた。スーザンは視線をヴァンスに戻した。彼がずるずると床の穴に引き寄せられているのを見て、全身が総毛立った。修道士は必死にヴァンスの脚にしがみついている。スーザンは銃口を向け、ヴァンスに当たらないよう神に祈った。引き金を引いた。弾は出なかった。

神様！　スーザンは心の中で叫んだ。わたしたちは善玉なんです。弾切れってどういうことよ。選択の余地がなく、前に飛び出したスーザンは、からの機関銃を修道士めがけて投げつけた。ぎょっとして見上げた男の顔のど真ん中に、ずんと重たい機関銃が命中した。修道士は悲鳴をあげて、穴に飲みこまれた、

「ヴァンス」スーザンは彼を助け起こした。「大丈夫？」

彼はにっと笑った。「こんな時にそいつは間の抜けた質問だ。行こう！」

階段から大きな足音がさらに響いてきた。ヴァンスは見張りの機関銃を一挺《いっちょう》拾ってスーザンに手渡した。「これはきみのだ。きみはいちばんいい扱い方を知ってるだろ」そして、もう一挺の機関銃をつかむと、階段とは逆の方向に廊下を全力で疾走した。

廊下の端にたどりついた瞬間、分厚い煙の波の向こうから突然、ふたりの修道士が走り出てきた。ヴァンスの銃が短く火を吹き、彼らを止める。スーザンは狭い裏階段をめざした。下から足音が響いてきて、ヴァンスもあとに続いた。もはや上に進むしかない。

次の階で見張りの脇を走り抜けると、仰天した男は発砲してきた。ヴァンスが撃ち返すと援軍を呼びに飛んでいった。階段下の足音はどんどん大きく、近くなってくる。スーザンの顔は蒼白で、髪が濡れて額に貼りついていた。自分たちがそう長く持ちこたえられないと、ヴァンスは悟っていた。煙を吸ったうえに、見張りとの戦闘に体力が奪われている。それで

もふたりは上をめざした。荒い呼吸が狭い階段にこだまする。

のぼりきった階段の先はかんぬきのかかった小さい扉で終わっていた。ヴァンスは無言でスーザンを壁に押しつけ、南京錠を撃つと、そのまま走って体当たりで扉を開けた。

「このあとは幸運を願うしかないな」ヴァンスはぼそりとつぶやいた。「弾切れだ」

肺を洗う冷たい空気の奔流にすすがれ、体力と気力が一瞬、回復した。湖を見晴らすように、柵に囲まれた小さなパティオがあり、傘付きの白い鉄のテーブルが何台か置かれていた。うしろを振り向けば、修道院の庭は煌々と照らされ、走り回る男たちだらけで、全員がこの本館《ヴイラ》をめざしているのだった。かすかな煙の糸が風の中で小さく渦巻いている。山の上の空は、近づいてくる夜明けの光に少しずつ色が淡くなってきた。

息を切らして、ふたりは小さなパティオのテラスに走った。ヴァンスの期待どおり、そこにはエレベーターがあり、配膳所には、はるか下の厨房からこの屋上まで料理を運ぶ厨房用エレベーターもあった。十分、ふたりで乗ることのできる大きさだ。もし中にはいることさえできれば。

しかし、厨房用エレベーターはヴァンスの力を拒んだ。籠が扉のうしろに来ていないので、安全錠が開かないのだ。

「人間用のエレベーターがあがってくるわ」スーザンが叫んだ。「わたしの勘では、ディナーのお客をたくさん連れてきたわけじゃないわね」

ヴァンスの背後で、裏階段から飛び出してきた追っ手の興奮しきった声が響いた。あと何秒かで終わりだ。絶望がヴァンスの全身を走り抜けた。

「すまない、ベイビー」張り詰めた顔で彼を見つめているスーザンに、ヴァンスは弱々しく言った。「ぼくの失敗だ」

スーザンは顔から髪をかきあげると、まなじりを決して見回した。

「諦めるのは早いわ。こっちよ」スーザンは彼の手をつかんで、屋根の端に引いていった。

眼下には、館の基礎に当たる波の細い泡が見える。コモ湖畔に建つ館の多くと同様に、この建物も湖岸すれすれに建っていた。山の急斜面の切り立った崖がそのまま湖面の下に続いている。コモ湖には両端の一部をのぞいて、砂浜というものがない。岸は砂浜を形成できないほど垂直に近く、水中に没している。湖の端から三メートルも離れれば、水深は十メートルかそこらあるはずだ。もしくは——スーザンは身震いした——もっと浅いかだ。

「ここがわたしたちの出口よ」スーザンは言った。ヴァンスはぽかんとして彼女を見つめ、次に二十五メートル近く下の湖を見下ろした。

「出口?」

「飛びこむの」内心とは裏腹に、スーザンは自信たっぷりな口調で答えた。

「飛びこむ?」ヴァンスは唾を飲んだ。

背後で銃声が轟いた。突然、空気に死の匂いが満ちる。

手に手を取って、ふたりは宙に飛び出した。

17

部屋の居心地は悪くなかった。実際、クロムと革と籐《とう》をふんだんに使ったモダンイタリアンの調度品に飾られた室内は豪華と言って過言ではない。象牙色の壁にかけられた本物のマチスの絵画もその趣味を反映していた。残念だな、とハリソン・キングズベリは、椅子の機能を果たすとおぼしき、籐と革の珍妙なオブジェから立ち上がりながら思った。この部屋はまったく彼の趣味ではない。

寒々とした鋼青色の絨毯を裸足で歩いてボローニャの旧市街を見下ろす窓辺に寄る。キングズベリにはよくわかっていた。本当に問題なのは、部屋の趣味ではないことを。

「ヴァンス、ヴァンス。私は何ということをしたのだろう。おまえにも、私にも」

老人はため息をつき、大聖堂を取り囲む赤屋根の建物群の配置を頭の中に刻んだ。その光景を細切れにしている装飾的な鉄格子は本来、泥棒よけのはずだが、いま、それは彼を閉じこめているのだった。生まれて初めて老いを感じた。歳の重みが鉛の重り《バラスト》のように全身の骨にぶらさがっている。

あと数日のうちに、彼が生涯をかけた会社は価値を失くし、息子のように愛した青年は犯罪者となり、死か、逃亡者として一生を送る運命となるのだ。どこでこうなったのか？　銀灰色の瞳の眼を閉じ、困惑の中、まるめた拳でまぶたをこすった。〈ブレーメン結社〉に弱みをつかまれたほころびを特定せねばならない。

ローマ郊外の館での会談は短かった。けれども、彼はよく知っている。致命的な打撃とは、たいてい短く、容赦がないものだ。あの傲岸不遜なキンボールという若造は、落ち着き払ってビジネスライクに〈ブレーメン結社〉の最後通牒《つうちょう》をつきつけてきた。キングズベリは結社に協力すべし。さもなくば、彼もヴァンス・エリクソンも破滅する、と。

さらにキンボールは、ヴァンス・エリクソンとスーザン・ストームという娘を犯罪者に仕立てた賢い方法をざっと話してみせたものだ。あのふたりが？　――キングズベリは窓に背を向けると、癪《しゃく》にさわる椅子に戻った。そばのテーブルのデジタル時計は午前九時五十三分を示している。あのふたりが礼儀正しい言葉をかけあうことがあるとは思いもよらなかった。ましてや犯罪で相棒として手を組むなど、はるか想像の外だった。

とにかくキンボールの要求の第一は単純明快だった。自分たちに協力すれば、ヴァンスの汚名をすすぎ、すべての告発が取り下げられるように手配する。抗えばヴァンスを破滅させる。なんとも胸の悪くなる要求である。名誉ある戦いを汚す、精神的テロと言っていい。しかし、それには対処できる。キングズベリもまた、高い地位の友人を大勢持っている。かなりいい勝負ができるだろう。

いや、敵もそのことは知っているはずだ。

連中は彼をじっくりと調べている。チェスの達人が対戦者の手を、過去の戦歴からすべて読み取り、記憶しているように。向こうは彼を調べ尽くし、いつでもとどめの一撃を加えられると、簡単にノックダウンで十カウント取れると知って、仕掛けてきたのだ。

なぜか〈ブレーメン結社〉は、キングズベリたちがチリのアンデスで巨大油田を発見したことを嗅ぎつけていた。そのこと自体は確かにダメージだが、致命傷というほどではない。だが連中は、彼がこの油田開発のため、コンパック社にどれだけ多大な負担を強いたのかも知っていた。実はそれこそが致命傷なのだ。キングズベリは小さなキッチンに茶をいれに行きながら、しかし、と眼に力をこめた。大石油会社が臆病風に吹かれて二の足を踏むほどのリスクをあえて負うことで、コンパック社は偉大になったのだ。

この件でキングズベリは、自身とコンパック社の持ち金を文字通り一セント残らず担保に入れた。人は無謀と呼ぶだろうが、成果さえあがれば、石油業界始まって以来のもっとも利益をもたらす契約にサインしたことになる。

キングズベリはゆっくりと秘密裏に話を進めていた。彼と油田を発見したヴァンス・エリクソンだけが、計画の全貌《ぜんぼう》を知っていた。責任は細かく振り分けられ、ほかのコンパック社の重役は誰も、計画の全体図も、これが資金的にどれほど危険な賭であるのかも、知らされなかった。秘密裏に話を進めねばならない理由はほかにもあった。投資した金の大半は、彼が個人的に所有する五十三パーセントのコンパック社の持ち株を担保に借りた金なのだ。万一、株価が暴落すれば——成果があがる前に、ほかの投資家たちがキングズベリの取った手段を知ることになれば、株価暴落は避けられない——融資のほとんどが無効になる。そうなれば油田開発プロジェクトそのものが中止になる。中止はコンパック社の事実上の倒産を意味する。残される道はただひとつ、どこかの大石油企業への身売りしかない。

それこそ、〈ブレーメン結社〉が保証したシナリオだった——やかんが歌い始めると、キングズベリは歯嚙みした。大きな英国風ティーカップにたっぷりと熱湯を注ぎ、湯気がたちのぼると、トワイニングのイングリッシュ・ブレックファストのティーバッグをひとつ落とし、湯を含んで底に沈むのを見つめた。まともなティーポットが欲しい。ティーバッグは文化的ではない。

しかし、なければないですませてきた。これからもすませられる——金を帯びた茶の色がティーバッグからしみ出し、カップの底にたまっていくのを見ながら、彼はつぶやいた。自分の昔の生活は文化的ではなかった。たとえその生活に戻っても平気だ。大昔の凍《い》てつく冬に、ウェールズの山奥のあばら屋で父が餓死するのを看取《みと》った。当時、八歳だった彼は誓った。決して自分はそうなりはしない。父はまだ助かる見こみがあるにもかかわらず諦めた。諦めることは死ぬことだ——キングズベリは茶をかきまぜると、ティーバッグを引き上げた。そう、諦めることは死ぬことだ。

ローマの館で〈ブレーメン結社〉の計画を明かしながらキンボールが顔に浮かべた薄笑いを、自信に満ちた得意気な薄笑いを思い出した。手が激怒に震え、鋼青色の敷物に金茶色のしずくを三滴たらした。コンパック社の内部に裏切り者がいる。〈ブレーメン結社〉に情報を渡した人間が。

前日、ラーセンの館からローマ市内に戻る車中のキングズベリは、王手をかけられたと観念していたものだ。すると、ヴァンスがコモから電話をかけてきて、命が狙われた経緯について語った。ヴァンスは諦めていなかった。あの青年は抵抗し、反撃している。それを聞いて、考えずにいられなかった。もしかすると何か方法が……たとえ勝てずとも、〈ブレーメン結社〉に勝利を譲らない方法があるかもしれない。

ところが、この朝早く、〈ブレーメン結社〉の人間が彼のホテルにやってきた。連中によれば、ヴァンスはさらなる問題を起こしているとのことだ。実際、〈ブレーメン結社〉が関わっている何かの取引を荒らしているらしい。彼らはキングズベリをボローニャにある家のひとつに拉致した。キングズベリは、ヴァンスが〈ブレーメン結社〉の計画をおじゃんにするのをやめさせるために人質にされたのだ。

取引か、と胸の内でつぶやき、キングズベリは用心深く熱い紅茶を口に含んだ。私はヴァンスを止めなければならない。そうしなければヴァンスも、コンパック社も、私もおしまいだ。だが、どうすればそんなことが？　ヴァンスはどうやってボローニャだと突きとめる？　いかにして私を見つける？　そして、見つけられた時、私はどうする？

おぼろに霞むボローニャの空に朝の陽がのぼり始めた。キングズベリは、自分自身の質問の答えはわからなかったが、ヴァンスがここに来て彼を見つけると信じていた。微笑が顔をよぎった。彼はカップを受皿に戻した。「おまえがここに来たらな」口に出して、無人の部屋に向かって言った。「連中相手にひとつ遊ぶとしよう。私に考えがある」

*

「くそっ！」ハシムは再びペルシャ語で罵ると、みすぼらしい小部屋の端から端まで歩きだした。あの生意気な金髪のアメリカ人はこのハシムを誰だと思っている？　殺しに助手が必要な素人だとでも？　あのアメリカの帝国主義者も、愚民どもと同じだ。このハシムは、誰にも邪魔などさせない。法王は自分のやり方で殺す。報酬はもはや問題ではない。法王を消す——自分たちの地を侵略するキリスト教徒どもの旗印を。

ハシムは立ち止まり、水煙管から深々ともう一服吸いこんだ。ハシシが頭を巡り、心臓を怒りで満たし、殺す準備を整える。水煙管の横には九ミリのブローニングと、スペア弾倉が置かれていた。アッラーの剣が、この銃口が、ヴァチカンの独裁者の口をふさぐ。

窓辺に立ち、細い路地の灰色がかった黄色の染みだらけの塀を見つめた。染みの壁画の中に、自らの誇らしい戦歴と、あの尊大な金髪のアメリカ人の〝偶然の〟計画をくつがえす自分の姿を見た。

あのアメリカ人と〈助手〉どもは、ハシムの正当な目的を横取りしようとしている。ハシムだけが、アッラーの剣のみが、ローマ法王を殺すよう、運命《さだ》められている。異教徒どもに、そのような栄光を受ける資格などない。栄光の正当な受け取り手は、このハシムだ。彼は窓辺のみすぼらしい書き物机に歩み寄り、前に坐った。皺の寄った紙を一枚取り上げ、下手な字で書き始めた。

〃私がローマ法王を殺害した〃

ハシムはいまや、ついさっきまでの考えを思い出しては熱心に紙にしたためる作業に夢中になっていた。法王が埋葬される時、この手紙は、歴史にハシムの名を刻むことになるだろう。素早く書き終えると、脂じみた封筒に入れて封をし、書き物机に置いて、部屋の鍵をのせた――三十一号室。

「アッラー《アッラー》は偉大なり《アクバル》」そう言うと、ハシム・ラフィクドゥーストはブローニングを上着のポケットに滑りこませ、部屋のドアを閉めて、彼の運命である約束の場所をめざし、きしむ階段を素早くおりていった。

*

「そうそう。ハシムよ」スーザンは受話器に向かって言った。ヴァンスはローマ中央駅にある公衆電話で彼女の隣に立っていた。制服姿の人間が通るたびに、腹にドライアイスを押しつけられる気がした。いったいなぜスーザンはこんな、警察から丸見えの場所で電話をかけなければならないのか。警報が鳴りだしたりしないか。イタリア警察がどんな具合に仕事をするのか、見当もつかない。

「いえ、姓はわからないの」スーザンは話し続けていた。彼女が受話器を耳に寄せているので、相手の声がヴァンスには聞こえない。「でも、そんな名前なんだから、きっと……え？　たぶんイラン人？」スーザンはしばらく黙って聞いていた。

「トニー、確かなんだってば、今日の午後にローマ法王が暗殺される……四時に……ええ、ええ、絶対に、本当よ」

ヴァンスはぐったりと眼を閉じ、ひと晩の波瀾万丈に続く短い休息をのばそうとした。修道院の火は順調な滑り出しを見せ、古い木の内装にあっという間に燃え広がった。修道院の総員が地獄の劫火《ごうか》を消し止める作業に駆り出され、屋上で発砲してきた見張りたちさえ、スーザンとヴァンスが身を投げて死んだと確信してからは消火作業に当たった。

スーザンは正しかった。着水した場所の水深は軽く十メートルあり、そこに、ふたりは爪先から、ナイフのようにきれいにはいった。ボート小屋まで泳ぐのは簡単だった。全員が本館《ヴィラ》に集まったおかげで、モーターボートを一台失敬しておさらばするのも朝めし前だった――その前にヴァンスは抜かりなく、非常用の斧《おの》でほかの二台のファイバーグラスの船体に穴を開けた。あとは何事もなくコモに着き、ヴィラ・デル・オルモ近くの遊覧船桟橋にボートを捨て、ローマ行きの列車に無賃乗車した。

「トニー、一生のお願い。聞いてくれる？」

謎のトニーと話すスーザンの声が急に変化し、ヴァンスは耳をそばだてた。彼女は、トニーならきっと助けてくれると言う以外、何も話そうとしなかった。

「トニーってば」スーザンは甘い声を出した。「わたし、一文無しなの！　難民みたいな格好……本当よ、信じて、大げさじゃないの。お願い……ヴァチカンの衛兵《スイスガード》に話をつけたら、わたしと会って……リパブリック広場のあの小さいカフェで……えっ？　どこって馬鹿ね、覚えてるでしょ。あの日、あなたがわたしにプロポーズしたカフェ……ええ、ええ、わかってる、プロポーズにイエスと言ってれば、わたしがこんな目にあわなかったってことくらい……トニー、そんなこと言わないで、時間がないの。ええ……二時？……一時じゃだめ？……いまが十二時なのはわかってるわよ、どうしても会わなくちゃならないの、大事なこと。ありがと、あなたってすてき……じゃあね」

大きく安堵のため息をついて、受話器をフックにかけると、スーザンは振り返った。

「ね、助けてくれるって言ったでしょ！」輝かしい笑みが顔の疲労をいくらか覆い隠した。

「彼は——」

ヴァンスの顔に浮かんでいる表情に気づいて、スーザンは口をつぐんだ。

「きみにプロポーズしたすてきな小さいカフェだと？　誰だ、そのトニーって奴は」
＊

「ヴァンス・エリクソンめ、地獄に落ちろ！」エリオット・キンボールはわめいて、豪華な絨毯の上を大股に歩き回った。ここはローマの華やかなヴィットリオ・ヴェネト通りの〈ブレーメン結社〉オフィスである。部屋の角の窓からすぐ南にあるアメリカ大使館を睨みつけると、またひとりごとを言いながら足を踏み出した。

「きさまの魂もだ、グレゴリウス！」窓の反対側の壁にある戸棚の前まで来ると、回れ右し、再び窓の方に歩きだした。あの坊主がパイに指を突っこみさえしなければ。そもそも、なぜあの坊主はミラノでヴァンス・エリクソンに近づいた？　そしてなぜ、修道院で殺すことができなかった？

どう考えても、ヴァンス・エリクソンは修道院の人間コレクションに加える価値のある人間ではない。

激怒とやり場のない苛立ちに身を震わせつつ、キンボールはなめらかな紫檀《したん》の机に寄りかかった。何にしろ、感情を抑えなければならない。

もしも、もしも、もしも。もしもグレゴリウス修道院長がヴァンス・エリクソンを殺していれば。もしもエリクソンが修道院から脱出していなければ。もしもキャロザーズが一週間前に彼にエリクソンを殺させていれば。もしも――もしも〈ブレーメン結社〉がグレゴリウス修道院長以下、坊主どもと手を組んでいなければ。しかしもちろん、この世のどんな〝もしも〟も、彼がまだ連中と協力しなければならないという事実を変えはしない。それはよくわかっていた。

そしてあのイラン人がまた頭痛の種だった。あの男はむしろ坊主どもよりはるかに、自分の宗教を狂信している。命令より自分の信条に従って行動する者はあてにしづらい。だがあの男以外に、ローマ法王を拳銃で吹っ飛ばすほどいかれた人間がどこにいる？

いくらか気持ちが落ち着くと、彼は紫檀の机の前に坐り、自身でデザインしたクロムと革の重役用の椅子に腰をおろした。深呼吸をひとつして、目を閉じると、午後の予定を頭の中で復習した。穴は彼の援護部隊がすべて埋める。〈聖ペテロに撰ばれし兄弟たちの修道会〉と〈ブレーメン結社〉はそれぞれ陽動作戦を実行する。七十二時間後、結社は現代文明がいまだかつて見ることのなかった科学の恐ろしい発見に関する、ふたつに分かたれた手稿を両方とも手にする。

ゆっくりと目を開け、紫檀の赤黒いこっくりした木目の上から、一枚の紙を取り上げた。書かれた文字をじっくりと読むうちに、手が再び震えだした。

報告書には、夜明け前にヴァンス・エリクソンが修道院から脱走したと書かれていた。大丈夫だ、この取引でエリクソンは障害にならない、あの男が暗殺計画について知り得るわけがない、とキンボールは自らを安心させようとした。それでも不安はちりちりと心の隅でくすぶっていた。ヴァンス・エリクソンはこれまで、信じられないほどの勝ち星をあげてきた。あのスーパーマン気取りの素人は、不可能という文字を知らぬがごとく、成功し続けてきたのだ。

ひとつだけ残念なのは、エリクソンがスーザン・ストームをこの混沌に引っぱりこんだことだった。美しい翡翠色の瞳を思い返しながら、惜しいな、と胸の内でつぶやいた。あの女も殺さねばならない。しかし、と、その朝初めて微笑し、椅子の背にもたれた。それこそが人の生……そして死だ。彼はシュレッダーのスイッチを入れた。

＊

その心地よくこぢんまりとしたカフェは、駅から十分ほどのリパブリック広場に面したアーケードの下で、整然とは言えないテーブル二ダースと、その倍の椅子でできていた。歩道の屋根が午後の陽射しの下でひんやりした日陰を作る。格子柄の大理石の床と石造りの建物から発する冷気のおかげで、オープンカフェはあたかも空調が効いているかのようだった。

細長いアーケードの縁から三十センチほどのところを車が通り、カフェの反対側の脇にびっしり並ぶ店をめざして歩行者がテーブルの外や間を抜けていく。

ふたりはわざと約束の時間より早くそこに行った。

「わたし以外の人に対して、トニーがどういう反応をするかわからないの」来る前にスーザンはそう言った。「すごく大きな頼みごとだから、ほかの人のために――それどころか、わたしのために動いてくれるかどうかもわからない」ヴァンスの抗議も彼女の頑固な言葉にさえぎられた。「あとで。いまはそれどころじゃないの。あとですっかり話すから。いまはとにかく、今後の方針を決めることに全力を傾ける時よ」

ほかの時、ほかの人間が相手なら、決して言いくるめられなかった。しかし、外国で無一文の逃亡者となった頼りなさが、いつものヴァンスの不屈さをくじいていた。これだから人の背中におぶさるとろくなことがない、とくさりながら、ふたつ離れたテーブルで背を向けるように坐った。とりあえずスーザンとそのトニーとやらにきっかり一時間与える。一時間を過ぎたら、問答無用で行動を起こす。行動する――たとえ間違っていたとしても――それがヴァンスの信条だった。いつまでも受け身ではいない。きっかり一時間だ。

耳慣れない声が、悶々とする彼の物思いを破った。

「きれいだよ。きみは変わらないな。スーザン」

くそ！　ヴァンスは天を仰いだ。これで三度めだ。

「わかってくれ、どうしてもきみを忘れることができなかった」

ヴァンスの硬張った顎の筋肉が痙攣し、くちびるがきつい線になった。

「お願い、トニー」スーザンは愛らしく答えた。「その話に戻るのはやめて。わかってるでしょう、絶対にうまくいかなかったことは」

「きみはそう言うが」上品な英国訛りの、粒の揃った発音がヴァンスの神経を逆なでした。うわの空でフォークを取り上げ、隣のテーブルに坐るトニーに気づかれぬよう、細身でりゅうとした身なりの英国人を見た。歳は四十前後、黒い髪の生え際には白いものがまじり始めているが、なかなかのハンサムである。ヴァンスはフォークの歯を一本、いびつな輪にねじ曲げた。

「大昔の話をむし返してる時間はないの、トニー。本当に緊急の話よ」スーザンは思い出させた。「過去の話をしに来たんじゃないわ。別々の道を歩むことが、わたしたちにとっていちばんよかったのよ。あなただって本当はわかってるはずよ」

「たぶん、きみは間違っている」

ヴァンスはフォークの歯をもう一本、今度はほとんどふたつ折りにした。

「わたしたちのことで？　そうは思わないわ」

「ぼくたちのことでは、たぶん間違っている」トニーは言った。「しかし、この話し合いが緊急というのは、確実に間違っている」

「どういう意味？」

「今朝、きみの電話のあとですぐイタリア情報部に接触した。きみがくれたのと同じ情報をすでに昨夜、匿名の密告で入手したそうだ。今日の午後二時までに……いまから一時間もしないうちに……関わっている人間は全員、逮捕拘留すると保証していたよ」

「全員って」スーザンは混乱してくり返した。「でも……」失神を装って盗み聞いた会話の断片をたぐりよせた。あの時、言及されたのはひとりだけだった。「その中にハシムの名前は？」

「いや、とりあえず全員の名を確認したが、そんな名前はない。全員がイタリア人で、誰ひとり偽名を使っている気配さえない。聞き違いじゃないのか？」

「いいえ」スーザンは言い切った。「絶対に確かよ。ハシムという名の人間が法王を殺そうとしてるの」

「その情報をどこで入手したのか、まだ教えてくれる気はないか？」

「トニー、それはどうでもいいことでしょう。秘密にする理由がちゃんとあるの」スーザンの声はてきぱきとビジネスライクになった。「大事なのは法王を狙う暗殺者がまだ野放しになってるということよ」

「それはどうかな」英国人は頑固に答えた。「ぼくはやはり聞き違いだと思う」

「ああ、もう！　本当なの！　本当よ！」

「スーザン、きみが正しいかどうか、どうしてわかる？　きみは事実かどうか見極めるための十分な情報を、ぼくに渡そうとしないじゃないか」

「トニー――」スーザンはテーブルの向こうから身を乗り出した。「――確信なしにわたしがこんなことを言わないのは知ってるでしょう。だめ、わかってるはずよ」彼が口をはさもうとするのを片手をあげて止めた。「こんなことを言い争っても何の得にもならないわ」必死になだめようとした。「もしあなたが間違っていて、万が一、わたしが正しかったら、ヴァチカンの警備に連絡して手を打ってもらうのは意味あることでしょう? パレードのルートを変えるとか、時間を変更するとか、いっそのこと中止にするとか」

トニーは首を振った。「残念だが、とうてい無理だ。あの法王を知っているだろう。警護の包囲の奥にじっとしていないで、信者と直接、触れ合おうとする。身を危険にさらすことになっても、パレードルートを何日も前に公表する。時間やルートの変更は、法王にひと目会いたいと集まった何千もの善男善女を失望させることになる。とにかくヴァチカンに警告はした。それが、ぼくたちにできる精一杯のことだ」

「じゃあ、ハシムを見つけるのを手伝ってよ」

「どうやって? ハシムはイランではありふれた名だ。警察にどうしろと? ハシムという名の男を片っ端から逮捕しろとでも?」

「いいえ」スーザンは疲れた声を出した。この四十八時間の試練が急に彼女から生気を奪っていった。「いいえ、そんな無茶を言うわけがないじゃないの」

「きみが最初にするべきことは、自首だ」

「なんですって!」スーザンは彼の言葉に横面を張られて、はっと眼を開いた。「どういう意味、自首って」

「今朝、電信でこれが届いた」トニーはサヴィル・ロウで誂《あつら》えたスーツの内ポケットに手を入れ、一枚の紙を取り出した。スーザンが紙に書かれた文に素早く眼を走らせる様子を、彼は見守っていた。メッセージは短かった。彼女はミラノとベッラージオの殺人事件において、ヴァンス・エリクソンなる人物の共犯者として手配されていた。

「なぜ話してくれなかった?」読み終えたスーザンに、トニーは訊ねた。

「あなたこそ、なぜこのことをいままで話してくれなかったの?」彼女は反撃した。

「間違いであってくれと願っていたからだ。信じたくなかった、本当に。でも……」

「でも、このメッセージを読んだわたしの反応が、あなたに必要な確認の証拠だったってわけ?」スーザンは彼の眼の中に肯定の色を見た。

「だけど、何か事情があるのはわかっている」トニーは続けた。「だから、このことは誰にも話していない。ぼくはきみの汚名をすすぎたい。きみを助けたい。ぼくならできる。いまのぼくはローマ支局の局長だ」

「知ってるけれど、トニー。そんなことをすれば、あなたは破滅よ。それはわかってるの?」トニーはうなずいた。

「それなのに、進んで手を貸してくれる気なの?」再び、トニーはうなずいた。スーザンは手を伸ばし、彼の手を取った。

「トニー、あなたはいい人ね。そんなことはさせられない。だめよ。たとえ、わたしがもし……もしも――」

「好きな人がいるんだね」トニーの眼は否定してほしいと言っていた。

「好きな人がいるのよ、トニー」彼が手を引こうとするのを感じ、スーザンは握る手に力をこめた。「わかって。なぜわたしたちがうまくいかなかったのか、いままでも――これからも」彼は無言だった。「お願い、わかって。お願い」

「わかろうとしたんだ、三年も」しばらくの沈黙ののち、トニーは答えた。「だけど、どうしてもだめだった。きみにわかるかい?」

「ごめんなさい。でも、わかりたいわ。本当よ、わかりたい」

ウェイターが注文を取りにテーブルに近づいてくると、スーザンは口をつぐんだ。

「トニー」再びスーザンは口を開いた。「わたしたちのことはしばらく忘れて。あなただって一生、過去にとらわれたままではいられない。そうでしょう」

「このエリクソンという男なのか」ようやくトニーは言った。

「ええ。全部、説明させて。あなたに話したいの」

「そんな話を本当に聞きたいと思うかい」

「お願い、トニー、聞いて。話を聞いたらあなたもわかってくれる。とにかく聞いて」

そして答えを待たずに話し始めた。コモのこと、修道院のこと、ベッラージオの殺人のこと、カイッツィ伯の死のこと。さらにヴァンスの冒険について話した。マティーニ教授の死のこと、ストラスブールとウィーンの学者たちの死のこと。話すうちに、トニーの眼が興味に輝いてきた。彼は確認の質問をさしはさむようになり、やがて「メモをとってもいいか

い?」と言い、最終的には、スーザンが話す間、夢中になってペンを走らせ、さらに頻繁に

質問をはさみ、名前の綴《つづ》りや、日付や、時間や、場所を確認した。

　スーザンは、失われた手稿をヴァンスが探す理由を説明した。ヴァチカンに保管されてい

る手稿のことも。トージ教授が軟禁されていることも。すでにトニーはスーザンを見ておら

ず、すべての事実を把握することに集中し、スパイラル手帳に書きこんでいた。「なんだっ

て」彼女が燃え盛る館の屋根から飛び降りてやっとローマに戻ってきた道中について話すと、

彼は口の中でつぶやいた。スーザンが語り終えると、トニーは話の前半をくり返すように頼

んだ——その部分は、まだ深い自己憐憫《れんびん》の霧にとらわれていて聞き漏らしたのだ。やがて彼

は片手をあげた。

「そこから先はいい」トニーの声は完全に仕事向きに切り替わっていた。「いままでは、四

人の暗殺者の指名手配で一件落着だと思っていた。しかし、きみの話でいろいろと腑《ふ》に落ち

る点がある。どうしても辻褄《つじつま》を合わせられなかった情報の——」

「情報?」

「我々はいわゆる市民的自由の擁護者が危険視する人間たちを監視している」トニーは説明

した。「我々はまた——入国管理局と警察と情報局との連携を通して——重要人物をしっか

りとマークしている。テロリストの標的になりそうな人物も、テロリスト本人もだ。いまは

コンピューターのいいプログラムがあって、あらゆる情報、条件を入れると、毎日、予想し

てくれる。競馬の予想屋のようなものだ。誰がテロリストに狙われそうか、誰がテロを実行

しそうか、とね」

スーザンはうなずいた。「アメリカのシステムより精度が高いことを祈るわ」彼女はまったく同じシステムを開発していたアメリカ情報部の人間と組んだことがあった。その巨大コンピュータープログラムは毎日、何億もの情報を詰めこまれていた——世界中で起きた事件、事件に対するテロ組織それぞれの反応、大企業の重役や政府高官や軍高官や大富豪の旅程、テロリストやテロリスト予備軍の社会的地位や居場所、彼らのスイス銀行口座、その他もろもろのあらゆる情報。コンピューターはそれらをすべて飲まされ、テロリストの攻撃の予測を期待された。

残念ながら、地震予知と同じで、このシステムには欠陥があった。正確な情報も出したが、同じ数の誤報も出したのだ。コンピューターはあまりに頻繁に「狼が来た！」と叫びすぎた。おかげで人々は予報にめったに注意を払わなくなった。

「実のところ、なかなかの成功をおさめているよ」トニーは英国人らしい優越感をにじませて答えた。「有名なロンドンの賭屋《かけや》の協力で、プログラム精度を七十パーセント以上にあげることができた。少なくとも三回のうち二回以上の確率で正しい情報を出す。それはともかく、いま言おうとしていたのはだ。今週、予想屋コンピューターがわけのわからないことを……ひとりの人物を、テロリスト側とテロリストの標的側の両方に分類した」

スーザンは肩をすくめた。「別に不思議なことじゃないわ。内輪の抗争でしょう、同じ組織の中での派閥争いとか」

「確かに珍しいことじゃない。だが、この一件が特異なのは、その人物がテロ組織のメンバーとしてはまったく知られていないこと、むしろ〈ブレーメン結社〉の幹部として知られていることだ。だからぼくはいまの荒唐無稽な話を聞いてショックを受けたんだ」

「その〈ブレーメン結社〉のメンバーって？」

「エリオット・キンボールという男だ。これから……」スーザンの眼が驚愕に大きく開かれたのを見て、彼は言葉を切った。「知り合いか？」

「ええ」スーザンの心にはミラノとコモまでのドライブが瞬時によみがえっていた。「知り合いだわ。彼は……大学が同じだったの。大金持ちだけど……裕福な家の子供にありがちな問題をかかえてたみたい。今週、ミラノからコモ湖まで彼の車に乗せてもらったばかりよ」

「きみは次から次へと厄介ごとに巻きこまれるな」

「エリオット・キンボールが」スーザンは呆然とした。「まさか、彼がそんな――」

「ぼくもまさかと思った。実を言うと、我々はこの件をコンピューターの三十パーセントのエラーであると片付けてしまった。無視しようと、その……きみの話を聞くまでは」

「トニー」スーザンの声は興奮していた。彼女はテーブルに身を乗り出した。「もう少し詳しくデータを集められない？　キンボールについて何か見つけられないかしら。このハシムを探す手がかりになるような」

「つながりがあると思うのか？　エリオット・キンボールと、その謎のハシムに？」

「たぶん……ええ、ええ、そう信じるしかないわ。でしょ？　あなたも知ってるはずよ、ほんの一本の糸のような手がかりしかなければ、それがどこかにつながっていると信じるしかないって。何もしないよりずっといい。うまくいけば暗殺者を捕まえられるかもしれない。だめでも、やるだけのことをやったと胸を張れる。そう思わない？」

トニーはじっと考えこみ、下くちびるを何度も小さく嚙んでいた。ついにゆっくりとうなずいた。「これは賭だ。かなり見こみの薄い賭だ。しかし、これが残された唯一の行動だろう」腕時計を見やって眉を寄せた。「二時過ぎか」苦い顔で言った。「きみの情報が正確なら、法王暗殺まで二時間足らずだ」彼はテーブルから昼食の勘定書を素早くつまみ上げ、さっと眼を走らせ、財布から金を取り出した。それから、内ポケットに手を入れると、手紙ほどの大きさの白い封筒を抜いた。

「さあ」彼はスーザンに手渡した。「五千ユーロほどある。しばらくしのげるだろう」スーザンは遠慮がちに金を受け取って、トニーの顔を見た。

「電話できみが頼んだものだ」その眼は鋭かった。ついにプロとしてのトニーに戻ったのだ。

「もちろんお返しするわ」スーザンは申し出た。

「その必要はない。支局長として、ぼくは情報提供者に報いるための予算を少なからず預かっている、それに……いま、きみのくれた情報を考えると、この金は生きた使われ方をした」

彼は立ち上がった。

「トニー」スーザンが呼びかけた。「ヴァンスに会ってほしいの」トニーの眼の中で怒りの鋭いナイフが一瞬、いつもの上品な冷静さを切り裂くのを、彼女は見つめていた。

ヴァンスは立ち上がり、ふたりに向き直った。男ふたりは立ったまま無言で睨み合い、太古からの言葉を使わない話し合いを——力と、脅威の程度と、男としての大きさを値踏みした。スーザンはトニーとヴァンスの顔を不安げに見比べていた。

「お会いできて光栄です」ヴァンスはトニーに近づいて手を差し出し、苦労して微笑を彫った。英国人の眼はヴァンスの伸ばした手を一瞬見やり、ついに手を前に出した。

「こちらこそ」トニーは手を伸ばして、ぐっと顔を出した。ふたりの男は長い一瞬、互いの眼を見つめ合った。トニーの方が先にまばたきし、スーザンに視線を向けた。

「さて」トニーはわざわざ腕時計を見て言った。「時間がない。すぐに行動に移ろうか」ヴァンスはうなずいた。スーザンはにっこりし、トニーから受け取った金でヴァンスの昼食代を払った。ふたりはトニーのあとに続き、カフェから二ブロックほど離れた、ナツィオナーレ通りからはいった路地に停めたフィアットに歩いていった。スーザンが助手席に坐った。ヴァンスはひとりで後部座席にはいった。

「もし、ぼくがきみたちのどちらかと会ったと知れたら、見逃したことで呼び出しを受けるだろうな、ぼくはこの——」トニーは危ういところで職場の名を言いとどまった。「——支局の局長ということで、何とでも言い抜けられるだろうけれども。きみたちにはフードをかぶって顔を隠してもらう。心配ない、情報提供者を本部に連れていく時の通常の手順だ——ただし、スタッフのいる場所ではひとことも口をきかないように注意してくれ。きみたちの声を覚えられると危険だ」

スーザンとヴァンスが同意の言葉をつぶやいて、椅子にゆったりと背をあずけると、トニーは見事なハンドルさばきでフィアットを操り、混雑した通りを、ローマ名物の熱血タクシー運転手よろしく走り抜けた。フォロ・ロマーノ近くの曲がりくねった小径に面した、とある飾り気のない扉の前に着いたのは二時半だった。

18

防音室の中にあるのは、型枠作りのプラスチックの椅子が三脚と、周囲が煙草の焦げだらけのフォーマイカ樹脂テーブルと、コンピューターのターミナルだけだった。空気は三人の怯えた人間の刺すような体臭に満ちていた。午後三時十一分。トニーがコンピューターのメモリから検索したハシムは全員はずれであると明らかになった。登録されているハシムは服役中か、死亡しているか、国外にいる。トニーの肩越しに、ヴァンスとスーザンは焦りながら見守っていた。

「キンボールで検索してアコンプロストを出せない?」スーザンが堅い声で言った。

ヴァンスは無言でふたりのそばに立ったまま、眼を見張っていた。アコンプロスト? スーザンはどこでそんな専門用語を学んだ? 彼はいまや、スーザンとトニー・フェアファックスの関係が個人的なそれと同じくらい、仕事上でも近しいことを確信していた。しかし、それはとりもなおさず、スーザンがスパイであることを意味するではないか。

スーザンはヴァンスの眼に困惑の表情を見てとった。「〝アコンプロスト〟は、協力者リストの略《アコンプリス・ロスター》」早口に説明すると、トニーがコマンドを入れて出てきたモニター画面に視線を戻した。

トニーは落胆して首を振った。「だめだ、リストが長すぎる。間に合わない」トニーは腕時計を見た。二分が経過していた。すでに再びヴァチカンの警備部に連絡を入れたのだが、返答は予想どおりだった。法王は公表したスケジュールとルートどおりにパレードする意思を曲げるつもりはない。信者を裏切ることはできない。

「待って」考えていたスーザンが口を開いた。「アコンプロストを国籍で絞ったら。イラン系、アラブ系で」普段、トニーは自分の欲しい情報を部下に調べさせており、自身で検索するのは不得手だったので、スーザンの提案は渡りに舟だった。キーボード上を滑る指のかたかたという小さな音が、エアコンの音と緊張した息遣いだけが響く静寂に、ミシンのように穴を開けていく。

モニターの緑の文字が点滅し、情報を一行一行表示し始めた。名前。国籍。全データを引き出すための英数字による電子ラベル。並んだ緑色の名前は十七。

「ああ、もう」スーザンは舌打ちした。「ハシムはないわ」

「変名かもしれない」トニーが言った。「だとすると、ファイルをひとつひとつ調べなければ」

「ほかに方法は?」スーザンは訊いた。

トニーは首を振り、最初の電子ラベルコードを打ちこむと、ひとつめのデータを呼び出した。

ふたりは最初の人物データを読むと、次のデータに移った。ヴァンスは、スーザンとトニーがコンピューターを操作するのを、途方に暮れて見ていた。いまごろ法王のパレードの車列はどのあたりにいる？　このハシム、というのが本名かどうか知らないが、暗殺者は成功してしまうのか？　自分はいま、世界でもっともすぐれた情報機関が蟻《あり》の穴から災厄を――馬鹿でかい災厄を漏らしてしまう様を、目のあたりにしているのだ。ヴァンスはくちびるを噛んだ。単に有名な国際的指導者の命が危険にさらされているというだけのことではない。

もし〈ブレーメン結社〉と〈聖ペテロに撰ばれし兄弟たちの修道会〉が、半分に分かたれたレオナルド・ダ・ヴィンチの手稿をひとつにしたなら、いまだかつてない恐ろしい兵器が生まれ、しかも暴君と狂信者の手にそれが渡ることになるのである。ヴァンスは手の中のぼけたコピーを見おろした。手からにじむ汗で濡れ、染みになったコピー。トニーの部下によってヴァチカンから入手した、法王のパレードの細かいスケジュール表だ。午後三時二十二分、法王が乗るジープに似た形のオープンカーはヴィットリオ・エマヌエーレ二世大通りから、サンピエトロ広場前の最後の直線コースにはいる。法王の先触れ部隊は時間に正確で厳格で規律正しい、とトニーは言った。ムッソリーニ時代に守られた列車時刻表のごとく、その道程を予定に忠実にこなすのだ。

いまは三時二十二分だった。法王の命はあと三十八分間。

ついにヴァンスは口を開いた。「何かほかにできることはないのか？」

「どうしろと言うんだ」トニーは噛みついた。彼の英国人らしい冷静沈着さは消え失せていた。「サンピエトロ広場に走っていって、集まった何万人もの中から探せと言うのか？　全員の身体検査をするか？」

「トニー！」スーザンが非難の声をあげた。トニーは彼女を振り返った。彼の顔は怒りで硬く角張り、寄せた眉の下で眼が燃えている。

「考えてたんだが」ヴァンスはためらいがちに言い始めた。「仮にぼくらがハシムの顔写真を探し出すことができたとしても、どうやって本人を見つけるつもりなんだ？」

トニーはヴァンスを見た。そして、スーザンと同時に口を開いた。

「きみからどうぞ、スーザン」トニーは譲った。

「わたしたちはパレードの巡行予定表を入手してるわ」スーザンは言った。「暗殺が予定された午後四時に、法王がどの地点にいるか、正確にわかってるのよ」

「長距離ライフルを持ったスナイパーが隠れられる屋上や建物も、すべてカバーされている」トニーが言い添えた。「ヴァチカンの警備はそこまできちんと考慮している」

「なら、暗殺者はすでに群衆の中にまぎれこんでるはずだ」ヴァンスの言葉にトニーとスーザンはうなずいた。「それも法王の至近距離に。だって武器はどうしても隠し持てる程度の大きさになるはずだろう。拳銃とか手榴弾とか。このスケジュール表によれば、パレードが午後四時にサンピエトロ広場で終わってから、法王はモットーに従い、群衆の中を歩いて信者たちに直接声をかけることになっている」

トニーとスーザンはヴァンスを見つめた。ふたりの顔に理解の光明が射し始めていた。午後の感情的な大激震、心ならずも三つ巴に衝突した感情が、まずはこの結論を引き出すはずの、訓練されたスパイふたりのプロとしての冷静な判断力を曲げ、歪ませたのだ。ふたりとも、暗殺者の明らかな居場所について完全に失念していた。

「ぼくらは法王が四時にどこにいるのかを知っている」ヴァンスはくり返した。「そして暗殺者も法王が四時にどこにいるのかを知っている。スーザンの話じゃ、それが暗殺の時と場所になるということだ。それなら、ぼくらが——あんたが——」彼はトニーを見た。「部下をつれて、そのあたりにいる怪しい人間を探したらどうだ?」

「言うは易しだがね」トニーは言い返した。「何万人もいるんだ、それに——」

「ねえ、拳銃の射程距離は?」スーザンが口をはさんだ。「いまは正確に標的を撃てる範囲内の話でしょ。暗殺者はせいぜい半径三十メートル——確実にしとめるには、もっと近くにいる必要があるはずよ。法王が四時にいる地点からスタートして、そこから範囲を広げて探していけば」

「しかし、人が多すぎる!」トニーは抗議した。

「トニー」ヴァンスがさえぎるように言った。「これが残っている最後のチャンスだ。もう三時三十三分だ、ぼくらが行動しなければ、法王の命はあと三十分足らずでおしまいだ」トニーを見るヴァンスの眼は問いかけていた。さあ、行こう。何をぐずぐずしてるんだ?

トニーはすまなそうに肩をすくめた。「残念ながら、我々はそれほど急に行動することができない。外国の情報部として、イタリア政府とはデリケートな関係にある。まず、そういう任務を遂行する前に、許可を求めて、了承を得なければ動けない。それはとても二十七分間では——」

「二十六分間になった」

「——できない。仮に許可がおりたとしても、ぼくは情報源を明らかにしなければならないが、それはきみたちを当局に引き渡すことを意味する。そんなことを望んでいないだろう？」

ヴァンスの苛立ちと不安はいまや激怒に変わっていた。「このわからず屋！　法王が殺されるって時に、まだお役所仕事の手続きにこだわるつもりか？　あんたはどんな腰抜けだ？人の命がかかってるのに、書類のひとつやふたつ」

「行こう、スーザン」身振りでついてくるように示した。「ぼくたちだけで。ぼくは行く。だめでもともとだ。法王がみすみす死の罠に向かっていくという時に、エアコンのきいた部屋でのうのうとコンピューター遊びをしてられるか！」

「待ってくれ、ミスター・エリクソン」ようやくトニーが口を開いた。「まったく手伝わないとは言っていない。確かにぼくには部下をこの作戦に参加しろと命じることはできない……しかし、ぼく自身にその気がないというわけじゃない」

ヴァンスとスーザンは大急ぎでフードをかぶりなおすと、トニーと共に守衛の前を通過した。通りに出ると、三人は、まっしぐらにトニーのフィアットを目指して走った。車の小さいエンジンが唸りをあげて縁石から離れ、スピードをあげると、ヴァンスは胸の中でひとりごちた。やれやれ、生還したら、スーザンにいくつか質問しなければ。

＊

エリオット・キンボールはサンピエトロ広場の外辺部を、頭から湯気を立てて歩き回っていた。ハシムを援護するはずの四人が持ち場から消えた。いったいどういうことだ？ 広場を埋めつくす群衆の周囲を自信たっぷりな足取りで風を切って歩く長身の金髪男は、いかにも出世した重役クラスのビジネスマンに見えた。その顔は自信に満ち、水のように落ち着いて、水面下で交錯する怒りと恐怖をちらとも現さなかった。あの不気味なイラン人のしわざに違いない。ハシムはどうにかして援護の刺客たちを見つけ、始末したのだ。しかし、どうやって？ 群衆の中を探しながら、キンボールは、ハシムがどんな方法でやってのけたのか、必死に頭を巡らせた。しかし、ひとつだけは確かだった。自分はあの貧相な殺し屋を見くびりすぎていたのだ。

息を止め、キンボールは群衆の中に飛びこんだ。できるだけぎりぎりまで肉体的な接触を避けていたのである。この愚民どもは臭い。体も臭い、息も臭い、連中の頭からあぶくのように湧く考えも臭い。この連中の間を歩くだけで虫酸が走る。

しかし、これは他人にまかせられる仕事ではなかった。〈校長〉が彼の責任だったように、ハシムもまた彼個人の責任だ。満潮の大海のようにうねりながら押し寄せる密集した群衆の中を、身をよじって蟹歩きで進む間の心の支えは、ハシム・ラフィクドゥーストを殺すというその一念だけだった。

群衆の中でキンボールは非常に目立った。百九十センチの長身のせいで、頭と肩が広場に集まった大半の群衆の上に飛び出している。そのおかげで彼は上から周りを見下ろすことができた。キンボールの金髪と最高級の仕立ての服はまた、背が低く、愚鈍そうな、黒っぽい髪がほとんどの群衆とは一線を画していた。群衆をかきわけ、法王の車が停まることになっている場所の前列をめざして進むと、人の密度は濃くなり、抵抗も強くなった。人々は怒った顔で振り向いた。が、冷たい、有無を言わさぬ表情を見るや、慌てて道をあけた。この男は危険だ、と、誰もが本能的に悟ったのだ。キンボールは、破れたショールを持った背の丸い太った老婆や、デニムのオーバーオールを着た年配の労務者や、照りつける太陽の下で泣き声をあげる赤ん坊を抱いた若い母親たちを押しのけ押しのけ前進した。腹立たしくも、腋の下に汗がたまるのを感じていた。

突然、彼は足を止めた。前方、三十メートル足らずのところに、あの小柄だが筋肉質のイラン人の殺し屋が、ロープのすぐうしろの最前列で、右に左に体重を移しながら立っている。と同時に、胃がきゅっと縮んだ。イラン人を殺す、と思ったことで胃が痛んだのではない。むしろ、殺すことは愉しみだ。ただ、頭に来る！　再び腕時計を見た——まだ十五分も待たなければならない。ため息をついた。まず法王の暗殺、そのあとで殺し屋に死を与えよう。残忍にそり返ったセセピータが、キンボールの上着に隠れた鞘の中で出番を待っている。沈黙というものは高くつく、と彼はひとりごちた。沈黙を保証する代価は死のみだ。

近くの誰かがトランジスタラジオを持ってきて、パレードの進行状況を伝えるニュースを大きな音で聞いていた。全員が法王猊下の到着について、興奮して喋っていた。法王様に自分は触れられるだろうか？　神の代理人に触れた人々にさまざまな奇跡が起きたことは数多く報告されていた。きっと神経痛を楽にしてくださる、と、背の曲がった老婆がこぶだらけでねじれた指を見せ、力説していた。きっと……きっと……きっと。キンボールの腹の中に怒りがふつふつふつと沸き上がってきた。馬鹿どもが！　貴様ら全員、馬鹿どもだ！　叫んで、両腕を振って、言ってやりたかった。この世界一わかりやすいインチキ教組の妖術を信じている貴様らは全員、道化者だと。

しかし、怒りは長年の鍛練の成果により抑えられた。怒りは本人が利用できる時以外、何の役にも立たないことを、彼はよく知っていた。

ハシムの真うしろから、キンボールはじりじりと近づいた。いまや距離は二十メートルほどだった。イラン人が発砲すると、群衆は前に走りだすだろう。キンボールも一緒に走る。「殺し屋を殺せ！」と叫び、続く混乱にまぎれ、殻竿《からさお》のように振り回される手足の間で、セピータは誰にも気づかれずに滑り出て、地上の殺し屋のひとりから沈黙を買い取る。キンボールは微笑した。政治的暗殺者は知りすぎている。多すぎる知識は命を危うくするものだ。刻一刻と時は過ぎた。ざわめきが、まるで浜を洗う波のようにキンボールの上を通り過ぎつつ、過去の日々と殺し屋たちの記憶を運んできた。ピサの〈校長〉。ミラノの路地で自分が流した不気味に光る緋色の血の海に横たわる雇われ殺し屋。ダラスの裁判所の薄暗い通路での一幕。すべてキンボール自身の手によってか、あるいは、リー・ハーヴェイ・オズワルド

（ケネディ大統領暗殺の実行犯とされる人物）殺しのように、のちに〈ブレーメン結社〉を結成することになったメンバーの手によって始末された殺し屋だ。

殺しを思う時、ひとつどうしてもやりたい殺しがキンボールの頭を占めた。その切望はほとんど性的な欲望のように感じられた――ヴァンス・エリクソン。あの男の存在自体が侮辱だ。ヴァンス・エリクソンにはこの借りを返してもらう。

サンピエトロ広場の入り口の向こう一ブロックほど先から、人々の声が高まり、追従と崇拝の波が寄せる。法王が来た。

*

「法王は広場を半分横切ったところで止まることになってる」三人でアウレリア通りに平行に走る曲がりくねった路地を必死に走りながら、ヴァンスは息の合間に言った。彼らはテヴェレ川の対岸で交通渋滞に巻きこまれてフィアットを捨て、八百メートルも全力疾走していた。スーザンはヴァンスのペースに合わせて走れたがトニーは遅れ、ふたりはトニーを待って立ち止まった。

ヴァンスは油臭い、汚れたローマの空気を何度も深く吸って肺を満たした。顔から汗が流れ、眼にはいる。

スーザンが彼の手首を軽く叩いた。「いま、何時？」

「三時四十六分」ヴァンスはぶっきらぼうに答えると、トニーを振り返った。英国人はでこぼこの石畳の上で転んでいた。「しっかりしろ、トニー！」トニーの息は荒く、不規則だった。二度、彼は石畳に足を取られて転倒した。彼の日常はコンピューターとデスクワークだった。走ることはすべて部下にまかせていればよかった。

「きみたち……」トニーはあえいだ。「ぼくをおいていけ」その顔は灰色で、汗でびっしょりだった。「ぼくは……とても間に合わない」

「でも――」スーザンが言いかけた。

「行け！」トニーは腕を振った。そして冷えた薄暗い入り口に続く石のポーチにへたりこんだ。その奥からは子供たちが歌って遊ぶ声が聞こえてくる。「ぼくは大丈夫だ。本当に、大丈夫だから。時間がな――」突然、その顔が痛みに歪んだ。右腕を折り曲げ、胸を押さえる。

「行け！」トニーは必死の形相で絶叫した。

スーザンはトニーからヴァンスに眼を向けた。どうしていいかわからずに、切羽詰まった眼で。その時、群衆の歓喜の声が石造りの建物の向こうからゆるやかに響いてきて、三人のいる路地をも包みこんだ。

「トニーの言うとおりだ、スーザン」ヴァンスは言った。「行くぞ」

「必ず戻るから」スーザンはトニーに約束すると、彼のそばにかがみこみ、頬にキスした。

「必ず戻るわ」

「これを」トニーは上着のポケットから銃を抜いてスーザンに渡した。「必要になるかもしれない」

小休止で元気を取り戻したヴァンスとスーザンは新たなエネルギーに後押しされて、厚くなってくる人ごみの中を、フットボールのブロークンフィールド（守備の手薄な場所のこと）のランナーのように、体をかわしながら突き進んでいった。ようやく、サンピエトロ広場を丸く囲むようにそそり立つ、灰色と茶のまだらの円柱群が見えてきた。

「オベリスクの前だ」走りながらヴァンスがスーザンに伝えた。「オベリスクの前で車を降りることになっている」

「わたしたち、着いたら何をするの？」

「何かだ」ヴァンスは円柱と円柱の間をぎっしり埋める人の壁の中を走り抜けつつ怒鳴った。「とにかく何か思いつくしかない」

人の波をかきわけ、スーザンとヴァンスはオベリスクをめざしたが、ペースはどんどん落ちた。ヴァンスは人ごみより頭ひとつ分背が高く、上下に揺れる頭の森の上から見渡すことができた。コンシリアツィオーネ通りにはいってくる法王を護衛するバイクのライトが点滅するのが遠くに見える。あと三分間ある、と思ったのち、いや、とヴァンスは沈痛な表情で訂正した。自分たちが間に合わなければ、法王の命はあと三分間しかない。

広場の南端の噴水の前にたどりつくと、その端をめざして、やかましいティーンエイジャーの一団を肘で押しやって進んだ。

噴水の不安定な石の縁の上から、ヴァンスはざっと見渡した。胃袋が靴の中に落ちるような気がした。こんな人ごみの中からひとりだけ探し当てるなど不可能だ。何万人もの人間の中からたったひとり――。

突然、正面およそ四十メートルほど先で、きっちりなでつけられた金髪頭が人ごみの中から塔のように突き出しているのが眼に飛びこんできた。

「キンボールだ！」彼は興奮した声でスーザンに向かって叫んだ。「エリオット・キンボールを見つけた……間違いない」

「どこ？」スーザンは叫び返した。

ヴァンスは指さした。「あそこだ、オベリスクの向こう」

スーザンは彼の示す方角を見て、すぐにキンボールの姿を認めた。

「行こう」噴水の縁から飛び降りたヴァンスは若い男とガールフレンドの邪魔をすることになった。男の沽券にかかわるとばかりに怒鳴りまくる若者の罵声を背に受け、スーザンとヴァンスは群衆の中を突き進んだ。「きっと何かある」ヴァンスは早口にスーザンに言った。

「あの金髪の友を見つけたからには、ハシムも見つかる」彼は声を張り上げた。

「警察だ、通してくれ。警察だ、公務だ」ヴァンスの切迫した声を聞いて、人々は反射的に道を開けた。

耳を聾《ろう》する歓呼の声が広場に湧き、並び立つ円柱に反響して、空にのぼっていく。感情の大渦に巻きこまれつつ、一瞬、ヴァンスは棒立ちになった。眼の前を、慈愛に満ちた表情でオベリスクの方に進む法王がいる。白い外衣、頭にぴったりした碗《わん》型の白い帽子。両手を群衆に向けて広げ、両肘を曲げた十字架のような姿。百メートル離れていても、この人物の生命力と活力を、人の心を魅了するまなざしを、ヴァンスは感じ取ることができた。

あと二分。

＊

午後の光はいっそう明るく、景色はさらに色鮮やかになったように思えた。白い衣装に身を包んだ人の姿が進むのを見つめるうちに、ハシムの心臓は震え、早鐘を打ち始めた。左側の三メートル足らずしか離れていない場所を警察が開けていた。そこで法王の車が停まり、乗り物から降りてきた法王が、じかに人々と触れ合うのである。車列はあと五十メートル。ハシムの鋭い眼は、その白い乗り物の両脇につき従う私服警官の顔を探った。さらに彼は、法王の車の前をV字隊形で先導する白バイ隊を見つめた。彼は微笑し、祈りの言葉を唱えた。

あと一分。

＊

このアメリカのうどの大木ったら――アンナ・マリア・ディサルヴォはなんとかして法王を見ようと躍起になっていた。身長百五十センチ足らずの彼女は、ひと目御尊顔を拝したいという一心で二時間も待っていた。そこに、いい着物を着た尊大な金髪男が割りこんできたのである。彼はアンナ・マリアの眼の前に立ちはだかり、法王の姿を隠していた。彼女は再び、移動してくれるように頼もうと勇気をかき集めた。少し前に、できるかぎり正しい英語で丁寧に頼んだのである。英語は、故郷のナポリ近郊の町に来たアメリカの軍人から習い覚えた。彼女の頼みに対して、眼の前の男は唸り声を出し、あの恐ろしい冷たい眼で、上から睨んだのだ。

もう一度頼もうと口を開きかけたが、勇気は雲散霧消していた。そんな自分が情けなく、彼女は傘の柄をいじり回した。陽射しの下で頭を涼しく保つために、晴れた日はいつも持ち歩いているのである。実際、その傘は背の低い彼女の太った体にとても大きな影を落として、全身を涼しく保ってくれた。本当にこの傘はいい買物だったわ、と、落ち着かない手で曲がった柄をさすりながら思った。壊れた傘の代わりに、先週買ったばかりである。彼女は裕福ではなかった。セーターを編むことで生計を立てていては、とうてい財産など作れるものではない。

今日はここに来るために一日分のセーター編みを犠牲にした。明日、彼女のセーターを売るミラノの高級ブティックから、できあがった分を取りに来る。いつもよりセーターが一枚少ないことにブティックは失望するだろう。それが何のためだった？　このどこかの馬の骨が着ている上等のスーツの背中を見るためだったのか？　怒りが膨らんだ。このまま黙っているものか。ありったけの気力をかき集め、アンナ・マリアはしゃんと背を伸ばした。

＊

あと三十秒。

ふたりは真うしろからキンボールに接近した。人ごみをかきわけて進むヴァンスはいまや無言だった。すぐあとをスーザンがついていく。遠くアウレリア通りの方角から救急車の音が響いてくることにも、ふたりは気づかなかった。

キンボールがあんなに真剣に見つめているのは何者だ？　ひしめく群衆に全身をつぶされ

つつ、ヴァンスはキンボールの二メートルほどうしろで立ち止まり、爪先立って金髪男の標的を探そうとした。全員が法王をひと目でも見ようとしているさなか、キンボールだけは斜め左前をじっと……ヴァンスの眼が、人ごみの中で息をひそめて動かずにいる男をとらえた。浅黒い顔をした黒髪の男が、身動きひとつせずにいる。まわりの人間が全員ざわめき、揺れ動き、法王の到着に芝居の幕が開いたように熱狂しているのに対し、この男は辛抱強く待っていた。あまりに不自然なほど辛抱強く。

「見つけた、たぶんあいつだ」ヴァンスはスーザンに囁いた。

「どうするの?」

「そうだな、あいつの狙いをそらせばなんとか」ヴァンスは忙しく頭を巡らせた。「だけど、キンボールまでここにいる。きっと援護しに来てるんだ」

「キンボールはわたしがなんとかするわ」スーザンは言った。「あなたはもうひとりをどうにかして」

＊

スーザンは唾を飲みこもうとしたが、何も咽喉を通らなかった。ただ乾いた肉の一部がすれただけだった。

ヴァンスは狼狽して彼女を見つめた。スーザンの言い分はもっともだった。

「わかった。だけど、乱暴されそうになったら叫べよ。人殺しって」素早くキスすると、彼はハシムめざして人ごみの中にもぐりこんでいった。

＊

あと十五秒。

「もしもし、お若いかた」アンナ・マリア・ディサルヴォはできるかぎり大きな声で言った。のっぽの金髪男は答えなかった。「ちょっと、あなた！」彼女は怒鳴って、男の上着の縁をひっぱった。

法王の車は減速し、いまや停まろうとしていた。

＊

あと十秒。

ハシムはサングラスをはずして法王の眼をまっすぐ見つめた。この邪教徒にはアッラーの眼を見たまま死んでもらう。ハシムは上着のポケットに手を入れ、ブローニングのグリップを握った。

＊

あと五秒。

「さっきから何だ、老いぼれ！」キンボールは振り返って、アンナ・マリア・ディサルヴォを睨んだ。彼女も睨み返した。この無礼な青二才に思い知らせてやらなければ気がすまない。だけど、ああ、マリア様、あの憎しみに満ちた眼ときたら、まるで蛇の——いいえ、もっと恐ろしい何かの眼のようだ。彼女がまた口を開いたその時、金髪男の頭がはじかれたようにあがり、後方の何かを凝視した。

「ヴァンス・エリクソン！」キンボールは口の中で言うと、上着の内側に手を滑りこませ、セセピータをつかもうとした。

「あなた！」アンナ・マリア・ディサルヴォはキンボールの上着の袖を頑固に引いた。キンボールは振り向きざまに、彼女の頬を手の甲で張り飛ばした。彼女はうしろに倒れ、周りの人々は非難するように息をのんだ。

「あっちに行け、婆《ばば》あ！」キンボールはヴァンスに向かって突進した。ヴァンスはまだハシムめざして進んでいる。あの男をイラン人に近づけてはいけない。

「エリオット！」スーザンの声が人ごみの上を渡ってきた。「エリオットでしょう！」

キンボールははっとして振り返った。

ヴァンスはハシムからキンボール、スーザンに素早く眼を移し、またハシムに視線を戻した。イラン人は自分の背後の騒ぎに気づいているはずなのに、上着のポケットからブローニングを抜いている。ヴァンスの現実的な感覚は、悪夢のようなスローモーションのペースにとってかわられた。ヴァンスはハシムに近づいたが、あと腕一本分届かない。

スーザンはキンボールに飛びついた。彼は強烈なバックハンドでスーザンの側頭部を殴った。彼女が地べたに叩きつけられる前に、何本もの手が差し伸べられた。

法王の乗り物はハシムのほぼ正面に停まった。ヴァンスはイラン人に飛びかかった。が、それとほぼ同時にブローニングが水平に持ち上がり、天地開闢《ビッグバン》のごとき轟音を破裂させた。

びくん、と全身を硬張らせた法王の片手が腹を押さえ、その眼がハシムを見つめた。

銃声を聞いて安堵したキンボールは、セセピータを鞘から抜き放ち、ヴァンスに突進した。これで取引は成立する！　ハシムは腕のいいスナイパーだ。弾丸が一発あれば仕留められる。しかし、ざわめきと人ごみと、やりすぎたハシシが影響を及ぼした。ハシムは心臓を狙ったのだが、実際には弾は法王の腹に当たった。彼はとどめをさそうと矢継ぎ早に撃ちまくった。

キンボールがヴァンス・エリクソンに迫る間に、ハシムは何度も何度も引き金を引いたが、最初の一発のあとはヴァンスがイラン人に飛びかかり、弾の狙いはめちゃくちゃになった。一発は法王の手に当たり、残りは人ごみの中にでたらめに飛んだ。どこかで苦痛の悲鳴が響き、ガードマンたちが暗殺者に殺到すると、あちこちで叫び声があがった。

「我はアッラーの剣なり！」ハシムは絶叫した。「我は法王を殺した！　アッラーに栄光あれ！」麻痺していた群衆は、その言葉で我に返り、どっと押し寄せると、イラン人の殺し屋を地面に押さえつけた。

暴徒の下にハシムが倒れるのを見届け、ヴァンスはスーザンを振り返ったが、眼に飛びこんできたのは、真っ赤な顔のエリオット・キンボールが突進してくる姿だった。手には太陽の光にぎらつく金属の何かを握っている。武器もなく、群衆に押しつぶされて動けないヴァンスは、不気味なナイフ片手に迫りくるキンボールを恐怖の眼で見つめた。

「大丈夫ですか？」まわりの人々はアンナ・マリア・ディサルヴォを助け起こしながら訊いた。

「はい、はい」彼女は怒りにまかせて吠え、罵り、支えられた腕を振りほどいた。金髪男が走りだすや、彼女は石畳から傘を取り上げた。「このろくでなし！」怒鳴って、傘の先端をつかむと、柄の方を金髪の大男に向かって突き出した。傘の柄はキンボールの両脚の間にはいった。曲がった握りは、気取った身なりの男の睾丸をまともにひっかけた。キンボールは急停止し、怒りと痛みと驚きのまじった叫びをあげた。セセピータが地面に転がって音をたてた。

フルバックよろしく、ヴァンスは頭を低くして人ごみの中へもぐりこみ、身体をふたつに折ったキンボールの横をすり抜け、スーザンのそばに戻った。

「あの悪党に怪我をさせられたか？」彼は訊いた。彼女は弱々しく笑って、首を振った。

「いいえ。ちょっとびっくりしただけ。それで……どうなったの？」

「失敗だ。ハシムは法王を撃った」

19

法王はまだ生きていた。ハシム・ラフィクドゥーストはまだ生きていた。ヴァンス・エリクソンはまだ生きていた。エリオット・キンボールは片方の睾丸がゴルフボール大に腫れている——死んだほうがましだった。

痛みをこらえてキンボールは長椅子から起き上がると、足をひきずって机に向かい、七インチリール磁気テープの四分の一インチカートリッジをもうひとつ取った。窓の前でしばらく、ピサの方角に蛇行して流れるアルノ川を見つめ、テープを持って長椅子に戻ると、そっと身体を落ち着けた。用心深く、彼は前に身をのりだすと、カクテルテーブルにのったポータブル・テープレコーダーのヘッドにテープを通した。ほどなく、話の途中から始まったメリアム・ラーセンの声が、むさくるしい小部屋を満たした。

「……彼は見せしめにするしかない」声は響き渡った。キンボールが慌ててボリュームを調節した時、別の声が割りこんできた。

「そんなことはできないわ。あの人は〈ブレーメン結社〉の要《かなめ》のひとりよ。彼の頭の中には、ほかのメンバーを寄せ集めたよりたくさん情報がしまわれてる」デニース・キャロザーズ。

〈ブレーメン結社〉の長であり、キンボールのかつての恋人の声だ。

「まさにそれが問題だ」ラーセンの声は続いた。キンボールは長椅子の上で仰向けになって眼を閉じ、これが録音された部屋の中と、発言者たちの顔を頭の中に描いた。ボローニャのタウンハウスの書斎で、ラーセンは肘掛椅子の中でゆったり坐っているだろう。キャロザーズはいつもの芝居がかった身振りで、部屋中を行ったり来たりしているだろう。

「問題は」ラーセンはくり返し、強調した。「我々がエリオット・キンボールの知識と技術に依存しすぎるようになったことだ。そのせいで彼は力を持ち、やることなすこと我々に影響を及ぼし、彼の富と成功がすなわち我々の富と成功となることになった」そこでテープはしばらく沈黙した。キンボールは、キャロザーズが立ち止まって相手をわざとらしく睨む様を思い浮かべた。ラーセンの悪意をはらんだ低い声が再び、テープレコーダーのスピーカーから聞こえてきた。前よりも不明瞭になったのは、彼がマイクロフォンの前から遠ざかったからに違いない。

「彼の失敗は我々の失敗となる、デニース」静かに言い切った。「そして失敗は許されない。彼はもはや救いがたいほどのミスをした」

「そこまで深刻に考えなくてもいいじゃない」キャロザーズが怒った声で抗議した。

「切り捨てられない人間は誰もいない、デニース。きみも、私も、きみのエリオット・キンボールもだ！　切り捨てられることが我々の力だ。ミスター・キンボールは我々の力を貶《おとし》めた。その責任は取ってもらう」再びテープは沈黙した。キンボールは、ラーセンが肘掛椅子にゆったりと腰をおろし、コニャックをひと口飲む様子まで、ありありと思い浮かべることができた。

「わかっているだろうね、デニース」ラーセンの声は続いた。「私はきみとキンボールのふたりともが、ピサでの小さな教訓から学ばなかったことに失望している。いいか、〈ブレーメン結社〉はうまくやってきた、あのあとも――結社の会計役が首を吊られて、十字架で串刺しにされたあとも」

「それは別の話よ」キャロザーズは抗議した。「あの男は裏切り者だった！　彼は――」

「ああ、そのとおりだ。しかし私は――我々は――同時に、結社のメンバー全員、そして結社のために働く人間全員が思い知らずにいられない教訓を与えられると思った。きみがそれを見逃したとは本当に残念だよ、デニース。キンボールがいなくなるのも残念だが、きみがこの役員会からはずれることのほうがもっと残念だ」

「わたし？」キャロザーズの声が突然、普段よりもずっと高く跳ね上がった。「どういう意味よ！」

「デニース、まさかこの暗殺計画のお粗末極まりない結果のあとで、きみがいまの地位に居坐ることができるとは思わないだろう？」

「馬鹿なことを言わないで、メリアム」パニックに彼女の声が甲高くなった。「わたしは結社の長よ。こんなことは役員会で話し合う……票決するものよ」

「票決は済んだ。満場一致だ」

くぐもった音がテープレコーダーから流れてきた。足音か？　キンボールは眼を閉じてスピーカーに身を乗り出し、どんな音も聞き逃さぬよう、耳をすました。ドアノブのがちゃつく派手な金属音がした。「鍵をかけたわね！」

「そう、私が」ラーセンの声は水のようだった。「鍵をかけた」

「いや！　やめて！　本気なの！」キャロザーズの絶叫がキンボールの耳にこだまする間、テープは淡々と再生を続けた。

「そうだ」ラーセンはひとことだけ言った。〝ぷしゅ〟というサイレンサー付き拳銃の音がした。

「鬼！」

「そうだ」ラーセンは再び言った。くぐもった音が三度、テープレコーダーから鳴ったあと、どさっと大きな音がした。

「そうだ」スピーカーからはコニャックを飲む音に続き、満足気な吐息が聞こえた。「そうだ、きみの言うとおりだ」

　キンボールはしかめ面でテープレコーダーを切ると、長椅子の膨らんだクッションに再び身をあずけた。あと一日かそこらでまた普通に歩くことができるだろう。身体は治る。が、セセピータのような短剣に巡り合うことはもう二度とない――キンボールは陰気な顔で思った。眼を閉じると、セセピータが石畳の上を滑っていく様が浮かぶ。彼が老婆を殴るのを見て激怒した男たちの怒りの鉄拳を思い出した――そして、スーザン・ストームを。お返しの強力なパンチの一撃が決まり、満足のいく悲鳴を聞いたことを。あのあとは逃げるのが精一杯だった。いまの彼のもっとも大きな挑戦は生き抜くことだ。

彼も抹殺されるべし、というラーセンの言葉は、まったく意外なものではなかった。だからこそ、彼は生き残るための対策を前々から立てていた。このテープも万が一の用心の一環にすぎない。

計画のきもは十年以上前から慎重に練られていた。計画の中核には参謀本部情報総局があった。ＧＲＵという略称の方がよく知られているそれは、ロシア軍主力情報機関だ。ソヴィエト連邦が崩壊する前さえＧＲＵが、あの有名なＫＧＢの六倍の情報部員によって構成されていたことはほとんど知られていない。ロシア国内のほかの場所では、新世紀にはいるというのにテクノロジーは遅れ、乱れていたが、ＧＲＵ管轄のスパイ衛星やハッカー技術はアメリカのそれと同等――時にそれ以上の優秀さを誇った。その少なからぬ分野で、多大な貢献をしたのは、キンボールの介入だった。彼は〈ブレーメン結社〉のメンバー企業から得た情報と技術を暗号で流した。

これによりキンボールは〈ブレーメン結社〉の代表としてＧＲＵと強力な関係を築くこととなった。情報を提供し、経済的な結びつきとビジネス契約の促進を助けたのである。彼は秘密裏に個人的なつながりを育て、たとえＧＲＵと〈ブレーメン結社〉が袂を分かつことになろうとも、自身は有利な関係を保てる、という図式を完成させていた。

この交わりの中で、彼はＧＲＵが新しい軍事テクノロジーを必死に求めていることを学んでいた。動機の一部は、よりよい、より新しい、より強力な武器を求めるという軍本来の欲求から来ているが、何よりも重要な動機は経済的な問題だった。端的に言えば、武器輸出がロシアの重要な収入源なのだ。国営兵器商社であるロソボロネクスポートは年間二百億ドル近くの兵器を他国企業に売っているが、アメリカの技術に遅れを取り始めたことで苦しんでいた。下り坂の国から兵器を仕入れたい国などない。旧ソヴィエト連邦において兵器は世界征服のためのものだったが、新生ロシアにおいてはビジネスと市場シェアを意味する。

キンボールは痛みをこらえて長椅子から立ち上がり、伸びをすると、服の乱れを直し、眼を閉じて、生き残り計画のその他の要素を振り返った。

GRUはかなり前からピサに小さいが重要な拠点を置いて、情報を中継していた。その拠点の活動の半分はキンボールにありとあらゆる借りがあると言えた。借りのひとつが、たったいま聞いた〈ブレーメン結社〉の、ボローニャにあるタウンハウスの殺人を録音したテープである。何年も前にGRUを手伝って仕掛けた盗聴器で録ったものだ。

横たわったまま、痛みに眼を閉じ、沈思黙考した。いまやるべきことはただひとつ、ダ・ヴィンチの手稿を〈聖ペテロに撰ばれし兄弟たちの修道会〉から奪い、GRUとの取引材料となすことだ。これで一生分の贅沢と殺しが買える。ひとつの組織への忠誠は重要でなかった。大事なのは殺しだ。眠りに落ちていく彼の顔に笑みが広がった。

＊

ボローニャ人のようにラザニアを作れる者はイタリアのどこにもいない。ボ、ロ、ー、ニ、ャ、の、シェフと同じくらい料理が上手な者はいるかもしれないが、彼ら以上に上手な者はいない。ヴァンスは世界中の飽食した美食家たちがこの街に冠した愛称に思いを馳せた。肥満の都《ラ・グラッサ》ボローニャ——あふれかえる数々の美食による避けがたい結果を表現したものだ。彼はいま実際に肥った気がしていた。ゆっくりと皿にフォークを置く彼の眼と舌はまだ飢えていたが、胃は悲鳴をあげていた。

ふと見やると、スーザンはトルテリーニの端をゆっくりと味わっていた。ヴァンスのように、メイン料理が出てくる前からがつがつ貪《むさぼ》らず、理性的にペース配分している。

肥満の都ボローニャ。それは知識人の都《ラ・ドッタ》ボローニャとしても知られていた——ヨーロッパ最古の大学であるボローニャ大学の存在を指した愛称だ。

ラ・ドッタ、ラ・グラッサ。それらの言葉がヴァンスとスーザンをこの街に引き寄せたのだ。ヴァンスはラザニアをもうひと口ほおばり、地ワインで流しこんだ。

彼は腕時計を見た。サンピエトロ広場から、怯え逃げまどう群衆にまぎれて脱出して、ほぼ四十八時間になる。トニーがスーザンに渡した金で、ふたりはまともな服を買い、駅近くのナツィオナーレ通りに面した小さいこぎれいな宿にチェックインした。何も食べずにふたりは互いの腕の中に倒れこみ、翌日の昼まで眠り続けた。

睡眠は疲労を追い払い、それと共に、法王狙撃後からずっとついてまわったやりきれなさもほとんど消えた。猊下の御命に別状はない、と侍医たちは言っていた。仮にもう少し体力がなければ、この試練に耐えることはできなかっただろう、とも。

トニー・フェアファックスもまた試練を生き抜いた。その日の午後、スーザンが共通の友人に電話をかけると、トニーが軽い心臓発作を起こしたものの病院で快方に向かっていると知らされた。

しかし、その日いちばんのニュースは、ヴァンスがサンタモニカのコンパック本社にかけた電話からの知らせだった。ローマのネルトゥン広場近くのフォッサルタ通りにあるSIP（電話会社《イタリア》）から国際電話をかけたヴァンスはしばらく待っていた。ハリソン・キングズベリが不在で直接つなぐことはできないが、キングズベリからかけなおすのを待ってほしいと言われたのである。

十分もたたないうちに、SIPの社員がヴァンスをガラス張りの防音電話ブースに案内した。驚いたことに、受話器の向こうから聞こえてきたのはメリアム・ラーセンの無情な冷たい声だった。

「ハリソン・キングズベリは我々が預かっている」ラーセンはヴァンスに告げた。「きみがこの先も、〈ブレーメン結社〉の仕事にさらに介入しようというなら、キングズベリの命はなくなる。理解したかね？」

「もちろん」ヴァンスは腹の底から沸きあがる怒りを飲みこんだ。すぐに、キングズベリの声が聞こえてきた。

「ヴァンス……無事か？」

「大丈夫です」ヴァンスは答えた。「で、社長は？　いまどこに？」

「私は大丈夫だ。私が――」突然、キングズベリの声が邪魔された。送話口にかぶせられた手の向こうで、誰かがキングズベリを怒鳴りつけている。やがて、キングズベリの声が戻ってきた。

「ヴァンス？」静かな疲れた声だった。

「聞いてますよ」

「わかるだろうが、私の居場所は謎のままにしておかなければならない。特にきみには絶対にと厳しく言われた。どうやらきみは彼らを相当、悩ませたようだな。まあ、それはそれとして。相変わらず私はよく肥った学者だ、とだけ言っておこうか。まったく肥った学者だ。ここの待遇は非常にいいぞ」

　通話はそこで突然切れた。

　肥った学者。

　キングズベリはほっそりしていた。彼が肥っていたことは一度もない。それに、かの石油王は、まともに高校を出ておらず、そのことを常日頃、口にしていた。キングズベリは何かを伝えようとしたのだ。そしてヴァンスは瞬時にその暗号を解読していた。ボローニャ！　キングズベリはヴァンスのイタリア研究の知識が暗号の鍵を簡単に与えると知っていたのだ。そんなわけで、ヴァンスとスーザンはその夜、列車でボローニャに移動したのだった。

　ふたりはすぐに、駅の向かいのエクセルシオール・ホテルにチェックインした。そして、死の手をまぬがれたものの、すぐにまた対峙しなければならない者にしかわからない、平穏と感謝に満ちた愛の行為を愉しんだ。

「何を考えてるの?」そしていま、スーザンがヴァンスに声をかけた。

彼は苦労して意識を現在に引き戻した。「うちの社長のこと。トージ教授のこと」彼は答えた。「ぼくらのこと。きみのこと」

「ふうん」スーザンはそう言いながら、小さな丸テーブル越しに、彼に手をさし伸べた。「キングズベリさんとトージ教授のことで、あなたが何を考えてるのかはわかるけど。わたしのことでは何を考えてるの?」

「それは、いろいろだよ」ヴァンスは彼女の手を握り返した。

「いろいろって?」

「どうして、きみのいろいろなことを気づかなかったんだろうとか」

「ああ、もう」スーザンは苛立った声を出した。「まどろっこしいわね。覚えてるでしょ、もう駆け引きみたいな真似はなしだって」

「ああ……だから、ちょっと不思議だったんだ、いろいろ小さい手がかりはあったのに、どうしてぼくが見落としてたのか、その、きみが……その……」

「スパイだってことを?」彼女はずばりと言って笑いだした。「そりゃそうよ。もし、あんなに絶体絶命の危機に陥ってなければ、あなただって気がつかなかったでしょうけど。でも、わたしたちが絶体絶命の危機に陥らなければ、手がかりも得られなかったのよね」

ヴァンスは憂鬱そうな顔でうなずき、付け加えた。「だけど、なぜあんなことをしてるのか、教えてくれたことがないじゃないか」

「あなたはどうして世間に唾して、ブラックジャックのギャンブラーになったの？」

「最初に言っておくが、ぼくはギャンブルをしたことはない」ヴァンスは言い訳するように答えた。「それで蹴り出されたんだ。ぼくの方法は博打じゃなかったから」

「はいはい、そうね」スーザンはなおも言った。「だけど、そうしたのはなぜ？」

「そうしなきゃならなかったからさ。金が必要だったんだ」

「ううん」スーザンは首を振った。「お金を稼ぐだけならもっといろいろな方法があったはずよ。そんなことだけでギャンブルを選んだりしないわ。別の理由があるでしょ」

「うん、まあ……」スーザンの眼力の前では裸にされた気分だった。「わかったよ、愉しいからさ」他人に、ことに愛する女に、自分の心をここまで見通されていることが愉快かどうか自信がなかった。「愉しみだし、挑戦だし」

「冒険だし。それがわたしの理由よ」

「冒険だし」ヴァンスは同意した。「きみはＣＩＡに冒険を求めてはいったと言うのか？」彼の声は疑わしげだった。「そんな理由で、ＣＩＡにはいって、遠い国に旅して、おもしろい人々に出会って、殺す？　きみほど〝まっとう〟な生き方を求める人間がそんな動機で？　信じられないな」

「あなた、間違ってるわ。わたしは〝まっとう〟を求めてはいったのよ」スーザンは言い返した。「ＣＩＡが昔から派閥社会だってことは知ってるでしょ、すくなくとも幹部クラスは。

父は、ＣＩＡにいたの。だから、もしわたしが父に打ち明けていたら、喜んで賛成したかもしれない。でも、わたしは言わなかった。もし父が反対して力で妨害されたら困る、というのもあったけれど、ひょっとして父が賛成した時に、わたしを優遇させようとしゃしゃり出てほしくなかったからよ」

ヴァンスは笑ってスーザンを見ると、ゆっくり頭を振った。「きみはたいした女だよ、スーザン。たいした女だ」

「ありがと」

ウェイターが仔牛のソテーをふた皿運んできた。

「なあ」ヴァンスは肉を噛む合間に言った。「きみはぼくが知ってるきみよりもずっと、ぼくを刺激するあれこれを心得てるんじゃないかと思うよ」

スーザンは秘密めかして微笑するのみだった。

ようやくレストランから、深まっていく藍色の夜の中に出たのは九時近くだった。

歩きながら、スーザンはヴァンスの腕に自分の腕をからませた。

「今日は何か成果があったと本当に思う？」

「もちろん」彼は答えた。「油田の掘削《くっさく》でも、空井戸《から》は、掘っても無駄な場所を教えてくれるものなんだ」

「楽観的ね、ずいぶん」

ふたりはテストーニ通りの影を離れて右手に折れ、インディペンデンツァ通りを流れる人の川に合流し、大聖堂に向かっていった。

「楽観的にならなきゃ、やってられないからね」夕暮れにゆったり歩く人の波に身をまかせつつ、ヴァンスは答えた。「ぼくらはいちばんいいところに賭けた。この賭は勝つか負けるか決まるまで途中でおりられない」

「ギャンブルはしないって言ったくせに」

「あれは嘘だよ」

ふたりはしばらく無言で歩き、そぞろ歩きを愉しんだ。その日は、教会から教会をめぐって、司祭や管理者から〈聖ペテロに撰ばれし兄弟たちの修道会〉の情報を収集しようとした。夕方には、ほぼすべての主な教会と教会管理部、ボローニャ大学の神学部も含めて、周りきっていた。スーザンの意見で、ふたりは街の南端の、駅から離れたホテルに予備の部屋をひとつとった――連絡先として。〈撰ばれし兄弟たち〉はボローニャに支部を持っていた。彼らのことを嗅ぎ回っている人間の存在に気づかないはずはない。まして、ほんの二、三日前に殺そうとしたふたりの人間に。そんなわけで、ボローニャの南端のホテルに届いた伝言は電話で回してもらう。部屋代は使いの者を介して支払う。スーザンもヴァンスも尾行を用心して、二度とそのホテルにはいるつもりはなかった。

「もし誰も伝言を残していなかったら？」しばらくしてヴァンスは訊いた。

「そうね」スーザンはプロらしく冷静に答えた。「それは敵がホテルを見張ってわたしたちが現れるのを待つことにしたってことよ。だから、伝言を受け取れなかったら、わたしたちで手分けして見張りの人間を見つけるか、どっちかがホテルの中にはいって見張りをおびき出すかね」

「楽しい代案じゃないな」ヴァンスは感想を言った。

「ほんと。全然ね。そっちの道を歩かなくてすむことを祈りましょ」

ヴァンスの本能は、スーザンをどこか安全な場所に匿うように、彼女を守るようにと叫んでいた。彼にショックを与え続けているのは、プロなのは彼ではなく彼女であるという事実と、彼女はひとりなら彼よりもずっと高い確率で生き延びられるだろうという認識だった。その混乱を自分の中でどうおさめればいいのか、わからなかった。

「二番めにいいところに賭けてみる?」スーザンはヴァンスを、物思いの中から自分たちの使命に引き戻した。

「いま?」彼は戸惑って言った。「今夜? だけど、ぼくらは確か――」

「ええ、そう決めたわ。でも、もしわたしたちが猛烈にかき回したら、連中は意外と早く反応してくるかも」

「どうかな。まあ、そうかもしれない。それよりもぼくの頭にあったのは――」

「お愉しみのこと?」いたずらっぽく見上げたスーザンは、彼の眼の中に答えを見つけた。ヴァンスが照れたように笑う。本当にかわいい人ね、とスーザンは思った。これでどうしてブラックジャックの時にポーカーフェースを保っていられるのかしら? 彼女は頭を振ると、微笑を返した。「あとで」立ち止まって頬に軽くキスした。

近くでは、歩道のテーブルの老人にエスプレッソを運んできたウェイターが、ふたりを笑顔で見ていた。老人も微笑んでいた。イタリア人ほど恋人たちを愛する者はいない。

「それはあとのお楽しみ」再び歩きだしてから、スーザンはヴァンスに囁いた。あとがあればの話だけれど――不意に彼女の頭にそんな言葉が浮かんだ。縁石を降り、スーザンはヴァンスを連れてウーゴ・バッシ通りを渡り、ネプチューン像の近くで客待ちしているタクシーの群れに向かった。先頭のタクシーの運転手は、仲間四人との雑談からさっと離れ百七十センチの身の丈を精一杯にしゃんと伸ばし、美しい婦人とそのエスコートに笑顔を向けた。十分後、運転手はカップルを、スポーツ競技場近くにある閑静な中流の住宅街で降ろした。

＊

「ここにはいませんね」グレゴリウス修道院長は苦々しい口調で供の者に言った。「ここはただのおとりです。おそらく伝言用の」

予期しておくべきだった、とグレゴリウス修道院長は舌打ちした。ヴァンス・エリクソンとあの女は、教会関係の場所をあまりにおおっぴらに、やけに熱心に訪ね回っていた。明らかにあのふたりの行動は〈聖ペテロに撰ばれし兄弟たちの修道会〉に対するメッセージであり、修道会の長である彼に対する挑戦であった。六時までに、エリクソンを探している修道士たちからグレゴリウス修道院長のもとに三本も電話がはいった。エリクソンはそのすべてに同じホテルの電話番号を残していた。

怒気もあらわにグレゴリウス修道院長は大股に窓辺に寄り、大きくカーテンを開け、通りを見下ろした。おまえはそこにいるのか、ヴァンス・エリクソン？　なぜ、それほどまでに成功をおさめることができる？　グレゴリウス修道院長は、この才能あふれる素人に対して不本意にも湧き起こる賞賛の念を苦労して抑えつけた。

窓の下を、マフラーのない傷だらけのフィアットがけたたましい音をたてて通り過ぎたが、グレゴリウス修道院長の耳にははいらなかった。ヴァンス・エリクソンはサンピエトロ広場にいた。観光客の撮った写真が、のちに新聞に掲載され、彼がイラン人に飛びかかる姿が報道されたのだ。あの日の午後、広場に押し寄せた何万人もの群衆の中から、いったいどうやってイラン人を見つけたのか？　実に残念なことだ、とグレゴリウス修道院長はゆっくり頭を振った。あのアメリカ人を殺さねばならないとは。しかし、いかに惜しくとも、生かしておくわけにはいかない。これも巡りあわせだ。グレゴリウス修道院長は窓に背を向けると、部屋の中央で神妙に無言で立つ、屈強なふたりの男を見た。あのアメリカ人の軽やかに回る頭と精神を殺すことは、芸術作品を滅ぼすに等しいが、しかし神は我々になさねばならぬ試練を与えたもうものだ。

「よろしい」男たちはさっと待機の姿勢を正した。ふたりとも二十代半ばで、厳しい肉体トレーニングでのみ得られる、締まった筋肉質の身体つきだった。「この部屋にひとり置きましょう。そして入り口を見張る十分な数の人間が欲しい。無駄かもしれませんが。ヴァンス・エリクソンがここに戻ってくるとは思えない。ヴィンセンシオ」グレゴリウス修道士は、背の高いほうの男に呼びかけた。身の丈は百八十センチを少し超え、カジュアルな服の下で胸と腕の豊かな筋肉が、シャツのニット地を押し広げている。

「はい」

「ヴィンセンシオ、あなたには市役所のこの男に接触してもらいたい」グレゴリウス修道院長は背の高い男に、急いで名前を書いたフールスキャップ判（ほぼA4判の横を狭くしたサイズ）の紙片を一枚手渡した。「この男は市長の部下ですが、我々に借りを作っています。ボローニャの役人のご多分にもれず、この男も共産党員です。我々の目的のために、あなたはこの男に、ヴァンス・エリクソンはCIAのスパイで、共産党が支配するこの地の政権を揺るがすために、ファシスト分子に偶然を装って接触するおとり捜査官なのだと伝えなさい。そして、警察にヴァンス・エリクソンの写真をボローニャ中のすべての宿に――内密に――回させるよう頼みなさい。写真は〈イル・ジョルノ〉紙のを使えばよろしい。ただし、行動は絶対に秘密裏に運べと、その男に念を押すのです」

「かしこまりました、院長様。ですが」ヴィンセンシオと呼ばれた修道士は、おそるおそる言った。「宿の主人にパスポート番号のリストを出させて、その男のと比較するだけで事足りませんか？」

「よいところに気がつきましたね、ヴィンセンシオ」グレゴリウス修道院長は鷹揚に言った。ヴィンセンシオは眼に見えてほっとした顔になった。グレゴリウス修道院長の考えは予見できない。いまの意見もアドバイスではなく、彼の判断に対する批判とみなされたかもしれないのだ。「宿にパスポート番号を登録しなければならないのは事実ですが、計略に富む我々の敵は、偽名で別のパスポートを持っているかもしれない。念には念を入れたいのです」

「さすがは院長様」ヴィンセンシオは心から言った。「差し出がましい口をききました。お許しください」

「許します。では、行きなさい」

男はそれ以上何も言わずに回れ右すると、背筋を矢のように伸ばし、まるで兵隊のような歩調で部屋を出ていった。この男は修道院からイタリア軍に送られ、そこで軍事訓練を受けて、相棒同様、エリートゲリラ部隊に配属されたが、無許可離隊して修道院に戻ったのである。

「ピエトロ、あなたは私と一緒にいなさい。とりあえず我々は一度戻って、この逃げ回る獲物の居場所の知らせを待つとしましょう。それからです――」グレゴリウス修道院長は獣のような笑顔を見せた。「――我々の祭りは」

グレゴリウス修道院長は数分を犠牲にしてホテルの便箋に何やら書きつけると、慎重に折りたたんで封筒に入れて封をし、表にヴァンス・エリクソンの名前をしたためた。ホテルを出る際に、彼はそれをフロントに置いていくつもりだった。二枚目の封筒の中に、二百五十ユーロを入れ、封をしてから、ホテルの支配人の名を表書きした。実に値の張る鍵だった。しかし、ヴァンス・エリクソンにとっては究極と言えるほど高価な鍵に違いない。

*

ヴァンスとスーザンがタクシーから降りた時には、完全に夜が更けていたが、爪の先ほどの月が、街灯の間の長い闇を歩くのに十分な明かりを投げかけていた。歪んだコンクリートの歩道が、狭いでこぼこのアスファルトの車道に沿って、丘の上に続いていく。遊ぶ子供たちの声が、やはり歩道や車のない車道にたむろする年嵩の、たいていは男たちの、もっと低いイタリア語の早口とまじり合って響いている。スーザンとヴァンスは彼らの傍らを通り過ぎるたびにイタリア語で挨拶をした。イタリア語はヴァンスのほうが得意なので、主に彼が相手をしていた。

男たちが外でいつまでも喋っている間、女たちは台所で笑いながら、鍋の音をさせ、芳香を作り出し、通りに面した黄色く明るい開いた窓から漂わせている。

通りの左側を半分ほど行ったところで、ふたりはこぢんまりとした三階建ての家の前にたどりついた。このあたりの中流家庭の家らしく、頭の上まであるフェンスに囲まれ、門がふたつ――車用のと人間用のと――小さな芝生の前庭と花壇があった。しかし、ほかの家とは違って、ここの窓は暖かく光らず、台所の固く閉じられた窓からは、陽気な音も、夕食の匂いも漏れてこなかった。

「そこの家はもう何日も前から誰もいないよ」背後で人のよさそうな声がした。ヴァンスとスーザンはぎょっとして振り向いたが、誰の姿もなかった。下を向くと、遠くの街灯からぼんやり届く薄暗い光の中で、白いシャツとサスペンダーで吊るした黒っぽいズボン姿の小男が見えた。頭を飾る白い髪の房が暗がりで輝き、顔を飾る皺の大河の間からは、つりこまれずにいられない微笑がこぼれている。

「すまんかった」老人は言った。「脅かすつもりはなかったのさ」

「いえいえ」ヴァンスは言った。「ぼくらは教授の教え子なんですよ。ちょっと先生に会いに寄ったんですが」

「そうかい」老人は急にヴァンスの顔をじっと見つめた。「あんた、どっかで見たことがあるな。このへんに住んでるのかい？　どうも、あんたの顔に見覚えがあるぞ」

「いえ、ぼくは――」

「年寄りの勘違いってやつだね」老人は言った。「トージ先生はしょっちゅうどこかに行くんだ。家政婦に暇をやっちゃあ、半月くらいいなくなる。本当に学のあるすごい人だぞ、トージ先生は」老人は誇らしげに付け加えた。「町の誉れさ。いなくなって、これから淋しくなるなあ」

「え？」ヴァンスは訊いた。「いなくなるのはしょっちゅうじゃなかったんですか？」

「ああ、そうだ、そうだよ。そう言っただろ？　いや、わしはわざと誤解させる言い方をしたんじゃないよ。だからさ、わざと言ったんじゃないんだ、先生はいつもと同じようにふらっといなくなったんだから。けどな――」老人は声をひそめると、内緒話をするようにヴァンスの方に顔を寄せてきた。「――先生の家政婦のアンジェラが教えてくれたんだ。ほれ、わしは引退してから、うちのポーチに日がな一日坐ってるか――」老人は通りの向かいを指さした。「ぶらぶら歩いてるかだろ。いや、歩き回るのはアンジェラを拝むためさ。たいした眼の保養だよ、あの娘はな――」老人はちらりとスーザンを見ると、やにわにヴァンスの腕をつかんで、二、三歩、離れた場所に引っ張った。「いい身体をしてるのさ、若くて、脚が色っぽくて、でかいんだよ、ここが――」彼は両手を胸の前に突き出し、男同士に向ける笑顔を見せた。ヴァンスは一緒に笑わずにいられなかった。

「ところがアンジェラがたった二日ばかり前に言ったのさ、先生から半年分の給金と手紙が届いたって――半年分だとさ、信じられるかい？――もうおつとめは必要ないから来んでいい、とさ。いやいや、どんなおつとめをさせてたんだか」老人はまたにんまりした。これもまた男同士の冗談というわけだ。

「なるほど、それじゃ――」

「ところが、それだけじゃないのさ」老人は続けた。「先生がいなくなった日から毎日、家に坊さんが来るんだ。坊さんは門と家の鍵を持っててな。門からはいって、郵便物を取って、すぐ出ていくんだ。そしたら昨日はトラックが来たよ。ミラノ北のナンバープレートのトラックが来て、箱をたくさん運んでいった。家具はなかった、箱ばっかりだ」

トージ教授のファイルだろう、とヴァンスは推測した。「その修道士はいつごろ来るんですか？」

「いっつもさ。昼でも夜でも。けど、あれは悪い坊さんだぞ。人の皮をかぶった悪魔さ、わしに言わせりゃ」老人は十字を切った。「一度も足を止めてわしに挨拶しようとせんし、一度、わしの方から近寄って挨拶しようとしたら、あの坊主め、わしを罵った！」老人の声は誇りを傷つけられた不満にあふれていた。

つまり、トージ教授の家は修道士たちにのっとられたというわけか。ヴァンスの頭は忙しく回転し始めた。当然だ、自分は何を期待していたのか?

近所の噂をまくしたてる老人の話に耳を傾けるふりをしながら、ヴァンスは情報の断片を組合せ始めた。家は常時、見張られているわけではないが、修道士が毎日、郵便物を取りにくる。そのあとを尾けることができれば、修道士たちの組織に再び近づけるかもしれない。それが実現すれば——ヴァンスの心臓は期待に高鳴った——手稿を奪うチャンスがあるかもしれない。それがあれば、キングズベリの解放の取引材料に使える。だめなら、この世から消し去るまでだ——ヴァンスが尊敬し、一生を捧げて研究してきた人物の、直筆の世にも稀《まれ》なる手稿を。

車が必要だが、免許証がなければ、借りることもできない。もう一台、盗みたまえ、ヴァンス君——彼はひとりごちた。もう眉毛の上までどっぷりつかっているじゃないか。

道をぶらつくのも、車の中から見張るのもだめだ。狭い道に駐車している見知らぬ車は、小柄な隠居爺さんの注意を引くばかりではすまない。静かな住宅街の切れ目のない家やフェンスや門の列に隠れる場所はなかった。解決法はただひとつ。教授宅に侵入して、修道士を待ち受けるしかない。すばらしい犯罪者だな、ヴァンス・エリクソン。殺人、窃盗、家宅侵入。りっぱな経歴だよ。スーザンが歩いてきてヴァンスの傍らに立つと、老人からぎこちない会釈を受けた。

「そいつが、だから、さっきわしが話しとった坊主の話だよ。わしはあんまり腹が立ったものだから、車のナンバーをひかえてやった。ピエトロのせがれの――ピエトロってのは、うちの隣に住んでるパン屋だよ――せがれのレナートは警官でな、わしはこの爺いの頼みをきいてくれと言ったのさ――わしはレナートを赤んぼの頃から知っとるんだ――レナートに、爺いの頼みをきいてくれと言って、その坊主のことを説明して、わしはその坊主の態度に抗議の手紙を書いてやりたかったものだから、レナートに――わしがレナートが赤んぼの頃から知っとると言ったかな……ああ、そうだ、言ったっけなあ」老人は咽喉の奥で笑った。ヴァンスは押し寄せるじれったさの洪水を押し戻しながら、物分かりのよい笑顔でうなずいた。

「それで、あれ、どこまで話したかな?」老人は混乱したようだった。

「レナート?」スーザンが優しく助け船を出した。

「ああ、そうだった。いや、あんたは本物のべっぴんさんだな」老人はにっこりとスーザンに笑いかけた。「そうそう、レナートはこの爺いの頼みを聞いて、その坊主の車のナンバーを調べて、昨日、その住所を教えてくれたのさ。それでわしはそこの教区司祭に手紙を書いてやった。ああ、書いてやったとも!　あの糞坊主、誰だか知らんが、とっちめられてるだろうさ」

「教区司祭?」ヴァンスはあまり熱心に聞こえないように注意して言った。

「そうさ。サン・ルーカ礼拝堂の教区司祭に。いまごろはむちゃくちゃ怒っとるだろうさ、自分のところに、信心深い信者にそんな態度をとる坊主がいると知ってな。礼拝堂はここからほんの三、四キロのところだ。いや、わしがこんな老いぼれでなけりゃ、この足で歩いてって、教区司祭に直談判してやるところだ。いいか、わしは――」

「シニョーレ」ヴァンスはできるかぎり丁重に口をはさんだ。「お話できて、本当に嬉しかったです。あなたには想像できないほど、本当に嬉しかったですよ」老人はヴァンスの大仰な言葉に喜んで笑い返した。「だけど、もう失礼しなければならないんです。教授には五分くらい顔を見せるだけのつもりだったんですが、もうそれ以上、時間がたってしまったので。ぼくらは――」

「いやいや、わかっとるよ」老人はまたもやヴァンスの腕を取ると、声を殺して囁いた。「わしだってあんなべっぴんさんと一緒なら、こんな爺いの話を長々と聞いて時間を無駄にしたくはないからなあ」そう言って、ウィンクした。

「そんなつもりじゃ――」ヴァンスは言いかけた。

老人は手をあげた。「もちろん、そのつもりだろうに。いや、気にしなさんな。わしのために長いこと耳を貸してくれただけで、とっくに感謝しとるよ。それじゃ、主のご加護があるようにな、お若いの」そして、もう一度ウィンクすると、くるりと背を向けた。ふたりは、通りをはさんだ門の内に消え去る老人の背中を、呆気に取られて見送った。

スーザンがヴァンスに擦り寄った。「運が向いてきたみたいね」そう言って彼の腰に腕をまわした。

ヴァンスは彼女を引き寄せた。「潮時《しおどき》だな」

「ええ」スーザンは静かに言った。「潮時よ」

20

市長補佐は夕食の最中に呼び出されたことを喜んではいなかった。しかし、ファシストの計画を覆《くつがえ》せるという希望に血がたぎり、カジュアルな服装の見知らぬ男と共にボローニャ中央警察署に赴《おもむ》いた。市長補佐は警察署にひとりではいり、その夜の当直だった副署長と話し、指示を出した。その後、筋肉質の見知らぬ男は、市長補佐を家に送り届け、市長補佐は夕食の続きを愉しんだ。警察署の真夜中のシフト交替時に、夜勤の全警察官にヴァンス・エリクソンの写真のコピーが配られた。

逃亡者、犯罪者、失踪者を探してホテルを調べて回るのは、お定まりの退屈仕事である。しかし、この夜の警官たちは、普段よりも意欲的にこの仕事に取り組んだ。誰もが、この殺人鬼を挙げて手柄を立てようと眼の色を変えていた。

＊

彼は夢の中を通り抜けて彼女のもとに来ると、柔らかな眠りの花びらをそっとはがしていった。彼のくちびるを、スーザンは頬に、首に、胸に感じた。重さのない眠りの世界の喜びを手放したくない気持ちとは裏腹に、そのキスが約束する歓び欲しさに身悶える。横向きになり、眼を閉じたまま、くちびるを探り当てた。舌が出会い、ヴァンスの腕に抱かれると、彼女は夢心地にあえいだ。

彼のくちびるが離れて、耳の裏の柔肌をくすぐり始めると、ついにスーザンは眼を開けた。部屋はまだ暗かった。

「何をしてるの?」わざと真面目な声で訊ねた。「真夜中よ」

「違う」ヴァンスは彼女の耳朶《じだ》を探る舌を休めた。「六時過ぎだよ。時計を見た。午前がもう半分も過ぎちまってる」

「ううんん」スーザンは温かな筋肉質の胸板に乳房を押しつけておおいかぶさった。「じゃあ、今日の日を無駄にしないようにしましょ」そうして首筋にあてたくちびるを、くびれのある腹筋の中央に這わせていった。彼女が下に動くにつれ、彼は歓喜のうめき声をあげた。

＊

エンリコ・カルドゥッチ巡査は青と白のアルファロメオを駅前通りの縁石に寄せて停め、腕時計を見た。すでに六時十一分をさしている。彼はあくびをした。相棒はといえば、窓に寄りかかって、砂利道を引きずられる壊れたマフラーよろしく、大いびきをかいていた。

寝かせておこう、と、心中でつぶやき、カルドゥッチ巡査はあくびを嚙み殺した。青い制帽をまっすぐになおし、ドアを開ける。ひと晩中、ふたりは車を停めては新聞写真のコピーを、ボローニャ市内の管轄区域にあるすべての宿の夜勤フロントに見せ歩いた。運はまったくなかった。安物のぺらぺらの紙にコピーされた写真はすでに手垢《てあか》に汚れ、皺だらけだったが、探している男の姿はまだ鮮明だった。車から降りて、相棒を起こさないよう、そっとドアを閉めると、白い革ホルダーに銃を納め、いちばん手近な宿にはいった。駅前にはビジネスホテルが三軒かたまっている。殺人鬼はきっとここさ、と楽観的に、カルドゥッチ巡査はガラス扉を押し開けた。

＊

わたしはこの男《ひと》と何をしているの——愛し合った火照りの残り火に眼を半分閉じて、スーザン・ストームはベッドに寝そべったまま自問し、ヴァンスが鏡の前で髪をタオルでこすって乾かすのを見つめていた。彼の美点をどうして見過ごしてくることができたのか——当惑の小さな皺が顔に浮かぶ。これまで関わってきた男たちの中で、彼ほどまともに扱ってくれた男はいなかった。彼女を……つまり、ただの女としてだけではなく。

もちろん、上司の中には何人かいた。彼女はすぐれた記者であり、非常に有能な情報局員だった……ベイルートの一件までは。しかし、デートをし、恋人としてつきあった男は誰も、彼女を一人前の人間として見てくれなかったのだ。

ベイルートは悪夢そのものだった。フランスの某写真週刊誌のジャーナリストとして赴いた彼女は、CIAの上司たちがテロ組織〈神の党《ヒズボラ》〉の支部だと言った場所に伏兵として潜入した。すべてが終わったあと、身体をちぎられ、ばらばらにされた子供たちの——ティーンエイジャーたちの死体の中で、スーザンは呆然と立ちすくんだ。子供たちはシリア人やイラン人に与えられたカラシニコフ自動小銃を装備していた。引き金にかけられた指は大人の指と同じ正確さで敵を殺した。この少年兵たちが、無防備な市民や、女や、子供や、自分たちと同じティーンエイジャーに対する非道な行為の加害者であることは間違いない。スーザンは、生命を失った肉体のかけらの間を歩いて、幼いなめらかな顔をいくつも見ながら声をあげて泣き、子供たちを死地に送り出すとはいかなる世界かと天に問うた。産み育てた我が子を、自分たちのために戦わせる親どもに腹が立ってしかたがなかった。悲嘆から抜け出せぬまま、彼女はパリに戻るなり辞職した。

〈オート・クルチュール〉誌の記者として高尚な芸術界に引きこもる生活に、満足はできなかった。雨だれのように次々現れる印象の薄い恋人たちにも。

しかしいま、とろけるような笑みを浮かべ、タオルで背中を拭くヴァンスを見ながら、彼女はようやく一人前になれた気分だった。やっと自由になった気がする。死線を共に乗り越えたアドレナリンが恋心を錯覚させているわけではない。絶対に違う、と自信を持って心の内で断言した。彼が何をしたかではない、彼のものの見方、行動の仕方に惹《ひ》かれたのだ。ヴァンスの権威に屈することのない姿勢が好きだった。近づけるだろうか――近づきたい。ヴァンスのような人間に。

＊

駅前のホテル三軒の夜間フロントは、ヴァンス・エリクソンの写真に見覚えがなかった。彼らはカルドゥッチ巡査の求めに答え、エリクソンのパスポート番号のチェックもした――成果はなかった。しかしカルドゥッチ巡査は、目標が偽造パスポートを使っている可能性ありという上司の警告を重く見て、写真の方を信頼していた。彼は相棒の元に戻り、そっと揺り起こした。「車を署に戻しといてくれよ」カルドゥッチ巡査は朦朧としている相棒に言った。「俺は昼間のフロントが出勤してくる七時頃までここに残る。家にはバスで帰るからさ」エロティックな夢から醒まされた相棒は不機嫌な顔で同意した。車は乱暴に縁石を離れ、走り去った。

カルドゥッチ巡査は本気で目標の男をここで見つけられると信じているわけではなかった。ただ、彼はホテルの前から出るバスで十分のところに住んでいたのだ。そして、彼は点呼の憎々しい巡査部長が大嫌いだった。ロビーの快適な椅子でひと眠りできるという絶好の機会なのだ、そんな時にわざわざいやな目にあいにいくことはない。彼はエクセルシオール・ホテルの正面入り口のそばにあるふかふかの椅子に沈みこみ、六時十五分には、切れ切れの夢の中に落ちていった。

＊

なかなかいいホテルだな、と思いながらヴァンスは大理石の床の浴室を出て、寝室のテレビの脇にある小型冷蔵庫を開けようと、かがんで手を伸ばした。

「オレンジジュースはどう？」ベッドに坐ってテレビを見ているスーザンに訊ねた。

「いいわね」スーザンは答えた。「軽い運動のあとはいつも咽喉が渇くの。ねえ、ヴァンス、もう七時を過ぎたからそろそろ――」テレビ画面に法王の容体に関するニュースが映った瞬間、彼女は言葉を切った。

法王は回復に向かっていた。暗殺者の弾丸が腸を傷つけたので、癒えるまでの間、一時的に人工肛門に頼ることになる。法王は意識があり、祈りの言葉を唱え、暗殺者を赦すよう神に請われた、とアナウンサーは語った。

暗殺者はハシム・ラフィクドゥーストという名のイラン人で、ローマ警察により逮捕、裁判のため勾引《こういん》されている。ラフィクドゥーストはドイツで殺人犯として指名手配されており、反体制側のイラン人を射殺した容疑がかかっている。本人は一匹狼と称しているが、テロ組織〈神の党《ヒズボラ》〉からふんだんに資金援助を受けている疑いがある、と、アナウンサーは嫌悪感もあらわに続けた。

画面には、護送車でローマ市拘置所に移される男が映った。憑かれたように、狂気じみた眼。「我はアッラーの剣なり！」イタリア語で、英語で、ペルシャ語で叫んでいる。「アッラーに栄光あれ！　法王を殺した！」

ヴァンスはベッドのスーザンの隣に腰かけ、ぼんやりとオレンジジュースを口に運びながら、ニュースを見ていた。ラフィクドゥーストの映像は、暗殺者と法王が写っている最新の公開写真に切り替わった。狙撃される直前に法王の背後から撮られたその写真には、銃をかまえたラフィクドゥーストが見える。写真を見たヴァンスは突然、グラスを取り落としそうになった。写真の左端に、見違えようのないほどはっきりとヴァンスの顔が写っていた。ラフィクドゥーストの発砲を止めるために飛びつこうとした、歪んだ顔が。

「そんな、どうしよう！」スーザンが声を漏らす。「どうしよう、ヴァンス」

写真を提供した旅行者の名が発表された。画面に白い円が現れ、まずはかまえられた銃を、次にラフィクドゥーストを示し、最後に、まるで首に巻きつく綱のようにヴァンスの顔を囲った。

「警察はまだこの男性と接触できておりません」アナウンサーは言った。「しかし、ミラノとコモ湖畔における最近の連続テロ事件に関係している容疑で手配中の男と同一人物と見られています。また、この男性が暗殺者を援護しようとしたのか、それとも法王猊下を守ろうとしたのか、定かではないということです」

過激なニュース番組はすぐさま視野の狭い話題に視線を移し、銃撃事件に対する喧《やかま》しい国際世論や死刑制度支持の声等々を並べたてた。しかし、ヴァンスは何も聞いていなかった。自分は泥沼にどんどん、どんどん、どんどん沈んでいく、と心の中で陰気につぶやいていた。愛するイタリアは足の下で流砂に変わってしまっていた。

＊

「なんだよ！　ああ、どうも。おはよう！」ボローニャ警察のエンリコ・カルドゥッチ巡査は飛び上がった。日勤のフロント係が出てきたのだ。時刻は七時六分。カルドゥッチ巡査は頭がはっきりするまで数分待つと、やおらヴァンス・エリクソンの写真を見せた。

フロント係は写真をじっくり凝視すると、天井を見上げ、下くちびるをなめなめ考えこみ、ぶつぶつつぶやいていたが、ようやく言った。「ええ、覚えてますよ」

カルドゥッチ巡査の心は躍った。昇進だ、夜回りからも解放される。自分は目標の男を見つけた。自主的な時間外の勤務のたまものとして。母が何と言うだろう、と、彼は想像を膨らませた。

「そうですすねえ」フロント係は続けた。「正確に言えば、この人の連れの女性を覚えてるんですよ――すごい美人でした、ほんとにきれいなご婦人で。あのものすごく目立つ美人が一緒でなければ、覚えてなかったでしょう。確か名前は……」彼は眉を寄せて思い出そうとしていたが、やがてフロントのデスクに歩み寄った。カルドゥッチ巡査もあとに続いたが、足がロビーのみがきぬかれた床に着かない心地だった。

フロント係が宿帳に記載された名を探す間（「昨日の時点では十二人しかチェックインしていただいていませんね」と、宿帳をめくりながら彼は言った）、カルドゥッチ巡査は、警察学校の教えを思い出そうと必死になっていた。彼が不出来な学生だったからではない――事実、カルドゥッチ巡査は学年二位の成績で卒業している――ただ、ドアを蹴破って部屋に飛びこみ、見事ひとりで逮捕する図を頭から消せなかったのだ。新聞の見出しを、写真さえも想像することができた。

しかし、彼は警察での訓練を忘れていなかった。そして巡査部長が、報道騒ぎや社会からの賞賛の声が下火になれば彼を罰し、正式な手続きを踏まない者はこうなるという見せしめにするであろうことも忘れていなかった。カルドゥッチ巡査はしぶしぶ警察署に電話をかけて応援を頼むことにした。フロント係は彼に電話を使わせ、その間に宿帳の確認を終わらせた。

＊

「畜生！」ヴァンスは声を漏らした。「どうして物事ってのはいっぺんに起きるんだ？」すでに彼はリーバイスのジーンズをはき、ライトブルーのポロシャツに身を包んでいた。スーザンがやはりジーンズをはき、袖口を折り返した青いシャンブレーのシャツを着る間、彼は部屋の中を行ったり来たりしていた。

「こっち側の有利な点は、誰もぼくらの居場所を知らないということだ」ヴァンスは考えを口に出しながら歩き続けた。「知ってるとすればあの修道士たちだけだ。奴らはひとりずつ叩いていけばいい」

「連中がここの警察と連携していなければね。ミラノやコモみたいに」スーザンが口をはさんだ。

ヴァンスは足を止めた。「とりあえず、ぼくはボローニャがあの修道院から、かなり遠いことに賭けてるんだ。連中はまさかこんなところまで力を持ってないだろう。それでも、覚えられないように注意しないとな、ぼくらは……ぼくは。つまり、今夜サン・ルーカ礼拝堂に行くまでは極力、人目を避けるってことだ」

車を一台盗んで、田舎の道を走る。丘を通る道は交通量が少ない。パンとチーズとワインとミネラルウォーターを買って、ピクニック気分で食事をする。そう、ピクニックだ。ただ……車は隠すのが難しい。それじゃオートバイだ。ヴァンスは愛車の古いバイクを恋しく思い出した。サンタモニカのコンパック本社の地下にある駐車場の彼のスペースに保管されたままのはずだ。あの頃の生活がいまはなんと遠く思われることだろう。

十分後、ふたりは部屋のドアを閉めると、エレベーターに向かって歩きだした。パトカーや警察のオートバイやヴァンが接近する音には気づかなかった。警察はサイレンを消し、回転灯だけを使っていたのである。

廊下の端まで来ると、ヴァンスはエレベーターを呼ぶボタンを押した。

「ねえ、ちょっと思ったんだけど」スーザンが言った。

「なんだい？」

「もし、夜勤のフロント係がわたしたちに気づいていたら？」

ヴァンスは首を振った。「それはないだろう。このサイズのホテルじゃ、客にそれほど注意を払ってないよ。連中が気にするのは、客が宿代を踏み倒さないかってことだけだし、そうやって気をもませないために、ぼくらは前払いで金を渡してるんだから」

「でも……」スーザンは不安そうだった。

エレベーターが着いた。扉が開いた。

＊

拳銃が納まるホルスターをいじり回し、エンリコ・カルドゥッチ巡査はそわそわとロビーを歩き回っていた。目標の部屋番号はわかっている。しかし、応援はまだ到着しない。何をぐずぐずしている？　署はインディペンデンツァ通りをまっすぐ行って、マッジョーレ広場を出てすぐだというのに。爆発しそうな彼の心臓にとっては、フロント係がめざす氏名を見つけてからまだ十分とたっていないことなど、問題ではなかった。カルドゥッチ巡査はエレベーターの表示板が三階を示して止まるのを見ていた。目標か、と巡査の心ははずんだ。それなら、連中はまっすぐこっちの腕の中に歩いてきて、そして自分は独力で捕らえたという名誉をいただくことができるわけだ。

*

「わかったよ」ヴァンスはエレベーターに乗らずに、扉が閉じるにまかせた。「きみの言うとおりかもしれないな」

「用心して悪いことじゃないでしょう」スーザンは主張した。「取り越し苦労だとしても、ちょっとした運動にはなるわ」

ヴァンスはスーザンに続いて、通路の反対側の端にある扉の向こうの階段の方に歩いていった。ふたりの落ち着いた足音が、地下まで踊り場五つ分の階段を、こだましながらついてくる。いちばん下に着くと、従業員であふれる短い通路を半分ほど進み、そこから地上にあがると、部屋から見えていたごみごみした広場に出た。

埃っぽい広場を渡り、小径にでたらめに停めてある車やスクーターの間を抜けていく。広場は三方を建物に囲まれ、残る一辺が高い木の塀で仕切られていた。その門に近づいていくと、ふたりの耳に、飛ばしてくるエンジン音や、タイヤがきしむ音が届いた。

エンジンの音は次第に大きくなってくる。ヴァンスとスーザンが門の前にたどりついたちょうどその時、警察のヴァンが青いランプをヒステリックに点滅させ、猛烈な勢いで門を抜けて突っこんでくると、砂埃の煙幕をはった。続いてパトカー二台と白バイが煙幕の裏から飛び出してきて、広場中に砂塵を巻きあげた。

「隠れろ！」ヴァンスは怒鳴ってスーザンを押さえつけ、フェンダーに錆が浮いた傷だらけの赤いフィアットの陰にはいった。

車のうしろからそっと覗くと、ヴァンから吐き出された男たちがホテルに駆けこんでいき、白バイとパトカーから降りた警官たちもそのあとを追っていった。

「訓練には見えないな」ヴァンスは恐怖まじりの声を漏らした。「逃げよう」ふたりは立ち上がり、門に向かって歩きだした。その時、三台目のパトカーが唸りをあげて突進してくると、急ブレーキをかけ、ふたりの行く手をはばんだ。

「止まれ！」腰から銃を抜きつつ、警官のひとりが怒鳴った。「逮捕する！」

「ご冗談を」ヴァンスは回れ右すると、乱雑に停められた車の間にスーザンを押しこみ、自らも続いた。

背後で一発、銃声が響いた。真横で赤いフィアットのフロントガラスが破裂した。パトカーのエンジン音が加速する。車体が勢いよく前に飛び出し、後輪が砂利を跳ね飛ばすのが聞こえた。晴れわたったイタリアの朝の中を、さらなる銃声がこだまする。

「頭を下げろ！」ヴァンスは叫んだ。

ヴァンスがスーザンの腕をつかんでうしろに引きずり戻した瞬間、眼の前の地面を、機関銃がミシンのように縫っていった。パトカーは門とホテルの裏口との中間に停まっている。

あちこちのドアが開いて、興奮した叫び声が響き、いくつもの足音が地面を揺るがした。「まだトニーの銃を持ってるか?」そう訊いて見下ろしたヴァンスは、すでにスーザンがそれを握っているのを見た。「援護してくれ。白バイをかっぱらってくる」

ヴァンスは車の間から全速力で飛び出した。機関銃を持った警官たちが狙いをつけようとかまえなおした瞬間、スーザンが発砲した。足元に土煙があがった警官は慌てて地面に伏せた。彼女は素早く門に近い側の、隣の車の陰に移動した。一瞬前に彼女がいた場所を、弾丸の嵐が襲った。

スーザンが警察の銃撃を一身に引きつけている隙に、ヴァンスは隠れ場所を飛び出し、隣の車の陰にはいった。

パトカーに三人残った警官のひとりが駆け出し、仲間ふたりがスーザンに向かって撃ち続ける間に、伏せている同僚を安全地帯に連れ戻した。

ヴァンスは白バイにたどりついた――馬力のあるモト・グッチだ――ありがたいことに、キーはイグニションに刺さったままだった。彼はバイクに飛び乗ってキーを回した。背後では、ホテルの地下からばたばたと足音をたててあがってきた警官たちが興奮してわめいている。スロットルを全開にすると、エンジンが唸り、白バイは飛び出した。

スーザンはふた組の警官隊に追われながら、門の近くになんとか進んでいた。オートバイのエンジン音を聞いた瞬間、もう一発撃ち、門に向かって走りだした。

出口をめざして走るバイクは、セカンドギアで悲鳴をあげつつ、スーザンを拾うために減速した。彼女を追ってきた警官たちは散開し、銃で狙いをつけようとした。ひとりはヴァンスを、まるで逃げ惑う鹿の角を狙う猟師のようにしつこく追ってきた。別の警官は赤いフィアットの屋根に両肘をつき、慎重にスーザンを狙っている。ヴァンスの眼の前で、バイクの風防ガラスは一発の弾丸が当たった瞬間、蜘蛛の巣に変じた。ぎょっとしていると、もう一発の銃声に続いて、スーザンが安全な木の塀の裏から駆け出してきた。ヴァンスの背後から、さらに銃声が何発も聞こえてくる。

うしろの銃の狙いをはずそうとジグザグに走り、急停車した。バイクが完全に停まるより早く、スーザンがうしろに飛び乗る。後輪が砂埃に滑り、やがて甲高い音をたててタイヤが舗道を捕らえた。後方で銃声が響いたが、弾はでたらめに石畳をはじいた。

ふたりはスピードをあげてボルドリーニ通りを西に進んだ。オートバイはガリエラ門そばの庭園をそぞろ歩く人々の隙間をすりぬけ、インディペンデンツァ通りにはいり、南をめざした。闇雲にふかしたエンジンは、パトカーとの間を見る間に広げた。

しかしふたりは悟っていた。ボローニャ中に無線で連絡がいっているに違いない。報復の念に燃えた警官たちが盗まれた白バイを血眼で取り返そうと押し寄せるだろう。警察の一員に手を出したら、もはや彼らの慈悲は期待できない。

ヴァンスは朝のすいている道を飛ばした。道路の中央に白い線を刻んで走っていくと、正面から点滅する青ランプがいくつも見えてきた。うしろからは、最初にホテルに来た車が角を曲がって現れる。

振り切れないなら、まぎれこめ。ヴァンスは片手でオートバイの小さなダッシュボードに並ぶスイッチをいじくった。まずランプが点滅を始め、次にサイレンが鳴りだした。左右の車もトラックも慌てて路肩に寄り、そこで初めて、オートバイとその追っ手が警察署からの増援部隊を引き連れて疾走していることに気づいていた。

ぎりぎりの瞬間、バイクのハンドルを切り、道路を左斜めにはずれてオットー・アゴスト広場にはいった時、ヴァンスは背後に迫る先頭パトカーに乗ったふたりの顔の表情を見た気がした。

接近してくる車に、せりあがる恐怖に耐えて、スーザンは片手でヴァンスの腰にしがみつき、もう片方の手でトニーの銃と全財産がはいったバッグをつかんでいた。

二列になって迫り来る警察の車は、いっせいにオットー・アゴスト広場にはいろうとして衝突しそうになった。

ヴァンスは旧市街の曲がりくねった狭い道にはいった。このオートバイはスピードがあり、加えて機動性もある。利用できるものはすべて利用して、少しでも優位に立たなければならない。

太陽はまだベンチュリーニ通り沿いの家の最上階を照らすほど高くはなかった。明るく照らされた広場から、バイクは朝の深い影にはいった。家の上半分が朝陽と塗料に赤く輝き始め、オートバイは冷たい灰色の翳りの中、フィアットが一台と歩行者がひとり、やっとすれ違えるほどの広さの道を抜け、憤った爆音を周りの塀に響かせる。

オートバイはリッジ通りを弾丸のように横切り、再び小径の影にまぎれた。マルサラ通りとの交差点で左に折れた時、一台のパトカーが右から来るのがちらりと見えた。ぐん、とスピードをあげると、一ブロックも離れていない場所に、もう一台、パトカーが出現した。また右に向かった。道は曲がりくねって南に続いていた。数年前にこの道を歩いた時の記憶をたぐり、ここから五百メートルほどは脇道がないことを思い出して腸を氷の手でつかまれた気がした。この先にひとりでも警官がいたらゲームオーバーだ。

モト・グッチのタイヤは曲がりくねった道のがたがたの石畳をうまく捕らえられなかったが、ヴァンスはなんとか、バイクを通りの端まで操った。たどりついた小さな広場はザンボーニ通りに続いていた。ハンドルを左に切って大学に向かって走り出し、警察署の方からもう一台、パトカーが角を曲がって現れると、アクセルを全開にした。

アルファロメオのパトカーは速かった。モト・グッチがフルスロットルで加速したにも関わらず、追いすがってきた。パトカーの警官のひとりが撃ち始めると、ヴァンスはジグザグに逃げた。怯えたふたりを乗せたバイクはつむじ風のように古い建物やどこまでも続くポルチコの前を通り過ぎ、ヴェルディ広場を抜けた。道路は二車線から狭い一方通行の道になった――反対方向の。アルファロメオはいっそう接近し、そしてヴァンスは頭の正面の壁に弾丸が一発当たるのを見た。

狭い一方通行の道はボローニャのたいていの通りと同じく、片側は長いポルチコの歩道に、反対側は建物の石壁にはさまれていた。まったく車がいないように見えたのだが、ヴァンスがアクセルをふかした瞬間、フォルクスワーゲンのバスがグスト通りからはいってきて前方をほぼ隙間なくふさいだ。

スーザンは眼を閉じてヴァンスにしがみついた。ヴァンスも止まれるだけの距離がないことに気づいて眼を閉じたくなった。が、しゃにむに左に寄せ、段差で転倒しそうになりながら低い縁石を乗り越えると、ポルチコの歩道に車両がはいれないように立てられた二本の棒の間をすりぬけた。バイクはそのまま歩道の影の中に突き進んだ。その脇を円柱が何本も飛び去っていく。

背後から、警笛と何かがぶつかるいやな音とガラスが砕ける音が響いてきた。パトカーがフォルクスワーゲンのバスに衝突したのだ。ヴァンスはバイクを減速させると、再び車道に戻った。怒声とサイレンの響きをあとに、ふたりは猛スピードでザンボーニ通りの端まで飛ばし、サン・ドナート門を抜けて町の外に出た。

それ以上は追跡もなく、A14高速道路にたどりついた。ヴァンスはやや息を楽にして、ランプとサイレンを消すと、さらにスピードをあげて、高速道路を恐ろしい勢いで消化しつつ西をめざした。空港のそばに来ると、ヴァンスは高速道路を南に向かい、最初の出口でおりた。

これでちょうど街の周りを百八十度巡ったことになったふたりは、そのまま南西の丘陵にあがっていった。

道路は曲がりくねりながら上に上にのびていく。ふたりの上にも下にも急勾配の斜面に葡萄畑が整然と並んでいる。やがて農園がひとつ現れ、また別の農園が見えてきた。家畜、野菜畑。畑のほとんどはレースに似た白い人参の花に飾られている。バイクがスイッチバックで方向転換して、スーザンはそれを見た——巨大な円形の煉瓦造りの建物。風雪にさらされた緑色の玉ねぎ型の丸屋根と、そそりたつ尖塔や塔の一群。その建物はもっとも高い丘の頂上に鎮座し、誰がどう見ても、まるで地上を偵察に来た宇宙人の宇宙船のようだった。

ヴァンスは路肩にオートバイを停めた。

「何なの、これは?」スーザンはかすれ声で訊いた。

「サン・ルーカ礼拝堂だ」ヴァンスは答えると、身振りでスーザンに降りるように示した。

「この中のどこかに——でなけりゃ、丘の下の方の分館に——きっと〈聖ペテロに撰ばれし兄弟たちの修道会〉の人間がいるとぼくは読んでいる。そして運がよければ、例のレオナルドの手稿も」ヴァンスはイグニションを切った。「これはぼくらの救いの綱か、それとも……」

「わたしたちの救いの綱に決まってるわ」スーザンは言いきって降りると、彼を手伝ってオートバイを押して道からおろし、金雀枝《えにしだ》の木々と下草の中に隠した。ふたりは四百メートルほど道をくだり、藪の中に身をひそめて夜を待った。

ボローニャの街ではエンリコ・カルドゥッチ巡査が、車もなくホテルで足留めされているよりはと、フォルクスワーゲンのバスを調達して追跡に加わったことを、巡査部長に説明しようといまだに躍起になっていた。自分を弁護するためにカルドゥッチ巡査はくり返し主張し続けた。「一方通行の道を反対方向に走っていたのは自分じゃありません、部長の方ですよ」

21

谷向こうから望むサン・ルーカ礼拝堂は、まるで子供のおもちゃのように見えた。けれども、押し寄せる闇の中を近づくにつれ、その堂々たる威容のシルエットは空を背景にそそりたち、圧倒するように迫ってきた。礼拝堂は昼間は観光客を呼んでいた。ボローニャ市の南西のサラゴサ門から、グアルディア山の急な坂をのぼって礼拝堂まで四キロにわたって続く、長大なポルチコがよく知られている。

山頂に近い側のポルチコの三分の一に沿って、長い塀が伸びていた。塀は絵画や彫刻や扉で周期的に彩られている。扉には番号が付いているものも付いていないものもあり、それぞれが礼拝堂の関係者や教会職員の住宅、もしくはオフィスに続いていた。多弁で小柄な老人がトージ教授宅の前でお喋りのさなかに教えてくれた所番地は、番号の付いた扉のひとつと対応していた。

ヴァンスはバイクの力強いエンジン音をできるかぎり弱めようと、ゆっくり慎重に走らせていた。途中、峠を越えたところで、彼はエンジンを完全に切り、あとは慣性で走っていくことにした。

唸りどおしだったエンジン音が消えたとたん、夜の静寂が耳を打った。聞こえるものは舗道を嚙むタイヤの吐息と、バイクのスピードがあがるにつれて、よく油をさされたベアリングがなめらかに回る音だけ。やがて、のぼり坂の途中で完全に停まってしまうと、ヴァンスとスーザンは地面に降りて、オートバイを路肩に寄せ、そこに捨てた。

手をつないで、ふたりは黙りこくって歩きだした。山の上空のどこかから単発式の飛行機のくぐもった音が響いてくる。遠くの高速道路の音が、大気が揺らぐごとに高く低く波のように打ち寄せる。ヴァンスは立ち止まってスーザンを見つめると、そっとキスをした。「この先、何が起きようと愛してるよ」暗がりの中、スーザンの顔を見つめて立ちつくし、このまま逃げてしまったほうがいいだろうか、とふと思った。しかし、それはできなかった。キングズベリがいる。それにマティーニ教授の、トージ教授の、本来ならいまごろ生きているはずの死者たちの仇《かたき》を取らなければ。

「行きましょう」ヴァンスの逡巡《しゅんじゅん》を感じとり、スーザンは言った。「行って、片をつけましょう」

ふたりは歩き続け、右に折れて礼拝堂正面に続く小さな車道の前を通過し、坂をのぼり続けた。頂上にもう少しでたどりつく、というその時、強力なエンジン音とタイヤのきしむ音がして、反対側の下り坂を車が猛スピードでおりていった。ふたりは頂上めざして走った。

「見えた」ヴァンスは言った。「きみは?」

「見えなかった。でも、あの音は聞いたことがあるような……まるで――」

「エリオット・キンボールのランボルギーニに似ている?・」

「とりあえず、ランボルギーニには似ていたわね」

ヴァンスは顔をしかめた。「そう言うんじゃないかと思った」

「でも、もちろんイタリアにはランボルギーニが多いはずよ」スーザンは元気づけるように言った。「イタリアの国産車でしょ」

「わかってるよ。だけどこんなところで、しかも陽が暮れてから、いったい何台のランボルギーニに遭遇すると思う?・」

スーザンは肩をすくめた。

「辻褄は合う」ヴァンスはつぶやいた。「キンボールは〈ブレーメン結社〉の一員だ。奴が双方の仲介をしてるんだ。畜生! ぼくらは取引に間に合わなかった。ものの数分で結社はレオナルドの手稿を両方とも手に入れる。そうなれば社長を解放させる望みはゼロだ」

急に絶望の津波に襲われて、ヴァンスはスーザンに背を向けた。自分たちは運が悪いどころか、何もかもが裏目に出ている。この時ほど自分が虚しい存在に思え、希望という希望をくじかれた気がしたことはなかった。しかし、呪咀《じゅそ》の気持ちは恐ろしいほどの起爆剤となるものだ。復讐の念が、たとえ一矢なりとも報いずにはいられない激情が、ふつふつと彼の中にたぎり始めた。もしグレゴリウス修道院長が、あの小柄な老人の言っていた場所にいるなら……憤怒は激昂に変わり、感情はあふれ出たアドレナリンの新たな使い道を見つけていた。

「後悔させてやる」ヴァンスは決然と宣言した。「トニーの銃をくれ」

スーザンは渡した。朝の戦いで彼女は弾丸を極力、節約していた。弾倉にはまだ五発、残っている。

ふたりは丘の頂上を周ってポルチコの外側の車道を走り、めざす所番地の近くまで来るとスピードを落とした。窓はなかったが、扉の下から細い光が漏れている。影の中で息をひそめ、物音がしないかと耳をすましたが、聞こえるのは自分たちの息ばかりだった。

最初にヴァンスが、次にスーザンが、低い塀をそっと乗り越え、三歩でポルチコを渡った。ふたりは扉の両脇に別れて壁に背をつけて、また耳をすました。あいかわらず夜は黙していた。ヴァンスは扉ににじり寄り、音で気づかれることを恐れて、寄りかからないように用心した。オートマチックが右手に重くぶらさがっていた。グレゴリウス修道院長撃ちたさに、何度も指が引き金を引きそうになった。

扉の向こうから、かすかに咽喉が鳴るような音が聞こえてきた。よく聞こうと、ヴァンスが扉に寄りかかると、突然、戸が開いた。

慌てて、跳ねるように戻り、もう一度、壁に身体を押しつけた。しかし、誰も現れず、扉はほんの少し開いたまま動かなかった。しばらく待って、彼は突入する勇気をかき集めた。スーザンと眼が合った。彼女は微笑した。ヴァンスは舌を巻いた。まったく、戦艦並みの神経だ！　深々と息を吸いこむと、扉を蹴り開け、すぐに元の位置に身を隠した。扉が内側の壁にぶつかる音。彼は待った。何も聞こえなかった――咽喉を詰まらせたような音のほかは。スーザンが開かれた戸口に片手を突き出し、すぐにひっこめた。銃声は起きなかった。彼女は眼でヴァンスに問いかけた。

彼は大胆に戸口に踏みこんだ。すぐにスーザンも続いた。ふたりを迎えた光景は、想像をはるかに超えた、まったく予想外のものだった。死体がまるで脱ぎ捨てた服のように部屋中に散乱している。床には死者たちが最期に動いた血の軌跡がのたくっている。傾いた床に流れ出た血が部屋の一角に溜まっている。皆、死んでから何分とたっていない。全員、刃物で切り裂かれ、ばらされていた。部屋の中央に、猿轡《さるぐつわ》を嚙まされ、靴と靴下のほかは全裸で椅子に縛りつけられているのは、グレゴリウス修道院長だった。ヴァンスがトージ教授の身体に見たのと同じような無残な傷跡が、グレゴリウス修道院長の胸にも刻まれている。


ヴァンスの頭に浮かんだのは、殺人鬼マンソンによる惨殺事件という言葉だけだった。

「嘘だろ」やっと声を取り戻したヴァンスの乾ききったくちびるから、小さな声が漏れた。

スーザンが横を向き、吐いた。彼女の眼の前に、またベイルートの悪夢があった。人間が同胞に対して行なうことのできる、悪魔の行為の実例が。

無意識に銃をジーンズの尻ポケットに不器用に押しこむと、ヴァンスはグレゴリウス修道院長に近寄った。空気は死に満たされていた。日の光にさらされることがないはずの、人体の秘められた場所の匂いに。ヴァンスはイラクを思い出していた。かの地ですでに百万回ももどしていなければ、いまここで吐いてしまいそうだ。

歩み寄るにつれて、グレゴリウス院長のあえぎと呼吸はどんどん荒くなってきた。その眼は恐怖の炎に炙《あぶ》られていたが、それはヴァンスに対する恐怖ではなかった。

「何が……」ヴァンスはひりつく咽喉から声を押し出した。「何があった?」

死にゆく男の前で立ち止まってかがむと、グレゴリウス修道院長から猿轡をはずした。背後でスーザンが咳きこみ、洟をすすった。

「キンボールが」猿轡をはずされると、修道院長は大きくあえいだ。「キンボールが。すべてあの男のしわざです、あの悪魔!」彼は頭を垂れ、痛みに顔を歪ませた。

「あの男……あの男が来て、奪っていった……」

修道院長は再び顔をひきつらせた。

「手稿を?」

「そう。それもだが、解毒剤も奪われた!」修道院長は毒に震える声を絞りだした。彼は痙攣の発作に襲われていた。

ヴァンスは憐憫と勝利の快感がないまぜになった不思議な気分に満たされた。もはやこの無抵抗の裸の男に対する復讐の念は雲散霧消していた。ほかの人間を奴隷にするために使ってきた手段によってこの男にふさわしい死が与えられたということに、この世には神の正義があるのだと思い知った。

「その銃で私を撃ってください」グレゴリウス修道院長は懇願した。「頼みます」ヴァンスは修道院長の眼を焦がしていた恐怖の正体を理解した。毒による痛みと壮絶な死に対する恐怖だったのだ。ヴァンスの中の邪悪な気持ち、誰の心にもひとかけらは住む邪悪な気持ちが瞬間燃え上がり、このまま背を向けて放置し、あとは毒に残りの仕事をまかせてしまえ、という思いが一瞬、胸に広がった。

スーザンは次第に平静さを取り戻しつつ、眼の前の恐るべき人間の最期を受け入れようとしていた。彼女は扉の側柱にもたれて身体を支えた。何か役に立ちたかった。ならば、これ以上、吐いているひまなどない。

「あなたには私を殺したい理由がいくらもあるはずです」グレゴリウス修道院長は、何度となく波のように押し寄せ、増してくる痛みに耐えつつ、慈悲を請うた。「私が憎いでしょう……憎いはずです、憎いはずだ！」眼に涙があふれてきた。「お願いです、慈悲を」修道院長は叫んだ。「撃ってください！」

「そうしてやらないこともない」ヴァンスは言った。「取引といこう」

「取引？　私はあなたに差し出せる物を持っていない。私は死人だ、私の望みは、すぐに死ぬことだけです！」

「ああ」ヴァンスは無表情に言った。「そうだろうな。あんたは自分の犠牲《いけにえ》がゆっくり死ぬ様を何度も見たことがあるんだろう、え？」グレゴリウス修道院長はまた痙攣の発作に捕まる前に、どうにかうなずいてみせた。

「望みをかなえてやろう、なぜキンボールがこんなことをしたのか話せば」

グレゴリウス修道院長は感謝の眼差しを向けた。「話します、何でも」

「あんたらは〈ブレーメン結社〉と協定を結んでたんじゃないのか。力を分け合うことになってたんだろう。なぜ、キンボールはあんたらを殺しに来た？　裏切りか？」

「違う……違います、全然、それは違う」グレゴリウス修道院長は語りだした。「キンボールは自分が殺されることを知ったのです……あなたを止められなかったという失敗が、最後の藁一本だったのです」

「で、手稿の隠し場所を知っていたキンボールは、結社を出し抜いて、結社の鼻先からかすめとることにしたわけか」ヴァンスは先回りをして言った。

　グレゴリウス修道院長はうなずいた。

「だけど、どうして……」ヴァンスはふさわしい言葉を探して躊躇した。「どうしてただ盗んで立ち去るだけで満足しなかったんだ。こんなことが――」彼は殺戮のあとをぐるりと手で示した。「――必要だったのか？」

「あれは邪悪な男です」グレゴリウス修道院長は頭を垂れた。「教会を貶めるどんな小さな機会も逃そうとしない。私たちの信仰を馬鹿にするための手間を惜しまない」憤りがグレゴリウス修道院長の声に力を与えた。「私たちを苦しめたかったのです。私の兄弟たちを殺して私を嘲《あざけ》り、私を辱《はずかし》め、私たちを通して、我らが主を侮辱し……」

　最期まで信仰の塊というわけか。修道院長の痛罵《つうば》が途切れると、ヴァンスは胸の内でつぶやき、そして声に出して言った。「奴は手稿を結社に戻る取引材料として使う気なのか？」

「いいえ！　それが問題なのです」グレゴリウス修道院長は必死にかすれ声を出した。息がどんどん短くなってくる。「兄弟たちを殺し、私を辱めたあとで、あの男は得意げに自慢しました……私が死ぬと知って。手稿をロシア人に渡すと言って、私を馬鹿にしました。〃これであんたたちのみみっちい計画は終わりだよな?〃と。そう言いながら、私の前を威張って歩き回ったのです」無意識に、ヴァンスは床を鮮やかに彩るキンボールの血塗れの足跡を見下ろしていた。自分の白いテニスシューズを染める赤い流れには、気づきもしなかった。

「あの男は言いました。〃ロシア人はあんたたちのような連中に立ち向かうだけの胆力を持っている〃」修道院長は続けた。「あの男はプライドは高いが、中身のない男です。そして、ロシア人が彼にどれほど価値を見いだすか、〈ブレーメン結社〉よりもどれほど彼を優遇するかと、そればかりをくり返しました。彼は知っていた……知っていたのです、私にとって、聖ペテロに撰ばれし神聖なる教会の復権がどれほど大切なことか。知っていたからこそ、私が死ぬ最期の瞬間に、私の人生が……何の価値もなかったと、思い知らせようとしたのです」グレゴリウス修道院長はすすり泣き、痛みの痙攣に言葉を途切れさせた。ヴァンスがいましめを解いてやると、修道院長の両手はだらりと膝の上に垂れた。

「あいつが自慢してる時に、どこに行くか言っていたか? いつロシア人に手稿を渡すと?」

グレゴリウス修道院長はぼんやりと見上げた。

「いま、奴はどこにいる?」ヴァンスは声を張り上げた。

「ピサに」グレゴリウス修道院長は従順に答えた。「ピサに隠れ家があるのです。私も行ったことがあります。斜塔の近くに。明日の朝、そこでロシア人と会うと。斜塔の観光客のふりをして。封筒を交換する、と。ああああああ！」痙攣に修道院長の全身がひきつった。

「お願いです、殺してください、いますぐ。お願いです。慈悲を！」

ヴァンスは尻ポケットから銃を抜いた。

「もうひとつだけ訊きたい」ヴァンスは言った。

「何なりと」

「レオナルドの手稿からどんな兵器を作ることができるんだ？」

グレゴリウス修道院長は最後の最後にもう一度まともに喋ろうと、全神経を集中させていた。「あの手稿だけでは兵器を作ることはできません」彼は語りだした。「あの手稿に書かれているのは、兵器を考える独特の視点です。科学者たちに荷電粒子線を使った兵器を完成させるための、天才的な発想です」

荷電粒子ビーム兵器！　究極の殺人光線。科学誌で見た超のつく秘密兵器に関する数々の研究論文から、ヴァンスはそれが巨大な粒子加速器のようなものだと知っていた。帯電した粒子を光速に近いスピードに加速させ、光線にして、目標めがけて発射する。核兵器すら玩具と思わせるほどのエネルギーを浴びせられた目標は、一瞬にして分解され、純粋なエネルギーの洪水にのみこまれる。この武器は核兵器のように汚染を残さない。正確無比な外科手術のように、しかも光の速度で物体を排除するのだ。ミサイルを核弾頭が爆発するいとまも与えずに蒸発させるのみならず、直接、都市や敵軍の攻撃にも使える。攻撃迎撃に関わらず究極の武器であるそれは、核兵器さえも、博物館の弓矢の隣に追いやること必定だった。

アメリカもロシアもそれを完成させようと、何年も躍起になってきた。しかし、両国ともに同じ問題に突き当たってもがいていた――大気だ。すでに試作品は宇宙空間で恐るべき力を発揮していたが、大気中では無力だった。高速で発射された粒子は大気の分子に邪魔され、威力も範囲もごくかぎられて、大型の落雷程度のエネルギーに弱められてしまう。

「ダ・ヴィンチはこの最終兵器を完璧なものにするための答えを、雷の研究中に考えつきました」グレゴリウス修道院長は続けた。「彼は地球そのものを、粒子を引きつけたり反発させたりする電極と考え、図を描いています。そして考えたのが光線を二段階に分けて発射する方法です。最初の光線で大気中に真空トンネルを作り、その中を二本目の光線をくぐらせる。しかし真に天才的だったのは、目標そのものを電極に変えるという発想でした。彼は――」修道院長の苦鳴は嗄《しわが》れ、底無しに響いた。ヴァンスは、もうこれ以上の情報を引き出すことができないのではないか、と不安になった。しかし、ほかに何を知るべきことがある？　震える手でヴァンスは銃をあげた。いまや危機に瀕《ひん》しているのはハリソン・キングズベリの生命だけではない。信じられない、と胸の内でつぶやきつつ、ヴァンスは修道院長の背後にまわると、彼のぼんのくぼに銃口を当てた。レオナルド・ダ・ヴィンチは百年以上前に〈死の商人〉クルップにしたのと同じことを、二十一世紀にもう一度、くり返そうとしている。戦争をこの世でもっとも鬼畜めいた狂気であると唾棄《だき》していた人物が、すべてを引き起こしているのだ。

ダ・ヴィンチがいまこの部屋にはいってきたらなんと思うだろう？　彼にとっては、人類はこんなものだと考えていた通りの光景だろうか――同胞の血に膝までつかり、畜生の浅ましさに身も心も落とし、獣の本能の虜となろうとも？　それとも彼は、現実の一線を越えたと見るだろうか？　彼が芸術家なのは、血と汚れの中に超越した美を見いだすことができるからなのか？

　スーザンは顔をそむけ、両耳に指を入れている。あんたはどう思う、レオナルド？　ヴァンスは頭の中で問い、そして引き金を引いた。

22

真っ赤なランボルギーニは、ピサ旧市街中央、メッツォ橋前のガリバルディ広場から少しはずれた小径の歩道に乗り上げる形で停まっていた。くだんの隠れ家は簡単に見つかった。グレゴリウス修道院長の説明がさほど詳細にわたっていなくとも、その家は簡単にわかったに違いない。

フィアットのタクシーの後部座席にぐったりもたれ、スーザンとヴァンスは充血した目で、ゆるやかに明ける朝の中、ランボルギーニとエリオット・キンボールの隠れ家の扉を見つめていた。シャッターの閉じたカフェのアーチの前に乱雑に停められた車の中に、タクシーはひそんでいた。タクシーの角度からは、二十メートルほど先にキンボールの車と隠れ家の扉がはっきり見える。ヴァンスは腕時計を見た。六時十一分。ほんの二十四時間前にスーザンとしていたことを切なく思い出す。しかし、その記憶に心地よくしがみついている間もなく、心にはその日の出来事が奔流のように渦巻いた。

殺人、追跡、サン・ルーカ礼拝堂の虐殺――それらが頭の中で何度もくり返された。ふたりは白バイのランプをはずし、警察のマークを泥で消して、ボローニャの南へ、グレゴリウス修道院長からさらに遠くへ、主要幹線道路をすべて避けてひた走った。丘陵地帯をフィレンツェに向かって進み、かの偉大なルネサンス都市の西に泊まると、丘陵に点々と続くリオヴェッジョ、ヴェルニオ、そして地図にのっていないような、道路沿いの古い石造りの村を一ダースも抜けていった。

午後十一時前に、ふたりはピストイア郊外の林の奥に白バイを捨てて町まで歩き、エンポリ行きのバスに乗り、そこから列車でピサに向かった。午前四時三十九分、列車はついにピサ中央駅に着いた。道路脇で寝ていたタクシー運転手を起こし、一日の貸し切り料金を交渉した。五時半にキンボールの隠れ家をつきとめると、ふたりは身をひそめて彼の次の動きを見張ることにした。夜が明けてくると、広場も通りも次第に人通りが多くなってきた。それぞれの店の主人が出勤し、歩道を掃除すると、運ばれてきた商品を店に運び始めた。織維工場やガラス工場の夜勤から解放された労働者たちが、自宅へ寝に戻っていく。さらに陽が高くなるにつれ、雑多な人々が通りを埋め、エリオット・キンボールの鋭い眼をさえぎる隠れ蓑となった。ヴァンスは両手で乱暴に顔をこすって頭を振ると、何度もまばたきした。スーザンは彼の肩に軽くもたれて動かない。少し眠らせておこう。ふたりそろって眼を腫らす必要はない。彼はふっさりと滝のようにこぼれる紅い髪を見下ろして、彼女の体臭を吸いこんだ。これほど愛した人はいない――そんな思いを噛みしめつつも、ヴァンスは不安だった。はたしてこの気持ちをゆっくりふたりで味わうまで生きていられるだろうか……。

＊

エリオット・キンボールはひと晩中、ベッドの中で悶々としていた。

空が白み始めると、ついに寝ることを諦めてベッドから跳ね起き、そして未来を想像して武者震いした。

なぜもっと早く思いつかなかったのか？　そう考えながら入念なストレッチに続けて、毎朝の運動を始めた。腕立て伏せを五十回、腹筋を百回、さらに十種類以上の似たような体操。股間の痛みはなんとか治まってきていた。古い木の床が威勢のよい動きに合わせて音をたてる。

裸体から汗を滴らせて、キンボールは窓辺に歩み寄り、窓を開け放つと、早朝の爽やかな空気を胸いっぱいに吸った。

「俺はなんでもっと早く実行しなかったんだ？」声に出して自問した。明らかに、〈ブレーメン結社〉は彼を不当に低く評価している。一年を振り返って、彼の株が結社の中でどんどん落ちていることを示していた出来事をつぎつぎに思い出した。

「愚民どもが！」キンボールは罵った。メリアム・ラーセンが金と権力を持っているのは、その権利を有していたからでも、出自によるものでもない。あの男はただの相場成金だ――現代のマキアヴェリ。君主に使える下僕としてなら価値はあるが、統治する側に立つ資格はない。ゆるやかなアルノ川の流れを立ったまま見下ろす長身の金髪男の顔が少し歪んだ。連中のゲームの駒として、ラーセンの言うがままに動かされた自分を恥じていた。あのような卑しい者どもの策謀に協力したおのれの愚かしさが、自身を連中のレベルに貶めたのではないか。

「豚どもが！」叫びだしそうになった。

しかし、とキンボールは微笑した。結局は誰も彼も出し抜いたのだ！　この自分がレオナルド・ダ・ヴィンチの手稿をすべて持っている。切札だ。ほかの人間はひとりも価値あるカードを持っていない。誰もが彼の言うなりで取引に応じなければならないのだ。

あの蛆虫《うじむし》のようなグレゴリウス修道院長を始末して以来、十以上もの計画を練り続けていた。そのほとんどが、レオナルドの手稿と、結社の活動についての書類を利用して、結社の中での地位を取り戻し、彼の優位を思い知らせる方法についてだった。

しかし最終的には、結社と取引することは彼の品位をそこなうと判断した。連中には、身のほどを知らしめる価値などない。滅ぼしてくれる。GRUが手を貸すはずだ。

彼は地上でもっとも強力な兵器を完成させる技術の鍵を握っているばかりでない、世界中の主だった巨大な多国籍企業の実情について、彼ほど熟知している者はいないのだ。キンボールは企業の恥部ともいえる弱点を調べつくしていた。連中の意地汚い欲望を思えば、エンロンやワールドコムはマザー・テレサだ。そして、世界中の誰も実弾と呼べるものを持っていない――キンボールが持つ詳細にわたる書類――企業の悪事ばかりではない、世界を牛耳る政治家たちとの癒着をも網羅した記録を。

適切な人物の手にあれば、それらの記録は世界的な企業と政府が作る要を解体し、何十億という人々の生命を握る者たちの意思を操る脅迫材料として使える。ロシア人は彼を助けるだろう。間違いない！　キンボールは心から笑った。彼らは自分という人間の価値がわかるはずだ。

不意に雷《いかずち》に撃たれたように立ちつくした。これは運命だ。いまこそ知った。最初に人を殺してから、最初に社会に逆らった日から、これが運命だったのだ。いつだって、大富豪の有名な父親にかぶせられた窒息しそうな黄金色の毛布の下から自由になりたかったのだ。堪え難きを堪え、もう十分なほど堪え忍んだ。そしてついに、エリオット・キンボールが自らの名をあげる時が来た。それはもう動かしがたい現実なのだ。

このアパートメントは父のものだった。父がピサに織物工場を持っていた時代の名残だ。工場は大昔に売却されたが、ここは休暇用の別宅として残された。少年時代、キンボールは父によくここに連れてこられ、ピサの町を愛するようになった。エリオット・キンボール少年は、捕まらずに斜塔から人を突き落とす方法を何時間も夢想した。

実行する機会はついになかったものの、幼い日の愛着が彼をしばしばピサに引き寄せた。ことに彼が休息を――考えごとをする時間や、身を隠す場所が必要な時に。

キンボールは窓に背を向け、歩きだした。引き出しが四ついたファイル用の、数字錠つき耐火キャビネットに、長年かけて中身を蓄え続けてきた。何千ページにもおよぶ極秘資料や、メモや、録音テープ――世界有数の巨大企業による秘密結社から――〈ブレーメン結社〉から集めた情報ばかりだ。すべてがここにある、と満足してひとりごちた。成功不成功に関わらず、実際に計画された暗殺。価格協定。大小とりまぜて世界中の政府に対してなされた策謀。利潤を追求した環境汚染。懲りることなく自由経済と資本主義を崩壊させようとする寡頭《かとう》支配の実態。キャビネットの前を通り過ぎ、浴室にはいると、蛇口をひねり、シャワーの下に立った。エリオット・キンボールは名を轟かせる。永遠に。

＊

陽光の矢がじりじりと黄土色の建物のてっぺんから狙いを定め、フィアットの後部座席を射抜いた。強烈な光の中で、ランボルギーニは見づらくなり、早朝の影に沈んだままのキンボール宅の玄関周りは細部がまったく見えなくなった。

ヴァンスはタクシーの薄汚れた窓を半分開けたが、眩い光を顔いっぱいに受けて、またいた。

「来た！」午前七時を回った頃、スーザンが鋭く叫んだ。ヴァンスは素早く頭を巡らし、窓の外を透かし見た。いまや太陽の光は赤いランボルギーニにまで届き、キンボールが影になった玄関から楔形《くさび》の日光の中に出てくる姿をはっきりと見ることができた。黒いブリーフケースをさげている。ランボルギーニのエンジンの咆哮が狭い道路にこだまし、朝の空気を轟音で満たした。

キンボールの車が慎重に路肩を離れ、ガリバルディ広場方面に走り去ると、ヴァンスはタクシーの運転手を揺り起こした。運転手は浅い眠りからすぐに醒めると、エンジンをかけた。キンボールは右に折れ、曲がりくねった小径の迷路を北に向かう。運転手はタクシーを車の流れに入れ、あとをつけた。

悪党を追っている、とヴァンスは説明していた。ランボルギーニを運転している男はヴァンスの妹の婚約者だが、実は隠し妻がいたのだ、と。タクシーの運転手は、愚かな年若い妹の名誉を守ろうとしているヴァンスともうひとりの妹を手伝う気まんまんだった。イタリア人は世界中のどんな人間よりも恋愛沙汰に心を動かされるものであり、この運転手はそんな恋愛事件に深く関わる機会に恵まれて、わくわくしていた。ああ、家に帰ってアンナに話してやるのが待ち遠しいな！　そればかりではない、このふたりの外国人は気前よく支払ってくれた。何より、わざわざアメリカから妹の名誉を守るためにここまで来たというのがいいじゃないか。

ドナート広場で、キンボールは左手に進み、カヴァリエリ広場で再び左に折れ、大聖堂と斜塔に向かった。キンボールののんびりした運転に、タクシーは何の苦もなく尾行することができた。彼は尾けられるとは思ってもいないらしい。

サンタマリア通りがドゥオモ広場に流れこむところまで、タクシーはキンボールの車を追い続けた。キンボールの車は一瞬止まり、右に曲がると、アルキヴェスコヴァード広場の駐車スペースに停車した。ヴァンスは運転手に、左手にひそむよう命じた。

黒いブリーフケースをさげて、キンボールが車の中から現れ、足早に斜塔に向かう。広場には、あと一時間もたたずに押し寄せるであろう観光客の猛襲に備えて、土産の屋台がたくさん、お喋りな店主たちの手で準備されていた。斜塔は八時から開き、八時半には行列ができる。

「ここで待っててくれ」ヴァンスは運転手に言った。「それほど長くかからない……と思う」キンボールの姿が斜塔の入り口に続く階段に消えると、ヴァンスとスーザンは小走りに追った。

タクシーと斜塔の間の百メートル弱の距離を、ふたりは三十秒ほどで突っ切った。困惑した運転手は、ふたりの姿が小さくなり、斜塔への階段を降りて、ついに視界から消えるのを、不安な気持ちで見送った。彼は次第に心配になってきた。あの黒いブリーフケースを持った背の高い金髪男は、冷酷で危険な人間に見える。だてに三十年もタクシー運転手として生き抜いてきたわけではない。そのおかげで危険の匂い、人間を見る眼は肥えている。無線で警察に連絡を入れようか、という考えが一瞬、頭をよぎったが、すぐに考えなおした。それでも、万が一のために、彼はエンジンをかけっぱなしにしていた。

短い階段を降り、斜塔の入り口の前で、ヴァンスは怯《ひる》んだ。胸に恐怖がせりあがる。スーザンが彼の背後で足を止めた。扉の内側からは、ふたりの人間の声が聞こえてきた。が、やがて静かになった。重々しい鉄の蝶番と金具がついたざらざらの木の扉を見つめ、ヴァンスは大きく息を吐いた。手を伸ばして扉を開けようとした。鍵がかかっていた。

両手をかためて、ヴァンスは扉を激しく叩いた。内側から、足音に続いて、錠前のがちゃつく音がした。扉が頭ひとつ通るほど開いて、老人が顔を出した。

「おはよ――」突然、老人のなごやかな顔に恐怖が走り、彼は扉を閉めようとした。明らかに、老人は別の人間を期待していたのだ。ヴァンスはずいと前に出て、扉の隙間に身体をはさんだ。「すみません、シニョーレ、まだ塔は開いてないんで」老人は言った。「あとで来てください」

「でも、さっきの男は入れたじゃないか」

「ああ、さっきの人ですか。あの人は……ここで働いてるんで」

「そうかい」ヴァンスは扉を無理やり押し開け、はいりこんだ。「こっちはあの男にちょっとした用があるんだ」ジーンズのポケットから素早く銃を抜き、老人の顔に突きつける。

「ひとことも喋るなよ、爺さん」ヴァンスの眼を見て、老人は逆らわないことにした。あの背の高い金髪男とロシア人には、あとで言い訳すればいい。老人はうなずいた。

「賢いな」ヴァンスは言った。「じゃあ、机の裏に戻るんだ……行け！」ヴァンスは老人と共に机のそばに行き、手の届く範囲に武器がないことを確かめた。その間に、スーザンは扉を閉め、鍵をかけている。「さて、お次は服を全部、脱いでもらおう」ヴァンスの言葉に、老人の眼が大きく見開かれた。

「ああ、聞き違いじゃない」老人の驚愕の表情にヴァンスは答えて言った。「だけど、坐ったままでいい……彼女は見ないよ」しぶしぶ、老人は従った。ヴァンスは衣服をかき集め、ズボンの中にマッチを見つけると、部屋の中央に衣服を積み上げ、火をつけた。老人はその異様な光景を、怒りと、羞恥と、信じられなさの表情をかわるがわる浮かべて凝視していた。ヴァンスに百ユーロ札を渡されると、老人はいっそう呆然としていた。「全部すんだらな、爺さん、これで新しい服を買ってくれ」

スーザンを振り返り、ヴァンスはにっこりした。「これでもう、きみをてこずらせないと思うよ」衣服を取り上げられると、人は従順になるものだ。

ヴァンスは螺旋階段に向かって一歩踏み出したが、すぐにスーザンのもとに引き返し、銃を渡した。「ぼくよりもきみの方がきっと必要になる」そう言うと、机の陰に隠れている裸の痩せた老人の視線も気にせず、ヴァンスは階段をのぼりだした。

くるり、くるりと、狭い階段は天に向かってさかしまに潜るように螺旋を描き、五十五メートル余もの高さまで続いていく。彼は一段とばしに駆けあがり、踊り場に至るごとに立ち止まって耳をすました。六層目で、ヴァンスは頭上に足音を聞いた。キンボールもまた、ヴァンスの足音を聞いた。

「ミハイルか?」キンボールの声が螺旋階段の上から降ってきた。「早かったな」キンボールはロシア語だった。ヴァンスはロシア語を話せない。返事をせずにいると、その場は沈黙に支配された。

ヴァンスは立ちつくしたまま耳をすました——キンボールが動くのを待つ。届いたのは、耳の奥を流れる血の音と、はるか地上で人々が大声で話す声だけだった。

まだ、キンボールは動かない。焦れて、ヴァンスはまたのぼり始めた。

七層目に着いた。柱廊《ロッジア》への陽光に輝く出口があるだけだった。キンボールはどこだ?

ヴァンスは柱廊に近寄ると、左右を見た。

不思議に思い、ヴァンスは柱廊に出た——屋上のすぐ下の階だ。学生時代、ここにのぼって、手摺りのたぐいがまったくないことに驚いたものだ。そのせいで、いったい何人が犠牲になったのだろう。

そしていま、ヴァンスは空に開かれた高所の恐怖に震えつつ、できるかぎり壁に張りついたまま、そろそろと柱廊を歩きだした。

恐怖心を抑えることに懸命だったヴァンスが気配に気づいた時にはすでに遅かった。振り返ると、キンボールの百九十センチの身体が突進してくる。

「キンボール！」それだけが、自分よりも十センチ以上も高く、十キロ近く重たい巨体がのしかかってくる前に、ヴァンスの口から飛び出した言葉だった。

*

信じられないほどの幸運だ、とキンボールは嬉しくてしかたがなかった。唯一、結ぶことのできなかった紐《ひも》の端こそ、あのヴァンス・エリクソンという蛆虫を消すことだったのだ。今日は神々が味方している、と、考えつつ、キンボールは突進した。

背の高い金髪男の最初の一撃はヴァンスの側頭部をまともにとらえ、狭い床に這いつくばらせた。下を向いたヴァンスの眼に飛びこんできたのは、石の床ではなく、はるか下でまだ朝露に煌めく草地だった。転がって安全な場所に戻ろうとしたその時、キンボールが足を握って端に向かって押し始めた。ヴァンスは柱の下をつかみ、めちゃくちゃに蹴った。一発が金髪男の顔に当たり、もう一発が何やら柔らかい部分に当たった。キンボールが鋭く息を吐くのが聞こえ、足をつかむ手の力がゆるんだ。すかさず転がり、よろめきながら立ち上がると、キンボールは股間をさすり、ねじれた顔を憤怒で真っ赤に染めていた。

「いまのは運がよかっただけだ、エリクソン」キンボールは怒りに満ちた声を絞りだし、ゆっくりとヴァンスに近づいてきた。「だが、あれが貴様の運の終わりだ」

キンボールは戦闘訓練をし続けた男が持つ眼にも見えないほどのスピードと、常に勝ち続けてきた肉食獣の俊敏さを持っていた。身をかがめ、徒手空拳で彼は迫ってきた。この瞬間、ヴァンスは銃を持ってくればよかったと本気で後悔した。

奇跡的に、彼はキンボールの最初の拳をかわし、次の拳も受け流したが、続くキックをまともに受けた。

ヴァンスは身体をふたつに折り、熟練した暗殺者による確実な急所狙いの攻撃から身を守ろうとした。しかし、無駄な努力だった。キンボールの暗殺の知識はヴァンスのレオナルド研究と同レベルだ。勝負にならない。この試合はラグビーのようなルールもない。

キンボールは手足を棍棒そのものとして使った。顔から汗の粒を飛び散らせ、敵を血塗れのパルプになるまで叩きつぶすことに性的ともいえる満足感を覚えているのか、うっとりした笑みを浮かべていた。やっと、攻撃の嵐がおさまった。キンボールはうしろにさがり、彼のおもちゃが必死に立とうとする様を見ていた。

眼に流れこむ血に視界を奪われながらも、ヴァンスは攻撃がやんだことを感じた。両手両膝で踏ん張り、立ち上がろうとして、また手をつく。地球の回転があまりに速くて、立てない。なぜキンボールは攻撃をやめた？　四つん這いで進むうち、円柱に頭をしたたかにぶつけた。痛みのおかげで気合がはいり、円柱にしがみついて身体を引き上げた。血がはいらないようにまぶたをきつく閉じ、円柱に抱きついたまま立っていた。力が戻ってくる。自分の身体は丈夫だ、こんな責め苦のあとでも十分に立ち直れる。キンボールがいなくなってさえいれば、階段を降りて戻ることができるはずだ。眼を閉じたままそう考えた。

ヴァンスは眼を開けた。斜塔の上から二層目の、奈落を見下ろすかのような高さに、頭の中がいっそう激しくぐるぐる回る。そろそろと片手を眼の前にあげ、視界をさえぎる血をぬぐった。キンボールの笑顔が見つめていた。

「墜落するんじゃないかとひやひやしたよ」金髪男は愛想よく言った。「いちばんのお愉しみを奪われちゃかなわない」いっそう大きな笑顔で、彼は一歩、ヴァンスの方に踏み出した。スローモーションで、ヴァンスはキンボールの足が弧を描いて自分に向かってくるのを見た。ヴァンスは唯一の方法でかわそうとした――塔の外に身体をそらすことで。キンボールの一撃ははずれたが、ヴァンスはさらに悪い事態に足を踏み入れたのだった。両足が虚空の垂直の無に引きこまれ、両手が円柱を下に下にすべっていく。

これが一巻の終わりというやつなのか？　汗が血にまじってヴァンスの顔を流れ落ちる。相当、痛い思いをするのか？　即死か、長く苦しむことになるのだろうか。彼は自身が叫ぶ声を聞いた。まるで別人の咽喉から出る声のように。しかし、悲鳴は突然、やんだ。彼の身体は石の塔にぶつかった。円柱にすがりつき、両足をばたつかせる間、キンボールが拳で叩き続ける激痛が指から脳髄に直接響いてくる。

一撃ごとに、ヴァンスは苦痛の声をあげた。一撃ごとに、円柱をつかむ手の力がゆるんだ。ついに、石と堅い拳の間でつぶされた指は、それ以上、責め苦に耐えられなくなった。ヴァンスは手を離した。

＊

「全部脱ぎなさい」スーザンは冷たく事務的に命令した。「靴下もブリーフも……全部よ！」角張った顎の、仕立ての悪いスーツを着た、無表情なGRUの男は、銃を突きつけられているることよりも、女の前で服を脱がされることのほうがつらいのだった。ミハイルはこれまで何度となく銃を突きつけられ、女に銃口を向けられたこともめずらしくなかったが、今度のそれは初めてだった。羞恥に身を焼いて、彼はずんぐりした尻を包む安物の綿のブリーフをおろした。

「脱いだものを全部まとめて、そこに投げなさい」スーザンに命じられ、男はおとなしく従った。

油断なくオートマチックをかまえたまま、スーザンはマッチを石の床ですり、ロシアの安物の服の上にかざした。この男には埋め合わせの金をやるつもりはなかった。母なるロシアに埋め合わせてもらうがいい。

立ち上がって、小さな焚火《たきび》のそばから離れたその時、スーザンはヴァンスの叫び声を聞いた。裸の捕虜の存在を忘れ、彼女は外に走り出て、悲鳴の元をたどった。斜塔の北の壁から、ヴァンスがぶらさがって両足を必死にばたつかせているのを見つけて、全身が粟立った。その上からエリオット・キンボールの長軀《ちょうく》が猛禽《もうきん》のように襲いかかっている。スーザンが金髪の大男に銃の狙いを定めようとした刹那、彼は塔の端から引っこんだ。まもなく、ヴァンスの身体が落下し始めるのが見えた。

ピサの斜塔は南に傾いている。時と共に大きくなる傾斜は、さまざまな英雄的努力と技術のくり返しで直されてはいるものの、最上階の端から落とした物体は、塔から四・一メートル離れた地面に接触する。塔は八層で、一層のぼるごとに、南側が五十センチほど外にせりだしている。当然、北側は下の階よりも五十センチずつ内側に寄っている。

ヴァンスが落ちた瞬間、スーザンは息を詰まらせた。が、二十センチほど落ちたところで、彼の足は真下の円柱の装飾的な頭にかかった。これが斜塔のどこでもなくこの場所でなければ、地面に激突する途中の軽い衝突で終わっていただろう。ここだったからこそ、彼は内側に身を寄せ、塔に張りつき、執行猶予を得たのだった。

全身の震えを抑えつつ、ヴァンスは危なっかしい足場でなんとか体勢を立て直し、慎重に両足の前半分を柱頭のでっぱりにのせた。柱にもたれかかると、重力が彼の身体を傾いた石柱に軽く押しつけるのを感じた。全身に安堵があふれた。生き延びたのだ。いまのところは。

キンボールが再び塔の七層目に姿を現し、芸術的な仕事の結果を確かめようとした。しかし、ヴァンス・エリクソンのひしゃげた肉体がぶざまに地面に転がっているという満足な光景はなく、はるか下方には小さな女の姿が見えるだけだった。女は両足を広げて踏ん張るように立っている。キンボールはわけがわからず、円柱につかまると、さらに外側に身を乗り出してヴァンスを探した。すぐ下の狭い止まり木にヴァンスが張りついているのを見て、金髪の大男の暗殺者はあんぐりと口を開けた。もし斜塔のこちら側で格闘したのでなければ、もし滑り落ちるのでなく飛び出すように落ちていれば、確実に死んでいたはずだ。キンボールは激昂した。なぜだ？　頭に血がのぼり、彼は地上の女の存在を忘れかけたが、突然、訓練された暗殺者の本能がそれをはばんだ。女というものを脅威と考えたことはほとんどなかったが、もう一度、下の女に視線を戻した瞬間、銃口が光り、銃身から弾丸が放たれる風を切る音がした。反射的にキンボールはよけようとした。

激痛が右の太股を焼き、脚が身体の下でひしゃげた。痛みに我を忘れ、キンボールは右手で傷を押さえ、全体重を左脚に移した。その行動はバランスを崩しただけだった。またも鋭い銃声がしたかと思うと、二発目の弾丸が彼の肉体にめりこみ、腰のあたりの脊髄を粉砕した。軽く曲げた左脚の筋肉は意に反して収縮し、さらに筋肉は、破壊された神経叢《しんけいそう》が出す命令のシャワーに対して、これが最後の反応とばかりに突っ張った。こうして力強く伸ばされた左脚の力は、柱からキンボールの手を完全にもぎとった。彼の身体は弧を描いてヴァンスの頭上を越え、飛んでいった。

射程距離が長くてよかった、とスーザンは息をついた。右の内腿を一発目の弾丸が貫いた瞬間、キンボールの顔に驚愕の表情が浮かんだのが見えた。すぐに傷口から血の噴水があがった。大腿部動脈に命中したのだ。

彼が身をひるがえして逃げようとした時、二発目の弾丸が腰に当たった。三発目と四発目しはずれた。しかし、最初の二発で十分だった。スーザンは銃を持った手をだらりとおろして、金髪の大男が斜塔の上より二層目から、うしろざまに落ちるのを見守った。

地面と平行に突き出された左足の力により、外側に投げ出されたキンボールの身体は、三層分を何にも触れずに落下してから、再び斜塔に激突した。

＊

「嘘だあああああっ！」キンボールは絶叫した。「奴らにやれるはずがないっ！　俺は生きるんだああっ！」頭の周りで、天地が狂ったメリーゴーラウンドのように回転する間中、彼は叫び続けた。キンボールの太股の破れた動脈は、わめきながら落ちていくとおりに、宙と大理石の塔に血を撒き散らした。三層の大理石の棚で頭を砕く刹那、自分は素人と女に敗北したのだという屈辱の事実を、最後に悟った。

＊

スーザンは塔に駆け戻った。ヴァンスを助けなければ。不安そうな叫び声があたりで響き、人々が斜塔めざして走ってくるのが眼の端にはいる。

塔の中にはいると、混雑する日に観光客を並ばせるのに使うロープの束を見つけた。その中から六メートルほどのロープを選び、両端の留め金をはずし、輪にしてまとめると、階段を駆けあがった。

ヴァンスは柱頭の装飾に足の前半分だけをかけてようやく立っていたが、ふくらはぎの筋肉がつり始めていた。両手からほんの五十センチ上にある円柱を見上げた。あれに届きさえすれば、身体を引き上げられる。両腕にも身体の残りの部分にも力が戻ってくるのを感じていたが、ふくらはぎの痙攣だけが、キンボールの攻撃でどれほど肉体を痛めつけられたのかを主張し続けていた。

「ヴァンス！」

顔をあげると、スーザンが頭上に立っていた。天使に見えた。

「もう少しがんばって」どこまでが彼のかキンボールのものかわからない血にまみれた顔を心配そうに見下ろして、彼女は声をかけた。

スーザンは素早くロープを円柱に五、六回巻くと片方の端をヴァンスに向かって垂らした。そして、反対側の端をしっかり握った。こうすれば摩擦がブレーキとなり、ヴァンスが下の層におりるのを支えられる。

彼はロープを腰に巻き、もやい結びでしっかり結んだ。安堵で頬がぴくぴくとひきつった。これほどありがたい感触を味わったことがなかった。

軽く足を浮かせ、スーザンにロープの摩擦ブレーキを確かめさせてから、思いきって止まり木を離れた。

ヴァンスが無事に下の階におり立つと、スーザンはロープの端を放し、階段を駆けおりて彼のもとに行こうとした。途中で、キンボールの黒いブリーフケースにつまずきそうになった。彼女はそれを拾い、ヴァンスに走り寄った。

「もうだめかと思った」叫んで、ヴァンスの胸に顔を埋《うず》めた。

「ぼくもだ」ヴァンスはそう答えて、スーザンの温もりを確かめた。「ぼくもだよ」スーザンは顔をあげた。その眼からは喜びの涙があふれていた。

「ああっ！」スーザンは驚いて悲鳴をあげた。「あなたの顔！　まるで……」

「ハンバーガーみたいだろ」ヴァンスはおそるおそる指先を顔に触れて確かめた。「まあ、半月もたてば治るさ」

スーザンはまじまじと彼の顔を見た。血をかぶり、ひどく痛めつけられてはいても、あの南の青い海色をした眼も、瞳の中で煌めく光も、そのままだ。「愛してるわ！」

「愛してるよ」そして、慌ただしい抱擁を解いた。「それはそうと、ここから逃げたほうがいいんじゃないか？」

「そうね」彼女はすぐに現実に戻った。ふたりは階段に向かった。スーザンが急に立ち止まり、喜びの再会の瞬間、床に投げ出して忘れていたブリーフケースに手を伸ばした。「あなたが興味あるものよ、きっと」

彼は震える指でブリーフケースを受け取ると、留め金をはずした。最初の紙も、次の紙も、その次の紙も、すべてレオナルド・ダ・ヴィンチによって書かれた、自分たちがずっと探し求めていた手稿であることを、ヴァンスは確かめた。

「ある」歓喜に満ちた声で彼は言った。「全部ある」

「手に入れたのね？」

「手に入れた。それじゃ」彼はブリーフケースを音をたてて閉めると、彼女に渡した。「逃げよう」遠くから、パトカーのサイレンが高く低く響いてくる。

　下の小部屋ではふたりの真っ裸の男たちが、野次馬が中にはいろうとするのを、必死に防いでいた。

「ご苦労さん」ヴァンスは笑顔で言った。ふたりはむっとした顔で振り返った。「もういいよ。ぼくらは失礼する」

　ヴァンスは扉を開けて、二十人ばかりの中に突き進むと、ブリーフケースを持ってあとに続くスーザンのために道を作った。右手に、エリオット・キンボールの死体を取り囲む大勢の人だかりが見える。

　ヴァンスの血塗れの顔はグロテスクな仮面そのもので、逃げ道をふさいでいた人々を文字どおり震えあがらせた。ふたりが斜塔から飛び出すと、皆、さっと道を開けた。人だかりの端にたどりつき、行き先を見定めようと足を止めた時、長身の男が二名、突然、ヴァンスたちの行く手をはばんだ。

「我々がそのブリーフケースを持ちましょう、ミズ・ストーム」人あたりのよい会計士といった風情の男が英語で言った。もし、その眼にうっすらと爬虫類じみた光がなく、その手に三五七マグナムがなければ、まるで人畜無害に見えただろう。連れの角張った顎のミラーサングラスをかけたずんぐりした男もまたマグナムをかまえていた。

　ヴァンスはずっしりと重たい絶望が両肩にのしかかるのを感じた。もう無理だ、これ以上はもう無理だ。

「そのブリーフケースを渡してくださいと言ったんですが」会計士は言った。

スーザンが躊躇すると、男はリボルバーの撃鉄を起こした。「殺したくはない……少なくともここではね」男は微笑した。「しかし、あくまでよこさないと言うなら、撃ちます」

スーザンは叫びだしたかった。ヴァンスを見ると、彼はうなずいた。無言で、スーザンはブリーフケースを男の足元に投げた。男が素早くそれを拾う間、ずんぐりした連れは一歩さがってぬかりなく銃をかまえていた。パトカーのサイレンがいっそう大きくなる。「さあ！」会計士は銃身で広場を示した。ヴァンスは、乗ってきたタクシーが消えていることに気づいた。かわりにメルセデスのリムジンが停まっていた。同行か死かの選択を迫られ、スーザンとヴァンスは足早にリムジンに向かった。あとからふたりの男がぴったりとついてくる。彼らがリムジンに近づくと、運転手が助手席側に駆け寄り、ドアをすべて開けた。ヴァンスとスーザンは後部座席を示された。その時、パトカーが二台と救急車が一台、けたたましくサイレンを鳴らしながら広場にはいってきた。慌てて、ずんぐりした男はヴァンスとスーザンを座席に押しこみ、自分も続いた。会計士がうしろのドアを閉め、リムジンの助手席に飛び乗ると、車は駐車スペースから飛び出し、西に向かってスピードをあげた。

ヴァンスとスーザンはもつれあったまま、リムジンの強力なエンジンの馬鹿力で、座席のクッションに押しつけられた。

突然、ヴァンスは凍りついた。座席の反対側の端に、ハリソン・キングズベリがいる。キングズベリが喋ろうと口を開けかけた時、リムジンは派手な音をたてて右折し、いっそうスピードをあげてピエストラサンティナ通りを北東にたどり、A12号線をめざし始めた。

男たちは大声で指示を怒鳴りあっていたが、やがて口を閉じ、捕虜を見た。前の助手席に坐った会計士は、真うしろのヴァンスに銃を向けていた。ヴァンスと会計士の間の補助席には、細縞のスーツを着こなした人品卑しからざるビジネスマン風の男。その隣の、つまり運転手の真うしろの補助席には、ずんぐりした男がどっかと座り、だるそうにリボルバーをかまえたまま、捕虜たちの顔に油断なく視線を走らせている。ハリソン・キングズベリは後部座席の左端で、ずんぐりした男と向き合い、スーザンはキングズベリとヴァンスにはさまれて、後部座席に坐っているのだった。

暗さに眼が慣れてきたヴァンスは、細縞のスーツの男が、石油企業社長であり、〈ブレーメン結社〉のメンバーであり、ハリソン・キングズベリの長年の宿敵である、メリアム・ラーセンだと気づいた。そして、男たちが彼に敬意を払い、彼を守る位置に坐っていることも。

「ごきげんよう」遅い車の列を風のように追い越していくリムジンの中で、ラーセンがまず沈黙を破った。「きみたちは実におもしろい朝を過ごしたわけだ……いや、おもしろい毎日をおくってきたと言うべきか」ラーセンは会計士からブリーフケースを受け取り、膝の上に置いて、蓋を開けた。

「確かにきみたちは我々の邪魔ばかりしてきたと認めざるをえないが」ラーセンはブリーフケースからの手稿を一枚抜き取ると、読書灯をつけて、興味深げにじっくりと見ていた。そして薄い笑みを浮かべた。「今朝はよく働いてくれたな」彼はもう一度、手稿を見て、スーツケースに戻した。「我々はミスター・キンボールの行方をまったく見失っていた。彼が我々の用意した正当な裁きをまぬがれるばかりか、この貴重な書類で早まったことをするのではないかと懸念していたのだ」

ヴァンスが腰を浮かせた。会計士の銃が即座に動いた。

「リラックスしろよ、撃ちたがりの兄さん」ヴァンスは言った。「ちょっと居心地よくしようとしてるだけだ。あんたとあんたの友達のもてなしには期待できないからな」

「おやおや、気難しいことだな、ミスター・エリクソン」ラーセンは見下した笑顔で言った。

キングズベリが座席の中で動くと反射的にずんぐりした男が銃を向けた。ヴァンスははっとした。

「なんでもない、なんでもないよ」キングズベリは言った——聞いたこともないような老人らしい声で。ヴァンスはキングズベリに眼で訊ねた。「奴らに何をされたんですか、どうしたんですか?」けれども、見返してきたキングズベリの眼には、知恵と計略の炎がいつもと変わらない明るさで燃え盛っている。どういうつもりだ? ヴァンスは困惑した。「私は年寄りだ」キングズベリは男に説明している。「身体を楽にしたいだけだよ。こんなふうにずっと坐ったままでいると関節炎が辛くてかなわない。ただ身体を少し楽にしたいだけなんだ」

関節炎? キングズベリは関節炎を患ったことなど一度もない。驚きのあまり、ヴァンスはラーセンの言葉の最後を聞き逃した。

「きみを結社に迎える用意があると言ったのだよ、ミスター・エリクソン。きみと、こちらのミズ・ストームを」

「ぼくらを結社に？」ヴァンスはよく飲みこめずにくり返した。「なぜ……なぜ、ぼくらを？」

「きみたちは優秀な人材だ。それが理由だ」ラーセンは簡潔に答えた。「きみたちは、CIAをはじめ、結社のすべての協力者が達成できなかった成果をあげた」

「CIA？」ヴァンスはおうむ返しに言った。

スーザンにはラーセンの次の台詞がわかっていた。それこそ、スーザンが情報局を辞めた理由のひとつだった。

「もちろんCIAが頻繁に我々のために働いてくれていることはきみも知っているだろう、ミスター・エリクソン。我々は……どう言えばいいかな……CIAと共通の目標を数多く持っている。加えて、情報部の紳士たちは、合衆国政府ではなく我々こそが、彼らの未来になり得ると気づく知性を持ち合わせている。CIA幹部、職員の中で、見識のある者たちは我々に命運を預けた。しかし残念ながら」ラーセンは続けた。「時々、失望させられる。エリオット・キンボールの行方を探すように命じたのだが、彼らはしくじった」

ヴァンスは、キングズベリがもう一度、坐りなおすのを眼の端で見守った。今度は、ずんぐりした男は動かなかった。

「きみたちはキンボールを見つけた。隠れ家も」まるで子供に初めておとぎ話を聞かせるような口調でラーセンは言った。「そして、書類を取り返した」

「だけど、あんたたちはぼくらを見つけた」ヴァンスが指摘した。

ラーセンはうなずいた。「そう、我々は幸運だった。しかし、おそらくきみたちは、どうやって我々が見つけたのか、不思議に思っているだろう」自分の言葉に陶酔していたラーセンは、キングズベリがまた身をよじらせ、坐りなおしたことに気づかなかった。坐りなおすたびに、キングズベリがずんぐりした男に少しずつ近づいていることにも。

「種を明かせば、実に単純なことだ」ラーセンは続けた。「CIAの行動で唯一、役に立ったのは、大勢いるキンボールの過去の協力者たち、すなわち、結社と袂を分かったのちに彼が接触しそうな人間たちを監視し続けたことだ。そのひとりが偶然に、ピサに配置されていたGRUの某少佐だったと――」

「ミハイル――」

「アレクサンドロビッチだ」ラーセンはフルネームを補った。「そう、そのとおりだ。そして、プラスアルファの探偵活動により、今朝、キンボールと会うらしいことがわかった。我々は追跡した。そしてここに着いた時にはもちろん……きみは命懸けで、我々のためにすべての仕事を片付けていてくれたというわけだ」

「スーザンとぼくが結社の言いなりになると、どうして思ってるんだ?」ヴァンスは抵抗をこころみた。

「生命を守るためだ。きみたちとミスター・キングズベリの。きみたちはそのために必死に戦っただろう、今日も……この数日も。殺し、盗み、嘘をつき、欺いた。生きるために。そんなきみたちが、このルディや――」彼はずんぐりした男を見やった。「――私のうしろにいるスティーヴンの撃つ一発の銃弾で生命を終わらせることを望むとは思わない。どうだね？」

「あんたは人間ってものをよく理解していないようだな、ラーセン」ヴァンスは腹を立てて言い返した。「尊厳だの自由だのを理解していないんだ。人間は誇りのために死ねる。自由も誇りもない人生など、執着する意味が――」

「冗談はよしたまえ、ミスター・エリクソン。誇り？　誰に向かって説教している？　私はおとなしく犬の餌のミンチにされるのを待つ、大砲の的の雑兵《ぞうひょう》ではない。いまどき誇りのために死ぬ人間などいない。人間はただ生きたいものだ。生きてものを持ちたいだけだ。十分に腹が膨れるだけの食物と、雨風をしのぐ屋根と、ぴかぴかの新車とテレビをあてがっておけば、人間は誇りなど気にしない」

「それがあんたの人間観かい？」ヴァンスは訊いた。

「そうとも。企業に勤める人間が、劣悪な職場で堪え忍ぶ虐待と屈辱の数々を考えてみたまえ。連中が耐えるのは、我々が給料を支払うからだ。耐えなければ、解雇されるとわかっているのだよ。企業は分裂を容認しない。個人の誇りが分裂を呼ぶ。我々の元で働く者は、まず誇りを捨てさせられる。信じたまえ、連中は誇りを捨てるのだ。いいかね、私に誇りについて説くなど愚の骨頂だ。きみも世界中のどんな人間も結局――」

ラーセンの言葉は、リムジン内の狭いスペースの中を飛んできた肉体によって、唐突に断たれた。動いたのはハリソン・キングズベリだった。彼はずんぐりしたルディに体当たりした。弾丸が後部座席に当たった。キングズベリは一瞬、身を硬張らせたが、ずんぐりした男の銃を握ったまま、力をゆるめなかった。

すぐさまヴァンスはキングズベリに加勢した。ラーセンが頭をかばって床に伏せ、助手席の会計士がラーセンの身体越しにヴァンスの背中を狙う。すかさずスーザンが躍りかかり、会計士の手首を上に払った。弾丸は誰にも当たることなく、天井に穴を開けた。スーザンは両手で男の手首をつかみ、運転手の後頭部を守る強化アクリル樹脂の仕切り板に叩きつけた。もう一発、天井に弾丸がめりこんだ。

ヴァンスはルディの鼻に拳を叩きこんだ。骨の砕ける音がした刹那、さんざん傷つけられた手を激痛の矢が焼いた。キングズベリが男の両手を押さえこんでいるのに乗じて、ヴァンスは顔に、頭に、何度も何度もパンチを見舞った。

しかし、この大男はタフだった。そして、キングズベリの手の力は弱ってきていた。ルディは腹の底から一声唸ると、老人の身体を押しのけた。間髪をいれずにヴァンスはキングズベリと入れ替わり、銃ごと男の手をつかむと、窓に叩きつけた。それでも、男は銃を握る手の力をゆるめない。

スーザンはスティーヴンを相手に、めちゃめちゃに手を振り回していた。叩いて、ひっかいて、スティーヴンの頭や顔から、爪で血をかき出した。銃が危なっかしく揺れ、それでも、スーザンは彼の腕をまっすぐ伸ばしたまま、銃の狙いをそらし続けていた。運転手は、自分の頭の前後で三五七マグナムの銃口が行き来するたび、道路に向けた眼を不安そうにちらちらと車内に戻した。

狭い空間で左手を自由に使えないスティーヴンは、スーザンの爪の攻撃から身を守るだけで精一杯だった。

ようやく、彼はスーザンの長い髪をひと束つかんだ。髪を引っ張られ、座席のうしろに頭をぶつけられて、スーザンは悲鳴をあげた。眼がくらみ、棍棒のように振りおろされた銃を、危ういところでやっとかわす。身体をひねって逃れると、スーザンは銃を握った男の手を両手でつかみ、親指の付け根の腱に思いきり歯を立てた。スティーヴンは絶叫し、必死に振り払おうとしたが、手を動かせば動かすほど、歯が深く食いこんでいく。そんな彼の顔めがけて、スーザンは手を突き出した。人差し指と中指が両の眼にはいり、ぐにゅり、と濡れたゼラチン質の眼球が指先に触れる。すかさず、ぬるぬるの中心をつかむように指に力をこめると、凄まじい激痛の咆哮が響いた。

その横で、ヴァンスはずんぐりした大男と格闘し続けていた。一度は手足によみがえった力が、急速に消えていく。大男はヴァンスにつかまれていた手を振りほどくと、必殺のパンチを繰り出した。が、拳は窓を直撃した。男が一瞬、怯んだ隙に、ヴァンスは両足を踏んばり、渾身の力をこめて右肘を叩きこんだ。肘は大男の耳のうしろに命中した。手から銃が落ち、そのまま彼は意識を失って倒れた。

メスのようなスーザンの指が会計士の両眼を何度も何度も突くたび、人間のものとは思えない叫び声がリムジン内に響き渡った。彼はリボルバーを捨て、両手を顔の前にあげて眼を守ろうとした。三五七マグナムは後部座席の床に転がった。ラーセンが拾い、ヴァンスに向けて発砲したが、スーザンの動きに邪魔され、銃弾はそれた。ヴァンスは弾丸が首筋をかすめるのを感じ取った。

ラーセンはまた狙いを定めようとしている。ヴァンスは動かない大男の身体の下からリボルバーを拾い、ラーセンが発砲すると身をかがめ、素早く狙いを定めて撃ち返した。石油会社社長の額に、インドのラージャがつけるルビーのような赤い点がじわじわと広がるのが見えた。ラーセンの手から銃が滑り落ちた。彼はそのまま崩れて動かなくなった。リムジンが高速道路の路肩で急停車した。

ヴァンスはラーセンの身体を乗り越えるように顔を突き出した。

「おかしな真似をすれば殺す！」叫んで、まずは全身を前後にくねらせ、うめきながら右眼を押さえている男に、次に運転手に銃口を向けた。「キーを抜いて、こっちによこせ」運転手は不承不承、従った。「これを」ヴァンスは銃をスーザンに渡した。「こいつらを見張っててくれ」彼は急いでキングズベリのそばに戻った。静まり返ったリムジンの中を、老人の苦しげな息づかいだけが満たしている。

老石油王は、ルディという大男に投げ飛ばされた姿勢のまま、後部座席に倒れていた。白いシャツの前に濡れた赤い染みが大きく広がっている。キングズベリを両腕にかきいだくヴァンスの眼に、みるみる涙があふれてきた。

「ラーセンの流儀は間違っている、ヴァンス。おまえならわかるな」キングズベリは銀灰色の眼を覆うまぶたを薄く開け、微笑をしてみせた。「たとえ何人、血を分けた子供がいても、おまえこそ私のせがれだというのは、それが理由だ。私は……」キングズベリは激しく咳きこんだ。肺に溜まる血を吐こうとして。

「もういいから、休んで」ヴァンスは言った。「病院に連れていくよ」

「ヴァンス」年嵩の男は、締めつけられるような小声で哀願した。「黙って聞いてくれ」ヴァンスは、どんどん弱々しくなるキングズベリの声を聞き逃すまいと、頭を深く前に倒した。

スーザンは三人の捕虜を油断なく見張っていたものの、ハリソン・キングズベリとヴァンス・エリクソンが顔を寄せ合い、小声で話す様子に注意をひきつけられずにいられなかった。ヴァンスが一瞬、顔をそむけて涙をぬぐい、すぐにふたりだけの会話に戻るのをスーザンは見逃さなかった。ヴァンスは指で老人の長い銀髪の房を顔からやさしくかきあげ、額をさすっている。

ふたりを結ぶ愛情の深さに、畏敬の念すら覚え、スーザンは瞠目《どうもく》していた。ヴァンスがすすり泣きの声を漏らし、キングズベリの頭を胸に押し当てると、スーザンは自分の咽喉が詰まるのを感じ、くちびるを噛みしめた。しばらくして、ようやくヴァンスが顔をあげ、スーザンの眼を見つめた。

口を開いた彼の声は、敬愛の響きに満ちていた。

「価値ある死だ、と言ったよ」そして、ヴァンスの眼にまた涙があふれた。

エピローグ

「どういう意味です、覚えていないとは？」三人の男たちの——FBIからひとり、CIAからひとり、統合参謀本部からひとり——代表の男が怒鳴った。三人とも申し合わせたようにそっくりだった。ダークスーツ、光る靴、同じような髪型、歳の頃は三十代。統合参謀本部の男が代表をつとめていた。

「だから、言ったとおりですって」ヴァンス・エリクソンは、サンタモニカのコンパック本社にある自室で、机の前から立ち上がり、広々とした窓に歩み寄った。三月下旬の水曜日、眼下を一隻のヨットが滑っていく。もう少し待っていてくれよ、とヴァンスはヨットに話しかけた。仲間が行くから。

「あなたの言い分は聞いた」統合参謀本部の男は、自分も立ち上がってエリクソンと視線の高さを合わせるかどうか迷った。「しかし私は——我々は——世界一の個人石油会社の取締役会長、いや、オーナーと呼ぶ方がいいだろうか、その人が、あの手稿をどうしたのか覚えていないというのは、とても信じがたい」

ヴァンスは窓辺から振り返った。「忘れちゃ困るな」彼は辛抱強く言った。「ぼくは会長になって間もないんだ。実際、創立者から相続したことを知らされたショックからまだ立ち直っていない始末でね」ヴァンスは微笑した。「ひょっとすると、そのショックで思い出せないのかもしれない」

「警告します、エリクソンさん」ＦＢＩの男はやっと言葉を取り戻した。「あの手稿はもっとも重要なもので、我々は――」

「いいや！」ヴァンスは怒鳴り返した。「こっちこそ警告させてもらおう、いいかげんにぼくとうちの従業員を侮辱するのをやめないと、あんたらも上司もまとめて馘にしてやる！わかったか？」机の前に坐る三人のそばに近づき、眼を怒《いか》らせて見下ろした。

「あなたはそんな脅しをかけられる立場にはないと思うが」ＣＩＡの男が冷ややかに言い返した。

「ほう？」ヴァンスは鋼《はがね》のように冷たい眼で彼を見据えた。「あんたの上司がどうやっていまの地位を手に入れたか知ってるかい？」

「副長官は、前任者の辞職で昇格した」

「あんたは真面目に宿題をやってきたようだな。しかし、その前任者がなぜ辞職したのか知ってるかい？」ＣＩＡの男はきょとんとしてヴァンスを見た。眼に不安の色が広がってくる。

「教えてやろう。それは彼がとてつもなく巨大な組織から、たんまりと現金を受け取ったからだ。彼がなぜそんな現金を受け取ったのか知ってるかい？」男は首を横に振った。「暗殺報酬として受け取ったんだ」怒りと義憤がヴァンスの声の中で高まってきた。「そんじょそこらの暗殺じゃない、アメリカの政治家の暗殺だ。わかるか？　ぼくは死ぬほど腹が立った。あんたらと上司が寄ってたかってぼくを怒らせているのと同じくらいに。そいつが辞職に追いこまれた理由を教えてやろう。このぼくが彼の有罪の動かぬ証拠を突きつけて、辞職しなければすべての事実を全テレビ局と三大新聞社に公表すると言ってやったからだ」

「なぜそうしなかった?」男はまじりけのない好奇心から訊ねた。

「これ以上、この国の人々の祖国に対する信頼を揺るがせる必要はないからだ」

ヴァンスは答えた。「ただ、薄汚い毒虫どもを切り落とせばいいだけだからだ——この国の癌細胞を」ヴァンスの息は荒くなっていた。エリオット・キンボールがピサの隠れ家にためこんでいたファイルを読んでからというもの、その内容を思い出すたびに、もつれた錨《いかり》の鎖のように、腸がきりきりとよじれる気がする。

最後の力をふりしぼり、虫の息のハリソン・キングズベリはヴァンスに、信頼のおけるイタリア警察幹部の名を教えた。

キングズベリが息を引き取ってから、スーザンとヴァンスは結社に雇われた三人の生き残りを縛り上げ、猿轡を嚙ませ、道端に放り出すと、レッジォ通りを出てすぐの公衆電話から警察に通報した。そして、キングズベリが教えてくれた男にも連絡をとった。彼はスーザンとヴァンスが出頭する手筈《てはず》を整えた。

裁判は短く、すぐに無罪判決が出た。修道院を強制捜査した警察は、〈聖ペテロに撰ばれし兄弟たちの修道会〉が、カイッツィ伯の殺害、ミラノのファッション街の銃撃、ホテルのメイドの殺害の首謀者であると正しく証言する証人たちを、次から次に発見した。

もっとも重要な証人のひとりはウンベルト・トージ教授だった。教授は困難な顕微《けんび》手術によって修道会の毒から自由になり、いまはボローニャ大学で教鞭《きょうべん》をとっている。教授は幸運だった。半数近くの人間が手術中に突然、漏れだした毒によって生命を落としていた。

トージ教授は自由の身となって家に戻った。結社の運転手とふたりの殺し屋は違った。彼らは司法取引によって、軽い禁固刑を言い渡された。その証言によって、スーザンとヴァンスは、キンボールとラーセンとキングズベリの死の責任から逃れた。彼らはまた、ジョフリー・マティーニ教授と、ウィーンとストラスブールのレオナルド・ダ・ヴィンチ研究者を殺した犯人は〈ブレーメン結社〉の人間であると証言した。犯人はついに検挙されなかった。

裁判が終わり、ヴァンスと、スーザンと、例のイタリア警察の男と、そして軽い心臓発作から立ち直ったトニー・フェアファックスは、エリオット・キンボールの隠れ家に乗りこみ、ファイルを発見した。その中身はおぞましいものだった。政府高官や多国籍企業幹部のよろめきについて、確たる証拠と共にひとつひとつ記録されていたのだ。彼らはファイルを分けた。ヴァンスは合衆国関連のファイルをすべて保管することになった。

「どうやらあんたの上司の前任者は、自分の立場を忘れたようだ」ヴァンスは眼の前に無言で坐るCIAの代表に注意を戻した。「それから、そっちのふたりの紳士も――」彼はそれぞれに向かって顎を突き出した。「――自分たちの職場に、同じような例がどっさりあるのを知らないな。こんなのはほんの序の口だ。もっと、もっと、もっとある。アトキンソンさん」ヴァンスは統合参謀本部の男に向かって言った。「あんたがときどき坊やたちを相手に羽を伸ばしてるってことをかみさんに知られたいか?」

「そんなのは別にめずらしいことでは――」

「シーツの上で?」ヴァンスは問い返した。「九歳の少年を相手に?」男の顔から血の気がひいた。連れのふたりは見ないふりをしたものの、こっそり横目でうかがった。

「そうなんだよ、アトキンソンさん」ヴァンスは続けた。「〈ブレーメン結社〉の調査は完璧だ。写真も少年たちの宣誓供述書もある。恥ずかしくないか、タカ派の紳士先生? 要するに、〈ブレーメン結社〉はCIAが合衆国国民をスパイするよりもずっと徹底的に政府高官の私生活をスパイしているってことだ。中でも、ぼくが預かってるのは、結社のファイルの中でも特に重要な物だ」

「脅迫する気か!」FBIのエージェントは憤慨して怒鳴った。

「そうとってもらってかまわない」ヴァンスは答えた。「しかし、これ以上、我が国の政府や軍内部に、堕落や不適格者をはびこらせるわけにはいかない。〈ブレーメン結社〉がこれらの書類を、人々のためにならないことを公や軍に強いる目的で使ってきたのなら、ぼくは腐った膿《うみ》を徹底的に洗い流すために使う。そう」ヴァンスは大使館付武官を見た。「あんたも含めてだ、アトキンソンさん。ぼくがあんたなら、とっとと辞表の下書きを始めるね。さもなければ、この話は写真付きで新聞記事になる。あんたがはいっている会の名前は何といったかな?」ヴァンスは間をおいた。「なあ、アトキンソンさん、〝美味《うま》いセックスは八歳まで〟とかいうモットーのだよ。ほらほら、アトキンソンさん、思い出してくれないか」

武官は殺されるような声をあげ、椅子から飛び上がると、走って部屋を出ていった。

「紳士諸君、書類はすべてコピーを取って、安全に保管してある。ぼくに万一のことがあれば、書類の内容はすべて公表される手筈になっている。しかし、その中身は政府内全般にあまりに大きく広がっているのでね、公表したら、いまの政界は息の根を止められるだろう。だからこそ、ぼくはこの書類の内容を小出しに秘密裏に利用しているんだ。ぼくらが必要としているのは、国民のために役立つ政府だ。政府のために国民が利用されることがあってはならない」

「しかし……しかし、大統領は——」ＦＢＩの男は口ごもった。

「めでたいな、あんたは。あのおっさんのしょうもない企業重視の経済理論は、政府をその巨大国際組織に引き渡しただけだ。大統領は資本主義のためになることをひとつもしていない。政府に圧力をかけるひと握りの実業家の方ばかり向いている。そういう連中は資本主義経済下の自由競争制にとって、マルクスとエンゲルスのクローンが何十万体と集団で押し寄せてくるより、ずっと脅威なんだ。資本主義と自由競争制が我が国を偉大にしたんだ。社会保障制度よりもずっとふところに役人を抱きこんだ、大企業が合体した蛸《たこ》の化け物ではない」

ヴァンスの机でブザーが鳴った。「失礼」彼は受話器に手を延ばした。「ああ、わかった、いいよ。つないでくれ」耳をすましていた彼は、やがて喋りだした。「ええ、ええ、いま眼の前にいますが。はい、わざわざお電話をどうも。ぼくから直接、お返事をしましょう。は？　いやいや、ぼくは政府の金なんか欲しくないし、政府役人の御一行様も、御目付け役もいらない。何度も公の場ではっきりと言い、あなた宛ての手紙でもそう言ったはずだ——

アメリカ政府は荷電粒子ビーム兵器を手に入れる。なぜならぼくが作って渡すからだ。国防省の鼠の穴を札束でふさぐのはもううんざりだ。金の半分は役人の尻の脂肪を分厚くするだけだ。この兵器の件では、政府におかしな真似をさせられない。それにぼくなら、必要でないものをあれこれくっつけて値段を倍にしたりしない。

そして、これを作っている場所をあなたに教えるつもりはない。材料は十ヵ所以上の場所に分散して集めてある。政府がそのどこか一ヵ所にでも介入すれば兵器はなし。例の書類もなしだ。レオナルドの手稿はあなたにも誰にも渡さない。ぼくは兵器を作る。そして国はそれを無償で手に入れる。こうして我々はロシア人より何十年も早く最新兵器を持つことになる――そうならなかったとしても、神かけて、うちの特大兵器工場からロシアに流れたわけじゃないから、そのつもりで。

そうです。そう、ぼくは入手した情報を利用し続けます。ここ百年以上、この世から忘れられていた、我々の払う税金と国民の要求に見合った政府と国防を実現するために……いいえ、こんなこと、ぼくはちっとも愉しんでませんよ。ヨットに乗っているほうがずっといい」

ヴァンスはしばらく聞いてから、微笑した。「ありがとうございます」そして別れの挨拶をすると、受話器を置いた。

「大統領からだ」ヴァンスは言った。「みんな、家に帰っていいよ。あんたたちの犬を全部連れて引き上げろ、と大統領の御命令だ」

＊

三月末は南カリフォルニアのセーリングには肌寒い季節だった。ベテランは気にしないが、ほとんどの初心者は海上に出てこない。真夜中近くだった。ヴァンスがコンパック本社から遅く帰宅すると、ふたりはマリーナデルレイからカタリーナ島（ロサンゼルス沖合いに浮かぶ島。リゾート地としても有名）に向かった。

「だけど、それが問題なんだ」ヴァンスは舵輪《だりん》に軽くもたれ、進行方向を定めていた。「ぼくはこんなことはひとつもやりたくない。他人の頭を過去の罪でひっぱたいて歩くのはもううんざりだ。ビーム兵器事業は渡さないと、週に一回、大統領に言い聞かせるのも飽き飽きした。こんな役目はもういやだ！」風の中に叫んで忿懣《ふんまん》をぶつけた。

「でも、あなたの役目でしょ」スーザンは言った。もうシップロック山の灯がはっきりと見えるところまで来ている。風が弱いうえに、荷船や引き船を迂回しなければならなかったが、順調なスピードで進んでいた。「どうするつもり？」彼女は訊いた。「放り出して、誰かにあとをまかせるの？」

「そうできたら最高だね」

「じゃあ」スーザンはゆっくりと言った。「後任はビル・マッキントッシュに……」

「若すぎる」

「……フィリップ・カーターに」

「融通がきかない」

「……トニー・アダムズに」

「肝っ玉が小さい」

「リー・タイラーは……」

「彼女ならあと二年もたてばりっぱに会社を経営できる」

「ほら！」スーザンは、すでに百回も話し合ったことだと微塵も感じさせない、はしゃいだ声を出した。「あなたはたった二年間、我慢すればいいのよ。そしたら、あのバイクに乗って、どこでも好きな奥地に戻ればいいわ」

「あの頃、人生はずっと単純だったのにな」ヴァンスは情けない口ぶりで言った。

「あの頃、わたしたちはお互いのことを知らなかったわ」

「確かにね。だけど、なんできみとつきあうために、会社や、レオナルドの手稿や……脅迫材料の書類まで、管理しなきゃならないんだ？」

「文句ある？」スーザンがわざと突っかかった。

「うーん……」ヴァンスは考えるふりをした。「どうだろう？」

　スーザンはヴァンスのあばらを小突いた。そのとたん、ヨットの方角がぶれた。

「危ない女だな」

「知ってるわ」

「ますます危ない女だ」

「知ってる」

「きりがないじゃないか」

「でしょ」スーザンは身を乗り出してキスした。十三メートルのヨットは帆が大きくあおられるまで漂流することになった。

ヴァンスは身体を放し、ひと息ついた。「航海中、一等航海士は船長の注意をそらさないように」

「それは苦情？」

「全然。生命を賭けてもいいよ」ヴァンスは再び風をつかまえようと骨を折っていた。もう元には戻れないんだな、と胸の内でつぶやいた。だが、人生は決して同じ形にとどまるものではない。常に変化し続ける。何事も天の配剤なのだろう。けれども、それを愉しむことは、旅の目的地だけではなく道中をも愉しむことにほかならない。

「何を考えてるの？」スーザンの声がした。

「ああ、レオナルドの書いた言葉をちょっとね」

「教えて」

「トリヴルツィオ古写本のどこかで見た言葉なんだ。〝川の中で肌に触れた水は、過去の最後であり未来の最初である。現在という時と同じだ〟人生もよく似ている」

「ふうん。とりあえず、あなたもわたしも水の上に頭を出しておくことを考えましょ」朗らかに言うと、スーザンはまたヴァンスにキスをした。

訳者あとがき

『ダ・ヴィンチ・レガシー』は一九八三年に一度、発表され、二〇〇四年に改稿されました。本書は二〇〇四年度版を元にしています。

物語の冒頭をご紹介しましょう。

ある日、石油会社社長キングズベリは、ダ・ヴィンチ直筆の手稿を、ダ・ヴィンチの親友が一冊の本にまとめた古写本を、とあるイタリア貴族から買い取りました。キングズベリの養子であるアマチュアのレオナルド・ダ・ヴィンチ研究家、ヴァンス・エリクソンは、その古写本の中にページの欠落を発見します。

しかし、それは偶然に失われたのでないことは確実でした。なぜなら、欠落を隠そうとしたことが明らかな、古い時代に作られた偽造ページが、失われた手稿の代わりに、はさみこまれていたからです。

ヴァンスはキングズベリの依頼で、なぜ古写本から手稿の一部が抜き取られ、しかもその事実が隠蔽《いんぺい》されたのか、さらにはオリジナルのページは現存しているのかを、調査することになります。

軽い気持ちで仕事を引き受けたヴァンスですが、自分でも何が何やらわからないうちに、連続殺人や銃撃戦に巻きこまれ、果ては警察に追われる立場になってしまいます。どうやら、古写本の謎を探られては困る人間がいるらしいのです。

ヴァンスばかりでなく、やはりこの古写本について知るほかのダ・ヴィンチ研究家も、次々に命を狙われ、何人もが殺されています。

しかし、五百年も昔に書かれた手稿のために、なぜ殺人がくり返されるのか。

ヴァンスはキングズベリが購入した古写本に関わりのある人間を次々にあたり、手稿消失の謎を解くことで、彼の命を狙う者の意図をつきとめようと決意します……。

ミラノ、フィレンツェ、さらに周辺のイタリア小都市を舞台にスピーディーに展開されるこの物語には、その土地の魅力もたっぷり描かれていて、まるで写真の多いガイドブックを読んでいるかのようです。イタリアを旅行したことのある人もない人も、本書を愉《たの》しみながら彼の地の様子を、ありありと眼に浮かべることができるのではないでしょうか。レオナルド・ダ・ヴィンチの手稿消失という魅力的な謎から始まる、スリルとロマンスとアクションのたっぷり詰まったこの冒険譚は、やがて思いもよらない衝撃的な結末へと進んでいきます。

ダ・ヴィンチの遺産《レガシー》とは何なのか。

その遺産に隠された秘密は何なのか。

ヴァンスと共にぜひその謎を追ってください。

ところで、主人公のヴァンス・エリクソンは、石油採掘屋という本業を持ちながら、世界屈指のレオナルド・ダ・ヴィンチ学者であるという才能あふれるキャラクターですが、作者のルイス・パーデューも非常に多才な人物です。Idea Worx社なるネットワーク企業を経営し、ワイン会社を設立し、ワイン投資ニュースを発行し、ウォール・ストリート・ジャーナル・オンラインにコラムを書き、UCLAでジャーナリズムを教え、その傍ら、二十冊も著書を発表しているそうです。

作中にもワインやシャンパンに関する蘊蓄《うんちく》がちらりと出てきますが、作者の本業だったのですね。

冒頭でもお断りしたとおり、本書は二十年ぶりに改稿されたものなので、現在では初版当時と事情が異なっている箇所があります。

たとえば、サンタ・マリア・デッレ・グラッツィエ教会の『最後の晩餐』は、二十年前はまだ修復中で、気軽に見学できたようですが、現在は完全予約制なので、ふらりと立ち寄ることはできなくなっています。ただし物語の進行の都合上、この部分を大幅に変更することは難しく、本書ではヴァンスが簡単に『最後の晩餐』を見ることができていますが、その点はどうかご理解ください。

イタリア名所をまたにかけた、ダ・ヴィンチの手稿を巡る派手な冒険の旅。お愉しみいただければ幸いです。

二〇〇五年一月

中村有希

集英社文庫

ダ・ヴィンチ・レガシー

2005年2月25日　第1刷
2006年6月6日　第8刷

定価はカバーに表示してあります。

著　者　ルイス・パーデュー

訳　者　中《なか》村《むら》有《ゆ》希《き》

発行者　加藤　潤

発行所　株式会社　集　英　社
東京都千代田区一ツ橋2—5—10
〒101-8050
電話　03　(3230) 6094（編集部）
(3230) 6393（販売部）
(3230) 6080（読者係）

印　刷　中央精版印刷株式会社　株式会社美松堂
製　本　中央精版印刷株式会社

Printed in Japan

ISBN4-08-760482-9 C0197

集英社文庫の海外作品

ノンフィクション＆ヤングアダルト

CUTTING　リストカットする少女たち

スティーブン・レベンクロン　森川那智子 訳

ISBN4-08-760479-9

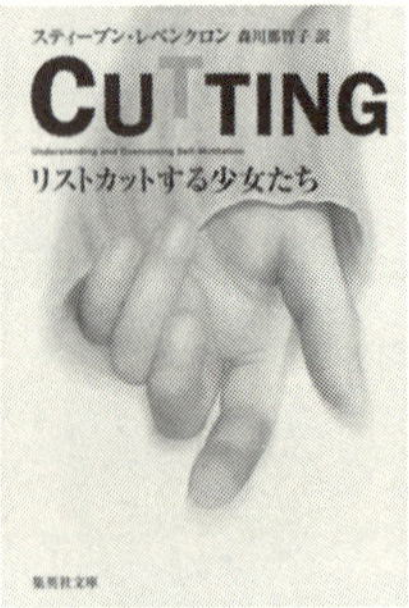

自分で自分の体を傷つける思春期の少女が増えている。彼女たちはなぜ体を切り、痛みを感じ、血を流したいと思うようになるのか。豊富な臨床経験に基づき、症例からその原因、被害者、心の治療法を丹念に探り、この病いの因果関係に関して分かりやすく解説。当事者ばかりでなく広く理解を深める心理療法士によるノンフィクション。

青春＆ホラー

メディエーター 霊能者の祈り

ジェニー・キャロル　布施由紀子 訳

ISBN 4-08-760440-3

ＮＹ育ちの女子高生で霊能者のスザンナは、転校先の学校に取りついた悪霊と闘うことになった。孤独な少女が、新しい家族や友だちとの出会いを通して成長する姿を描く青春ストーリー。

メディエーター 呪われた転校生

ジェニー・キャロル　布施由紀子 訳

ISBN4-08-760470-5

好評『メディエーター』シリーズ第２弾。新しい家族や学校ともなじんだスザンナだが、やっとできたＢＦの父親は残忍な吸血鬼で、もしかすると謎の失踪事件に関係しているかも……。

集英社文庫の海外作品

ロマンス&サスペンス

夜を紡いで

ルクレシア・グリンドル　布施由紀子 訳

ISBN4-08-760456-X

双子の姉が殺された！　その日から鏡に映るのは恐怖の叫びをあげる姉の顔……。妹スザンナにじわじわと忍び寄る底知れぬ恐怖。過去と現在、愛と裏切りが織りなす最高のサスペンス！

恋人はマフィア

ゴードン・コーマン　杉田七重 訳

ISBN4-08-760475-6

夜の海辺で同級生との初体験に失敗した高校生ヴィンセントは、新しい恋人を見つけて有頂天になるが……自分の親はマフィアのボス、彼女の父親はＦＢＩだった！　せつない恋にハッスル！

十六歳の闇

アン・ペリー　富永和子 訳

ISBN4-08-760453-5

ロンドン下町の下水道から全裸の少年の死体が発見された。身元は貴族の子で、梅毒に罹っていた。少年の心の闇にピット警視と妻シャーロットが難事件の解決にあたる、英国の人気作。

キャノン姉妹の一年

ドロシー・ギルマン　柳沢由実子 訳

ISBN4-08-760454-3

妹のティナは全寮制の学校から、姉のトレイシーは華やかな社交生活から、新しく湖畔での質素な生活を始めた姉妹が見出したものは……。「おばちゃまシリーズ」のギルマンの感動作。

集英社文庫の海外作品

映画『マイ・ボディガード』原作

燃える男

A. J. クィネル　大熊　榮 訳

ISBN4-08-760375-X

その年のイタリアは、各地で組織誘拐事件が頻発していた。かつて傭兵として名を馳せたクリーシィは、11歳の愛娘の身を案じたミラノの実業家によりボディガードとして雇われたが……。

エンツォ・フェラーリ　跳ね馬の肖像

ブロック・イェイツ　桜井淑敏 訳

ISBN4-08-760476-4

名車フェラーリを創り、Ｆ１レースの象徴的存在となったエンツォの人生は破天荒かつ虚飾に満ちたものだった。“跳ね馬”の誕生から頂点を極めるまでの軌跡を描く傑作ノンフィクション。

国際謀略サスペンス

ナイロビの蜂〈上下〉

ジョン・ル・カレ　加賀山卓朗 訳

ISBN4-08-760450-0
ISBN4-08-760451-9

英国外交官の妻テッサが、咽喉を切られ、全裸死体で発見されたとの知らせが入った。熱心に救援活動をしていた妻に何が起こったのか？　ナイロビを舞台に展開するル・カレの謀略巨編。

『ブラザーフッド』

カン・ジェギュ　ノベライズ　上之二郎

ISBN4-08-760461-6

朝鮮戦争に巻き込まれていく兄弟。弟を除隊させる為、危険な任務につく兄。しかし、弟とは対立し、婚約者まで失って･･･。チャン・ドンゴン、ウォンビン主演映画ノベライズ、写真多数。